Ashley Carrington, Jahrgang 1951, absolvierte eine Operngesangsausbildung und studierte Theater-, Film- und Fernsehwissenschaft, bevor er sich dem Schreiben zuwandte und 1977 freischaffender Schriftsteller wurde. Der erfolgreiche, preisgekrönte Autor verbrachte mehrere Jahre auf einer Farm in Virginia, von wo aus ihn zahlreiche Abenteuerreisen in viele Teile der Welt führten. Ashley Carrington lebt in Palm Coast, Florida.

Von Ashley Carrington sind u. a. erschienen:

Verlockendes Land (Band 3166)
Blut und Diamanten (Band 3167)
Flammende Steppe (Band 3168)

Belmont Park (Band 3135)
Jahreszeiten der Liebe (Band 3155)
Fluß der Träume (Band 3247)
Die Gefangene der Sonneninsel (Band 60020)
Die Herren der Küste (Band 60318)

Jessica oder Alles Glück hat seinen Preis (Band 2838)
Jessica oder Die Liebe endet nie (Band 3152)

Dieses Buch wurde auf chlor- und säurefreiem Papier gedruckt.

Originalausgabe August 1996

Umschlaggestaltung Adolf Bachmann, Reischach
Satz MPM, Wasserburg
Druck und Bindung Ebner Ulm
Printed in Germany
ISBN 3-426-03169-8

2 4 5 3 1

ASHLEY CARRINGTON

Die Rose von Kimberley

Roman

Knaur

For Axel and Linda

May love and devotion
be the guiding star
in your life.

Longmans, Green & Co. Ltd. London, New York, Toronto, Calcutta, Bombay & Madras

Eastern & North-Eastern Frontiers of
CAPE COLONY
1798-1844
Colonial Frontier in 1798
Annexations 1824-9
Republic of Natal
Bantu & Griqua States
Ceded Territory, 1819
Blood River
Buffalo R.
ZULUS
Umgungundhlovu
St. Lucia Bay
Weenen
Tugela R.
NATAL
Pietermaritzburg
Port Natal
(Durban)
Congella
Umzimkulu R.
NCAPAA
Umgazi R.
DOS
Palmerton
Miles
100
Black Kei R.
White Kei R.
Kei R.
Shiloh
Amatola Mts.
Baviaans R.
KAT RIVER SETTLEMENT
Kabousie R.
Slachter's Nek
Somerset East
Ft. Beaufort
Kat R.
Block Drift
Lovedale
Burnshill
King Williams Town
Koonap R.
Ft. Willshire
Keiskamma R.
Buffalo R.
Great Fish R.
Gwanga R.
Fort Peddie
Grahamstown
Fredericksburg
Gwalana Post
Scale of Miles
0 10 20 40
Bathurst
Theopolis
Port Frances
Emery Walker Ltd. sc

SOUTH AFRICA in 1806.

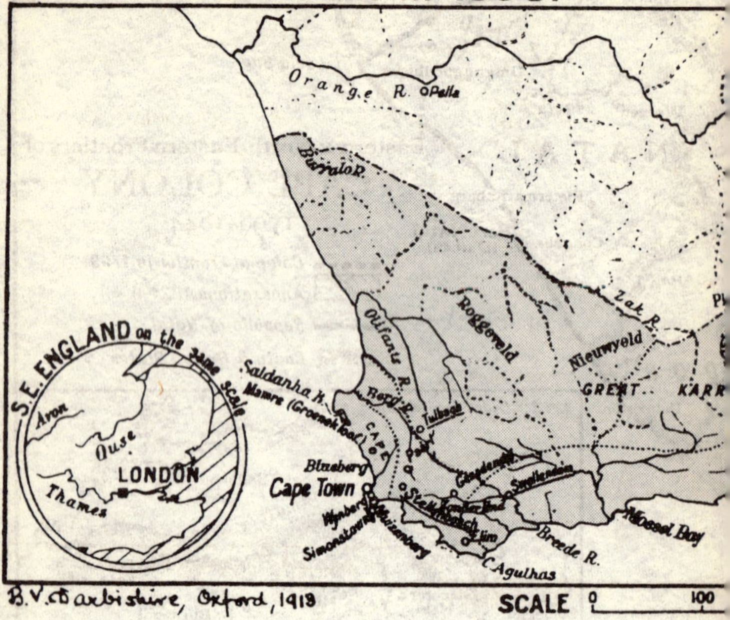

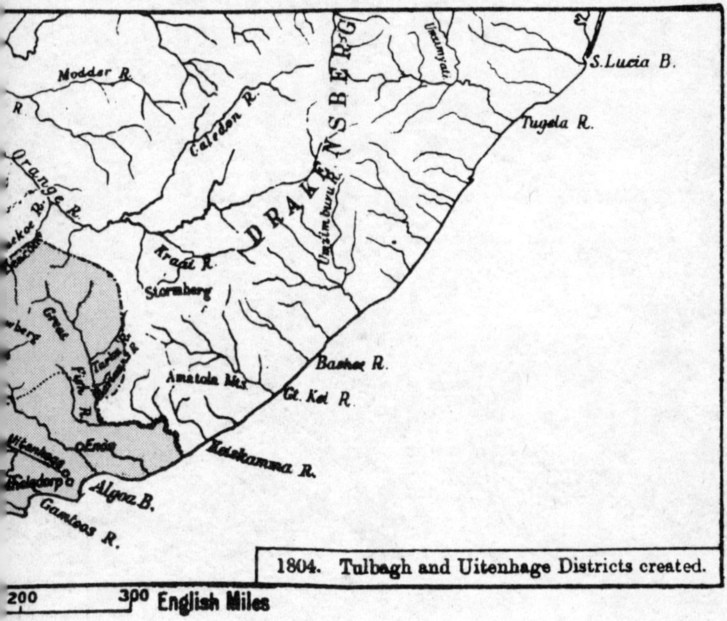

1804. Tulbagh and Uitenhage Districts created.

Wenn ich die Sprache der Menschen und Engel
redete, hätte die Liebe aber nicht,
wäre ich dröhnendes Erz oder eine lärmende Pauke.
Und wenn ich prophetisch reden könnte
und alle Geheimnisse wüßte und alle Erkenntnis hätte;
wenn ich alle Glaubenskraft besäße
und damit Berge versetzen könnte,
hätte aber die Liebe nicht,
wäre ich nichts ...
Jetzt bleiben Glaube, Hoffnung, Liebe –
diese drei;
doch am größten unter ihnen ist die Liebe.

Das Hohelied der Liebe
1. Korinther

1

Was für ein Land! Welch eine fremde, erschreckende Welt, in die der rußspeiende, monoton dahinratternde Zug sie seit zwei Tagen und Nächten immer tiefer hineinführte, über weite Strecken hinweg mit zermürbender Langsamkeit, doch unaufhaltsam. Und hier in dieser staubigen, hitzeflirrenden Öde sollte es eine regelrechte Stadt geben, die Kimberley hieß und sich prahlend auch Diamond City nannte?

Rosemarie Brandon erschien das Ziel ihrer Reise an diesem hochsommerlichen Januarmorgen noch unwirklicher als vor drei Tagen, als sie und Emily Mitford im Hafen von Kapstadt von Bord des britischen Postdampfers HMS Bristol Blossom gegangen waren und ihren Fuß auf den afrikanischen Kontinent gesetzt hatten. Denn wohin ihr Auge auch blickte, die sonnendurchglühte Halbwüste der Großen Karroo erstreckte sich von Horizont zu Horizont wie ein zu Dreck erstarrter Ozean. Nichts als rotbraune, steinige Erde mit ein wenig spärlicher Vegetation. Hier und da gab es Flecken mit verdorrtem Gras, niedriges Dornengestrüpp und gelegentlich einen Kameldornbaum oder eine einsame Schirmakazie. Und über dieser trostlosen, scheinbar menschenleeren Halbwüste spannte sich ein Himmel, der so grenzenlos hoch und weit und von einer solch intensiven Bläue war, daß es sie erschreckte. So als hätte die Welt an diesem öden Ort ihr schützendes Dach verloren und schaute direkt in die Ewigkeit. All das wäre selbst ohne die gnadenlose Sonne schon mehr als genug gewesen, um eine bislang wohlbehütete junge Frau aus dem fernen England aus ihrem auch so schon wenig gefestigten inneren Gleichgewicht zu bringen, war sie doch an die lieblichen Landschaften Somersets mit seinen dichten Wäldern, fruchtbaren Feldern und Äckern und seinen wogenden, grasbedeckten Hügelketten gewohnt. Achtzehn Jahre und viereinhalb Monate hatte sie sich, bis auf eine Sommerreise nach Brighton, nicht weiter als fünfzig Meilen von ihrem Elternhaus entfernt und in all dieser Zeit auch nur eine Natur gekannt, deren unterschiedliche Gesichter im Verlauf der Jahreszeiten im großen und ganzen von Sanftmut und Harmonie geprägt waren. Doch in diesem rauhen, kargen Land besaßen die ihr so vertrauten Erscheinungen und Abläufe der Natur offenbar keine Gültigkeit mehr. Sogar die Jahreszeiten standen hier auf dem Kopf. Statt Winter herrschte jetzt Hochsommer, und im Juli, August, wenn in England die Kornfelder kurz vor der Erntezeit waren und die Erde der Äcker warm und voller Kartoffeln, kehrte in diesen südlichen Breiten der Winter ein. Doch einen richtigen Winter mit Schnee und eisigen Temperaturen über Wochen hinweg sollte es in dieser nördlichen Region der Kapkolonie noch nicht einmal geben, wie sie erfahren hatte, sondern nur eine Periode milderen Sommerwetters. Angesichts der mörderischen Hitze, unter der sie während der letzten Tage gelitten hatte, seit sie die liebliche Kapregion verlassen hatten, wunderte sie das gar nicht. Sie hatte den beklemmenden Eindruck, als herrschte hier allein eine ihr völlig unbekannte, unbarmherzige Sonne, die mit einer geradezu mörderischen Kraft vom Himmel brannte, als wollte sie jedes Gewächs und jede Kreatur versengen und auszehren, die sich ihr ins Licht zu stellen wagten.

Rosemarie Brandon erinnerte sich an ihre Alpträume, die sie letzte Nacht heimgesucht hatten, und mit einem wachsenden Gefühl der Beklommenheit blickte sie durch das mit Staub und Ruß besprenkelte Zugfenster hinaus in die endlose Weite der Großen Karroo. Dabei hielten ihre Hände die kühlen, grünen Jadeperlen ihres Rosenkranzes umschlossen, der in ihrem Schoß lag. Ihr war, als wären ihr einzig Emily Mitford und dieser kostbare Rosen-

kranz, der ihrer Mutter gehört hatte, in dieser bestürzend fremden und sonnenverbrannten Welt als Stütze geblieben.
Wieso hatte das Schicksal sie ausgerechnet an diesen fernen, ungastlichen Ort führen müssen? Was hatte sie in Afrika, im südlichsten Zipfel des schwarzen Kontinents, in der Kapkolonie zu suchen? Und dann auch noch in einer angeblichen Stadt, die da draußen irgendwo im glutheißen Nirgendwo der Halbwüste lag?
Sie seufzte unwillkürlich, kannte sie die Antwort auf diese Fragen doch nur zu gut. Und im selben Augenblick schämte sie sich ihres inneren Aufbegehrens. Denn der Grund, warum sie diese beschwerliche Reise unternommen hatte, war gewichtig genug, daß er sie notfalls auch bis ans Ende der Welt geführt hätte.
»Es dauert nicht mehr lange. Gleich bin ich fertig, Rosemarie«, sagte Emily Mitford hinter ihr, die ihr Seufzen auf sich und ihre Arbeit bezogen hatte. »Schneller ging es aber nun wirklich nicht. Ein viersträngiger Zopf will sorgfältig geflochten sein, wenn er etwas hermachen soll.«
»Ach, deshalb habe ich nicht geseufzt, Emily«, erwiderte Rosemarie ihrer Zofe, während der Zug einer jener langgezogenen Kurven folgte, die den Schienenstrang in der Karroo ganz selten einmal von seiner ansonsten schnurgeraden Bahn brachten. Sie erhaschte einen Blick auf die Lokomotive, die schmutziggraue Qualmwolken ausstieß, sowie auf die beiden Kohlentender und die vorderen Waggons der zweiten und dritten Klasse, wo die weniger zahlungskräftigen Passagiere mit ihrem teilweise sperrigen Gepäck die Reise auf harten Holzbänken ertragen mußten.
»Du sorgst dich um deinen Vater, nicht wahr?«
»Ja«, antwortete Rosemarie Brandon, obwohl es das nicht allein war, was sie bedrückte. Natürlich quälte sie die Sorge um ihren Vater, seit das Telegramm von Onkel Rupert Thorndike aus Kimberley vor nicht einmal vier Wochen bei ihnen in Bath eingetroffen war und sie zu einem überstürzten Reiseantritt gezwungen hatte.

»Das verstehe ich nur zu gut. Aber mittlerweile sollte begründete Zuversicht an die Stelle der Sorge treten. Hat Mister Lawrence Farrington uns denn in Kapstadt nicht mit hoffnungsvollen Nachrichten begrüßt, mein Kind?« erinnerte Emily Mitford sie, um sie aufzumuntern. »Es war wirklich sehr freundlich von ihm, sich der nicht eben geringen Mühe zu unterziehen, aus Kimberley anzureisen, uns in Kapstadt in Empfang zu nehmen und uns auf dieser Zugfahrt zu begleiten. Und wie er sagte, hat sich dein Vater mittlerweile doch schon recht gut von dem Schlaganfall erholt. Sollten wir dafür nicht von Herzen dankbar sein?«
»O ja. Und das bin ich auch. Dem Himmel sei Dank, daß es Dad wieder bessergeht!« Rosemarie hob das silberne Kreuz des Rosenkranzes schnell an ihre Lippen. Nur zu gut waren ihr die schrecklich langen Wochen der Überfahrt noch in Erinnerung, eine Zeit der Sorge und der quälenden Ungewißheit, ob ihr Vater überhaupt noch am Leben sei oder ob vielleicht nicht schon längst ein Grab in Kimberley auf sie wartete, auf dessen Stein der Name ihres Vaters gemeißelt stand. Und dann die befreiende Nachricht in Kapstadt an der Gangway, daß ihr Vater sich erholt habe und sich auf dem Weg der Besserung befinde. Sie hatte vor dem fremden Mann nicht in Tränen ausbrechen wollen, doch ihr Wille war nicht so stark gewesen wie ihr Gefühl der Erlösung und Dankbarkeit, daß ihre Gebete erhört worden waren.
»Aber?« fragte Emily Mitford, während ihre Finger geschickt das kunstvolle Flechtwerk mit Rosemarie Brandons kastanienbrauner Haarflut fortsetzten. »Oder habe ich mir dein stummes Aber nur eingebildet?«
»Ach, Emily«, sagte Rosemarie und lächelte unwillkürlich. »Habe ich dir jemals etwas vormachen können?«
Emily Mitford schmunzelte. »Nun, häufig genug hast du es versucht. Aber allzu fruchtbar sind deine Bemühungen, mir Sand in die Augen zu streuen, nie gewesen, wie einfallsreich du oftmals auch warst.«

»Hätte ich eine Zwillingsschwester gehabt, sie hätte mich kaum besser kennen können, als du es tust, Emily«, räumte Rosemarie mit einer Mischung aus Wehmut und tiefer Zuneigung ein.

»Daran hege ich nicht den geringsten Zweifel«, stimmte Emily ihr sanft zu. Sie war gleich am Tag nach Rosemaries Geburt, die für ihre Mutter eine schwere gewesen war, ins Haus der Brandons gekommen, ein schüchternes Mädchen von sechzehn Jahren, pausbäckig, mit breiten Hüften und unerfahren, aber voll guten Willens und mit viel Liebe, sehnsüchtig darauf wartend, daß irgend jemand Anspruch darauf erhob und die schmerzliche Leere in ihrem Herzen füllte, die sechzehn Jahre in einem Waisenhaus hinterlassen hatten. Und genau das hatte Rosemarie getan. Wie ein Schwamm hatte sie ihre Liebe aufgesogen und ihr damit, ohne es selbst zu ahnen, das größte Geschenk ihres Lebens gemacht.

Zwölf Jahre war sie ihr Kindermädchen und ihre Vertraute gewesen, ja fast so etwas wie eine Schwester. Denn der Mutter ihres Zöglings war es nach der ersten lebensbedrohlichen Niederkunft nicht mehr möglich gewesen, weiteren Kindern das Leben und ihrer geliebten Tochter Geschwister zu schenken. Auch hatte ihre kränkelnde, schwermütige Natur sie oft und lange gezwungen, das Bett zu hüten. Und dann hatte sie, Emily, den Haushalt der Brandons am Stadtrand von Bath verlassen, um als Ehefrau des Zimmermanns George Mitford eine eigene Familie zu gründen. George und ihr waren jedoch nur zwei glückliche Jahre vergönnt gewesen. Ein tragische Unfall auf einem hohen Baugerüst hatte sie an einem stürmischen Herbsttag zur kinderlosen Witwe gemacht und sie jäh ihres Traums vom eigenen Familienglück beraubt. Anderthalb Jahre später war Rosemaries Mutter gestorben, und Charles Brandon, der vielbeschäftigte Vater, hatte sie gebeten, wieder zu ihnen zurückzukehren und seiner Tochter nun als Zofe und freundschaftliche Gesellschafterin zu Diensten zu sein. Sie hatte nicht eine Sekunde überlegen müssen, um zu wissen, wie sie sich entscheiden sollte. Ebenso wie sie nun Jahre später auch nicht einen Wimpernschlag lang unsicher gewesen war, ob sie die Strapazen und Gefahren auf sich nehmen und Rosemarie auf ihrer Reise nach Kimberley begleiten sollte. »Also, was bedrückt dich heute morgen?«

»Dieses Land bedrückt mich«, gestand Rosemarie. »Diese ... erschreckende Leere und dazu diese grelle Sonne.«

Emily Mitford seufzte nun selbst. »Ja, das kann ich dir unschwer nachfühlen. Um sich an solch eine karge Landschaft und eine derartige Hitze zu gewöhnen, bedarf es gewiß einer langen Zeit.«

Rosemarie wollte den Kopf schütteln, besann sich aber rechtzeitig darauf, daß ihr Zopf noch nicht fertig geflochten war. »Nicht in tausend Jahren würde ich mich daran gewöhnen, Emily! Und es ist mir ein Rätsel, wieso Onkel Rupert sich ausgerechnet in dieser staubigen Wildnis niedergelassen hat – und warum Dad keinen besseren Ort gefunden hat, um sich an einer Firma zu beteiligen. Warum nur hier, Emily?«

»Vermutlich weil dieses Land ebenso reich an Diamanten ist wie arm an Wasser, grünem Gras und schattigen Wäldern«, antwortete Emily nüchtern. »Und für einen weitschauenden Geschäftsmann wie deinen Vater, der im Edelsteingewerbe tätig ist, dürfte das Grund genug sein. So, das hätten wir.« Sie schloß das Ende des Zopfs mit einer Klemmspange aus Elfenbein, die einen kunstvoll geschnitzten Schmetterling darstellte.

»Geld kann nie Grund genug sein, für gar nichts!« widersprach Rosemarie kategorisch und stellte mit Bedrückung fest, wie schnell die Sonne an Kraft gewann. Die Luft war schon jetzt warm und stickig in ihrem engen Abteil. Dabei war es doch noch früh am Morgen. Mit Schaudern dachte sie an die vielen heißen Stunden, die sie bis zu ihrem Eintreffen in Kimberley noch im Zug aushalten mußten. Was hätte sie jetzt für einen kühlen englischen Wintertag gegeben.

»Das gilt nur dann, wenn man genug davon hat«, entgegnete Emily mit gutmütigem Spott und griff zur Kleiderbürste.
»Es wird heute wieder ein schrecklich heißer Tag werden«, befürchtete Rosemarie, während sie darauf wartete, daß Emily ihr auch das letzte Härchen von den Schultern gebürstet hatte.
»Anzunehmen«, sagte Emily trocken.
»Ich hasse es, wenn ich überall feucht von Schweiß bin und das Gefühl habe, der Puder verläuft mir auf dem Gesicht!« beklagte sie sich.
»Eine Lady wie du schwitzt nicht, wie heiß es auch sein mag, sie transpiriert bestenfalls«, korrigierte Emily sie mit tadelnder Stimme, doch ihre Augen lachten dabei. »Und dein Puder kann gar nicht verschmieren, weil wir nämlich bis auf ein paar Tupfer auf ihn verzichten werden. Eine junge Frau mit deinem Teint ist zudem auf dieses Hilfsmittel nicht angewiesen.«
»Mir soll es heute recht sein«, seufzte Rosemarie und empfand einen Moment lang Dankbarkeit, daß ihre schlanke Figur sie davon befreite, sich in ein enges Korsett zu schnüren. Sie kannte in Bath viele junge Frauen, die sich dieser Tortur noch immer unterzogen. Glücklicherweise gehörte Emily nicht zu jenen viktorianischen Frauen, die darauf beharrten, daß ein Korsett ebenso eisernes Gebot der Mode wie der Schicklichkeit sei. »Aber diese Hitze . . .«
Emily ließ sie nicht ausreden, sondern fiel ihr energisch ins Wort: »Wir werden ertragen, was kommt, und wir werden es genauso überstehen, wie die stürmische Überfahrt und die Tage der Zugfahrt, die schon hinter uns liegen. Sag dir, daß wir das Schlimmste geschafft haben und der Rest nicht mehr der Rede wert ist.« Sie gab ihr einen Klaps auf die Schulter. »So, und jetzt dreh dich um, und laß dich anschauen, Rosemarie.«
Ein Anflug von Gereiztheit überkam Rosemarie, während sie von dem primitiven Holzschemel aufstand, den Mister Farrington besorgt und ihr stolz wie ein prächtiges Möbelstück präsentiert

hatte, und sich zu ihrer Zofe umdrehte. Wie konnte Emily bloß so gelassen sein und alles, was das Leben an bitteren Schlägen und Prüfungen brachte, mit stoischem Gleichmut hinnehmen, ohne dabei doch ihr warmherzig frohes Wesen zu verlieren? Gut, Emily besaß einen starken Glauben. Aber das allein konnte es nicht sein. Den hatte sie auch, doch ihr Glaube hinderte sie, Rosemarie Brandon, nicht daran, aufzubegehren und mit dem Schicksal zu hadern – und mit Gott. Sie fand, das sei ihr gutes Recht, wie es ja auch schon die Propheten des Alten Testaments getan hatten. Und wie waren Abraham, Mose, Jeremia und all die anderen Bibelväter mit Gott ins Gericht gegangen! Nun ja, selbst bei diesen Auserwählten hatten die Klagen und das Aufbegehren selten etwas genützt, wie sie nur zu gut wußte. Aber sie war sicher, daß sie sich dennoch um einiges besser gefühlt hatten, nachdem sie ihrem Zorn und Groll ordentlich Luft gemacht und Gott die Leviten gelesen hatten.

Doch was genau sollte sie Emily vorwerfen? Daß sie sich leichter und ohne tiefen Groll mit dem Unabänderlichen abfand? Daß sie in jeder Situation stets das Positive zu sehen und sich darauf zu konzentrieren versuchte? Daß sie Leben und Leiden ebenso als selbstverständliche Einheit ihres menschlichen Daseins akzeptierte wie Leben und Liebe, so wie die beiden Seiten ein und derselben Münze? Nein, sie wußte, daß ihr Ärger eigentlich ihr selbst galt, ihrer Unsicherheit und Ungeduld.

Deshalb meinte sie schließlich nur mürrisch: »Ich wünschte, du würdest endlich aufhören, Rosemarie zu mir zu sagen! Meine Freundinnen in Bath und sogar die Schwestern in der Konventsschule haben mich Rose genannt! Das gefällt mir viel besser. Rosemarie, das ... das klingt so nach alter Jungfer.«

Emily Mitford begegnete den blitzenden bernsteinfarbenen Augen der jungen Frau, die ihre Freundin und zugleich doch auch ihre Herrin war, mit festem Blick. »Wenn deine Mutter gewünscht hätte, daß alle Welt dich Rose nennt, hätte sie dich sicherlich selbst so genannt. Doch sie hat dich auf den schönen Namen Rosemarie taufen lassen, und ich kann mich nicht entsinnen, daß sie dich auch nur ein einziges Mal nicht so gerufen hätte. Oder kannst du mit anderen Erinnerungen aufwarten?«

Nein, das konnte sie nicht. Und fast hätte Rosemarie wütend mit dem Fuß aufgestampft, der in geschnürten Stiefeletten aus feinstem schwarzem Leder steckte. »Warum mußt du bloß immer recht behalten?« grollte sie.

Die Zofe lächelte nachsichtig. »Weil ich mich gewöhnlich nicht in eine Diskussion über Dinge einlasse, die offensichtlicher Natur sind und keiner Auslegung bedürfen. Und was die alte Jungfer betrifft ...«

Emily Mitford machte eine kurze Pause und musterte Rosemarie, die in einem maronenfarbenen Reisekostüm vor ihr stand, als hätte sie zum erstenmal Gelegenheit, ihre Erscheinung bewußt in sich aufzunehmen. Nicht einmal der sehr konservative Schnitt der Kleidung vermochte die überaus reizvollen weiblichen Rundungen ihres Schützlings zu verbergen. Ihr Gesicht konnte man zwar nicht als bildhübsch bezeichnen, wenn man das derzeitige Schönheitsideal zum Maßstab nahm, was aber ihrer Überzeugung nach sowieso nur für die ganz Einfältigen im Geiste beiderlei Geschlechts von Belang war, es besaß jedoch zweifellos einen überaus ansprechend natürlichen, ja sogar apart zu nennenden Ausdruck, woran auch die wenigen Sommersprossen auf Nase und Wangen nichts änderten. Worauf ihr Schützling außerdem noch ganz besonders stolz sein konnte, das waren ihre makellose Haut, der bernsteinfarbene Glanz ihrer Augen und ihr prächtiges volles Haar, das den rotbraunen Ton polierter Kastanien besaß.

»... tja, also was die alte Jungfer betrifft«, fuhr sie schließlich mit einem Lachen in der Stimme fort, »würde nicht einmal der häßlichste Name der Welt, so es denn einen solchen gibt, dich

auch nur einen Flohsprung weit dem Schicksal einer solchen näher bringen.«
»Ein Flohsprung! Du bist unmöglich, Emily!« rief Rosemarie, und ihre Verdrossenheit löste sich in einem belustigten Lachen auf.
In dem Moment klopfte es an der Tür.
»Ja, bitte?« rief Emily, die in dem engen Abteil auf der Seite zum Gang stand.
»Miss Brandon? ... Missis Mitford?« Es war die reservierte Stimme von Lawrence Farrington, die durch die Mahagonitür zu ihnen drang.
Emily warf Rosemarie einen fragenden Blick zu und öffnete dann auf ihr Nicken hin die Tür. »Einen guten Morgen, Mister Farrington«, grüßte sie ihn, und Rosemarie zwang ein freundliches Lächeln auf ihre Lippen, als auch sie ihm einen guten Morgen wünschte.
Lawrence Farrington war zweifellos eine recht attraktive Erscheinung, wie selbst Rosemarie in Gedanken zugeben mußte. Klare Linien und ebenso klare Augen von graublauer Farbe zeichneten sein Gesicht aus. Das leicht wellige schwarze Haar trug er nach hinten gekämmt, benutzte offenbar jedoch keine Pomade – oder aber so geschickt, daß weder ein künstlicher Glanz auf seinem Haar noch ein penetranter Geruch dies verriet. Wenn er lächelte, was höchst selten der Fall war, zeigte er makellose Zähne. Von Statur weder zu kräftig noch zu hager, bot er in seinem dreiteiligen taubengrauen Anzug und der dezenten, quergestreiften Seidenkrawatte den Eindruck eines kultivierten und im Umgang überaus angenehmen Mannes. Bis man ihn dann näher kennengelernt hat! fügte Rosemarie im stillen hinzu. Daß er vor einem Monat seinen zweiunddreißigsten Geburtstag gefeiert hatte, wußte sie aus den Briefen ihres Vaters. Sie fand jedoch, daß er jünger aussah. Und sie fragte sich an diesem Morgen erneut, wieso ihr Vater ausgerechnet einen so unleidlichen jungen Mann

wie Lawrence Farrington schon vor fünf Jahren zu seinem Partner gemacht hatte. Und wieso hieß die Firma der Diamantenhändler in Kimberley Farrington, Brandon & Nash statt Brandon, Farrington & Nash? Sie hatte sich bisher nie Gedanken darüber gemacht, weil sie bisher noch keinen von Vaters Geschäftspartnern aus der Kapkolonie kennengelernt und sich auch nicht dafür interessiert hatte. Doch seit ihrer Ankunft in Kapstadt, als Lawrence Farrington sie kühl begrüßt und ihr in denkbar knappster Form mitgeteilt hatte: »Ihr Vater lebt, Miss Brandon. Er befindet sich außer Lebensgefahr, und er vermochte mit mir zu reden, bevor ich abreiste. Mehr kann ich Ihnen nicht sagen. Alles weitere werden Sie von Doktor Talbot in Kimberley erfahren!«, ging ihr diese Frage nicht mehr aus dem Kopf.

»Einen guten Morgen, Missis Mitford ... Guten Morgen, Miss Brandon«, erwiderte ihr Reisebegleiter mit steifer Förmlichkeit. Und sein verschlossenes Gesicht ließ einen eher glauben, daß ihm in Wirklichkeit nichts ferner lag, als ihnen einen guten Tag zu wünschen. »Ihr Tisch ist bereit. Wenn ich Sie also zum Frühstück in den Speisesalon bitten darf ...«

»Sehr freundlich von Ihnen, Mister Farrington«, bedankte sich Emily mit einem Lächeln. »Geben Sie uns nur noch einen Moment.«

Lawrence Farrington blickte gleichgültig an ihnen vorbei und deutete eine knappe Verbeugung an. »Natürlich. Ich warte im Gang.« Damit wandte er sich abrupt um und entfernte sich, ohne eine Antwort abzuwarten.

Emily schloß die Tür, und Rosemarie verzog das Gesicht, als hätte sie auf eine Zitrone gebissen. »Dieser Stiesel! Steifer und unnahbarer als er kann auch ein Gardesoldat vor dem Buckingham-Palast nicht sein. Ja, nicht einmal die päpstliche Vatikanwache.«

»Schau mich an, und halte deine lose Zunge im Zaum!« wies Emily sie zurecht, die Puderdose in der Hand. »Mister Farrington mag nicht der zugänglichste und geselligste Mann in diesem Zug sein, aber er ist der einzige, der sich unser angenommen hat und gewissenhaft dafür Sorge trägt, daß es uns an nichts mangelt.«

»In diesem elenden Bummelzug mangelt es uns an allen Ecken und Enden!« widersprach Rosemarie verdrossen.

»Ich rede von Dingen, die zu arrangieren Mister Farrington nach menschlichem Ermessen fähig ist, wie etwa einen Tisch in dem ständig überfüllten Salonwagen oder Extrarationen Wasser und derartige Sachen«, hielt Emily ihr vor, um dann mit zurechtweisendem Spott fortzufahren: »Dagegen erwarte ich von ihm nicht, daß er uns einen eigenen Salonwagen herbeizaubert oder der Sonne gebietet, gefälligst weniger heiß vom Himmel zu brennen, wie du es offenbar tust.«

»Gut, er bemüht sich sehr«, räumte Rosemarie widerwillig ein. »Aber er macht es auf eine recht unangenehm unpersönliche Art, als ginge es nur darum, eine lästige Pflicht zu erfüllen.« In Gedanken führte sie ihre Klage noch fort: Und als wäre ich jemand, der die Krätze hätte und den man sich deshalb besser vom Leib hält.

»Ach nein!« Emily klappte den Deckel der Puderdose zu und stemmte die Hände in die Hüften. »Würdest du es denn als ein Vergnügen empfinden, innerhalb einer Woche diese Strecke zweimal mit dem Zug zurückzulegen, nachdem du doch schon eine Fahrt kaum zu überstehen glaubst?«

Rosemarie sah ihre Zofe verblüfft an und winkte dann resigniert ab. »Ich gebe es auf, Emily. Du hast gewonnen. Vergiß, womit ich dir mal wieder die Ohren vollgeklagt habe, und laß uns zum Frühstück gehen.« Sie hatte schon die Hand auf der Türklinke, als sie es sich nicht verkneifen konnte, noch bissig hinzuzufügen: »Es wird sicherlich wieder ungenießbar sein, was aber ja ganz ausgezeichnet zu unserem reizenden Reisebegleiter paßt!«

2

Das Frühstück konnte man in der Tat nur als ungenießbar bezeichnen, wie Emily ihr wenig später insgeheim recht geben mußte. Serviert wurde bloß ein einziges Gericht, das sich Digger's Delight nannte. Doch statt des verheißenen Frühstück-Entzückens gab es eine ausgesprochene Zumutung, wie die beiden Frauen fanden. Das teilweise noch glibberige Rührei schwamm in einer Pfütze von Hammelfett, die gerösteten Speckwürfel bestanden überwiegend aus zäher Schwarte, die Kartoffeln waren matschig, und das Brot schmeckte wie ein Schwamm aus Teig. Zu allem Übel gab es keinen Tee mehr, sondern nur noch Kaffee, eine pechschwarze Brühe mit dem bitteren Geschmack von Blech und Mandelsäure.

Rosemarie stocherte in ihrem Essen herum und hatte Mühe, sich ihren Ekel nicht anmerken zu lassen, daß ihr Gegenüber, Lawrence Farrington, diesen in ihren Augen ungenießbaren Fraß ohne eine Spur von Widerwillen zu sich nahm.

Als er ihren Blick auf sich ruhen spürte, hielt er innen und schaute sie an. »Ihr Appetit scheint heute morgen nicht sehr ausgeprägt zu sein, Miss Brandon«, sagte er in bedauerndem Ton. »Ich will doch nicht hoffen, daß Sie sich unwohl fühlen.«

Rosemarie konnte keinen Spott aus seiner Stimme heraushören, und sein Gesicht war so kühl und verschlossen wie immer. Doch sie hätte schwören mögen, daß er sich hinter dieser Maske der Unnahbarkeit über sie lustig machte. »Das ist er in der Tat nicht«, erwiderte sie bissig. »Wer immer für dieses unsägliche Essen verantwortlich ist, er muß an Menschen mit einem ganz eigenen, um nicht zu sagen erstaunlich strapazierfähigen Geschmacksempfinden und Magen gedacht haben. Aber ich freue mich, daß es Ihnen wenigstens schmeckt, Mister Farrington.«

Lawrence Farrington verzog nicht eine Miene. »Von Schmecken kann buchstäblich nicht die Rede sein, verzichte ich doch bei dieser Art von Gerichten prinzipiell darauf, beim Essen durch die Nase zu atmen. Wie Sie sicherlich wissen, ist das Geschmacksempfinden dann so gut wie ausgeschaltet«, entgegnete er reserviert und als hätte er ihren bissigen Spott überhaupt nicht zur Kenntnis genommen. »Bei den Mahlzeiten im Zug geht es generell weniger um persönlichen Geschmack als um reine Nahrungsaufnahme zur Erhaltung der Kräfte. Es sei denn, man begibt sich mit seinem eigenen Pullmanwagen samt persönlichem Koch auf Reisen.«

Emily Mitford lachte kurz auf. »Nahrungsaufnahme zur Erhaltung der Kräfte – das ist wirklich gut, Mister Farrington«, zeigte sie sich amüsiert.

»Sagten Sie nicht, wir werden heute am späten Nachmittag in Kimberley eintreffen? Nun, ich werde kaum von Auszehrung bedroht sein, wenn ich mich bis dahin mit trockenem Zwieback und Wasser zufriedengebe«, erklärte Rosemarie spitz.

So etwas wie die Andeutung eines Lächelns zeigte sich kurz auf dem Gesicht ihres Reisebegleiters. »Wenn man diese Strecke ausgerechnet in der Woche zweimal hinter sich bringt, in der es der Eisenbahndirektion einfach nicht gelingen will, die vakante Stelle des Zugkochs zufriedenstellend zu besetzen, dann ist es nicht ratsam, jedes Essen ausfallen zu lassen, das den eigenen Ansprüchen nicht gerecht wird«, erwiderte er sarkastisch. »Es sei denn, man besitzt die Konstitution eines Fakirs oder Bettelmönchs. Keines von beidem ist mir gegeben, wobei ich es dahingestellt sein lassen möchte, ob ich das bedauern soll oder nicht.«

Touché, meine vorwitzige Rosemarie! dachte Emily und warf ihr einen Seitenblick zu, der sie zu mehr Selbstbeherrschung und Höflichkeit ermahnte.

Rosemarie spürte, wie ihr das Blut heiß ins Gesicht schoß, und sie wünschte, sie hätte der Versuchung widerstanden, ihm diesen Stich zu versetzen, der sich nun wie eine Ohrfeige gegen sie selbst gewandt hatte. »Wir hätten eben ein paar Tage am Kap bleiben sollen«, lenkte sie schnell von ihrer unglücklichen Bemerkung ab. »Kapstadt hat einen angenehmen Eindruck auf mich gemacht, mit all den herrlichen Palmen und Parkanlagen und den imposanten Bergen rundherum. Und dazu das bunte, geschäftige Treiben. Auf diese Stadt kann die Kapkolonie gewiß stolz sein.«

»Mag sein, doch ich würde nicht einen halben Penny für diese lausige Stadt geben!« lautete seine spontane und erstaunlich grobe Entgegnung.

»So? Und warum nicht?« hakte Rosemarie sofort nach, da sie plötzlich das Gefühl hatte, einen Blick auf den Lawrence Farrington werfen zu können, der sich ihr bisher hinter einem Visier aus steifer Höflichkeit und Unnahbarkeit verborgen hatte.

»Weil Kapstadt eine Stadt der Pharisäer ist!« stieß er mit bitterem Groll aus. »Eine äußerlich schön getünchte Maske, die Liebreiz und tausend Tugenden verspricht. Dabei ist ihr wahres Gesicht abstoßend häßlich, geprägt von Heuchelei, Hochmut und Skrupellosigkeit!«

Rosemarie und Emily waren von seiner Antwort, die ihnen nach den Tagen wortkarger Höflichkeit wie ein Gefühlsausbruch vorkam, gleichermaßen überrascht.

»Oh!« machte Emily, sichtlich verwirrt, was sie davon halten sollte.

Und Rosemarie brannte das Gesicht, als stünde es in Flammen. War dieses Beispiel mit der schön getünchten Maske, hinter der sich ein abstoßendes Gesicht verbarg, vielleicht sogar auf sie gemünzt? Hegte er wohl eine tiefe Abneigung gegen ihre Person? Aber nein, das konnte nicht möglich sein. Auch wenn Lawrence Farrington zu den beiden Geschäftspartnern ihres Vaters in Kimberley gehörte, so waren sie einander doch völlig fremd. Und die wenigen Gelegenheiten, bei denen sie Höflichkeiten ausgetauscht hatten, konnten unmöglich irgendeine Art von starker Antipathie in ihm geweckt haben. Es sei denn, er nahm Frauen gegenüber prinzipiell eine abweisende Haltung ein ...

Lawrence Farrington blickte in ihre verstörten Gesichter und wurde sich wohl bewußt, wie sehr er mit seiner heftigen Äußerung aus dem Rahmen gefallen war. Seine Gestalt straffte sich, als müßte er sich erst wieder unter Kontrolle bekommen. Dann sagte er mit der kühlen Höflichkeit, mit der sie schon so gut vertraut waren: »Selbstverständlich steht es Ihnen völlig frei, Kapstadt mit anderen Augen zu sehen. Jeder hat seine Vorlieben und Abneigungen. Mich jedenfalls hält nichts in Kapstadt. Zudem schien es mir nicht angebracht, kostbare Zeit am Kap zu vergeuden, da Sie es doch gewiß nicht erwarten können, in Kimberley einzutreffen und Ihren Vater zu sehen.«

Das war wieder eine versteckte, verbale Ohrfeige. Rosemarie schluckte ihren Zorn hinunter. Wieso gelang es ihm bloß immer, das Gespräch so zu drehen, daß sie als diejenige dastand, die etwas falsch gemacht hatte und Schuldgefühle haben mußte?

»Natürlich, Mister Farrington!« erwiderte sie mit mühsam beherrschter Stimme, während ihre Augen ihn aber wütend anfunkelten. »Wenn es nicht wegen meines Vaters unumgänglich wäre, hätte ich nicht einmal im Traum daran gedacht, meinen Fuß in ein in jeder Hinsicht ungastliches Land zu setzen, das von den Errungenschaften der Zivilisation offenbar nur Stückwerk übernommen hat und soviel Charme und Kultur besitzt wie ... wie der schwarze Heizer da vorn auf dem Kohlentender.«

Zu ihrer beider Überraschung reagierte er mit einem Lächeln, das diesmal jedoch weit mehr war als nur die höfliche Andeutung eines solchen. »Da gebe ich Ihnen vollkommen recht, Miss Brandon. Afrika, und ganz besonders die Kapkolonie, ist nicht für die breite Masse geschaffen. Man muß schon aus einem ganz besonderen Holz geschnitzt sein, um hier leben und die Großartigkeit des Landes gebührend schätzen und lieben zu können«, entgegnete er süffisant, schob sein Besteck auf dem Teller zusammen und legte seine Serviette daneben. »Und jetzt bitte ich Sie, mich zu entschuldigen. Ich darf Ihnen versichern, daß ich Ihre Ansichten für überaus interessant und aufschlußreich halte und diese anregende Unterhaltung zu schätzen weiß, aber es gibt leider noch andere Dinge, denen ich meine Zeit widmen muß. Ich rechne mit Ihrem großzügigen Verständnis. Wir werden später ja wieder das Vergnügen der gemeinsamen Gesellschaft haben.« Er erhob sich, ohne eine Erwiderung abzuwarten, und nickte ihnen zu. »Miss Brandon … Missis Mitford.« Damit entfernte er sich und hatte den dicht besetzten Speisewagen Augenblicke später in Richtung Salonwagen verlassen. Dort würde er sich vermutlich wieder stundenlang hinter einer Zeitung oder einem dicken Buch verschanzen.

»Hast du das gehört?« rief Rosemarie empört und äffte ihn nach: »Nicht für die breite Masse geschaffen! Überaus interessante und aufschlußreiche Ansichten! Also diese Unverschämtheiten, die er uns da mit seinem falschen Lächeln ins Gesicht gespuckt hat! Von wegen Heuchler und Pharisäer in Kapstadt! Wenn einer ein Heuchler ist, dann doch wohl er! Seine letzten Bemerkungen grenzten fast schon an Beleidigung. Nein, sie waren eine!«

»Sie waren in der Tat recht doppeldeutig und nicht ohne eine gewisse sarkastische Schärfe, aber …«

»Genau das meine ich ja!« erregte sich Rosemarie. »Diese süffisante Wortverdreherei und Frechheit …«

»Hast du mehr als einmal herausgefordert«, unterbrach Emily sie.

»Nun mach aber mal einen Punkt!« protestierte Rosemarie ungehalten. »Ich lasse mich doch nicht von diesem selbstgerechten, blasierten Kerl wie eine dumme Gans aus der Provinz behandeln!«

»Wie man in den Wald ruft, so schallt es heraus.«

»Ach was!« Rosemarie fegte den Einwand ihrer Zofe mit einer

gereizten Handbewegung hinweg. »Auch wenn ich mich nicht zu den Suffragetten und neuen Chartisten zähle, die für uns Frauen dieselben Rechte verlangen, die Männern zugebilligt werden, und die dafür auf die Straße gehen, so sympathisiere ich doch in vielem mit ihnen und lasse es mir nicht bieten, wenn mich jemand wie ein unmündiges Kind behandeln will. Zudem schuldet er mir, der Tochter des Mannes, der ihn zum Partner gemacht hat, doch zumindest einen gebührenden Respekt. Oder ist das vielleicht auch zuviel verlangt?«

An den Nachbartischen wandten sich mehrere Passagiere zu ihr um und bedachten sie mit interessierten, teils auch spöttischen Blicken.

»Du magst es nicht hören wollen, aber du hast wahrhaftig keinen Grund, dich so zu echauffieren und Mister Farrington etwas vorzuwerfen«, entgegnete Emily Mitford unbeugsam. »Immerhin hast du ihn ja wohl zuerst beleidigt.«

»So? Das ist mir aber neu!«

»Ja, als du die Kapkolonie, die ja bekanntlich seine Heimat ist, ein ungastliches Land mit nur einem Stückwerk an Zivilisation genannt und dann auch noch ihm persönlich und allen anderen Einwohnern den Charme und die Kultur eines Kohlenschauflers attestiert hast«, hielt Emily ihr vor. »Hättest du die Güte, mir zu verraten, was du damit bezweckst? Und ob du nach solch bitterbösen Bemerkungen etwa noch erwartest, daß er dir verzückt in die Augen blickt und dir für deine reizenden Worte überschwenglich dankt? Ich bitte dich, Rosemarie!«

Rosemarie konnte nicht umhin, einzugestehen, daß ihre Äußerungen kaum dazu angetan gewesen waren, Lawrence Farrington versöhnlich zu stimmen. »Er hat mich gereizt und dazu herausgefordert«, verteidigte sie sich mürrisch. »Und überhaupt soll er mir weder verzückt in die Augen blicken noch mich sonstwie mit Überschwang bedenken. Er soll mich gefälligst in Ruhe lassen!«

»Aber das war dir doch in den letzten Tagen auch nicht recht«, erinnerte Emily sie.
Rosemarie warf ihrer Zofe einen geplagten und um Nachsicht flehenden Blick zu. »Mußt du denn immer so penetrant genau sein und alles auf die Goldwaage legen? Das Essen ist eine Katastrophe, mir ist entsetzlich heiß, und ich bin die endlose Zugfahrt durch dieses gräßliche, elend öde Land leid!«
»Kurzum: du willst zurück nach Bath«, folgerte Emily mit einem versteckten Schmunzeln.
»Ja! Und das lieber heute als morgen!«
»Tja, mein Kind, das geht leider nur auf dem Weg über Kimberley, egal, was der Allmächtige für deinen Vater und für uns vorgesehen hat.«
Rosemarie wußte erst nicht, was sie auf diese nüchterne Feststellung erwidern sollte, und blickte einen Moment mit finsterer Resignation drein. »Na, in der göttlichen Vorsehung muß es aber einen ganzen Haufen von freien Stellen geben. Denn daß Er so herzlos sein soll, diesen aufgeblasenen Farrington für mich vorgesehen zu haben, kann ich beim besten Willen nicht glauben«, murmelte sie schließlich, erhob sich mit einem energischen Ruck und zog das Schiebefenster in der Hoffnung auf kühlen Fahrtwind herunter. Doch statt von frischer Luft umweht zu werden, drang die Wärme wie die heiße Woge aus einem Backofen in den Waggon ein. Ihr flog Sandstaub in die Augen, und Rußpartikel hinterließen häßliche Flecken auf den hellen Samtrevers ihrer Kostümjacke. Sie tupfe sich mit der Serviette die Tränen aus den Augen und den Schweiß von der Stirn.
Oh, wie sie dieses Land haßte!

3

Zur frühen Mittagsstunde saß Rosemarie mit Emily im hinteren Teil des Salonwagens, der ihrer Überzeugung nach diese Bezeichnung so wenig verdiente, wie sie Lawrence Farrington glattweg absprach, ein Gentleman zu sein. Sie hatte in England in Magazinen von den überaus bequemen und luxuriös eingerichteten Pullmanwagen gelesen, die in den Vereinigten Staaten sogar transkontinentale Eisenbahnreisen erträglich machten und seit geraumer Zeit auch in Europa und Afrika Einsatz fanden. Und so war sie denn in Kapstadt davon ausgegangen, daß im Kimberley-Zug die Waggons der ersten Klasse einen ähnlich komfortablen Standard bieten würden wie jene Pullmanwagen, von denen sie gelesen und Abbildungen gesehen hatte.

Wie groß war ihre Enttäuschung auf dem Bahnhof von Kapstadt gewesen, als Lawrence Farrington sie in den Zug geführt hatte. Ihr Schlafabteil hatte sich als stickige winzige Kammer mit durchgelegenen Betten entpuppt, die wie billige Feldpritschen aufgehängt waren. Der Speisewagen konnte samt seiner hastig zusammengestellten und offensichtlich völlig unfähigen Küchencrew nur als Katastrophe bezeichnet werden, und der Salonwagen bot den schäbigen Komfort, den man im heruntergekommenen Wartezimmer eines trunksüchtigen Arztes oder Rechtsanwalts fand, der längst das Vertrauen seiner Nachbarschaft verloren hat und nur noch von ahnungsloser Zufallskundschaft lebt.

Dennoch gab es keinen angenehmeren Aufenthaltsort im Zug als ebendiesen muffigen Salonwagen, trotz seiner abgescheuerten Sitzpolster, der verblichenen Vorhänge und der schadhaften Wandvertäfelung. Es war sozusagen das kleinste der zahlreichen

Übel, mit denen sich die Passagiere auf dieser Fahrt herumschlagen mußten, denn hier hatte man längst alle Fenster weit aufgerissen. Es war mittlerweile so heiß geworden, daß niemand mehr etwas darauf gab, ob nun Sandstaub und Rußpartikel in den Waggon wehten und sich in Haar und Kleidung festsetzten. Die einzige Alternative wären Atemnot und Hitzschlag gewesen. So machte der warme Fahrtwind aus der vorher lebensbedrohlichen Tortur eine Qual, die man jedoch überstehen würde, wenn auch reichlich zerzaust, verschwitzt und eingestaubt.
Lustlos blätterte Rosemarie in einem Monate alten Modejournal, während Emily neben ihr in eine Handarbeit vertieft war, die ihre ganze Aufmerksamkeit forderte. Schließlich legte sie das Magazin mit einer ärgerlichen Bewegung weg und suchte nach einer besseren Ablenkung. Ihr Blick fiel dabei ausgerechnet auf Lawrence Farrington, der schräg vor ihr in der Mitte des Salons saß. Zwar hatte auch er sich mittlerweile seiner Anzugjacke entledigt, doch Weste und Krawatte saßen noch so perfekt wie am frühen Morgen. Und im Gegensatz zu den meisten Passagieren, die große, dunkle Schwitzflecken unter den Armen aufwiesen und sich mit dem Taschentuch immer wieder über ihr schweißglänzendes Gesicht fuhren, waren bei Lawrence Farrington keine Anzeichen übermäßiger Transpiration zu erkennen. Man mußte schon sehr genau hinsehen, um auf seiner Stirn einen hauchdünnen Film feinster Schweißperlen zu entdecken. Von irgendwelchen häßlichen Schwitzflecken auf seiner Kleidung konnte bei ihm jedoch nicht die Rede sein. Er saß gänzlich entspannt da, war in ein Buch vertieft und schien von der brütenden Mittagshitze nicht im mindesten berührt zu sein.
Rosemarie ärgerte sich darüber mehr als über alles andere, was sie ihm vorzuwerfen hatte, spürte sie doch nur zu deutlich, wie ihr der Schweiß den Rücken und zwischen den Brüsten hinunterrann. Sie hatte das entsetzliche Gefühl, daß die Kleidung förmlich an ihr klebte und sie nicht weit davon entfernt war, sich in

Schweiß aufzulösen. Und dieses Ekel Farrington saß dort so ruhig und ohne schweißtriefendes Gesicht auf seinem Platz, als erfüllte milde Frühlingsluft den Waggon – und nicht die sommerliche Gluthitze der afrikanischen Halbwüste.
»Das ist einfach nicht fair!« grollte sie.
»Was hast du gesagt?« fragte Emily, ohne von ihrer Stickerei aufzusehen.
»Daß die dümmsten Bauern nur allzu häufig die dicksten Kartoffeln haben«, antwortete Rosemarie verdrossen.
Verständnislos hob Emily nun den Blick. »Kartoffeln? ... Wie kommst du jetzt bloß auf Kartoffeln?«
Rosemarie ersparte sich den Versuch einer Erklärung und schüttelte nur den Kopf. Sogar für eine Unterhaltung war es ihr zu heiß. Sie schaute aus dem Fenster. Die Landschaft hatte sich nicht verändert, wenn man einmal davon absah, daß der tiefblaue Himmel einem blendend grellen Spiegel gewichen war. Noch immer dehnte sich die trostlose Weite des afrikanischen Buschlandes von Horizont zu Horizont. Die Gehöfte der überwiegend burischen Farmer, die gelegentlich in Sichtweite der Eisenbahnlinie auftauchten und für einige Minuten die Eintönigkeit unterbrachen, boten jedoch auch keine große Ablenkung. Zumeist handelte es sich bei den Farmhäusern und Nebengebäuden um plumpe, armselige Lehmhütten, sogenannte *hartebeesthütten,* die bestenfalls einen weißen Kalkanstrich trugen. Zu diesen Gehöften gehörten meist noch mehrere *kraals* aus Dornengestrüpp, wie die Buren ihre Viehgehege nannten, sowie ein Bretterturm mit einem Windrad über einem tiefen Brunnen und ein paar Rundhütten, die sich abseits des Farmhauses befanden. Diese strohgedeckten Lehmhütten waren die Unterkünfte der schwarzen Farmarbeiter und Viehhirten, die bei Buren wie Engländern nur Kaffern hießen.
Mehrmals hatte Rosemarie auch schwere Fuhrwerke gesehen, die von bis zu sechzehn schweren Ochsen mit mächtigem Gehörn

gezogen wurden. Vom Zug aus hatte es immer so ausgeschaut, als bewegten sich die schwerfälligen Ochsengespanne überhaupt nicht von der Stelle. Allein die Staubfahne, die sie wie einen dreckigen Schleier hinter sich herzogen, hatte verraten, daß diese klobigen Gefährte mit ihren sechs, sieben, acht Joch Zugochsen offenbar doch vorankamen.

Zu dieser drückendheißen Mittagsstunde vermochte sie auf dem *veld*, wie die offene Weite des Buschlandes bei den Einheimischen hieß, jedoch weder das Windrad eines fernen Gehöftes noch ein einsames Ochsenfuhrwerk zu entdecken. Wie ausgestorben zog die Halbwüste an ihrem Fenster vorbei. Nichts als steinige Erde, Staub und kümmerliches Gestrüpp. Und dazu diese unerträgliche Hitze, als hätte jemand die Feuerluke eines gigantischen, glühendheißen Dampfkessels geöffnet!

Die Trostlosigkeit der Landschaft legte sich auf Rosemaries Gemüt. Sie wollte so gern tapfer und stark sein und sich nicht über ihr Schicksal beklagen, das sie derart abrupt aus ihrer vertrauten und beruhigend überschaubaren Welt in Bath gerissen hatte. Aber es kostete so schrecklich viel Willenskraft, sich nicht gehenzulassen und nicht völlig vor ihren beklemmenden Gefühlen der eigenen Unzulänglichkeit und Überforderung zu kapitulieren. Ihr Vater hatte den Schlaganfall überstanden und befand sich außer Lebensgefahr, wie Lawrence Farrington ihr versichert hatte. Aber was hieß das schon? Was würde wirklich in Kimberley auf sie zukommen? Und hatte sie die Kraft, mit dem, was sie in den nächsten Tagen, Wochen, ja Monaten hier in der Fremde erwartete, fertig zu werden? Ihr war zum Weinen zumute, und daß es ihr gelang, die Tränen zurückzuhalten, empfand sie als die größte Leistung, zu der sie derzeit fähig war.

Sie flüchtete sich in Gedanken an ihre Freundinnen zu Hause und nahm sich vor, ihnen gleich am nächsten Tag zu schreiben. Jane würde wissen wollen, ob sie früh genug aus Afrika zurückkam, um bei ihrer Hochzeit im Mai Brautjungfer zu sein. Und

Anne, der verträumten Abenteurerin, die Expeditionsberichte verschlang wie andere Mädchen Liebesromane, mußte sie unbedingt mitteilen, daß sie keinen Grund hatte, sie um diese Reise zu beneiden. Ja, und vielleicht sollte sie auch ihren beharrlichen Verehrer Steve Oxley, den Sohn des örtlichen Apothekers, mit ein paar Zeilen bedenken. Genug, um sein Interesse an ihr nicht erkalten zu lassen. Aber doch zuwenig und zu unverbindlich, um sich zu verpflichten und ihm irgendwelche Vorrechte einzuräumen. Eine diffizile Aufgabe, die sich mit etwas Geschick jedoch bewältigen ließ. An Fanny Hayes mußte sie natürlich auch schreiben. Ja, unbedingt! Zwar konnte von einer Freundschaft zwischen ihnen beiden keine Rede sein, kannte sie Fanny, eine ebenso zickige wie rachsüchtige Person, doch nur oberflächlich vom sonntäglichen Kirchbesuch her. Aber Fanny besaß einen hinreißend aussehenden Cousin namens Trevor Bailey, wie sie nach der Christmette auf dem verschneiten Kirchplatz zu ihrer freudigen Überraschung erfahren hatte. Und dieser attraktive Trevor Bailey, der ihr bei der leider allzu kurzen Vorstellung mehr als nur ein höfliches Lächeln geschenkt hatte, wie sie überzeugt war, hatte seit Jahresbeginn in der Bank von Fannys Vater eine verantwortungsvolle Stellung eingenommen und war zudem noch Junggeselle. Er wohnte für eine nicht näher benannte Übergangszeit im Haus seines Onkels, wie Emily der Köchin der Hayes hatte entlocken können. Fanny hatte noch zwei jüngere Schwestern, aber keinen Bruder, und deshalb bereitete ihr Vater, wie es hieß, nun seinen Neffen darauf vor, eines Tages seine Nachfolge anzutreten. Wenn sie also Fanny von ihren Erlebnissen in einem ausführlichen und vergnüglich zu lesenden Brief berichtete, vermochte sie bestimmt recht unverfänglich einen Absatz einzufügen, in dem sie sich nach ihrem Leben in Bath und dem ihres Cousins erkundigen würde, zumal er ja mit ihr unter einem Dach lebte. Ja, und dann hatte sie gute Chancen, daß Fanny, die ja sowieso nichts für sich behalten konnte, den Brief Trevor zu lesen gab. Wenn auch er ihr Schreiben amüsant genug fand, und wenn er ihr Interesse an seinem Leben richtig deutete und sie ihm nicht gleichgültig war, dann ... ach, was konnte nicht alles geschehen.

Und so träumte sich Rosemarie weg aus dem heißen Salonwagen in die winterliche Heimat im fernen Bath, wo sie mit fast jedem Gesicht und jedem Haus in ihrer Nachbarschaft von Kindesbeinen an vertraut war und wo das aufregendste Abenteuer in ihrem Freundeskreis aus einem verstohlenen Kuß oder einem heimlich zugesteckten Liebesbrief bestand – und neuerdings aus der Verlobung und bevorstehenden Hochzeit von Jane Wilkens.

Eine ganze Weile träumte sie so vor sich hin. Dann veränderte sich das Rattern und das Schwanken der Waggons, und auch das Stimmengewirr im Salonwagen erhielt auf einmal einen irgendwie freudig erregten, lebendigeren Klang.

Rosemarie fuhr aus ihren Tagträumen auf und stellte zu ihrer Verwunderung fest, daß sich der Zug mit spürbar verminderter Geschwindigkeit einem breiten Fluß näherte.

»Wir haben den Modder River erreicht. Jetzt sind es bloß noch gut zwanzig Meilen und drei weitere Stationen bis nach Kimberley«, hörte sie eine Stimme sagen, worauf eine andere mürrisch erwiderte: »Ja, zwanzig Meilen und drei Stationen zuviel!«

Nun schaute auch Emily auf. »Ah, ein Fluß!« Sie rief das mit solch einer Begeisterung aus, als wäre vor ihnen die breite Flußmündung des Avon bei Bristol mit seinen klaren, tiefen Fluten aufgetaucht.

»Der Modder River macht seinem Namen ja wirklich alle Ehre«, meinte Rosemarie etwas abfällig, als der Zug gemächlich über die Holzbrücke rumpelte, die hinüber auf das Nordufer führte. Unter ihnen floß der Modder auf einer Breite von nicht mehr als hundert Yards schlammbraun und träge dahin. Ein Ochsengespann zog ein Stück flußabwärts durch die Furt, und das Wasser reichte dem Fuhrwerk gerade mal bis an die Radnabe der kleineren Räder an der Vorderachse.

Aber dennoch erfreuten der Fluß und die Ufer auch Rosemaries Auge, zumal es auf beiden Seiten des Modder River einen wenn auch schmalen, so doch erfrischend grünen Streifen aus Gras, blühenden Büschen, Weiden, Akazien und etlichen Mimosenbäumen gab. Dieser Anblick bot einen angenehmen Kontrast zu der Trostlosigkeit des rotbraunen, ausgedörrten Buschlandes.

Am Nordufer lag die Modder River Station, um die sich eine bescheidene Siedlung mit knapp zwei Dutzend Hütten und Häusern gebildet hatte. Der Zug kam an einer langen Plattform, die ein Dach aus rostigem Wellblech trug, zum Stehen. Vorn bei der Lokomotive schwang der lange Arm des Wasserturms herum, und eine Gruppe schwarzer Arbeiter begann, von einer Rampe Kohle in den Tender zu schaufeln.

Alles drängte aus dem Zug, auch die Passagiere, für die hier noch nicht das Ende ihrer Eisenbahnfahrt gekommen war. Keiner konnte es erwarten, der Enge und staubigen Hitze der Waggons zu entrinnen und für die Dauer des Aufenthalts in den Schatten eines Baumes am Flußufer zu flüchten. Rosemarie und Emily machten da keine Ausnahme. Und wie glücklich waren sie, als sie hörten, daß in Smuts Canteen gegenüber der Bahnstation kalte Getränke ausgeschenkt wurden, die aus einem tiefen, feuchten Erdkeller kamen.

Sie labten sich an wunderbar kühler, belebender Limonenlimonade, von der sich jede zwei Glas gönnte und die ihre Lebensgeister wieder weckte. Anschließend begaben sie sich im Schutz ihrer Parasols in den Schatten einer mächtigen Weide am Ufer des Modder River. Sie setzten sich ins Gras, lehnten sich gegen den Stamm des alten Baumes und hätten dort am Fluß am liebsten bis in den späten Nachmittag hinein gesessen – mit gelegentlichen Besuchen von Smuts Canteen. Denn so konnte man die Hitze einigermaßen ertragen.

Ihnen war jedoch nicht mehr als eine halbe Stunde vergönnt. Dann rief der Lokführer die Passagiere mit Hilfe seiner Dampfsirene zum Zug zurück.

Rosemarie und Emily waren nicht die einzigen, die sich mit einem Stoßseufzer von ihren schattigen Plätzen erhoben und sich widerwillig auf den Weg zur Bahnstation machten. Sie waren aber mit Sicherheit diejenigen, die sich von allen am meisten Zeit ließen. Lawrence Farrington stand schon mit dem Zugaufseher auf der Plattform des Waggons und hielt nach ihnen Ausschau, als sie endlich auf dem Bohlensteg der Station erschienen. Rosemarie hätte auf seinem Gesicht liebend gern einen Ausdruck von Ungeduld und Ärger entdeckt, doch diesen Gefallen tat er ihr nicht. Mit unbewegter Miene wartete er auf sie und streckte hilfreich die Hand aus, als sie ihre Parasols zusammenklappten und ihre Röcke rafften. Allein seine zusammengepreßten Lippen gaben einen Hinweis auf die Mißbilligung, die offen auszudrücken er sich nicht gestattete.

»Verbindlichsten Dank«, sagte Emily und bedachte ihn mit einem Lächeln, das von Herzen kam.

»Wir wüßten wirklich nicht, was wir ohne Ihre Hilfe täten, Mister Farrington«, fügte Rosemarie mit einem theatralischen Seufzer hinzu.

»Die Vorstellung, dies herauszufinden, entbehrt nicht eines gewissen Reizes, Miss Brandon«, erwiderte er überraschenderweise mit unverhohlenem Sarkasmus und begab sich in den Salonwagen.

»Mußte das denn sein?« raunte Emily vorwurfsvoll.

Rosemarie zuckte mit den Schultern. »Ich kann nichts dafür. Irgendwie reagiere ich allergisch auf ihn. Das ist so ähnlich wie mit Juckpulver, oder wenn einem Pfeffer in die Nase dringt. Ob man nun will oder nicht, man muß dann einfach niesen. Da kann man gar nichts dagegen machen.«

»Mister Farrington ist weder Juckpulver noch Pfeffer. Und du tätest wirklich besser daran, dich nicht von dummen Vorurteilen, die du gegen ihn hegst, zu derlei ungebührlichen Äußerungen verleiten zu lassen. Denn mit dieser einen Bahnfahrt wird der Kontakt zwischen dir und ihm wohl sicher nicht sein Ende finden. In Kimberley wirst du ihm kaum aus dem Weg gehen können, ist er doch Geschäftspartner deines Vaters. Die Vernunft gebietet es daher schon, daß du dir den Umgang mit Mister Farrington selbst nicht noch schwerer machst, als er es leider jetzt schon ist.«

Emily Mitford bedachte sie mit einem strengen Blick, und einmal mehr wünschte sie sich, nicht nur Zofe, Vertraute und in gewisser Weise Mutterersatz für Rosemarie zu sein, sondern auch die unangefochtene Autorität einer strengen Erzieherin zu besitzen. Doch wenn man miteinander so vertraut war und einander so nahestand wie Rosemarie und sie, dann überwog das freundschaftlich-schwesterliche Verhältnis. Und das ließ keinen Platz für harsche Anordnungen und Strafpredigten, sondern erlaubte allenfalls Appelle an ihre Vernunft und an ihre eigentlich sehr ausgeprägte Großherzigkeit.

»Ich werde darüber nachdenken«, versprach Rosemarie, und es tat ihr leid, Emily so bedrückt zu sehen. Deshalb schenkte sie ihr ein entwaffnendes Lächeln, wußte sie doch ganz genau, wie sie ihre treue und so herzensgute Zofe und Gesellschafterin versöhnlich stimmen konnte.

»Tu das, meine Liebe«, sagte Emily nachdrücklich. »Nur ist es mit Nachdenken allein nicht getan.«

»Ich gelobe Besserung, Emily.«

»Gebe es Gott!« seufzte die ältere Frau. »Und jetzt entschuldige mich bitte. Nach der vielen Limonade verlangt die Natur ihr Recht, und zwar ohne weiteren Aufschub.« Sprach's und verschwand eiligst durch die Tür im Salonwagen.

Der Zugaufseher klappte die Pforte des hüfthohen Sicherheitsgitters zu, das den Perron des Waggons umschloß, und Rosemarie wollte ihrer Zofe schon ins Innere des Zugs folgen, als sie ihren Blick noch einmal über das Buschland jenseits der Siedlung schweifen ließ. Dabei zog eine Staubwolke am südwestlichen Horizont ihre Aufmerksamkeit auf sich. Sie stutzte, beschattete ihre Augen mit der flachen Hand, um in dem grellen Mittagslicht besser sehen zu können, und spähte angestrengt zu dieser Staubfahne hinüber.

»Sie gehen besser in den Wagen, Miss«, sagte der Zugaufseher zu ihr. »Ich gebe jetzt das Signal zur Abfahrt, und gleich darauf wird Big Molly«, er deutete nach vorn zur Lok, »mächtig viel Rauch ausspucken. Der Perron hier ist dann der denkbar ungemütlichste Ort, es sei denn, man ist versessen darauf, sich räuchern und einrußen zu lassen.«

»Ich weiß Ihre Besorgnis sehr zu schätzen«, erwiderte Rosemarie freundlich, »aber ich denke, Sie sollten unserem Lokführer besser noch nicht das Signal zur Abfahrt geben.«

Der Eisenbahner, der vom Alter her gut und gern ihr Vater hätte sein können, hob die grauen Augenbrauen. »Und weshalb nicht, Miss?«

»Mir scheint, da will noch jemand diesen Zug erreichen, Mister«, antwortete sie und deutete über die Blechdächer der Siedlung hinweg auf die Staubwolke, die schnell größer geworden war. »Das sieht mir nach drei Reitern aus.«

Der Zugaufseher blickte in die Richtung. »Donnerwetter, Sie müssen ja Augen wie ein Adler haben! Ich kann außer einer Staubwolke noch nichts Rechtes ausmachen«, brummte er und kratzte sich im Nacken unter dem Rand seiner Mütze.

»Es sind drei Reiter.« versicherte Rosemarie. »Zumindest kann ich drei Pferde erkennen. Und wer immer da im vollen Galopp über das Veld gejagt kommt, wird bei dieser Hitze sich und seinen Pferden kaum eine solche Anstrengung abverlangen, nur um jemandem in der Siedlung einen Besuch abzustatten oder Einkäufe zu tätigen, die auch noch eine halbe Stunde länger warten können.«

»Hm, ja, Sie mögen recht haben. Niemand mit einem halbwegs gesunden Menschenverstand würde so unvernünftig sein«, räumte der Zugaufseher ein, um bissig einzuschränken: »Obwohl ... in letzter Zeit scheinen eine Menge Leute ihren gesunden Menschenverstand verloren zu haben, ganz besonders in den Reihen der Politiker auf beiden Seiten der Grenze.« Er machte eine kurze Pause, kratzte sich erneut am Kopf und rang sich dann zu einem Entschluß durch. »Ich sage Ihnen, was ich tun werde. Henry, unser Lokführer, hat vorn ein Fernglas liegen, ein altes Armeeglas. Es hat einen Riß in der linken Linse, aber es tut noch seine Dienste. Ich werde rasch zu ihm laufen und ihm die Entscheidung überlassen, ob er noch zehn Minuten warten will oder nicht.«
Rosemarie lächelte. »Das ist eine gute Idee, aber wenn Sie möchten, wette ich mit Ihnen, daß es drei Reiter sind, die darauf hoffen, den Zug nicht zu verpassen«, sagte sie mit einem Augenzwinkern.
»Ich wette nicht mit jungen Damen, schon gar nicht mit solchen, die einem alten Mann mit ihren Adleraugen wenig Chancen lassen, die Wette zu gewinnen«, erwiderte er belustigt, tippte an seinen Mützenschirm und begab sich nach vorn zum Lokführer. Fünf Minuten später schwang er sich wieder zu ihr auf den Perron, das Gesicht zu einem breiten Grinsen verzogen. »Mein Riecher, daß Sie die Wette gewinnen würden, Miss, hat mich ebensowenig getrogen wie Ihre Augen«, teilte er ihr mit. »Es sind in der Tat drei Reiter, die dort angeprescht kommen. Der gute Henry hat zwar geflucht wie ein Kesselflicker, wenn Sie mir diese Bemerkung erlauben, Miss, aber er wird warten.«
Auch Rosemarie wartete – und zwar auf der kleinen Außenplattform. Nach der langen eintönigen Fahrt und Ereignislosigkeit war ihr diese Ablenkung mehr als willkommen. Es gab etwas zu beobachten, und ihre Gedanken konnten sich eine Weile mit dem selbstgestellten Rätsel beschäftigen, wer diese drei Reiter wohl sein und woher sie kommen mochten.

Gute zehn Minuten später erreichte die kleine Reitergruppe die Modder River Station. Es handelte sich um drei Männer. Zwei von ihnen waren Schwarze, der eine ein junger Bursche, während der andere schon graue Haare zeigte, als er seinen Filzhut vom Kopf nahm und sich mit einem Tuch über Gesicht und Stirn wischte.

Obwohl Rosemarie in Bath nur gelegentlich ausritt und nicht allzuviel von Pferden verstand, sah doch auch sie auf den ersten Blick, daß es sich bei den drei Tieren um Prachtexemplare handelte. Die Pferde waren zwar nicht so hochbeinig und schlank in den Fesseln, wie Rosemarie sie von England her kannte, aber in ihren Adern floß zweifellos das Blut von Rassepferden. Trotz des gestreckten Galopps in dieser brutalen Hitze wiesen sie nur einen feuchten Schimmer auf den Flanken auf, jedoch keinen Schaum vor dem Maul.

»Erstklassige Burenpferde!« sagte der Zugführer und schnalzte anerkennend mit der Zunge. »Diese Grobschädel können reiten wie der Teufel, das muß der Neid ihnen lassen, und die Kaffern, die von ihren Farmen kommen, stehen ihnen darin oft nicht nach. Und kein noch so reinrassiges Rennpferd, aus welchem erstklassigen europäischen Stall es auch stammen mag, kann es im Veld mit Burenponys aufnehmen, mein Wort drauf, Miss.«

Während der Eisenbahner nun vom Perron stieg, beobachtete Rosemarie den Weißen, der kurz an die Spitze des Zugs geritten war, um dem Lokführer etwas zuzurufen. Nun kam er mit seinen beiden schwarzen Begleitern auf die Höhe der Waggons der ersten Klasse und sprang mit einer eleganten Bewegung, die den routinierten Reiter verriet, von seinem Pferd. Seine hochgewachsene, schlanke Gestalt steckte in Khakihosen und einem gleichfalls khakifarbenen Hemd, über dem er eine lederne, sandfarbene Weste trug. Auffallend war das lässig geknotete bunte Halstuch, das unter seinem offenstehenden Hemd zum Vorschein kam, und der speckige, breitkrempige Hut, der so typisch für die burischen Farmer war und dessen Schatten das Gesicht des Fremden verbarg.

Der Mann löste die Gurte, mit denen eine Reisetasche hinter dem Sattel seines Pferdes festgeschnürt war, und warf die Zügel dem grauhaarigen Schwarzen mit den Worten zu: »Reit mit den Pferden zu Martinus, und versorge sie gut. Heute abend bringst du sie dann nach Grootvlei zurück.«

»Ja, Mijnheer Hamilton!« sagte der Schwarze.

Indessen hatte der Jüngere das andere Gepäck, das aus einer weiteren Reisetasche sowie einem Kleidersack aus grobem Drillich bestand, von seinem Pferd gebunden und die Zügel seines Reittiers ebenfalls dem Grauhaarigen überlassen. Er warf sich den Sack über die Schulter, nahm die Reisetasche und rief: »Wir können, *baas!*«

Dieser nickte ihm zu. »Gut, Cato. Wir haben den Zug auch lange genug aufgehalten. Sehen wir zu, daß wir hineinkommen!«

Der Schwarze namens Cato stieg in einen der vorderen Waggons, der allein den Schwarzen, den Kaffern, vorbehalten war, während der Zugaufseher ein paar Worte mit dem Mann in der Khakikleidung wechselte und dabei einmal mit dem Kopf zum Perron hindeutete.

Rosemarie konnte sich denken, was er dem Fremden erzählte, und sie gestattete sich ein kleines Lächeln. Das Wissen, daß sie für den längeren Aufenthalt und alles, was daraus folgte, verantwortlich war, bereitete ihr ein nicht geringes Vergnügen. So lächerlich unbedeutend ihr Eingreifen auch gewesen war, so erfuhr sie doch zum erstenmal seit vielen Wochen wieder das erhebende Erlebnis, aus freiem Willen und nach eigenem Gutdünken etwas getan zu haben. Welch ein Unterschied zu dem bedrückenden Gefühl, ohnmächtiger Spielball eines ungnädigen Schicksals zu sein.

Mit derselben Eleganz, mit der sich der fremde Mann aus dem

Sattel geschwungen hatte, erklomm er Augenblicke später den Perron. Er stellte die Reisetasche ab und nahm den Hut vom Kopf. Darunter kam ein üppiger blonder Haarschopf zum Vorschein, der ihm in sanften Locken bis über die Ohren reichte. Zudem hatte er ein ausnehmend gutgeschnittenes Gesicht mit einer sinnlichen Mundpartie und die blauesten, ausdrucksstärksten Augen, die sie je gesehen hatte.

»Wie ich höre, habe ich es Ihnen und Ihrer scharfen Beobachtungsgabe zu verdanken, daß ich den Zug nicht verpaßt habe«, sprach er sie mit einer ebenso männlichen wie wohlklingenden Stimme an. »Ich bin Ihnen überaus dankbar, Missis ...« Leicht fragend hob er die perfekt geschwungenen Augenbrauen und neigte den Kopf dabei ein wenig, als fürchtete er, etwas Wichtiges überhört zu haben.

»Brandon ... Miss Rosemarie Brandon.«

»Richard Hamilton«, stellte er sich vor. »Auch wenn Sie den Zug nicht für mich aufgehalten hätten, wäre es mir ein ausgesprochenes Vergnügen gewesen, Ihre reizende Bekanntschaft zu machen, Miss Brandon.«

Es war nicht der charmante Ton und das Kompliment als solches, was ihr gefiel, sondern wie er sie dabei ansah. Seine Augen zeigten unverhohlene Bewunderung, aber nicht auf jene kuhäugige und unterwürfige Art, mit der Steve Oxley sie stets anstarrte, als wollte er sich gleich vor ihre Füße werfen und sich ganz ihrer Gnade ausliefern. Dieser fremde Mann strahlte dabei viel mehr Selbstbewußtsein aus.

Sie lächelte, während er seine Tasche nahm und die Waggontür für sie aufhielt. »Für einen Buren, die man mir immer als ungehobelte Burschen geschildert hat, sprechen Sie unsere Sprache nicht nur ausgezeichnet, sondern Sie verstehen sich ebenfalls genausogut auf die Kunst der charmanten Schmeichelei, Mister Hamilton.«

»Auch wenn ich unter der afrikanischen Sonne zur Welt gekommen bin, fließt doch so wenig burisches Blut in meinen Adern wie ich es bei Ihnen annehme, Miss Brandon«, erwiderte er amüsiert. »Und was die Buren ganz allgemein als Volk betrifft, so sind sie genauso ungehobelt wie unsere Bauern in Lancashire oder unsere Bergleute in Cornwall – oder so kultiviert wie unsere Landsleute, die man in den vornehmen Salons von London, Leeds und Bristol antrifft. Womit ich aber über die menschliche Qualität weder der einen noch der anderen ein Urteil gefällt haben möchte.«

»Oh, ich bitte um Entschuldigung für dieses Mißverständnis«, sagte Rosemarie, errötend über ihren Fauxpas. »Wie gedankenlos von mir, Sie für einen Buren zu halten, nur weil der Zugaufseher Ihre Reitkünste gepriesen und diese als besondere Fähigkeit der Buren herausgestellt hat.«

»Wenn das so ist, bestehe ich darauf, Ihr Mißverständnis als besonderes Kompliment zu nehmen, womit eine Entschuldigung gänzlich unnötig ist«, entgegnete er vergnügt und mit einer Konzilianz, die Rosemarie als ungemein einnehmend und erfrischend empfand – ganz besonders nach den gräßlichen Tagen in Gesellschaft von Lawrence Farrington, dessen steife und oft genug geradezu abweisende kühle Art ihr doch sehr zugesetzt hatte.

»Dann bin ich beruhigt, Mister Hamilton.«

»Wie könnte ein Mann, der Augen im Kopf und Anstand im Leib hat, auch nur irgend etwas tun oder gar zulassen, was Sie womöglich beunruhigt?«

Bei jedem anderen hätte sie diese Schmeichelei als reichlich dick aufgetragen, ja sogar als ungehörig empfunden, kannten sie sich doch noch keine fünf Minuten. Dieser Fremde besaß jedoch eine bezaubernde Art, das, was bei anderen gekünstelt und übertrieben gewirkt hätte, ganz natürlich und dem Augenblick angepaßt klingen zu lassen.

Er flirtet ja regelrecht mit mir, dachte Rosemarie und lachte dabei innerlich, während sie ihm belustigt antwortete: »Ich hätte keine Schwierigkeit, Ihnen einige zu nennen, Mister Hamilton.«

»Vertrauen Sie mir ihre Namen an, und ich werde dafür sorgen, daß sie ihre gerechte Strafe erhalten und sich nie wieder eines solch schändlichen Kapitalverbrechens schuldig machen werden«, versprach er ihr mit gespielt ernster Miene.

Rosemarie lachte vergnügt auf, während sich der Zug ruckend und unter lautem Schnaufen der Lok in Bewegung setzte. »Überlegen Sie sich gut, was Sie da sagen! Ich könnte Sie beim Wort nehmen«, warnte sie ihn im Spaß.

Er schmunzelte. »Wie ich heraushöre, sind Sie noch nicht lange im Land. Und ich nehme an, Sie reisen nach Kimberley?« erkundigte er sich nun.

»Ja, eine Zofe und ich sind erst vor vier Tagen in Kapstadt eingetroffen. Wir kommen aus Bath, und wir können es gar nicht erwarten, endlich in Kimberley zu sein. Diese Art des Reisens sind Emily und ich nicht gewöhnt, von der Hitze ganz zu schweigen.«

Er nickte verständnisvoll. »Sie werden sehen, es ist alles eine Frage der Gewöhnung. Darf ich mir die Freiheit herausnehmen, Sie zu fragen, wo und wie lange Sie in Kimberley zu bleiben gedenken, Miss Brandon?«

Ihr Lächeln verlor seine Unbeschwertheit, und ein Schatten legte sich über ihre Züge. »Ich weiß es nicht, Mister Hamilton. Das hängt vom Gesundheitszustand meines Vaters ab. Er hat zum Jahresende im Haus meines Onkels Rupert Thorndike einen Schlaganfall erlitten.«

»Oh, das tut mir aufrichtig leid.« Sein Gesicht zeigte einen Ausdruck ehrlichen Bedauerns. »Ich bin mir jedoch sicher, daß Ihr Erscheinen Ihrem Vater neue Kräfte zur Genesung geben wird. Und darf ich Ihnen meine Hilfe anbieten, wenn wir Kimberley erreicht haben?«

»Danke, das ist sehr liebenswürdig von Ihnen«, sagte Rosemarie nach kurzem Zögern, denn nur zu gern hätte sie sein Angebot angenommen, »aber ein Geschäftspartner meines Vaters, Mister Farrington, hat uns in Kapstadt erwartet und begleitet uns auf dieser Zugfahrt. Er hat gewiß schon Arrangements getroffen, so wie ich ihn einschätze.«

»Mister Brandon und Mister Farrington wie in Farrington, Brandon & Nash?« fragte Richard Hamilton überrascht.

»Ja, in Person«, bestätigte sie nicht ohne Stolz, denn offensichtlich kannte er die Firma, die ihr Vater mit seinen beiden Partnern in Kimberley gegründet hatte.

Er lächelte und machte eine spaßhaft resignierende Geste. »Nun, dann bleibt mir leider nur noch zu hoffen, daß Sie mir erlauben, Ihnen bei Gelegenheit einen Besuch im Haus Ihres Onkels abzustatten und Sie womöglich sogar mit den Besonderheiten und Reizen von Kimberley vertraut zu machen – natürlich immer vorausgesetzt, die Umstände erlauben es Ihnen und lassen derartige Zerstreuungen für angebracht erscheinen.«

Rosemarie schenkte ihm ein kleines Lächeln, das ebenso Zurückhaltung wie Ermutigung enthielt, und antwortete diplomatisch: »Es ist immer angenehm, in einer fremden Stadt ein freundliches Gesicht wiederzusehen.« Damit ließ sie sich alles offen.

Richard Hamilton setzte zu einer zweifellos charmanten Erwiderung an, als Rosemarie am anderen Ende des Salonwagens Lawrence Farrington auftauchen und ihrer Zofe die Tür aufhalten sah. Sie wollte auf keinen Fall, daß Farrington sie im Gespräch mit diesem blendend ausschauenden und ungemein charmanten Mann erblickte. Er brachte es vielleicht sogar fertig, zu ihnen zu kommen und ihn mit derselben kühlen Arroganz zu behandeln, die er bisher für sie reserviert hatte. Deshalb verabschiedete sie sich schnell mit einem kurzen Gruß von ihrer überraschenden und aufregenden Bekanntschaft. Als Lawrence Farrington und Emily in ihre Richtung sahen, hatte sie sich schon ein gutes Stück von Richard Hamilton entfernt.

»Worüber lächelst du?« wollte Emily eine halbe Stunde später wissen, als der Modder River und die Siedlung mit der primitiven Bahnstation schon längst außer Sicht waren und der Zug wieder mit monotoner Gleichmäßigkeit über die Gleise ratterte.

Rosemarie wandte sich ihrer Zofe zu. »Worüber ich lächle?« Sie war sich dessen überhaupt nicht bewußt gewesen.

»Ja, schon die ganze Zeit. Seit wir abgefahren sind, sitzt du still da und lächelst vor dich hin.«

»Ach, es ist nichts weiter«, log Rosemarie und mußte an sich halten, daß ihr Blick nicht Richard Hamilton suchte. »Ich bin bloß glücklich, daß wir in ein paar Stunden endlich in Kimberley sind.«

»Nur deshalb?«

»Ja, nur deshalb.«

Emily warf ihr einen skeptischen Blick zu. »Na!« war ihr einziger Kommentar, bevor sie sich wieder ihrer Handarbeit zuwandte.

Lawrence Farrington saß ihnen gegenüber, weil er weiter von ihnen entfernt keinen freien Platz mehr gefunden hatte. Rosemarie fing seinen kühlen, stechenden Blick auf. Aber nicht einmal er schaffte es, das Lächeln von ihrem Gesicht zu vertreiben, und diesmal war es Lawrence Farrington, der zuerst wegschaute. Seit den Weihnachtstagen, als sie Trevor Bailey zum erstenmal begegnet war, hatte sie sich nicht mehr so freudig erregt und lebendig gefühlt.

Auf einmal freute sie sich auf Kimberley, was ihr jedoch sofort Gewissensbisse bereitete, als sie sich dessen bewußt wurde. Aber dann besänftigte sie ihr Gewissen damit, daß sie sich ja auch deshalb auf Kimberley freute, weil sie dort endlich ihren Vater wiedersehen würde, der sich doch schon auf dem Weg der Besserung befand, wie Mister Unleidlich ihr ja versichert hatte. Und da konnte es doch nicht verwerflich sein, auch dem Wiedersehen mit Richard Hamilton voll freudiger Erwartung entgegenzublicken.

4

Am späten Nachmittag, nach planmäßigem Aufenthalt an den Stationen von Merton, Spytfontein und Wimbledon, lief der Zug unter dem durchdringenden Tuten seiner Dampfsirene in den Bahnhof von Kimberley ein. Das hohe, luftig konstruierte Gebäude mit seinem geschwungenen Metalldach und den wie gedrechselt aussehenden Stahlpfosten befand sich am nordöstlichen Rand des Stadtzentrums, zwischen Gladstone Avenue und Florence Road.

Rosemarie war überrascht von der Weitläufigkeit des Bahngeländes, das keinen Vergleich mit dem Zentralbahnhof von Bath zu scheuen brauchte, zumal es hier auf den Gleisen und Plattformen noch um einiges geschäftiger und insbesondere bunter zuging. Nicht nur schwarze Packer, Gleiswärter und Gepäckträger aller Schattierungen bevölkerten den Bahnhof, sondern auch elegant livrierte Kutscher und Bedienstete, die ihre Herrschaft begleiteten oder darauf warteten, sie in Empfang zu nehmen. Sie erblickte zudem mehrere Chinesen und Inder, die insbesondere durch ihre Landestracht aus dem exotisch anmutenden Leben und Treiben hervorstachen.

Kaum war der Zug zum Stehen gekommen, da winkte Lawrence Farrington schon einem Schwarzen und trug ihm auf, sich um ihr Gepäck zu kümmern.

»Ich habe Ihrem Onkel von Spytfontein aus telegrafiert und ihn wissen lassen, daß es wenig Sinn macht, daß er und Ihre Tante uns am Bahnhof erwarten«, informierte sie Lawrence Farrington, als sie den Zug verließen. Er sagte das mit der unbeteiligten Sachlichkeit eines Mannes, der ein offizielles Bulletin verliest, zu dem er keine persönliche Beziehung hat. »Man muß auf diesen Strecken immer mit Verspätungen rechnen. Außerdem gibt es genügend Mietdroschken, die uns genauso schnell und bequem nach Belgravia bringen wie Mister Thorndikes Kutsche.«

Rosemarie begnügte sich mit einem Nicken, von den vielen neuen Eindrücken viel zu sehr in Anspruch genommen, um sich über seine kühle Reserviertheit zu ärgern. Zudem hielt sie in dem lärmenden Durcheinander Ausschau nach Richard Hamilton. Sie erhaschte einen Blick von ihm, als sie den Vorplatz erreichten, wo sich Dutzende von Fuhrwerken, Mietdroschken, offenen Einspännern und Kutschen aller Art drängten. Er stieg in einen eleganten Landauer, der von zwei prächtigen Rappen gezogen und von einem Schwarzen in cremefarbener Livree gelenkt wurde. Für einen kurzen Moment verharrte er auf der Stufe des Wagens und ließ seinen Blick über das Wirrwarr aus hin und her eilenden Gepäckträgern, Kutschern, Zugreisenden und deren Dienstpersonal schweifen.

Rosemarie hegte nicht den geringsten Zweifel, daß er in der Menge nach ihr suchte, und am liebsten hätte sie die Hand gehoben und ihm zugewunken. In dem Moment entdeckte er sie, und sein Blick blieb an ihr haften. Er lächelte sie über die Köpfe der Leute hinweg an, zog seinen Hut und sandte ihr einen wortlosen Gruß hinüber.

Dem Gebot der Schicklichkeit folgend, antwortete sie darauf mit einem verhaltenen Lächeln und einer kaum merklichen Neigung des Kopfes. Damit gab sie ihm zu verstehen, daß ihr seine Aufmerksamkeit nicht unwillkommen war. Alles andere war seiner Initiative überlassen – und hing vom Gesundheitszustand ihres Vaters ab.

Im nächsten Moment verschwand Richard Hamilton aus ihrem Blickfeld, denn Lawrence Farrington führte sie zu einer offenen Mietkutsche mit einem fransengesäumten Sonnenverdeck. Eine zweite Kutsche folgte ihnen, als sich ihre Droschke wenig später aus dem Durcheinander des Bahnhofsvorplatzes löste und die Florence Road hinunterfuhr.

»Was für ein geschäftiges Leben und Treiben«, wunderte sich Emily, als sie nach rechts in die Knight Street abbogen und der Verkehr aus Fuhrwerken, Kutschen, Reitern und Passanten noch zunahm.

Emily und Rosemarie vermochten ihre Überraschung nicht zu verbergen. Zwar hatten sie mehrfach zu hören bekommen, daß Kimberley eine richtige Stadt sei, und zwar nach Kapstadt die zweitgrößte in der Kapkolonie, aber sie hatten das nach den elenden Ortschaften und Bahnstationen, die sie auf ihrer Fahrt entlang der Strecke zu Gesicht bekommen hatten, für die maßlose Aufschneiderei von Lokalpatrioten gehalten. Sic hatten inmitten der Halbwüste nicht mehr als eine größere Siedlung mit vielleicht einem Dutzend Straßen und bestenfalls einigen hundert Häusern erwartet. Und nun offenbarte sich ihnen Kimberley tatsächlich als Stadt mit einem Gewirr von Straßen und mehreren zehntausend Einwohnern. Und als sie sich dem Zentrum rund um den City Hall Square näherten, drängte sich ein Geschäft neben dem anderen.

Emily Mitfords Blick fiel auf die Straßenlaternen und die Drähte, mit denen sie verbunden waren. »Sagen Sie bloß, Sie haben hier schon elektrische Straßenbeleuchtung?« rief sie überrascht aus.

Lawrence Farrington, der ihnen gegenübersaß, nickte. »Schon seit einer kleinen Ewigkeit, Missis Mitford.«

»Und was ist in Kimberley eine kleine Ewigkeit, Mister Farrington?« fragte Rosemarie.

»Die ersten zweiunddreißig elektrischen Laternen wurden bereits im Jahre 1882 hier in Betrieb genommen. Damit war Kimberley die erste Stadt auf der südlichen Hemisphäre, deren Straßen elektrisch beleuchtet wurden«, antwortete er mit deutlichem Stolz in der Stimme. »Und unsere elektrische Tram hat die Pferdetram auf der Dutoitspan Road keine fünf Jahre später

abgelöst. Die Wagen hat die Victoria Tramway Company übrigens aus Amerika importiert. Kimberley ist immer eine moderne Stadt und Vorreiterin gewesen, wenn es um technische Neuerungen ging, und das ist bis heute so geblieben. Übrigens gehört auch das Haus Ihres Onkels zu den inzwischen recht zahlreichen Gebäuden und privaten Haushalten, die über elektrisches Licht und über ebenso angetriebene Ventilatoren verfügen.«
Augenblicke später erreichten sie den riesigen Marktplatz, der auch City Hall Square hieß, seit sich zu den stattlichen Hotels und Geschäften hier auch ein imposantes Rathaus und mehrere andere öffentliche Gebäude gesellt hatten.
»Die Marktplätze wurden früher immer so weitläufig angelegt. Sie mußten so groß sein, damit die schweren Fuhrwerke mit ihren bis zu sechzehn vorgespannten Ochsen problemlos wenden konnten. Dieser eindrucksvolle Bau zu Ihrer Rechten ist übrigens das Royal Diamond Hotel, das erste Haus am Platz. Und der vierstöckige Glockenturm des Gerichtsgebäudes auf der anderen Seite des Marktplatzes wurde erst sieben Jahre später errichtet ...«
Rosemarie und ihre Zofe sahen sich verwundert an, als Lawrence Farrington sie nun ungefragt auf dieses und jenes Gebäude aufmerksam machte und ihnen ihre Bedeutung sowie ihre Geschichte erklärte. Der Stolz auf die Stadt und ihre Errungenschaften ließen ihn seine Wortkargheit und bisher ablehnend distanzierte Art völlig vergessen. Oder war es vielleicht die gleiche Erleichterung, die Rosemarie und Emily empfanden, endlich das Ziel der langen, strapaziösen Bahnfahrt erreicht zu haben, die ihn auf einmal so umgänglich stimmte? Was immer auch der Grund sein mochte, Lawrence Farrington erschien ihnen jedenfalls wie verwandelt und geradezu liebenswürdig. Sogar sein Gesicht verlor den nichtssagenden starren Ausdruck. Es belebte sich und zeigte mehr als einmal ein überaus sympathisches Lächeln.
»... das war im September 1892, als die South African &

International Exhibition hier in Kimberley feierlich eröffnet wurde. Über vierhunderttausend Besucher aus aller Welt waren gekommen.«

Rosemarie verhehlte nicht, daß sie beeindruckt war. Kimberley konnte man in der Tat als Stadt bezeichnen, wenn es auch seinen ganz eigenen afrikanischen Charakter besaß, zu dem insbesondere die fremdartigen Bäume und Sträucher sowie der allgegenwärtige rotbraune Staub gehörten. Denn nicht eine einzige Straße besaß ein Pflaster. Die besseren Häuser waren zumeist aus Backstein errichtet, hatten große Veranden zum Schutz vor der extremen Sonne und trugen fast ausnahmslos Dächer aus Wellblech oder Kupfer. Aber man sah auch noch oft genug Lehm- und Bretterhütten, die wohl aus der wilden Pionierzeit dieser Diamantenstadt stammten.

Vom Marktplatz gelangten sie über die Jones Street auf die Dutoitspan Road, die zu den verkehrsreichsten Straßen der Stadt gehörte. Hier lag unter den schmiedeeisernen Bogengängen und Vordächern wahrlich ein Geschäft neben dem anderen. In der Mitte der Straße verliefen die Schienen der Tramway mit seitlich offenen Wagen. Mit ihrem leuchtend sandgelben Anstrich und den roten Zierleisten fielen sie schon von weitem ins Auge. Zwischen den Geschäftsfronten ragten hier und da mächtige mehrstöckige Gebäude auf, so einige Hotels und Kirchen, die Stadtbibliothek und eines der vielen Clubhäuser, über die Kimberley verfügte, wie Lawrence Farrington voller Stolz erklärte.

»Und hier geht es nach Belgravia, das zu den besten Wohnvierteln Kimberleys gehört«, sagte er, als der Kutscher die geschäftige Dutoitspan Road verließ und linker Hand in die von Akazien und Eukalyptusbäumen gesäumte Hemming Street einbog. »Nur ein paar Straßen vom Haus von Mister Thorndike entfernt befindet sich der Stadtpark, wo auch die Kricketturniere und ähnliche Sportfeste stattfinden. Das Haus Ihres Onkels liegt oben an der Ecke. Gleich sind wir da.« Und damit schwieg er, als spürte

er, daß jetzt jedes weitere Wort eine Taktlosigkeit gegenüber der Tochter seines Geschäftspartners gewesen wäre.
Für eine kurze Zeit war Rosemarie ihren sorgenvollen Gedanken entflohen, abgelenkt auch durch die verwirrende Freundlichkeit und beredsame Beflissenheit ihres Reisebegleiters, der in den vergangenen drei Tagen zusammengenommen kaum halb soviel von sich gegeben hatte wie in den letzten zehn, fünfzehn Minuten. Nun kehrte die quälende Sorge, wie es ihrem Vater bloß gehen mochte und welche Prüfungen ihnen die Zukunft wohl noch bringen würde, mit aller Macht zurück, und sie verlor völlig das Interesse für Kimberley und seine Eigenheiten. Ihr Herz begann heftig zu schlagen, und sie preßte ihre Hände im Schoß zusammen.
Emily spürte, was in ihr vorging, und voller Mitgefühl legte sie ihrem Schützling die Hand auf den Arm. »Ganz ruhig, Rosemarie, und nur Vertrauen«, sprach sie ihr leise Mut zu. »Dein Vater wird sich freuen, dich zu sehen.«
»Ach, Emily ...« Rosemarie saß die Angst wie ein Kloß im Hals. »Was ist, wenn er in der Zwischenzeit ...«
Emily ließ sie erst gar nicht ausreden. »So etwas darfst du noch nicht einmal denken. Gewiß, jeder von uns muß diese Welt verlassen, wenn seine Zeit gekommen ist und der Herrgott uns zu sich ruft«, baute sie für den schlimmsten aller Fälle vor. »Doch du mußt jetzt ganz fest darauf vertrauen, daß die Stunde deines Vaters noch fern ist!«
Lawrence Farrington sagte kein Wort dazu. Er hatte das Visier, wie Rosemarie es nannte, wieder heruntergeklappt und dachte offensichtlich nicht daran, ebenfalls ein Wort der Aufmunterung von sich zu geben. Er schaute vielmehr mit der altvertrauten verschlossenen Miene starr an ihnen vorbei, während die beiden Mietdroschken die Hemming Street hinauffuhren.
An der Ecke zur Harley Street hielten die Kutschen. Hier stand auf einem weitläufigen Grundstück mit vielen Bäumen ein gro-

ßes zweistöckiges Haus aus dunklem Backstein. Sowohl rund um das Erdgeschoß als auch um das obere Stockwerk verlief eine schattige Veranda mit vorgezogener Überdachung. Die schmiedeeisernen Gitter des umlaufenden Balkons waren mit kunstvollen Ornamenten verziert und trugen einen schwarzen Anstrich. Schwarz waren auch die Läden rechts und links der Fenster. Der Garten bestand überwiegend aus geharkter, steiniger Erde und ein paar kümmerlichen Blumenbeeten zu beiden Seiten der Haustür.

Das Haus ihrer Verwandten machte einen klobigen, dunklen und bedrückenden Eindruck auf Rosemarie, als sie die Gartenpforte passierte und auf dem steinigen Weg auf das Backsteingebäude zuging. Aber unter den herrschenden Umständen hätte sie wohl sogar ihr Elternhaus in Bath als bedrückend empfunden, wie es ihr in einem Moment der Selbsterkenntnis durch den Kopf fuhr. Gleich würde sie ihren Vater wiedersehen.

Allmächtiger, gib, daß Dad lebt und daß es ihm wieder gutgeht! schickte sie ein stummes Stoßgebet zum Himmel und hielt wenige Schritte vor der Haustür inne. Und steh mir bei, Heilige Jungfrau!

Die Tür ging auf, und eine äußerst rundliche Frau von kleiner Statur in einem altmodischen taubengrauen Taftkleid und mit streng zum Dutt hochgestecktem Haar erschien im Eingang. Sie besaß das pausbäckige rosige Gesicht eines zu üppig genährten Kindes, in dem zwei sanfte Augen von der Empfindsamkeit und Herzensgüte sprachen, die dieser Frau eigen waren.

Das konnte nur Tante Bess sein!

Rosemarie hatte ihren Onkel und dessen Frau zum letztenmal bei der Beerdigung ihrer Mutter gesehen. Bess und Rupert Thorndike hatten sich damals zufällig in England aufgehalten. Und obwohl diese traurige Begegnung nun fast sieben Jahre zurücklag, erkannte sie ihre wohlbeleibte Tante doch sofort wieder.

»Tante Bess!« rief sie.

»Rose, mein armes Kind!« Mit ausgestreckten Armen kam ihr Tante Bess entgegen und drückte sie an ihre Brust. »Daß wir uns unter diesen traurigen Umständen wiedersehen müssen, bricht mir das Herz.«

Rosemarie vermochte ihre Tränen nicht zu unterdrücken. »Oh, Tante Bess!« schluchzte sie und klammerte sich einen Moment an sie, als könnte allein dieser mächtige, in einem Korsett steckende Leib ihrer Tante sie noch vor den bitteren Wahrheiten bewahren. Dann jedoch bemerkte sie die stämmige Gestalt ihres Onkels, der mittlerweile ebenfalls aus dem Haus und auf die Veranda getreten war, und sie riß sich zusammen. »Entschuldige, daß ich mich habe gehenlassen, Tante Bess. Ich wollte nicht weinen. Es ist nur so . . .«

»Scht, kein Wort mehr, Rose. Du brauchst dich für nichts zu entschuldigen. Außerdem darfst du bei deiner Tante soviel weinen, wie du möchtest, wenn dir danach ist, mein Kind. Als ob ich nicht wüßte, welch schreckliche Wochen hinter dir liegen und wie schwer dir das Herz sein muß«, sagte sie und tätschelte liebevoll Rosemaries Wange.

»Ist Dad . . . ?« Aus Angst vor der Antwort wagte sie nicht, die Frage auszusprechen.

»Aber natürlich lebt dein Vater, mein Kind! Er fragt jede Stunde nach dir, ach was, jede halbe«, beruhigte Tante Bess sie mit einem etwas zu heiteren Lachen und drückte sie noch einmal an sich.

Rosemarie schloß vor Erleichterung und Dankbarkeit kurz die Augen. Dann löste sie sich aus der Umarmung und begrüßte ihren Onkel, der in einem tadellosen Sommeranzug und mit gerötetem Gesicht im Schatten der Veranda stand.

Er klatschte in die Hände und sagte mit einem ebenso verwunderten wie bewundernden Lächeln: »Mein Gott, wie erwachsen du geworden bist, Rose! Wo ist bloß das kleine Mädchen geblieben, das ich all die Jahre in Erinnerung gehabt habe? Du bist ja eine richtige Schönheit geworden!«

Onkel Rupert ließ es sich gleichfalls nicht nehmen, sie in seine Arme zu schließen und sie wie eine verloren geglaubte Tochter an sich zu drücken. »Du Ärmste! Wie schön, dich nach so langer Zeit wiederzusehen, so traurig die Umstände dieses Wiedersehens auch sind. Wie gern hätte ich dich und Missis Mitford selbst in Kapstadt abgeholt, aber leider war es mir gesundheitlich nicht möglich. Meine Rückenschmerzen lassen lange Reisen nicht mehr zu«, bedauerte er. »Aber in Mister Farrington hast du ja einen guten und vertrauensvollen Reisebegleiter gehabt, und jetzt bist du wohlbehalten angekommen.«

Sie spürte seinen graumelierten, kurzgeschnittenen Backenbart auf ihrer Wange, und ein dezenter Geruch von Brandy und Tabak stieg ihr in die Nase. Zwiespältige Erinnerungen an die Zeit, die er und Tante Bess damals im Haus ihres verwitweten Vaters verbracht hatten, wurden in ihr wach. Sie wehrte sich dagegen, wollte sie doch nicht ausgerechnet jetzt an den Tod ihrer Mutter und die Wochen danach erinnert werden. Und irgendwie war sie froh, als ihr Onkel sie endlich freigab, um nun auch ihre Zofe willkommen zu heißen.

»Du wirst nach der anstrengenden Reise erschöpft sein und dich gewiß erst einmal frisch machen und umziehen wollen«, sagte Onkel Rupert, als er sie ins Haus führte, einen Arm wie behütend um ihre Schultern gelegt. »Wir haben das größte und kühlste unserer Gästezimmer für dich herrichten lassen, und für deine Zofe ...«

»Bitte entschuldigt, aber zuallererst möchte ich meinen Vater sehen«, unterbrach Rosemarie ihren Onkel, während schwarzes Personal ihr Gepäck ins Haus trug. »Alles andere ist mir im Moment völlig unwichtig.«

»Aber natürlich, mein Kind. Ich bring' dich zu ihm.« Tante Bess warf ihrem Mann einen vorwurfsvollen Blick zu.

»Eine Sekunde!« hielt Onkel Rupert sie zurück und fuhr dann mit ernster Miene fort: »Dein Vater hat sich von dem Schlaganfall

verhältnismäßig gut erholt, wenn man bedenkt, wie es die ersten Tage um ihn gestanden hat. Aber er ist doch nicht spurlos an ihm vorübergegangen. Und ich möchte nicht, daß du unvorbereitet und mit falschen Erwartungen in sein Zimmer gehst.«
»Was willst du damit sagen, Onkel Rupert?« fragte Rosemarie mit bangem Herzen.
»Charles hat einen schweren Schlaganfall überlebt und befindet sich auf dem Weg der Besserung. Aber er hat in den Wochen stark an Gewicht verloren«, antwortete ihre Tante, »und er ist auf der linken Seite noch immer erheblich gelähmt. Du wirst womöglich erschrecken, wenn du ihn siehst und sprechen hörst. Aber bitte denke dann daran, daß seine Lähmung anfangs viel schwerwiegender war und er kaum in der Lage gewesen ist, die einfachsten Worte auszusprechen. Die Ärzte hatten kaum Hoffnung, daß er die erste Woche nach dem Schlaganfall überleben würde. Und dagegen hat seine Genesung geradezu wundersame Fortschritte gemacht.«
Rosemarie nickte. »Ich verstehe.«
»Gut, dann komm.«
Tante Bess raffte ihre Röcke und stieg schwerfällig die Treppe ins Obergeschoß hinauf. Sie schnaufte dabei wie eine alte Dampflok, die dringend einen neuen Kessel brauchte. »Dieses Jahr ist die Sommerhitze eine noch größere Plage als sonst. Hätten wir die neuen Ventilatoren nicht, wir würden umfallen wie die Fliegen«, stöhnte sie und blieb auf dem halben Treppenabsatz unter einem Gemälde stehen, das eine englische Jagdszene zeigte.
Nach der brütenden Hitze im Zug kam Rosemarie das Haus mit den weit vorgezogenen Veranden und den dicken Backsteinmauern geradezu herrlich kühl vor. Zudem sorgten die besagten Ventilatoren unter der Decke für einen steten kühlenden Luftzug. Was ihrer Tante am meisten zu schaffen machte, war wohl eher ihr beachtliches Übergewicht.
Es war, als hätte Tante Bess ihre Gedanken erraten, denn sie

lächelte plötzlich, und auf das gedrechselte Treppengeländer gestützt, sagte sie mit einem resignierenden Nicken: »Ja ja, es ist wohl mehr als nur die Hitze, die mir zusetzt, mein Kind. Als ich in deinem Alter war, habe ich von alldem, was einem in späteren Jahren zu schaffen macht, auch nichts gespürt.« Sie tätschelte den Arm ihrer Nichte, atmete tief durch und nahm den zweiten Teil der Treppe in Angriff.

Ein langer, in Dämmerlicht getauchter Gang teilte das Obergeschoß. Tante Bess blieb gleich vor der ersten Tür stehen. »Dein Vater liegt schon im Bett. Schwester Teresa und Schwester Angela waren heute nachmittag zur Massage seiner gelähmten linken Seite und zu Bewegungsübungen hier. Das hat ihn doch sehr angestrengt. Und nun geh zu ihm – und sei tapfer! Er wird so glücklich sein, dich zu sehen.« Sie drückte die Klinke hinunter und hielt ihr die Tür auf.

5

Rosemarie trat ins Krankenzimmer, das in Halbdunkel getaucht war, während draußen noch eine kräftige Nachmittagssonne vom Himmel schien. Ein großes Bett stand links von der Tür an der Wand, genau dem Fenster gegenüber, das auf die Nordseite des Grundstücks hinausging. Die bodenlangen Fenstertüren standen offen, doch die Läden waren halb zugezogen. Dünne Musselinvorhänge bewegten sich leicht im Luftzug des Ventilators, der auch hier von der Decke hing.

»Daddy?« sagte sie leise und mit wild schlagendem Herzen, als sie an das Bett trat. Und obwohl Bess und Rupert sie vorbereitet hatten, erschrak sie doch bis in ihr Innerstes, als sie ihren Vater erblickte.

Wie eingeschrumpft lag er zwischen den cremefarbenen Kissen, das einst volle Gesicht eingefallen wie bei einem Schwindsüchtigen und zerfurcht von tiefen Linien. Der linke Mundwinkel hing unnatürlich nach unten, und ein wenig Speichel rann zum Kinn hinunter. Ihr Vater hatte mindestens zwanzig, dreißig Pfund abgenommen und war nur noch ein Schatten seiner selbst. Sein schütteres graues Haar schien noch lichter geworden zu sein, und zusammen mit der fahlen Haut und den erschreckend kantigen Gesichtszügen ließ es ihn um mindestens zehn Jahre älter erscheinen, als er in Wirklichkeit war. Er sah wie ein gebrechlicher alter Mann von siebzig Jahren aus, und wenn sie ihm unvorbereitet und an einem anderen Ort als einem Krankenzimmer begegnet wäre, sie hätte ihn vermutlich nicht wiedererkannt.

Sein Anblick schmerzte sie wie ein scharfer Stich, der in ihr Herz drang. »O Daddy!«

Nun schlug er die Augen auf. Genaugenommen öffnete sich nur das rechte völlig, während sich das linke Lid ganz wenig hob, als könnte sich dieses Auge nicht aus dem Zustand des Schlafes lösen. Er wandte den Kopf, und seine gesunde rechte Hand, die ein Taschentuch hielt, fuhr wie in einem Reflex zu seinem linken Mundwinkel und wischte den Speichel weg.
»Rosemarie?« stieß er aus. Seine Stimme hatte den schwerfälligen, schlurrenden Klang eines Betrunkenen, dem der Alkohol die Kontrolle über seine Artikulation geraubt hatte. »Bist ... du es ... wirklich, mein Kind?«
Ihre Kehle war wie zugeschnürt. Es kostete sie große Mühe, zu antworten: »Ja, Dad.«
Sein Gesicht verzog sich zu einer Grimasse. »Das soll ein Lächeln sein, meine kleine Prinzessin. Nur muß ich das immer dazusagen, denn meine linke Hälfte will mir nicht mehr so recht gehorchen«, versuchte er einen Scherz zu machen, und die Worte kamen ihm sehr schwerfällig und stockend über die Lippen, als müßte er sich in Gedanken erst jedes einzelnen Wortes versichern. Dann trat ein feuchter Glanz in seine Augen. »Oh, bin ich glücklich, dich noch einmal zu sehen, mein Kind! Ich dachte schon, ich müßte vor den Allmächtigen treten, ohne vorher von dir Abschied genommen zu haben. Dem Himmel sei Dank, daß es mir doch noch vergönnt ist, dich jetzt an meiner Seite zu haben.« Seine rechte Hand streckte sich nach ihr aus.
»Sag nicht solchen Unsinn! Du wirst wieder ganz gesund, Dad!« widersprach Rosemarie heftig. Sie stürzte zu ihm ans Bett, schlang ihre Arme um seinen abgemagerten Körper und begann zu weinen.
Er legte seinen gesunden rechten Arm um sie, drückte sie und strich über ihr Haar. »Nun ist es gut, mein Kind«, sagte er dann in ihr Schluchzen. »Wenn du noch mehr weinst, muß ich meine Schwester bitten, mir ein trockenes Nachthemd zu bringen, und das wäre mir gar nicht recht.«

Rosemarie riß sich zusammen und wischte sich die Tränen aus den Augen. »Entschuldige, Dad, aber ich habe mir all die Wochen so schreckliche Sorgen um dich gemacht.« Sie schneuzte sich in ihr Taschentuch.

Er sank in die Kissen zurück, als hätte ihn die kurze Zeit, die er aufrecht im Bett gesessen hatte, schon wieder erschöpft. »Und wie habe ich mich erst um dich gesorgt, mein Kind«, erwiderte er und nahm ihre Hand. »Was habe ich dir bloß angetan, daß du gezwungen warst, so ganz allein die weite und beschwerliche Reise anzutreten.«

Rosemarie hatte Schwierigkeiten, sich an die fast lallende und schwerfällige Aussprache ihres Vaters zu gewöhnen. Er gab ganze und korrekte Sätze von sich, doch er klang dabei so, als müßte er jeden unter Mühen Wort für Wort zusammensetzen. Es erschütterte sie, ihn, den sie stets als einen vorzüglichen Redner und schlagfertigen Debattierer gekannt hatte, so stockend und behindert sprechen zu hören. »Du hast mir gar nichts angetan, Dad«, versicherte sie hastig. »Und ich bin auch nicht allein gereist. Emily hat mich begleitet.«

Ihr Vater nickte. »Gute alte Emily Mitford. Was ist sie doch für eine treue Seele. Ein Mensch mit einem goldenen Herz ... wie meine Schwester, deine Tante Bess. Im Leben trifft man nur auf wenige Menschen, die solch große Herzensgüte besitzen«, sagte er. »Meine liebe Agnes, deine selige Mutter, war auch so eine wunderbare Frau, mein Kind. Und ich war ihrer Liebe gar nicht wert.«

Die Tränen stiegen Rosemarie erneut in die Augen. »Sag so etwas nicht! Denn es ist nicht wahr!« protestierte sie mit erstickter Stimme.

»Manche Wahrheiten erkennt man erst, wenn es schon zu spät ist. Trauer ... Trauer ist oft das Tor zur Wahrheit, mein Kind«, erwiderte er, den Blick auf einen imaginären Punkt hinter den Musselinvorhängen gerichtet.

Hilflos und verstört saß Rosemarie auf der Bettkante.
Er sah sie wieder an. »Aber was rede ich da, mein Kind. Du hast eine lange Reise hinter dir und wirst müde sein.«
»So schlimm ist es nicht, Dad«, log Rosemarie. »Auch wenn die Zugfahrt alles andere als ein Vergnügen war und ich froh bin, endlich bei dir in Kimberley zu sein.«
»Mister Farrington hat dich und Emily vom Schiff abgeholt und sich doch gewiß vorbildlich um euch gekümmert, nicht wahr?« erkundigte er sich.
»Ja, Dad, er war pünktlich zur Stelle, als unser Schiff einlief, und er hat sich auch um alles gekümmert«, bestätigte sie, denn jetzt war nicht der Augenblick, um ihrem Vater mit kleinlichen Beschwerden über Lawrence Farrington in den Ohren zu liegen. Wie viele scheinbar wichtige Dinge doch plötzlich zu lächerlichen Lappalien werden, wenn man mit den wirklich großen Prüfungen des Lebens konfrontiert wird.
»Es freut mich zu hören, daß ihr euch auf der Fahrt gut verstanden habt«, sagte er und bedachte sie wieder mit einem grimassenhaften Lächeln.
Rosemarie wollte nun doch zu einem vorsichtigen Einwand ansetzen.
Aber da fuhr ihr Vater schon fort: »Ich halte große Stücke auf Mister Farrington. Er mag zwar noch jung an Jahren sein, doch er ist ein überaus begabter Geschäftsmann, von dem sogar ich noch manches lernen kann. Ich hatte die richtige Nase, als ich ihn zum Partner machte. Und bei den Frauen ist er auch ungemein beliebt, was bei seinem guten Aussehen und seinem umwerfenden Charme natürlich kein Wunder ist. Aber wem sage ich das, du hast ja schon mehrere Tage mit ihm verbracht. Man wird dich in manchen Kreisen sehr darum beneiden. Junggesellen von seinem Kaliber sind nämlich genauso selten wie lupenreine Diamanten von hundert Karat.« Er zwinkerte ihr mit seinem gesunden Auge zu, während er gleichzeitig ihre Hand drückte.

»Auf diesen Neid kann ich gut verzichten, Dad«, entgegnete Rosemarie sarkastisch. »Und was seinen Charme betrifft, so habe ich da ganz eigene Erfahrungen mit ihm gemacht ...«

»Ach, du weißt ja gar nicht, wie sehr es mich freut, das zu hören, mein Kind«, sagte er, sie falsch verstehend, weil ihm ihr Sarkasmus entging, und seufzte wie erleichtert. »Ich wollte dir ja nicht das Herz schwermachen, aber nun werde ich es dir doch sagen. Ich habe sehr schlimme, bittere Tage und Wochen hinter mir. Es hat Zeiten gegeben ... da wollte ich nur eins: endlich sterben.«

Rosemarie biß sich auf die Lippe und schwieg. Wie konnte sie ihm jetzt noch mit ihrem Ärger über Lawrence Farrington kommen?

»Oh, was waren die ersten Tagen für eine seelische Qual!« fuhr er mit leiser Stimme fort. »Ich konnte kaum sprechen und war hilflos wie ein Baby. Von barmherzigen Schwestern gepflegt zu werden und meiner eigenen Schwester zur Last zu fallen? Nein, niemals! Das Leben erschien mir unter diesen Umständen sinnlos. Ich betete deshalb immer und immer wieder, daß der Herr in seinem übergroßen Erbarmen mich doch endlich von meiner Krankheit erlösen und zu sich nehmen möge. Nun aber bin ich ihm dankbar, daß er mein Flehen in seiner unendlichen Weisheit ignoriert und mir das Geschenk gemacht hat, wieder etwas zu Kräften zu kommen und dich bei mir zu haben. Denn ich habe erkannt, daß mein Leben noch längst nicht jeden Sinn verloren hat, so schwer mich die Krankheit auch gezeichnet hat.«

»Natürlich hat das Leben für dich noch längst nicht seinen Sinn verloren!« bekräftigte Rosemarie mit belegter Stimme. »Nicht nur ich brauche dich, Dad. Wir alle brauchen dich. Und darum mußt du auch alles tun, um wieder gesund zu werden.«

»Ach, mein Kind, wenn du nur wüßtest, wie sehr ich dich liebe und mir Sorgen um dich mache«, seufzte ihr Vater müde. »Aber es ist ein Segen, daß ich dich nun hier bei mir weiß. Sei mir jetzt nicht böse, wenn ich dich wegschicke, ich werde so schnell müde.«

»Du brauchst doch nicht zu reden. Schlaf nur, Dad.«

»Bevor du gehst, laß uns zusammen beten, so wie deine Mutter und die gute Emily es dir beigebracht haben«, sagte er. »Danken wir Gott für alles, was er uns geschenkt hat, und erbitten wir seinen Beistand und Segen.«

Es zerriß Rosemarie das Herz, zu sehen, wie ihr Vater seine gelähmte linke Hand auf die Brust zerrte und sich mühte, sie mit der rechten zum Gebet zu falten. Sie senkte den Kopf, bekreuzigte sich und begann das Gebet In Kreuz und Leid des heiligen Franz von Sales zu sprechen: »Gott, mein Vater, Du hast in Deiner ewigen Weisheit mir dieses Kreuz ausersehen, das ich jetzt tragen muß. Es drückt mich schwer. Verzeihe mir, wenn ich darunter seufze! Ich denke zu wenig Deine Gedanken, die so ganz anders sind als unsere Menschengedanken . . .« Sie betete langsam, damit ihr Vater ihr folgen konnte. Drei Ave Maria und ein Vaterunser bildeten den Schluß.

Tränen liefen ihm über das Gesicht, als sie ihn auf die Wange küßte. »Geh nur zu Bess und Rupert, mein Kind. Sie werden schon auf dich warten.«

Sie nickte. »Ich komme später noch einmal wieder, Dad. Aber ich werde dich nicht wecken, wenn du schläfst. Ich werde mich dann nur still neben dein Bett setzen.«

»Ja, meine kleine Prinzessin«, sagte er, drückte noch einmal ihre Hand und schloß die Augen.

Bis auf den Grund ihrer Seele aufgewühlt, verließ Rosemarie das Zimmer ihres schwerkranken Vaters. Draußen auf dem Flur blieb sie einige Minuten lang gegen die Wand gelehnt stehen und preßte ihr Taschentuch vor den Mund, um ihr Schluchzen zu ersticken.

Als sie sich schließlich wieder unter Kontrolle und ihre geröteten Augen getrocknet hatte, ging sie hinunter in den Salon. Sie war erstaunt, Lawrence Farrington bei ihrem Onkel stehen zu sehen. Aber dann wurde ihr bewußt, daß sie sich noch nicht förmlich voneinander verabschiedet hatten. Und ihre Verwandten hatten ihn selbstredend ins Haus gebeten, nachdem er das Abladen der Gepäckstücke überwacht und die Kutscher entlohnt hatte.

Lawrence Farrington wußte, was die Schicklichkeit verlangte. Kaum hatte Rosemarie mit blassem Gesicht und verweinten Augen den Salon betreten, als er auch schon seinen Aufbruch verkündete. »Ich hoffe, Ihr Vater hat eine ruhige Nacht, Miss Brandon«, sagte er zu ihr. »Ich werde ihm morgen einen Besuch abstatten, sofern es sein Zustand erlaubt und Sie keine Einwände erheben.«

Rosemarie hätte ein so schnelles Wiedersehen mit ihm liebend gern vermieden, wußte jedoch nicht, welche Einwände sie hätte vorschieben können, um ihm den Besuch bei ihrem Vater zu verwehren, war Lawrence Farrington doch ein Geschäftspartner und in Kimberley offenbar der wichtigste Mann der Firma Farrington, Brandon & Nash. Und so blieb ihr nichts anderes übrig, als eine gute Miene zu machen. Sie überwand sich sogar, ihm für seine Reisebegleitung zu danken, ohne ihren Worten einen sarkastischen Unterton zu geben. Sie fürchtete nämlich, daß Tante Bess und Onkel Rupert dafür wenig Verständnis gehabt hätten, standen sie doch ohne Zweifel auf recht freundschaftlichem Fuß mit Lawrence Farrington. Zudem war sie ihm den Dank auch tatsächlich schuldig. Denn ob ihr seine überwiegend wortkarge, manchmal auch bissige Reserviertheit nun gefallen hatte oder nicht, es änderte nichts daran, daß er sich der Mühe unterzogen hatte, Emily und sie in Kapstadt abzuholen, sie auf der Fahrt nach Kimberley zu begleiten und dabei für sie alle notwendigen Arrangements zu treffen. Ja, sie hatte in der Tat mehr als einen Grund, ihm dankbar zu sein und ihm das auch zu zeigen.

Emily dankte ihm mit deutlich mehr Wärme, wie auch ihr Lächeln aus dem Herzen kam und nicht vom Pflichtbewußtsein erzwungen war. Doch Rosemarie wußte, daß Tante Bess und Onkel Rupert ihre wenig herzlich klingenden Worte ohne jeden Argwohn ihrem Kummer und ihrer Verstörung über den erschütternden Gesundheitszustand ihres Vaters zuschreiben würden. Und das war gut so, denn Fragen nach dem Grund einer Verstimmung zwischen ihnen hätte sie jetzt nicht ertragen.

Lawrence Farrington empfahl sich, und eine Stunde später saß Rosemarie mit Emily am Tisch ihrer Verwandten, die ihr eigentlich so fremd wie jeder andere in Kimberley waren, und mühte sich, wenigstens einige Bissen von dem abendlichen Essen hinunterzubringen. Onkel Rupert, der am Kopfende des ovalen Eßzimmertischs thronte und recht großzügig dem Wein zusprach, versuchte die gedrückte Stimmung durch diverse heitere Anekdoten zu beleben.

»Nun laß das arme Kind doch endlich in Ruhe!« schritt Tante Bess schließlich energisch ein, als ihr Mann ihre Nichte mit Fragen über das Leben in Bath bedrängte. »Kannst du denn nicht verstehen, daß Rose jetzt ganz andere Dinge auf der Seele drükken, als dir zu erzählen, was es aus Bath Neues zu berichten gibt?«

»Was hast du?« fragte er gekränkt zurück. »Ich möchte sie doch bloß auf andere Gedanken bringen.«

»Gedanken, wie sie unsere arme Rose bedrücken, brauchen Zeit und Raum. Die kann man nicht verdrängen, nicht zu dieser Stunde – und schon gar nicht durch belangloses Gerede«, entgegnete Tante Bess und bewies damit tiefes Verständnis und Mitgefühl für das, was ihre Nichte durchmachte.

Onkel Rupert warf seiner Frau einen grimmigen Blick zu, zuckte mit den Schultern und griff wortlos zur Karaffe, um sein Weinglas erneut aufzufüllen.

Rosemarie war ihrer Tante dankbar, daß sie sie davon erlöst hatte, sich aus Höflichkeit Antworten auf die wirklich belanglosen Fragen ihres Onkels abringen zu müssen. Daß der Rest des Abendessen schweigend verlief, empfand sie als Erleichterung.

Während Emily Mitford sich nach dem Essen darum kümmerte, daß ihre Kleidung richtig in die Kommoden und Schränke ihrer Zimmer eingeräumt wurde, begab sich Rosemarie noch einmal an das Krankenbett ihres Vaters. Er schlief, wie es zu erwarten gewesen war.

Vorsichtig trug sie einen der Stühle ans Bett, setzte sich an seine gute rechte Seite und lauschte seinen schweren Atemzügen. Die Sonne war über dem westlichen Buschland untergegangen, und der Himmel über Kimberley ähnelte einem lodernden Flammenmeer. Von dem feurigen letzten Abendlicht drang jedoch kein Strahl mehr in das Krankenzimmer, und im Dunkeln vermochte sie die schmale Gestalt ihres Vaters im Bett nur noch als vage Silhouette zu erkennen.

Aber Rosemarie brauchte ihn nicht zu sehen, um sich ihm nahe zu fühlen. Näher, als sie ihm wohl jemals gewesen war. Sie hielt Wache am Bett ihres Vaters, die kühlen Jadeperlen ihres Rosenkranzes zwischen den im Schoß ruhenden Händen. Nicht irgendwelche bestimmten Worte, die sie einst gelernt hatte oder ihr spontan in den Sinn kamen, sondern ihr Schmerz, ihre Sorge, ihre Ohnmacht und ihre stummen Tränen waren ihr Gebet.

Während die kleine französische Standuhr, die sich auf dem rechten Nachtschränkchen befand, den Raum mit ihrem leisen Ticken erfüllte, überließ sie sich dem Strom ihrer Gedanken, der sie weit in die Vergangenheit trug – in eine Zeit, als sie ein kleines Kind gewesen war. Erinnerungen an eigentlich wenig aufregende Erlebnisse wurden in ihr wach, und doch hütete sie sie wie einen Schatz. Denn das Besondere an diesen kostbaren Erinnerungen bestand darin, daß Rosemarie Bilder vor ihrem inneren Auge sah, die sie gemeinsam mit ihren Eltern zeigten, mit ihrem Vater und ihrer Mutter – auf einer sommerlichen Bootsfahrt, bei einem Picknick am Ufer des Avon, bei einem Besuch der Abbey Church mit ihrem herrlichen Fächergewölbe und den prächtigen Glasfenstern, an einem kalten Winternachmittag vor dem prasselnden Kamin, in den tröstenden Armen ihrer Mutter, als sie ihr beim Schneiden der Rosen im Garten helfen und sich einen Dorn tief in den Daumen gebohrt hatte. Bilder von einer sorglosen glückseligen Zeit, als ihre kränkelnde und doch niemals klagende Mutter ihr Haus mit einer einzigartigen und unvergeßlich sanften Liebe erfüllt und jene Rastlosigkeit noch nicht von ihrem Vater Besitz ergriffen hatte, die ihn nach dem Tod ihrer Mutter immer wieder aus dem Haus und auf lange Reisen getrieben hatte. Erinnerungen aus dem Paradies ihrer Kindheit, aus dem sie viel zu früh vertrieben worden war.

6

Es war noch still und dunkel im Haus, als Rosemarie am nächsten Morgen das dünne Überlaken zurückschlug und aufstand, weil sich der Schlaf einfach nicht mehr einstellen wollte, so unruhig und von Alpträumen erfüllt ihre Nacht auch gewesen war. Sie kniete sich vor das Bett und sprach ihr Morgengebet. Dann warf sie sich ihren leichten Hausmantel über die Schultern, stieß die Flügeltüren zur Veranda weit auf und trat nach kurzem Zögern hinaus.

Über Kimberley dämmerte der Tag herauf. Im Osten kündigte heller Lichtschein den baldigen Sonnenaufgang an. Über dem Rest der Stadt lag jedoch noch die dunkle Hand der Nacht, die sich nur ganz allmählich vor dem Strom der anflutenden Helligkeit zurückzog.

Eine ganze Weile stand Rosemarie auf der Veranda, beobachtete die Veränderungen am Himmel, lauschte auf die fremdartigen Stimmen der Vögel, die in den Büschen und Bäumen erwachten, und versuchte, Ordnung in das Chaos ihrer Gedanken zu bekommen.

Sie fröstelte auf einmal. Der kalte Hauch, der sie erschauern ließ, kam jedoch aus ihrem Innern. Ein Gefühl der Verlassenheit ergriff sie, als wäre sie ganz allein auf der Welt. Sie hatte das Empfinden, einem Schicksal preisgegeben zu sein, dem sie mit all den Konsequenzen nicht gewachsen war. Niemand hatte sie auf solch eine Situation vorbereitet. Wie sollte sie, die all die Jahre ihres Lebens wohlbehütet gewesen und in einer überschaubar vertrauten Welt aufgewachsen war, damit fertig werden? Was sollte sie bloß tun, wenn ihr Vater hier in Kimberley starb?

Erschrocken über ihre eigene Ratlosigkeit und zugleich auch beschämt, daß sie sich an diesem Morgen mehr Sorgen um ihre eigene Situation machte als um ihren Vater, fuhr Rosemarie herum und flüchtete in ihr Zimmer zurück. Sie sackte auf ihr Bett und schlug die Hände vors Gesicht. Dann sprang sie wieder auf. Ob Emily schon wach war?
Sie hatte das dringende Bedürfnis, jetzt mit jemandem zu sprechen. Und Emily war die einzige, der sie zu jeder Zeit ihr Herz ausschütten konnte, ohne daß sie fürchten mußte, nicht verstanden und nicht getröstet zu werden. Gottlob lag das Zimmer ihrer Zofe und Vertrauten gleich nebenan, und es gab sogar eine Verbindungstür.
Sie klopfte und öffnete die Tür einen Spalt, so daß sie den Kopf hindurchstecken konnte. »Emily?« rief sie mit gedämpfter Stimme. »Emily? ... Bist du schon wach?«
Ein unterdrücktes Gähnen kam aus der Dunkelheit. »Noch nicht richtig, aber gleich wirst du mich munter haben, wie ich dich kenne.«
»Es tut mir leid, Emily«, sagte Rosemarie schuldbewußt, daß sie sie aus dem Schlaf geholt hatte. »Aber mich hielt es nicht länger allein in meinem Zimmer, und ...«
»Schon gut, Rosemarie. Es ist ja nicht weiter schlimm«, meinte Emily verständnisvoll. »Ich weiß, wie dir zumute ist. Bestimmt hast du eine noch schlechtere Nacht gehabt als ich.«
»Kann ich für einen Augenblick zu dir kommen?«
»Aber natürlich, mein Kind«, antwortete Emily, und in ihrem Ton lag die Wärme und die Zärtlichkeit, die eine Mutter für ihr geliebtes Kind empfindet.
Im nächsten Moment schlüpfte Rosemarie zu Emily unter die Bettdecke, wie sie es früher als kleines Mädchen so oft getan hatte, wenn sie sich besonders traurig und einsam gefühlt und sich nach Nähe und Wärme gesehnt hatte.
»Mein Gott, du zitterst ja am ganzen Leib!« stellte Emily betrof-

fen fest. »Ist dir kalt? Du wirst dir im Zug doch hoffentlich nichts geholt haben!«

»Ich bin nicht krank, Emily«, antwortete Rosemarie mit kläglicher Stimme. »Ich ... ich fühle mich nur so schrecklich allein ... und hilflos.«

Emily seufzte und zog sie in ihren Arm. »Ich weiß, ich weiß, mein Kind. Aber du bist nicht allein. Ich bin bei dir, und du hast deine Tante und deinen Onkel, die dir in dieser schweren Zeit beistehen.«

Rosemarie schmiegte sich an den warmen Körper ihrer Zofe und Gesellschafterin, die für sie nie eine Bedienstete gewesen war, sondern immer eine zweite Mutter.

»Ich habe Angst, Emily«, gestand sie ihr. »Ganz fürchterliche Angst.«

»Wovor?«

»Vor so vielem«, murmelte Rosemarie. »Vor allem aber habe ich Angst, daß ich dem, was hier auf mich wartet, nicht gewachsen sein werde. Ich fühle mich so hilflos und unnütz und gleichzeitig auch beschämend eigensüchtig. Immer wieder ertappe ich mich nämlich dabei, daß ich mir wünsche, Dad wäre nie nach Afrika gereist, denn dann läge er jetzt wenigstens in seinem Zimmer bei uns zu Hause in Bath, und dann wäre vieles einfacher. Einfacher für mich.«

Emily strich ihr liebevoll über den Kopf. »Ist dieser Wunsch denn nicht nur zu verständlich, Rosemarie? Er ist auf jeden Fall kein Grund, daß du dich mit Selbstvorwürfen quälst. Und was das andere betrifft, so weiß ich, daß du jeder Situation gewachsen bist, solange dein Herz und dein Wille bei der Sache sind. Du darfst nur nicht ständig an dir und deiner Kraft zweifeln.«

»Das sagt sich so leicht, Emily«, erwiderte Rosemarie mit einem Seufzer, fühlte sich aber bereits viel ruhiger.

»Du wirst schon das Richtige tun, was immer auch geschehen mag«, versicherte Emily. »Und wenn es dir einmal nicht ganz gelingt, tröste dich und richte dich mit der Erkenntnis des Erasmus von Rotterdam auf, der unsere Schwäche nur zu gut erkannt hat, als er schrieb: ›Auch der Gerechte fällt siebenmal am Tag, wird aber durch die Kraft des Glaubens, der wie das Feuer immer wieder nach oben strebt, bald wieder aufgerichtet.‹ Du mußt nur selbst an dich glauben und auf Gottes Hilfe vertrauen, dann wird alles andere von selbst kommen, so wie es sein soll.«

»Ach, was täte ich nur ohne dich«, murmelte Rosemarie und drückte dankbar Emilys Arm. Sie spürte, wie die Müdigkeit zurückkehrte.

»Vielleicht schneller erwachsen werden«, lautete Emilys nachdenkliche Antwort.

Rosemarie lachte leise auf. »Schließt denn das eine das andere aus?« fragte sie und gähnte herzhaft.

»Vermutlich nicht. So, und jetzt versuch noch ein wenig zu schlafen. Ich werde dich schon wecken, wenn es Zeit zum Aufstehen ist.«

Und Rosemarie fiel auch tatsächlich noch einmal für eine gute Stunde in einen tiefen Schlaf. Als Emily sie schließlich weckte, war es kurz vor sieben, helles Sonnenlicht erfüllte das Zimmer, und das Dienstpersonal der Thorndikes sorgte für betriebsame Geschäftigkeit.

In einem leichten Sommerkleid, das dem heißen Klima Kimberleys besser angepaßt war als ihre Reisekostüme, die sie auf der Zugfahrt getragen hatte, trat sie schließlich auf den Flur und lief ihrer Tante regelrecht in die Arme.

»Ich hoffe, du hast einigermaßen gut geschlafen, Rose«, begrüßte Bess Thorndike ihre Nichte und musterte sie mit sorgenvollem Blick. »Aber was rede ich da. Vermutlich hast du kaum ein Auge zugemacht und dich von einer Seite auf die andere gewälzt.«

»Ganz so schlimm war es nicht, Tante Bess.«

»Aber schlimm genug, nicht wahr?«

Rosemarie nickte mit einem müden Lächeln und fragte dann: »Wie geht es Dad? Kann ich zu ihm?«

»Nein, Schwester Teresa und Schwester Angela sind bei ihm. Sie waschen und ziehen ihn an.«

»Wer sind Schwester Teresa und Schwester Angela?« erkundigte sich Rosemarie, während sie den Flur entlang zur Treppe gingen.

»Ach, davon habe ich dir ja noch gar nicht erzählt. Die Pflege deines Vaters haben die Schwestern vom Nazareth House übernommen. Ich hätte das ja gern selbst getan, aber ich habe wirklich Schwierigkeiten mit dem Rücken und kann nichts Schweres mehr heben, und mit meiner Pumpe ist es auch nicht gerade gut bestellt«, erklärte Tante Bess und sah sie mit einem Blick an, als müßte sie sich dafür entschuldigen, daß sie sich körperlich nicht in der Lage sah, ihren Bruder zu pflegen. »Die Schwestern kommen dreimal am Tag und wechseln sich dabei ab.«

»Ist dieses Nazareth House ein Hospital?« wollte Rosemarie wissen.

»Nein, es ist eigentlich in erster Linie eine wohltätige Einrichtung für die Ärmsten der Armen und für all die heruntergekommenen Gestalten, die jeden Halt verloren haben und nirgendwo sonst Hilfe und Obdach finden. Dein Onkel regt sich gern darüber auf und schert die Leute als kriminelles Gesindel und lichtscheues Pack über einen groben Kamm«, sagte sie, und ihre Stimme bekam einen traurigen Klang. »Aber ich sehe es anders, denn steht nicht schon in der Bibel geschrieben: ›Wer ohne Sünde ist, der werfe den ersten Stein‹? Ich hege für die Nonnen, die sich dieser barmherzigen Aufgabe verschrieben haben, aufrichtige Bewunderung. Und sie kümmern sich großartig um Charles.«

Rosemarie pflichtete ihr mit einem Nicken bei. »Aber wieso haben ausgerechnet sie Daddys Pflege übernommen, Tante Bess?«

»Weil Farrington, Brandon & Nash den Nonnen vor Jahren beim Aufbau von Nazareth House mit einer großzügigen Spende zum

Start verholfen haben und ihnen auch in der folgenden Zeit mit beachtlichen Geldzuwendungen treu geblieben sind. Und als die Oberin zufällig von Doktor Talbot erfuhr, daß einer ihrer besonderen Gönner einen schweren Schlaganfall erlitten hatte, suchte sie ihn sofort im Hospital auf, wo er damals noch lag. So lernten wir uns kennen. Und als sie hörte, daß ich meinen Bruder zu uns ins Haus holen und erfahrene Pflegekräfte für ihn anstellen wollte, da bestand sie darauf, mit ihren Schwestern den schweren Teil der täglichen Pflege zu übernehmen, ihn also morgens und abends zu waschen, ihn anzuziehen oder für die Nacht herzurichten, ihm die gelähmten Gliedmaßen zu massieren, um dem Muskelschwund entgegenzuwirken und für eine bessere Durchblutung der linken Seite zu sorgen, sowie mit ihm Bewegungsübungen zu machen.«
Sie standen auf dem oberen Treppenabsatz. »Kann denn ich das nicht übernehmen?« fragte Rosemarie nach einem kurzen Moment des Zögerns.
Tante Bess schenkte ihr ein liebevolles Lächeln. »Es ehrt dich, daß du es tun möchtest, aber dafür besteht keine Veranlassung. Ich glaube auch nicht, daß Charles damit einverstanden wäre. So sehr er dich liebt, aber bei diesen ... äh ... Handreichungen, die bei solch einer Pflege vonnöten sind, bist du wohl die letzte Person, die er sich für diese Hilfe wünscht«, sagte sie, während eine leichte Schamröte ihre Verlegenheit verriet, mit ihr über derartig intime Dinge zu reden. »Nein, das würde er unter keinen Umständen wollen. Du bist noch eine junge Frau und eine unverheiratete dazu.«
Rosemarie wurde nun selbst hochrot im Gesicht und schalt sich ihrer gedankenlosen Frage. Und außerdem – woher hatte sie bloß den Mut genommen, zu sagen, sie könne die Krankenpflege ihres Vaters übernehmen? Aus der unbewußten Gewißheit, daß er ihr Anerbieten nie und nimmer akzeptieren würde?
»Dein Vater ist in den besten Händen, mein Kind«, sagte Tante

Bess und wechselte geschickt das Thema, während sie die Treppe hinuntergingen.
Onkel Rupert wartete unten schon auf sie, und er stürzte Rosemarie in eine andere Art der Verlegenheit, als er sie drängte, ihm einen Kuß auf die Wange zu geben und ihr dabei eine Hand auf die Hüfte legte.
»Wie reizend du aussieht, Rose, so lieblich wie ein sonniger Sommermorgen«, schmeichelte er ihr, als Tante Bess sie allein ließ, um in der Küche nach dem Rechten zu sehen. »Du wirst den Männern von Kimberley den Kopf verdrehen, mein Wort drauf. Manchmal könnte ich selbst ganz vergessen, daß ich schon verheiratet bin und du meine Nichte bist.« Und zum Zeichen, daß dies nur als Scherz gemeint war, zwickte er ihr sanft wie einem Kind in die Wange.
Rosemarie lachte, obwohl ihr nicht danach zumute war. »So etwas kann man doch gar nicht vergessen, Onkel Rupert«, erwiderte sie mit erzwungener Unbekümmertheit und atmete innerlich erleichtert auf, als Emily in diesem Moment in der Tür erschien und sie nicht mehr mit ihrem Onkel allein im Raum war.
Wenig später lernte sie die beiden Nonnen vom Nazareth House kennen. Sie mochte die Frauen, die einen graubraunen Habit mit passender Haube trugen, auf Anhieb. Schwester Teresa war eine recht kräftig gebaute Frau um die Vierzig, der man ihre Fröhlichkeit und Tatkraft auf den ersten Blick ansah. Dagegen konnte Schwester Angela nur wenige Jahre älter als sie, Rosemarie, sein. Die grazile Gestalt und die zarten Gesichtszüge der jungen Nonne erinnerten sie an ein scheues Reh. Doch dieser erste Eindruck erwies sich als äußerst trügerisch. Schwester Angela besaß eine angenehm feste Stimme und zeigte im Gespräch mit ihr und Emily nicht die geringste Scheu. Und doch strahlte sie wie ihre ältere Mitschwester eine Güte und Freude aus, die jeden halbwegs empfindsamen und selbstkritischen Menschen beschämen mußte.

Bräute Christi, dachte Rosemarie, als ihr Onkel die Nonnen zur Tür brachte. Weltliche Bräute können nicht mehr Glückseligkeit ausstrahlen, oder vielleicht doch? Nein, das muß ein anderes Gefühl des Glücks sein. Wie mag wohl die Braut aussehen, die Mister Hamilton eines Tages zum Altar führen wird? Sie stutzte plötzlich und fragte sich, warum sie ausgerechnet jetzt und in diesem Zusammenhang an Mister Hamilton dachte.
Tante Bess kam ins Zimmer und verwickelte sie in ein Gespräch über ihre Eigenheiten, einen Haushalt zu führen, dessen Personal ausschließlich aus Schwarzen bestand. »Ohne Strenge geht es leider nicht, aber Geduld und Verständnis sind dabei genauso vonnöten«, erklärte sie. »Von rüder Schelte und Schlägen halte ich dagegen gar nichts. Oh, da bringen Medan und Abida ja schon Charles herunter!«
Medan und Abida waren zwei Schwarze von stattlicher, sehniger Gestalt mittleren Alters. Sie gehörten zum Stamm der Khoikhoi, und schon ihre Eltern hatten in den Diensten der Thorndikes gestanden. Medan konnte ausgezeichnet mit Pferden umgehen und diente seiner weißen Herrschaft wie schon sein Vater als Kutscher, während Abida der persönliche Diener des Baas war und damit eine noch prestigeträchtigere Stellung im Haus der Thorndikes bekleidete. Sie trugen Rosemaries Vater, der in einem Rollstuhl saß, die Treppe herunter.
Rosemarie wußte nicht, welcher Anblick ihr mehr ins Herz schnitt – ihr Vater, wie er eingefallen und verloren in dem großen Bett lag oder wie er frisch gewaschen, gekämmt und angezogen im Rollstuhl saß. Wie stark er seit seinem Schlaganfall Gewicht verloren hatte, offenbarte er im Rollstuhl auf noch erschreckendere Weise als im Bett. Hemd und Hose waren ihm viel zu groß und schlotterten um seinen Leib. Und im hellen Licht des Tages wirkte sein fahles, knochiges Gesicht beinahe wie eine Totenmaske.
Sie zwang sich zu einem Lächeln, als sie ihrem Vater einen guten

Morgen wünschte und ihm einen Kuß auf die Wange gab. Und als sie sah, wie sich sein Gesicht bei ihrem Anblick belebte und wie groß seine Freude war, sie um sich zu haben, da kehrte bei ihr die Zuversicht zurück.

Eine lebhafte Unterhaltung, an der sich auch Charles Brandon gelegentlich beteiligte, in harmonisch familiärer Atmosphäre kennzeichnete das gemeinsame Frühstück. Und wenn die Sprachschwierigkeiten nicht gewesen wären, hätte Rosemarie vielleicht sogar von Zeit zu Zeit vergessen können, daß ihr Vater neben ihr ein schwerkranker Mann war.

»Du solltest noch eine Scheibe Toast essen, Charles, damit du schneller zu Kräften kommst«, ermunterte Tante Bess ihren Bruder, der wenig Appetit zeigte.

»Danke, Bess, aber ich esse schon, was ich kann.«

»Dieses Stückchen Brot mit dem bißchen Orangenmarmelade ist aber wirklich zuwenig, Dad«, pflichtete Rosemarie ihrer Tante bei, jedoch um einen leichten Ton bemüht. Dabei war sie bestürzt, wie wenig ihr Vater aß. »Warum teilen wir uns nicht eine Scheibe?«

Rosemarie hatte ihre liebe Not, ihren Vater dazu zu bringen, noch diese zweite halbe Toastscheibe zu sich zu nehmen. Sie schnitt ihm das Brot in kleine Stücke, und bei den letzten drei mußte sie fast betteln, daß er sie nicht noch auf dem Teller liegenließ.

Nach dem Frühstück fuhr sie ihn im Rollstuhl auf die Terrasse, wo er darum bat, ihn ruhig für eine Weile in die Sonne zu schieben. Dann setzte sie sich neben ihn in einen der bequemen, weich gepolsterten Korbstühle und las ihm aus dem DIAMOND FIELDS ADVERTISER vor, der Tageszeitung von Kimberley. Die politischen Berichte und Kommentare, die ihren Vater am meisten interessierten, sagten ihr wenig. Zwar wußte auch sie, daß es seit Jahren zunehmende Spannungen zwischen der britischen Kapkolonie auf der einen Seite und den beiden unabhängigen Burenstaaten Transvaal und Oranje-Freistaat auf der anderen

Seite gab. Und sie hatte auch davon gehört, daß vor allem dieser ungehobelt knorrige, riesenhafte und rauschebärtige Ohm Krüger, Präsident der Burenrepublik im Transvaal, den Engländern in Johannesburg viel Ärger bereitete. Dort waren nämlich 1886 am Witwatersrand reiche Goldvorkommen entdeckt worden, was zu einem wahren Goldrausch geführt hatte. Mittlerweile betrieben überwiegend britische Unternehmen die Ausbeutung der Goldminen in Johannesburg. All das wußte sie. Doch vieles von dem, was sie ihrem Vater nun aus der Zeitung vorlas, machte für sie wenig Sinn.

»Darf ich dich etwas fragen, Dad?« unterbrach sie schließlich ihre Lektüre.

»Aber natürlich, Kind.«

»Warum streitet sich unsere Regierung mit den beiden Burenrepubliken?« wollte sie wissen. »Und warum hat dieser Ohm Krüger all die britischen Goldschürfer und Minengesellschaften überhaupt in sein Land geholt, wenn er doch so wenig von uns hält und Johannesburg als Sündenpfuhl der *uitlanders,* der Ausländer, beschimpft, wie es hier steht?«

Ihr Vater lachte trocken auf und antwortete mit schwerfälliger Zunge: »Freiwillig haben uns die Buren nicht in ihr Land gelassen, Rosemarie.«

»Sondern?«

»Als das Gold am Witwatersrand entdeckt wurde, strömten die Goldschürfer nur so in das bloß spärlich besiedelte Gebiet – genau wie damals, als ein Dutzend Meilen von hier am Vaal River vor nun gut dreißig Jahren die ersten Diamanten gefunden wurden.« Er machte eine Pause, um dann mühsam fortzufahren: »Wo gestern noch Wildnis gewesen war, schoß förmlich über Nacht eine Goldgräberstadt aus dem Boden. Allein unsere Landsleute kamen zu Zehntausenden nach Johannesburg, um ihr Glück zu machen, viele davon übrigens aus Kimberley.«

»Einfach so, ohne zu fragen? Das ist aber nicht anständig«, sagte

Rosemarie. »Uns würde es doch bestimmt auch nicht gefallen, wenn plötzlich Zehntausende Buren nach Bath kämen und sich dort breitmachten, oder?«

Ihr Vater zuckte mit der rechten Schulter. »Darüber kann man geteilter Ansicht sein und sich trefflich jahrelang streiten, wie das die Regierungen ja auch tun.«

»Aber wenn es doch ihr Land ist?«

»In Afrika ist mein, was ich mir nehme, und dein, was du dir nimmst und was du vor meinem Zugriff schützen kannst«, entgegnete er. »Das ist schon immer so gewesen, schon lange bevor wir Weißen unseren Fuß auf den schwarzen Kontinent setzten. Auf jeden Fall mußten sich die Buren im Transvaal der Macht der Tatsachen beugen und sich mit den ausländischen Minengesellschaften arrangieren, besonders mit so mächtigen Gesellschaften wie De Beers, wo ein Mann wie Cecil Rhodes das Sagen hat.«

»Und warum haben die Buren die Goldfelder den Ausländern überlassen, wenn diese ihnen doch so verhaßt sind?« fragte sie verwundert. »Sie hätten sich ganz schnell die besten Parzellen, oder wie man das nennt, sichern können, und dann wäre eben nichts mehr für Uitlanders geblieben. Warum haben sie das nicht getan, Dad?«

»Weil die Buren von Natur aus ein Volk von Farmern und weil sie strenge Calvinisten sind, was wohl die größere Rolle dabei spielt«, erklärte er. »Nach Gold oder Diamanten zu graben, ist für sie kein anständiger, gottesfürchtiger Beruf. Sie lehnen diese Art, sich seinen Lebensunterhalt zu verdienen, kategorisch ab. Schmuck, modische Kleidung und solche Dinge sind in ihren Augen eitler Tand und daher verabscheuungswürdig. Und noch strenger gehen sie mit anderen weltlichen Vergnügungen ins Gericht. Sie verurteilen das Leben in diesen Diamanten- und Goldgräberstädten, das natürlich nicht gerade von frommer Gottesliebe und Gemeinschaftsgeist bestimmt wird, sondern von Raffgier, Skrupellosigkeit und

Laster aller Art. Kimberley war für sie genauso ein abscheulicher Sündenpfuhl und des Teufels wie heute Johannesburg.«

»Aber wieso konnten sie sich denn über Kimberley aufregen? Die Stadt gehört doch zu unserer Kapkolonie«, wandte Rosemarie ein.

Sein rechter Mundwinkel hob sich zu einem spöttisch grimassenhaften Lächeln. »Erst seit dem 15. Oktober 1880, Rosemarie, als die Kapregierung dieses Territorium nach jahrelangem Druck aus London der Kolonie einverleibte. Davor hieß diese Region Griqualand und gehörte eigentlich zum Oranje-Freistaat.«

»Das ist doch Unrecht!«

»Recht und Gerechtigkeit waren schon immer zwei verschiedene Paar Schuhe, mein Kind, ganz besonders in der Politik«, erwiderte er. »Da hat der recht, der seine Ansichten und Forderungen mit militärischer Macht durchsetzen kann. Und wer sind schon zwei lächerlich kleine Burenrepubliken im Vergleich zum britischen Empire? Bestenfalls zwei lästige Flöhe im Fell eines Bären.«

Rosemarie hätte gern mehr zu diesem Thema erfahren, doch sie merkte ihrem Vater an, daß ihm das Sprechen von Minute zu Minute schwerer fiel. Deshalb fragte sie: »Soll ich dir weiter vorlesen?«

»Ja, das wäre lieb«, sagte er und schloß müde die Augen, das Gesicht der warmen Morgensonne zugewandt.

Rosemarie fuhr fort, aus dem DIAMOND FIELDS ADVERTISER vorzulesen, bis der Kopf ihres Vaters zur Seite rutschte und sein Atem ihr verriet, daß er eingeschlafen war. Sie ließ die Zeitung sinken und saß still an seiner Seite, während die Sonne am wolkenlosen Himmel höher stieg und der Schatten aus der Tiefe der Veranda heraustrat und dann langsam über sie hinwegglitt.

7

Schenken Sie mir ruhig reinen Wein ein, Doktor«, forderte Rosemarie den Arzt ihres Vaters tapfer auf, als sie Wesley Talbot am Morgen des folgenden Tages kennenlernte und sofort Vertrauen zu ihm faßte. »Meine Tante und mein Onkel haben eine hohe Meinung von Ihnen, die sicherlich gerechtfertigt ist. Deshalb vertraue ich auch darauf, daß Sie mich nicht wie ein unverständiges und unmündiges Kind behandeln, sondern mir die Wahrheit über den Zustand meines Vaters sagen.«

»Ihr Vertrauen wie auch das Ihrer geschätzten Verwandten ehrt mich. Und nichts liegt mir ferner, als Sie wie ein unmündiges Kind zu behandeln, Miss Brandon – einmal ganz davon abgesehen, daß es mir bei Ihrer Erscheinung schon schwerfallen würde, Sie noch als Kind zu betrachten«, lautete die charmante Entgegnung des Arztes, um dann mit ernster Miene und ernstem Ton fortzufahren: »Nur ist es mit dem reinen Wein, den Sie von mir erbitten, in einem Fall wie dem Ihres Vaters leichter gesagt als getan.«

»Darf ich fragen, warum?«

Doktor Wesley Talbot, ein gutaussehender und tadellos gekleideter Mann Anfang Fünfzig, fuhr sich mit einer bedächtigen Handbewegung über das Kinn. »Nun, Ihr Vater hat einen schweren Schlaganfall erlitten, von dem er sich verhältnismäßig gut erholt hat, Miss Brandon«, sagte er, um dann die Einschränkung zu betonen: »Aber eben nur verhältnismäßig gut, weil nun mal bei den meisten, die einen derart schweren Schlaganfall überleben, doch erhebliche Gesundheitsschäden zurückbleiben wie halbseitige Lähmungen, der völlige Verlust der Sprache und großer Teile des Gedächtnisses, um nur einige Folgen zu nennen.«

»Mein Vater hat Schwierigkeiten mit der Artikulation, weil seine linke Gesichtshälfte gelähmt ist, und er spricht viel schwerfälliger als früher, das ist wohl wahr, aber sein Geist ist nicht in Mitleidenschaft gezogen. Er kann sich an alles erinnern und allem folgen, was man ihm sagt oder vorliest«, entgegnete Rosemarie.

»Ich weiß, und das allein ist schon ein kleines Wunder, Miss Brandon«, sagte der Arzt. »Doch körperlich sieht es nicht so gut mit ihm aus. Da besteht ernsthafter Grund zur Sorge. Ihr Vater hat sehr abgenommen, und es scheint ihm nicht recht zu gelingen, allmählich wieder zu Kräften zu kommen. Zudem besteht die nicht geringe Wahrscheinlichkeit, daß ein zweiter Schlaganfall dem ersten folgt.«

Rosemarie war, als legte sich eine stählerne Klammer um ihre Brust und preßte sie immer mehr zusammen. »Aber das muß nicht passieren, nicht wahr?« In ihrer Stimme war etwas Beschwörendes.

Doktor Talbot sah sie mit einem verständnisvollen Ausdruck an. »Nein, passieren muß es nicht, und Wunder gibt es immer wieder, nicht nur medizinische. Die einzige hundertprozentige Zwangsläufigkeit in unserem Leben ist die, daß für jeden von uns einmal die Stunde kommt, wo keine Macht der Welt uns vor dem Tod bewahren kann, was uns allen eigentlich viel öfter zu Bewußtsein kommen sollte«, antwortete er und ließ einen Augenblick verstreichen, um an der Bedeutung seiner Worte nicht den geringsten Zweifel aufkommen zu lassen. »Aber neben dieser einzigen unabwendbaren Zwangsläufigkeit unseres Lebens gibt es Erfahrungswerte und daraus resultierend gewisse Wahrscheinlichkeiten, was den Lauf der Dinge betrifft. Und da Sie mich gebeten haben, Ihnen den Wein meines Wissens so rein wie möglich darzubieten, will ich Ihnen auch nicht verschweigen, daß die Wahrscheinlichkeit eines zweiten Schlaganfalls für Ihren

Vater bedeutend größer ist als die einer dauerhaften Genesung, so schwer es mir fällt, Ihnen das mitteilen zu müssen, Miss Brandon.«

»Ich ... ich danke Ihnen für Ihre Offenheit«, sagte Rosemarie, und nur das leichte Zittern in ihrer Stimme verriet, wie sehr sie sich zusammenreißen mußte. »Wird Dad ... wird mein Vater wenigstens in der Lage sein, noch mit mir nach England zurückzukehren?«

»In seinem jetzigen Zustand ist er nicht reisefähig, schon gar nicht während der heißen Monate«, erklärte Doktor Talbot ohne Umschweife. »Er muß viel mehr zu Kräften gekommen sein, um eine derart lange Reise antreten zu können. Vor April, Mai würde ich von jedem Versuch energisch abraten.« Er sah ihr enttäuschtes, bedrücktes Gesicht und fügte aufmunternd hinzu: »Vielleicht gelingt es uns ja doch noch, seinen Appetit zu wecken und ihn dazu zu bringen, jeden Tag etwas mehr zu sich zu nehmen. Auf jeden Fall besteht kein Grund, die Hoffnung aufzugeben, Miss Brandon. Gottlob sind die Erfahrungen und Annahmen über den weiteren Verlauf einer Krankheit selbst bei einem noch so guten Arzt stets eine Sache der Theorie, während der aktuelle Patient die Praxis darstellt, die immer wieder unerwartete Wendungen bringt und die graue Theorie widerlegt.«

Das waren Worte, an denen Rosemarie ihre dünnen Fäden der Hoffnung knüpfen und sich festhalten konnte. Deshalb drang sie auch nicht mit weiteren Fragen in ihn, sondern dankte ihm und brachte ihn zur Tür.

Kurz darauf trugen Medan und Abida ihren Vater im Rollstuhl zum Frühstück herunter. Rosemarie redete mit Engelszungen auf ihn ein, es doch um Gottes willen nicht bei einigen Häppchen Toastbrot zu belassen. Und zu ihrer großen Freude gelang es ihr, ihn dazu zu bewegen, zumindest anderthalb Scheiben zu essen, eine halbe davon sogar belegt mit feinem Schinken. Nach dem Frühstück schob sie ihn wieder hinaus auf die Veranda. Sie stellte den Rollstuhl so, daß ihr Vater in der Sonne und sie doch schon im Schatten sitzen konnte, und griff zur Tageszeitung, um ihm wieder vorzulesen.

»Weißt du, daß du eine ganz wunderbar melodische Stimme hast?« unterbrach er sie, als sie sich mitten in einem politischen Kommentar befand.

Rosemarie blickte auf und lächelte ihn an. »Emily hat einmal gesagt, daß ich dieselbe Intonation und Stimmlage besitze wie Mom.«

»Das stimmt auch«, bestätigte er. »Wenn ich die Augen zumache, kann ich mir ganz leicht vorstellen, daß deine Mutter es ist, die mir so geduldig vorliest.« Er seufzte. »Ach, was mache ich dir bloß für Sorgen und Mühen, mein Kind.«

Sie faßte nach seiner gesunden Hand und drückte sie. »Ich wüßte nicht, was ich lieber täte, Dad.«

Er schüttelte betrübt den Kopf. »Du bist jung, Rosemarie, und du mußt dein eigenes Leben leben. Du gehörst nicht ständig an das Bett oder neben den Rollstuhl eines alten, kranken Vaters, der nicht mehr zu viel nütze ist.«

»Dad!« rief sie bestürzt. »Es ist nicht nur nicht wahr, sondern es tut mir auch weh, dich so etwas Häßliches sagen zu hören! Es ist doch meine ganz natürliche Aufgabe, bei dir zu sein und für dich zu sorgen. Und ich tue es gerne!«

»Ich weiß, ich weiß«, sagte er gerührt und streichelte ihre Hand. »Aber du mußt auch mir zugestehen, daß ich mir Sorgen mache – und zwar Sorgen um dich, Rosemarie. Ich möchte nicht, daß du hier so eingesperrt lebst wie ich.«

»Aber ich fühle mich überhaupt nicht eingesperrt, Dad«, widersprach sie.

Er schüttelte den Kopf. »Es ist nicht richtig, daß du nichts anderes zu Gesicht bekommst als das Haus und den Garten unserer lieben Verwandtschaft«, beharrte er. »Du bist in einem dir fremden Land, und da gibt es für einen jungen Menschen wie

dich viel Neues und Aufregendes zu sehen und zu erkunden. Kimberley ist eine Stadt, die auch einer jungen Frau wie dir erstaunlich viele Möglichkeiten sinnvoller Betätigung und schicklicher Zerstreuung bietet.«
»Kannst du denn nicht verstehen, daß mir der Sinn so ganz und gar nicht nach Zerstreuung steht?«
»Ja, weil du meinen Zustand, so elend er auch sein mag, viel zu ernst nimmst. Mein Kind, ich liege nicht auf dem Totenbett, und auch dann ginge das Leben für dich weiter«, erwiderte er mit eindringlicher Gelassenheit. »Und ich will, daß es für dich weitergeht – sowohl jetzt während meiner Krankheit als auch später, wenn mich der Herr zu sich gerufen hat und ich wieder mit deiner Mutter vereint bin.«
Ihr krampfte sich das Herz zusammen, ihren Vater von seinem Tod sprechen zu hören. Reichte es denn nicht, daß dieser Gedanke ihr schon jede Nacht Alpträume bereitete? »Bitte, Dad . . .«
Er ließ sie erst gar nicht ausreden. »Weise nichts von dir, was doch auf der Hand liegt! Und hüte dich davor, mir und vor allem dir etwas vormachen zu wollen, Rosemarie. Davon wird das Leben nicht leichter, ganz im Gegenteil«, ermahnte er sie liebevoll, aber doch ernst. »Unsere Scheu, über unseren eigenen Tod zu sprechen, hilft am allerwenigsten, mit ihm fertig zu werden. Sie hilft weder dem Sterbenden noch den Hinterbliebenen. Sie wird vielmehr zu einem erschreckenden Abgrund, in den man dann ohne jeden Halt stürzt, statt voller Trost und Zuversicht eine Grenze zu einer Welt zu überschreiten, wo Schmerz und Furcht und menschliche Gebrechlichkeit aufgehoben sind in der ewigen Liebe und Barmherzigkeit Gottes.«
Tief in ihrem Innern wußte Rosemarie, wie recht ihr Vater mit seiner Ermahnung hatte, die Augen nicht vor offensichtlichen Tatsachen zu verschließen. Ihm ging es nicht gut, und sie war klug beraten, sich geistig schon langsam auf die »einzige Zwangsläufigkeit«, wie Doktor Talbot es genannt hatte, einzustellen.

Aber was ihr Verstand begriff und akzeptierte, dagegen wehrte sich ihr Herz noch mit aller Kraft. Deshalb erwiderte sie mit geradezu trotziger Stimme: »Du stirbst noch lange nicht, Dad! Und daher sehe ich auch keinen Sinn darin, jetzt schon über den Tod zu reden und mir das Herz unnötigerweise noch schwerer zu machen.«

Zu ihrer Überraschung lachte er auf. »Genau das ist es, was ich dir die ganze Zeit über klarzumachen versucht habe!« rief er fast vergnügt. »Nämlich, daß du dir dein Herz und dein Leben ohne Not nicht noch schwerer machen, sondern daß du dich ablenken und unter deinesgleichen begeben sollst. Und dann brauchen wir vielleicht weniger über den Tod zu reden, weil du mir genug anderes zu erzählen hast. Nun, wie gefällt dir das, mein Kind?«

Verblüfft sah sie ihn an und konnte sich eines Lächelns nicht erwehren. »Weißt du, daß du ein ganz schön gerissener Fuchs bist?«

Sein gesundes Auge strahlte sie an. »Du siehst, es besteht kein Grund, dir Tag und Nacht Sorgen um mich zu machen und nicht von meiner Seite zu weichen. Du tust damit weder dir noch mir einen Gefallen. Apropos Gefallen, war es nicht ein bewundernswertes Beispiel großherziger Hilfsbereitschaft, daß mein Partner nach Kapstadt gereist ist, um euch in Empfang zu nehmen und auf der Fahrt nach Kimberley zu begleiten?«

»Du hattest schon immer eine ganz besondere Art an dir, die es den Menschen in deiner Umgebung unmöglich machte, dir einen Gefallen abzuschlagen«, neckte Rosemarie ihn und wich damit einer direkten Antwort aus, die sonst wenig schmeichelhaft für Lawrence Farrington ausgefallen wäre.

»Oh, da traust du mir diesmal zuviel zu! Ich hatte gar keine Gelegenheit, meinen Juniorpartner um einen solchen Gefallen zu bitten«, eröffnete er ihr. »Der gute Lawrence hat mir das Angebot von sich aus gemacht. Ach, was heißt hier Angebot, er hat förmlich darauf bestanden.«

»Wie bitte? Na, dann muß er ja sehr in deiner Schuld stehen«, vermutete Rosemarie.
»Ganz und gar nicht. Lawrence Farrington ist das Rückgrat unserer Firma hier in Kimberley. Es ist ein ausgesprochener Glücksfall, einen so weitsichtigen und geschäftstüchtigen Mann wie ihn zum Partner zu haben«, lobte er ihn in den höchsten Tönen.
»Das freut mich für die Firma, Dad. Vermutlich wird er seine ganz privaten Gründe gehabt haben, warum er sich anerboten hat, uns in Kapstadt abzuholen und nach Kimberley zu begleiten, und konnte so das eine mit dem anderen verbinden.«
Lachend schüttelte ihr Vater den Kopf. »Der einzige Grund, der ihn dazu verlaßt hat, in der ärgsten Sommerhitze die Tortur mit dieser elendig langsamen Bummelbahn auf sich zu nehmen, war der, daß er es einfach nicht erwarten konnte, dich endlich persönlich kennenzulernen.«
Im ersten Moment glaubte Rosemarie, sich verhört zu haben. »Wie bitte? Mister Farrington soll wegen mir ...« Sie unterbrach sich und lachte spöttisch auf. »Nein, das kann nicht dein Ernst sein, Dad. Warum sollte er auch?«
»Warum tut ein junger, attraktiver Junggeselle scheinbar verrückte Dinge, meine kleine Prinzessin? Was bringt ihn meist dazu?« fragte ihr Vater scherzhaft zurück, um sich gleich selbst die Antwort zu geben. »Natürlich eine berückend hübsche junge Dame.«
»Dad, ich bitte dich!« protestierte sie. »Ich bin nicht berückend hübsch!«
»O ja, das bist du.«
»Für dich vielleicht, aber das zählt nicht wirklich«, wehrte sie ab. »Außerdem hat Mister Farrington mich in all den Jahren, in denen er schon dein Partner ist, nicht ein einziges Mal auch nur flüchtig zu Gesicht bekommen. Er kannte mich doch überhaupt nicht.«

»Du irrst«, entgegnete er fröhlich. »Ich habe ihm oft und ausführlich von dir erzählt, wenn er mich im Krankenhaus und später hier bei Bess und Rupert besucht hat. Und er hat dich mehr als einmal zu Gesicht bekommen, wenn auch nur auf den Fotografien, die wir letztes Jahr zu deinem Geburtstag im Studio von Mister Carlton gemacht haben. Sie haben ihn sehr beeindruckt.«
Rosemarie konnte kaum glauben, was sie da hörte. »Mister Carlton hat mir mit seiner Kamera reichlich geschmeichelt und mich auf den Bildern zu einer Schönheit gemacht, die ich gar nicht bin. Er hat meine Sommersprossen verschwinden lassen und mir längere Wimpern und schönere Brauen verpaßt«, sagte sie selbstkritisch und fügte bissig hinzu: »Kein Wunder, daß Mister Farrington bitter enttäuscht gewesen ist, als er mich dann in Natur gesehen hat. Jetzt weiß ich endlich, warum er die ganze Zeit so reserviert, ja geradezu grimmig zu mir gewesen ist.«
Nun war es an ihm, verblüfft zu sein. »Lawrence reserviert und grimmig? Das ist nicht möglich!«
»Und ob das möglich ist, Dad! Ich weiß nicht, wie du ihn kennst, doch uns hat er sich in Kapstadt und auf der Zugfahrt nicht eben als begnadeter, charmanter Unterhalter offenbart«, sagte sie sarkastisch. »Aber wenn du mir nicht glaubst, kannst du ja Emily fragen.«
»Das verstehe ich nicht«, erwiderte er betroffen.
»Nicht, daß du den Eindruck bekommst, ich wollte mich über ihn beklagen«, sagte Rosemarie schnell, als sie sah, wie sehr ihn ihre Äußerungen über Lawrence Farrington verstörten. Was machte es schon aus, daß sie sich in Wirklichkeit sehr wohl mehrfach persönlich verletzt gefühlt hatte. »Mister Farrington hat alles in seiner Macht Stehende getan, um uns so sicher und komfortabel wie möglich nach Kimberley zu bringen. Und ich weiß, daß es auch für ihn eine recht strapaziöse Reise gewesen ist, die er ohne Not auf sich genommen hat. Dafür bin ich ihm natürlich dankbar.«

Ihr Vater saß einen Moment mit abwesender Miene im Rollstuhl und rieb sich über die linke, taube Gesichtshälfte. Schließlich sagte er unverhohlen ärgerlich: »Das muß ein Mißverständnis sein, Rosemarie. Vielleicht hat ihn etwas anderes bedrückt, was du auf der Fahrt auf dich bezogen hast. Ja, das muß es gewesen sein. Denn er hat mir doch noch gestern versichert, wie sehr er deine Gesellschaft genossen hat ... Und daß ...« Er stockte kurz, um dann mit einer wegwischenden Handbewegung fortzufahren: »Was soll's, ich kann es dir ja ruhig sagen, denn gottlob gehörst du nicht zu jenen flatterhaften jungen Frauen, denen ein Kompliment gleich zu Kopf steigt. Also, Lawrence hat mir anvertraut, daß die Fotografien dir und deiner besonderen Ausstrahlung nicht gerecht werden.«

Rosemarie wußte nicht, was sie darauf sagen sollte. Wenn es nicht ihr Vater gewesen wäre, sie hätte nur schallend darüber gelacht und ihn mit unverblümtem Sarkasmus darum gebeten, sich doch bitte eine weniger unglaubwürdige Geschichte auszudenken, um Lawrence Farrington in ein sympathischeres Licht zu stellen.

»Ja, du hast wirklich großen Eindruck auf ihn gemacht«, bekräftigte ihr Vater noch einmal, als sie nichts entgegnete. »Und dabei gehört Lawrence wahrlich nicht zu jenen Männern, die leicht zu beeindrucken sind.«

Sie sah ihn skeptisch an. »Und du bist sicher, daß wir von ein und derselben Person sprechen, ja?«

»Ja, das bin ich.«

Rosemarie schüttelte nur den Kopf.

»Ich verstehe es auch nicht, aber das soll uns jetzt nicht weiter beschäftigen. Zu gegebener Zeit wird sich dieses merkwürdige Mißverständnis zweifellos aufklären. Und nun lies bitte weiter vor, sonst bin ich gleich wieder zu müde, um den scharfsinnigen Reden unseres neuen Gouverneurs und Hochkommissars Sir Alfred Milner gegen das ›Krügertum‹ zu folgen. Übrigens eine höchst aufschlußreiche Wortschöpfung von ihm, findest du nicht? Diese verächtliche Bezeichnung, die nun in aller Munde und allen Zeitungen ist, dürfte den Buren ein noch schmerzhafterer Dorn in ihrem Selbstbewußtsein sein, als Sir Milners doch sehr grobschlächtige Drohung ›Es gibt keinen Ausweg – entweder Transvaal reformieren oder Krieg!‹ Man kann die untrüglichen Zeichen an der Wand auch mit weniger groben Worten kommentieren. Aber die sanften Töne liegen diesem alten Kämpfer nicht im Blut.«

»Glaubst du wirklich, daß es zu einem Krieg mit den Burenrepubliken kommen wird?« fragte Rosemarie beklommen, aber auch froh, daß nicht länger Lawrence Farrington ihr Gespräch bestimmte.

»Nun, beide Seiten rüsten auf wie verrückt. Die Schatztruhen Transvaals sind durch die Einnahmen aus der Vergabe der Bergbaulizenzen bis zum Überfluß angefüllt. Diese rückständige, arme Republik ist förmlich über Nacht zu Reichtum gelangt. Und es ist längst kein Geheimnis mehr, daß der Generalkommandant Joubert seit geraumer Zeit in Europa, überwiegend in Deutschland und Frankreich, Riesenmengen Gewehre, Geschütze und Millionen Schuß Munition einkauft und damit Transvaal bis an die Zähne bewaffnet. Aber alle Geschütze und modernen Gewehre der Buren werden nichts daran ändern, daß Sieger und Verlierer bei diesem Konflikt schon heute feststehen.«

»Du meinst, die Buren werden unterliegen, wenn es zu einem Krieg kommt?«

»Erinnerst du dich noch an jenen Sommer, den wir in Brighton verbracht haben?« fragte ihr Vater scheinbar ohne jeden Zusammenhang.

»O ja!« versicherte Rosemarie, und ihre Augen begannen zu strahlen. Niemals würde sie jenen Sommer vergessen. Es war das einzige Mal gewesen, daß sie mit ihren Eltern eine Reise unternommen hatte, die sie weiter als fünfzig Meilen von Bath entfernt hatte. Sie mußte damals sieben Jahre alt gewesen sein.

»Erinnerst du dich auch noch an die Sandburg, die du am Strand gebaut hast? Du hattest dir wirklich viel Mühe mit deinem Bauwerk gemacht, und deine stolze Burg sah mit ihren dicken Mauern schließlich auch aus, als könnte sie allen Gewalten trotzen.«

Rosemarie lachte über ihren damaligen kindlichen Eifer. »Und ob ich mich entsinne, Dad. Sie hatte sogar richtige Türme und Zinnen und einen tiefen Wassergraben! Emily und ich haben stundenlang daran gearbeitet.«

»O ja, es war eine stolze, wehrhafte Sandburg, die stattlichste am ganzen Strand. Doch dann kam die Flut, und schon nach wenigen Wellen hatte das Wasser die Mauern deiner Sandburg eingerissen. Wie schnell war dein ehrgeiziges Werk vernichtet!«

»Ich weiß noch, Emily hat mich mehr als einmal gewarnt, daß unser Bauwerk die nächste Flut nicht überstehen würde. Ich tat so, als wäre das auch nicht weiter schlimm. Insgeheim glaubte ich aber fest daran, daß unsere Burg dem Meer trotzen würde, und als sie dann doch weggespült wurde, habe ich bitterlich geweint.«

»Und so wird es auch den Buren geschehen, nur daß es dann nicht mit ein paar Tränen der Enttäuschung getan sein wird. Wenn es einen Krieg gibt, wird er so kurz und für die Buren so vernichtend sein, wie es die Flut für deine Sandburg gewesen ist«, erklärte er, nicht von den geringsten Zweifeln geplagt. »Diesmal kämpfen die Buren nicht gegen ein paar schwarze Volksstämme, die mit Assegais und Speeren gegen eine sichere Wagenburg anstürmen, sondern gegen das britische Empire, die stärkste Weltmacht. Allein unser stehendes Heer zählt mehr erstklassig ausgebildete Soldaten, als die beiden Burenrepubliken zusammengenommen an Bevölkerung aufweisen können – Frauen, Kinder und Alte eingeschlossen. Das ist so lächerlich, als wollten die Fischer und Dörfler von der Isle of Wight unserer Königin Viktoria den Krieg erklären. Nein, einen Krieg, der diese Bezeichnung verdient, wird es nicht geben. Höchstens so etwas wie einen kriegerischen Buschbrand, der über den Oranje-Freistaat und den Transvaal hinwegfegen wird. Lawrence meint zwar ...« Er brach mitten im Satz ab, als wäre ihm erst wieder in dieser Sekunde eingefallen, daß sein Juniorpartner bei ihr nicht gerade in hohem Ansehen stand. Und ziemlich abrupt sagte er: »Genug vom Krieg geredet! Lies bitte weiter.«

Rosemarie schlug die Zeitung erneut auf und wandte ihre Aufmerksamkeit nun den lokalen Nachrichten zu. Sie merkte jedoch schon bald, daß ihr Vater ihr gar nicht zuhörte. Mit grübelnder, abwesender Miene blickte er in den Garten. Und als sie einfach aufhörte vorzulesen und auf seine Reaktion wartete, verging erst eine geraume Weile, bevor er ihr Verstummen bemerkte.

»Was ist? Sind wir mit der Lektüre schon durch, Rosemarie?«

»Nein, aber weshalb soll ich dir vorlesen, wenn du gar nicht zuhörst«, antwortete sie, jedoch ohne Vorwurf. »Du schienst mir mit deinen Gedanken sehr weit weg gewesen zu sein, und da dachte ich, es sei besser, ich lese später weiter, sonst verpaßt du ja alles.«

Er fuhr sich mit der Hand über die Augen. »Das kommt davon, wenn man zuviel Zeit zum Grübeln hat. Dann wandern die Gedanken mit einem in die dunklen Labyrinthe der eigenen Seele, und ehe man sich's versieht, irrt der Geist mal hierhin, mal dorthin«, entschuldigte er sich und bat sie, ihn wieder ins Haus zu bringen. Dort ließ er sich von Medan und Abida hinauf in sein Zimmer tragen.

Am frühen Nachmittag fuhr Lawrence Farrington in seinem offenen Einspänner vor. Rosemarie trat zufällig in dem Moment im Obergeschoß auf die überdachte Veranda hinaus, als er die Vorgartenpforte aufstieß und über den schattigen Weg auf das Haus zuschritt. Sie war dem Beispiel ihrer Gastgeber gefolgt und hatte sich nach dem leichten Imbiß, der im Haus der Thorndikes schon um halb zwölf Uhr serviert wurde, auf ihr Zimmer zurückgezogen. Dort war es dank des Ventilators und der Tatsache, daß die Zimmer auf dieser Seite des Hauses nach Norden hinausgingen, in den erdrückend heißen Mittagsstunden relativ erträglich. Sie hatte sich unter den feinen Moskitoschleier auf ihr Bett gelegt und war tatsächlich in einen tiefen und mehr als zweieinhalbstündigen Schlaf gefallen.

Noch ein wenig benommen von ihrem ungewöhnlich langen Mittagsschlaf, trat sie an das schwarze, schmiedeeiserne Geländer – und erblickte Lawrence Farrington auf dem Gartenweg zwischen den hohen Eukalyptusbäumen. Sie war schon im Begriff, schnell ein paar Schritte zurück zu machen, weil sie aus einem unerfindlichen Grund nicht wollte, daß er sie dort oben stehen sah, wenn er aufschaute, doch da kam von unten die entstellte Stimme ihres Vaters, der seinem Geschäftspartner etwas zurief, was sie oben nicht verstehen konnte.

»Leider ging es nicht eher, Charles«, hörte sie Lawrence Farrington erwidern. »Ich hatte noch ein Gespräch mit ...«

Den Namen bekam Rosemarie nicht mehr mit, denn Lawrence verschwand in dem Moment aus ihrem Sichtbereich, als er weiter vorn am Haus zu ihrem Vater unter das Vordach trat. Sie hörte die gedämpften Stimmen der beiden Männer und war doch etwas überrascht, als sie Sekunden später ihren Vater im Rollstuhl erblickte. Lawrence Farrington schob ihn vor sich her.

»Drüben unter den Mimosenbaum!« wies ihr Vater ihn an. »Da sind wir ganz ungestört.«

Rosemaries Blick folgte ihnen, und sie fragte sich, wie es bloß dazu gekommen war, daß ihr Vater einen so jungen und gänzlich anders gearteten Mann in die Firma aufgenommen und zum Partner gemacht hatte. Dabei kam ihr zu Bewußtsein, daß sie eigentlich so gut wie keine tiefer reichende Kenntnis über die Tätigkeit ihres Vaters besaß. Sie wußte zwar, daß er mit zwei Partnern namens Lawrence Farrington und William Nash eine Firma betrieb, die in Europa mit südafrikanischen Diamanten handelte, und daher notgedrungen viel auf Reisen war, aber darüber hinaus waren ihr eigentlich keine geschäftlichen Einzelheiten bekannt. Über dieses Thema war in ihrem Haus nie geredet worden. Sie konnte sich auch nicht daran erinnern, daß ihre Mutter jemals eine Frage nach der besonderen Art der Geschäfte oder irgendeinem Abschluß gestellt hätte. Es galt eben immer noch als äußerst unfein, ja, in gehobenen Gesellschaftskreisen als geradezu vulgär, in Gegenwart von Frauen, insbesondere von Ehefrauen und Töchtern, über die eigenen finanziellen Verhältnisse und Geschäfte zu reden.

Wenn ich es recht bedenke, habe ich von der Welt, in der Dad die meiste Zeit seines Lebens verbracht hat, kaum den Hauch einer Ahnung gehabt, stellte Rosemarie betroffen fest. Und sogar jetzt, nachdem ich um die halbe Erde gereist und bei ihm in Kimberley bin, weiß ich im Grunde genommen immer noch nicht, welcher Art seine Geschäfte sind und wie es finanziell um uns bestellt ist. Eigentlich ist es nicht gerecht, die eigene Familie von dieser Geschäftswelt mit all ihren guten wie schlechten Eigenheiten und diesem Wissen auszuschließen. Wie kann man einen Menschen wirklich kennen, wenn man von all den Dingen und Leuten, die ihn die meiste Zeit des Lebens in Anspruch nehmen, nicht viel mehr als einige oberflächliche Informationen besitzt? War das nicht so ähnlich, als wollte man behaupten, mit einem Buch und seinen Charakteren vertraut zu sein, weil man dessen Inhaltsangabe gelesen hatte?

Nachdenklich schaute Rosemarie zu den beiden Männern hinüber, die im Schatten des Mimosenbaums eine offensichtlich erregte Unterhaltung führten. Ihr Vater bewegte sehr gestenreich seinen gesunden Arm, und sie beobachtete, daß Lawrence Farrington mehr als einmal eine heftige Handbewegung machte, die nach einer ärgerlichen Reaktion, einem heftigen Widerspruch aussah. Dann verschränkte er die Arme vor der Brust und stand eine Weile reglos vor ihrem Vater, der energisch auf ihn einredete. Zu gern hätte Rosemarie Anlaß und Inhalt dieses Gespräches gekannt, das man fast für einen Streit halten konnte. Ihr Vater beugte sich nun vor und faßte Lawrence Farrington am Arm, als wollte er ihn aufrütteln, doch endlich seine ablehnende Haltung mit den verschränkten Armen aufzugeben und sich von ihm überzeugen zu lassen.

Einen Augenblick hatte sie den Eindruck, als beabsichtigte Lawrence Farrington nicht, einzulenken, worum auch immer es gehen mochte. Er trat sogar einen Schritt zurück, um sich der Hand ihres Vaters zu entziehen, die dieser ihm jetzt hinstreckte. Zur Versöhnung? fragte sich Rosemarie.

Lawrence Farrington schien ihm die kalte Schulter zu zeigen und etwas zu sagen, was er mit einigen heftigen Gesten unterstrich. Worauf ihr Vater ihm eine kurze Antwort gab, ohne dabei seine Hand zurückzuziehen. Er streckte sie immer noch seinem Partner entgegen – wie zu einem Friedensangebot.

Lawrence Farrington stand einen Moment lang stumm vor ihrem Vater – und ergriff dann dessen ausgestreckte Rechte, um mit ihm einen kurzen Händedruck auszutauschen.

Aus einem unerfindlichen Grund reagierte Rosemarie mit einem Gefühl der Erleichterung, als sie sah, wie sich die beiden Männer die Hände schüttelten. Vielleicht weil sie insgeheim fürchtete, daß geschäftliche Sorgen oder private Verstimmungen die geringen Fortschritte auf dem Weg der Genesung leicht zunichte machen konnten.

Mit dem Handschlag hatte die Aussprache offenbar ein Ende gefunden, denn Lawrence Farrington begab sich augenblicklich hinter den Rollstuhl und schob ihn wieder zum Haus herüber, sichtlich grimmig und ohne groß auf die Unebenheiten des Bodens zu achten.

Rosemarie trat schnell vom Geländer zurück, und irgendwie überraschte es sie nicht, Lawrence Farrington Augenblicke später, nachdem er ihren Vater auf die Veranda gebracht hatte, mit schnellen Schritten zu seinem Einspänner eilen zu sehen. Sie blieb noch ein, zwei Minuten auf ihrem Zimmer, dann ging sie nach unten.

Wie erwartet traf sie ihren Vater auf der Veranda an. »War das nicht Mister Farrington, den ich da gerade im Garten gesehen habe?« fragte sie scheinbar leichthin, obwohl sie in Wirklichkeit innerlich vor Neugier platzte.

»Ja, wir hatten etwas Geschäftliches zu besprechen. Leider hatte er keine Zeit, um länger zu bleiben und auch dir noch seine Aufwartung zu machen.«

Es überraschte Rosemarie, wie zufrieden ihr Vater aussah. Er strahlte sie förmlich an. Das verwirrte sie, und sie konnte es sich nun nicht verkneifen zu sagen: »Ich stand vorhin zufällig oben auf der Veranda und habe euch unter dem Mimosenbaum gesehen. Vielleicht habe ich mich getäuscht, aber mir erschien es so, als hättet ihr euch gestritten.«

Er lachte auf. »Du hast dich nicht getäuscht, mein Liebes. Wir hatten in der Tat einige Meinungsverschiedenheiten, aber die haben wir gütlich aus der Welt geschafft, wie es sich zwischen zwei Gentlemen und Partnern gehört.«

»War es etwas Persönliches, Dad?« wagte Rosemarie nachzufragen.

»Gott bewahre, nein!« versicherte er hastig. »Es hatte mit der Firma zu tun. Geschäftliche Belange. Nichts, was dich interessieren würde.«

»Sei mir nicht böse, Dad, aber es interessiert mich schon«, widersprach sie. »Mir ist heute bewußt geworden, wie wenig ich eigentlich über deinen Beruf und eure Firma weiß. Und ich finde das nicht gut, wenn ich als dein einziges Kind nicht den Schimmer einer Vorstellung von dem habe, was genau dein Beruf ist und was es mit der Firma auf sich hat.«

Seine Miene drückte Überraschung aus. »So?« erwiderte er und wußte offensichtlich weder, was er von ihrem unverhofften Interesse halten, noch, was er ihr sagen sollte. »Nun, also ... darüber können wir vielleicht später einmal reden. Das heute zwischen Lawrence und mir ... ja, also es ging dabei um unseren Partner William Nash, der uns zu verstehen gegeben hat, daß er seinen Anteil an der Firma verkaufen will. Lawrence und ich waren unterschiedlicher Ansicht darüber, ob wir unser Vorkaufsrecht wahrnehmen oder uns um einen neuen dritten Partner kümmern sollen. Ich war und bin dafür, keinen neuen Partner in die Firma zu nehmen, während er sich gerade dafür stark gemacht hat. Nun, ich habe ihn schließlich davon überzeugen können, daß es besser ist, wenn die Firma zukünftig nur noch Farrington & Brandon heißt.«

Rosemarie sah ihren Vater aufmerksam an, und als dieser ihrem Blick beim Reden auswich, konnte sie sich des Gefühls nicht erwehren, daß er ihr nicht die ganze Wahrheit sagte und es mit der gütlichen Einigung vielleicht gar nicht so weit her war.

»Warum habe ich eigentlich Mister Nash bisher noch nicht kennengelernt?« fragte sie. »Sagtest du nicht, daß auch er hier in Kimberley ansässig ist?«

»Das ist er, mein Kind«, bestätigte ihr Vater. »Aber zur Zeit hält er sich mit seinem Sohn Percy in Johannesburg auf, wo er auch noch Minderheitsbeteiligungen an zwei kleinen Firmen hält, die sich im dortigen Goldminenbergbau engagiert haben. Die möchte er genauso verkaufen wie seinen Anteil an unserer Firma.«

»Gibt es dafür einen besonderen Grund?«

»Der gute William ist in letzter Zeit ein rechter Hasenfuß geworden und fürchtet, im Falle eines Krieges alles zu verlieren, was er sich im Laufe seines Lebens mühsam aufgebaut hat. Er möchte nun seine Anteile so schnell wie möglich zu Geld machen, es krisensicher anlegen und sich dann am Kap zur Ruhe setzen. Dort ist nämlich seine Tochter Ruth verheiratet, und seine Frau Helen, die hinter alldem die treibende Kraft ist, kommt zudem aus dem Franschoektal bei Kapstadt.«

»Kannst du es ihm denn verdenken?« fragte Rosemarie, die für

das Verhalten von Mister Nash und seiner Frau größtes Verständnis hatte angesichts der politischen Lage, die wohl doch unsicherer war, als ihr Vater sie glauben machen wollte. »Vielleicht solltest du seinem Beispiel folgen.«
»Ich werde mich hüten, solch eine Dummheit zu begehen! Diese Angst vor dem Krieg und vor einem Zusammenbruch des Gold- und Diamantenhandels ist einfach lächerlich!« erwiderte ihr Vater mit einem geringschätzigen Unterton. »Was das betrifft, so sind Lawrence und ich uns übrigens absolut einig, daß die beste Zeit erst noch vor uns liegt. So, und nun tu mir den Gefallen und ruf Medan und Abida. Ich möchte auf mein Zimmer. Den lieben Lawrence davon zu überzeugen, wie gut und vorteilhaft es für uns alle ist, wenn er sich meinen Überlegungen anschließt, hat mich doch mehr erschöpft, als ich gedacht hätte.«
Rosemarie ging ins Haus und rief die beiden Schwarzen. Als sie mit ihnen zu ihrem Vater zurückkehrte, hielt dieser ein kleines, in Geschenkpapier gewickeltes Päckchen in der Hand. Sein rechtes Auge blitzte vergnügt. »Das hier hätte ich ja fast vergessen. Es ist für dich.«
»Was ist das?«
»Eine kleine Aufmerksamkeit von Lawrence.«
»Wie bitte? Von Mister Farrington?« Verständnislos sah sie ihn an.
»Ja, er bat mich, es dir zu geben und dich um Nachsicht zu bitten, daß er zu sehr in Eile war, um es dir persönlich zu überreichen. Ich gestehe, daß ich an seiner Eile nicht ganz unschuldig war, denn ich drängte ihn dazu, einige wichtige Telegramme nach Johannesburg umgehend aufzugeben. Ich hoffe, du verzeihst es mir, daß ich ihn dadurch davon abgehalten habe, dir seine Aufwartung zu machen.« Er zwinkerte ihr zu, so gut es ihm möglich war. »Du siehst, wie sehr du dich in deiner Annahme getäuscht hast, er würde dir nicht viel Sympathie entgegenbringen. Ich bin wirklich gespannt, was für ein Präsent er sich da hat

einfallen lassen. Du wirst es mir nachher verraten, ja?« Er reichte ihr das hübsch verpackte Päckchen, lächelte ihr auf seine grimassenhafte Art zu und machte den beiden Schwarzen ein Zeichen, ihn ins Haus zu bringen.

Rosemarie lief mit dem Päckchen zu Emily, die im Damensalon am Sekretär saß und einen Brief schrieb. Ihr Anblick erinnerte Rosemarie, daß es auch für sie Zeit wurde, sich hinzusetzen und ihren Freundinnen in Bath zu schreiben.

»Du wirst es nicht glauben, wenn ich dir sage, von wem dies hier ist!« rief sie gedämpft, kaum daß sie die Tür hinter sich geschlossen hatte.

»Wenn du es für so unglaublich hältst, dann kann es ja bloß von Mister Farrington sein«, erriet Emily sofort und mit einem gar nicht so überraschten Schmunzeln.

»Wie kommt er bloß dazu, mir ein Geschenk zu machen?« wunderte Rosemarie sich mit einem Kopfschütteln. »Was mag es wohl sein?«

»Wickel es aus, dann weißt du es«, forderte Emily sie trocken auf. »Und so wie ich ihn einschätze, hat er seinem Geschenk bestimmt eine persönliche Note beigelegt.«

So war es auch. Als Rosemarie das geblümte Geschenkpapier aufriß, fand sie darunter ein Buch und einen Umschlag mit einer Briefkarte.

Mit wachsender Verwunderung las sie vor, was in ebenso gleichmäßiger wie ausdrucksstarker Handschrift auf dieser Karte aus feinstem, geschöpftem Bütten geschrieben stand:

> *Verehrte Miss Brandon,*
> *während der Zugfahrt fiel mir mehrfach auf, mit welch großem Interesse und sichtlicher Anteilnahme Sie in Ihre Reiselektüre* Ben Hur *und später in* Die letzten Tage von Pompeji *vertieft gewesen sind. Meine Vermutung, daß Ihre literarische Vorliebe historischen Romanen gilt, insbesondere*

solchen aus der Zeit des antiken Rom, fand ich bestätigt, als ich mir die Freiheit herausnahm, mich bei Ihrem Vater danach zu erkundigen.

Als ich gestern das Geschäft von Mister Zacharias Danziger aufsuchte, der in der Currey Street wohl die bestsortierte Buchhandlung von Kimberley führt und große Anstrengungen unternimmt, seiner Kundschaft mit den aktuellsten und interessantesten Neuerscheinungen zu Diensten zu sein, fand ich dort den beiliegenden historischen Roman Quo vadis?, *der zur Zeit der Christenverfolgung unter Nero spielt. Dem polnischen Schriftsteller Henryk Sienkiewicz scheint mit diesem Buch, den Meldungen in der Presse nach zu urteilen, nicht nur ein Welterfolg gelungen zu sein, sondern auch ein wirklich lesenswerter Roman. Ich nehme mir die Freiheit heraus, Ihnen diesen Roman zum Geschenk zu machen und gleichzeitig die Hoffnung auszusprechen, daß die Lektüre Ihnen in dieser schweren Zeit ein wenig Ablenkung und in diesem begrenzten Rahmen angenehme Stunden verschaffen möge.*

Mit den besten Grüßen empfehle ich mich,
Ihnen stets und gern zu Diensten stehend, als Ihr
Lawrence Farrington

Rosemarie starrte einen Augenblick regelrecht perplex auf die Karte und ließ sie dann mit einem ungläubigen Auflachen sinken. »Träume ich, oder soll das vielleicht ein Scherz von ihm sein? Also, ich weiß jedenfalls nicht, was ich davon halten soll.«

Emily warf einen flüchtigen Blick auf die Briefkarte und nahm dann das Buch in die Hand. »Hm, das ist eine prächtige ledergebundene Ausgabe«, sagte sie bewundernd und strich über den grünen Einband. »Daß Mister Farrington sich einen Scherz mit dir erlauben will, halte ich für ganz ausgeschlossen. Es ist vielmehr offensichtlich, daß er dir eine Freude bereiten möchte und

dir während der Zugfahrt bedeutend mehr Aufmerksamkeit geschenkt hat, als wir vermutet haben. Ich habe ja gleich gesagt, daß du mit deinem Urteil über ihn ein bißchen vorschnell gewesen bist und dich dabei von den leider allgemein nicht recht günstigen Umständen dieser Fahrt hast beeinflussen lassen.«
»Ich weiß nicht«, blieb Rosemarie skeptisch.
»Was weißt du nicht?« wollte Emily wissen.
»Was er bloß damit bezweckt, daß er auf einmal so ... umgänglich und geradezu aufmerksam ist.«
Emily lachte. »Du bist mir vielleicht eine Närrin!« schalt sie Rosemarie amüsiert. »Was kann ein unverheirateter Mann schon bezwecken, wenn er einer jungen, hübschen und gleichfalls unverheirateten Frau seine Aufmerksamkeit schenkt und ihr derlei Präsente macht?«
Ihr Vater hatte fast dieselben Worte gebraucht, wie Rosemarie sich erinnerte, und sie errötete nun. »Ach was, an mir hat Mister Farrington bestimmt kein Interesse«, wies sie zurück, was Emily als Motiv seines Handels vermutete. »Vielleicht möchte er mit seiner plötzlichen Freundlichkeit mir gegenüber bloß meinem Vater einen Gefallen tun.«
»Mach dir doch nichts vor, Rosemarie. Mister Farrington hat es sicherlich nicht nötig, deinem Vater irgendwelchen Sand in die Augen zu streuen. Dazu kennen sie sich bestimmt viel zu gut. Und welchem Zweck sollte so etwas auch dienen? Hast du mir gestern nicht selbst erzählt, wie sehr dein Vater die Geschäftstüchtigkeit und den Erfolg von Mister Farrington hervorgehoben hat?«
»Dennoch«, murmelte Rosemarie unsicher.
»Du darfst nicht ständig an dir und deinen besonderen Gaben zweifeln, zu denen nun mal auch eine anmutige Erscheinung und eine besonders reizende Ausstrahlung gehören. Nein, wink nicht immer ab. Ich sage, wie es ist. Und es ist an der Zeit, daß du das selbst erkennst und einem Mann wie Mister Farrington nicht

unredliche Absichten unterstellst, wenn er dir eine Freude machen und dir damit gleichzeitig zu verstehen geben möchte, daß du... nun, daß du in seinen Gedanken einen gewiß nicht unbedeutenden Platz einnimmst, um es dir zuliebe einmal vorsichtig auszudrücken. Und sag jetzt bloß nicht, du würdest dich über das Buch nicht freuen. Denn dann lege ich dich übers Knie, auch wenn du dreimal zu alt dafür bist.«

Rosemarie mußte über Emilys halb gespielten, halb echten Zorn gegen ihren Willen lächeln. »Zutrauen würde ich es dir. Also gut, ich freue mich über das Buch. Vielleicht hält es ja, was es verspricht. Aber ich denke nicht daran, wunder was in dieses Geschenk hineinzulegen, auch wenn du mich mit Engelszungen von deiner Vermutung überzeugen willst. Und jetzt erzähl mir, wem du da schreibst«, lenkte sie das Gespräch nun rasch von sich ab.

Als sie an diesem Abend nach ihrem Gebet unter das Moskitonetz schlüpfte, nahm sie den Roman *Quo vadis?* mit ins Bett. Sie wollte nur ein paar Seiten lesen, wurde von der Geschichte jedoch so gepackt, daß sie sich erst anderthalb Stunden später davon losreißen konnte.

Als sie das Licht ihrer Bettlampe ausgeschaltet hatte, in der Dunkelheit lag und zum Fenster schaute, wo silbriges Sternenlicht durch die sich sanft bewegenden Vorhänge sickerte, da war sie wirklich froh und dankbar für das unerwartete Geschenk.

8

Nein, heute dulde ich keine Widerrede!« erklärte Tante Bess am Samstagmorgen der folgenden Woche energisch. »Du kommst mit mir! Fast zwei Wochen hast du deinen Fuß nicht einmal jenseits unseres Grundstücks gesetzt. Sogar zur Sonntagsmesse bist du nicht gegangen.«

»Dad befand sich an dem Morgen in keinem guten Zustand, Tante Bess«, verteidigte sich Rosemarie, die letzten Sonntag nur schweren Herzens auf den Gottesdienst verzichtet hatte. »Und ich habe mit Dad gebetet. Der Dienst am Nächsten geht jeder Messe vor, das hat schon Ignatius von Loyola geschrieben.«

»Schon recht«, ließ Tante Bess ihren Einwand gelten. »Aber es ist nicht allein die Sonntagsmesse. Seit du bei uns angekommen bist, hast du nichts anderes zu Gesicht bekommen als Haus und Garten. Und das lasse ich nicht länger zu.«

»Aber Dad ...« setzte Rosemarie zu einem Protest an.

»Spar dir deinen Atem, Rose! So gebrechlich mein lieber Bruder auch ist, so ist er aber, dem Himmel sei Dank, doch nicht derart schlecht dran, daß du dich von morgens bis abends um ihn kümmern müßtest und nicht von seiner Seite weichen dürftest. Und die Zeitung kannst du ihm auch später noch vorlesen«, gab ihre resolute Tante ihr erst gar keine Gelegenheit, weitere Einwände vorzubringen. Zudem waren ihr diese längst bekannt, und eine Wiederholung würde sie nicht überzeugender machen. »Wenn du nicht langsam aus dem Haus und wenigstens ab und zu für ein paar Stunden unter andere Menschen kommst, wirst du selbst noch ganz saft- und kraftlos. Das kann ich nicht verantworten, und das werde ich auch nicht zulassen. Oder glaubst du vielleicht, ich möchte mir nachsagen lassen, daß ich meine reizende Nichte in unserem Haus wie eine Gefangene halte?«

»Niemand wird dir so etwas nachsagen, Tante Bess!«

»Richtig, weil ich dich nämlich notfalls an deinem herrlichen Haarschopf aus dem Haus schleifen werde«, bekräftigte Bess und brachte Rosemarie damit zum Lachen, die sich vorstellte, wie ihre schwergewichtige Tante es mit ihr aufzunehmen versuchte. »Außerdem wird es höchste Zeit, deine Garderobe unserem Klima anzupassen.«

»Was stimmt denn mit meiner Garderobe nicht?« wollte Rosemarie mit gefurchter Stirn wissen.

»Sie ist zu englisch britisch!« teilte Tante Bess ihr auf ihre offene Art mit. »Was du in Kimberley brauchst, ist eine afrikanisch britische Garderobe, die den hiesigen Gegebenheiten gerecht wird. Das fängt beim Parasol an und hört bei den Stiefeletten auf, mein Kind. Du wirst schon sehen, was ich damit meine. Und jetzt laß uns schauen, ob das Frühstück gerichtet ist und wir Abida und Medan zu deinem Vater hinaufschicken können.«

Rosemarie widersetzte sich nicht länger dem Drängen ihrer Tante, wußte sie doch, daß sie sonst ernstlich verstimmt sein würde. Sie vermutete, daß ihr Vater nicht ganz unschuldig daran war, daß Bess an diesem Morgen darauf bestand, sie zu ihren samstäglichen Einkäufen mitzunehmen. Er hatte ihr selbst oft genug und ebenso vergeblich zugeredet, doch wenigstens gelegentlich eine Ausfahrt zu unternehmen, sich mit Kimberley vertraut zu machen und Tante Bess zu begleiten, wenn sie einmal zur Teestunde Freunde und Bekannte aufsuchte. Oder wenigstens Emily zu begleiten, wenn diese zur städtischen Bibliothek fuhr. Aber vielleicht tat es ihr ja wirklich gut, etwas anderes zu Gesicht zu bekommen als die mittlerweile vertrauten Räumlichkeiten des Thorndikeschen Hauses und den Garten, so weitläufig er auch war.

Und so nahm Rosemarie nach dem Frühstück neben ihrer Tante

unter dem Sonnenverdeck des schmucken Cape-Cart-Platz. Fay, die schwarze Küchenhilfe, saß vorn bei Medan auf dem Kutschbock.
»Es wird dir gefallen, meine Liebe«, versicherte Tante Bess, als die beiden Braunen sich in Bewegung setzten, und ihre behandschuhte Hand klopfte ihr wie zur Beruhigung auf den Arm. »Und es wird dich für ein paar Stunden auf andere Gedanken bringen, was wichtig ist, denn so wie der Leib braucht auch der Geist frische Nahrung, wenn er nicht unter Auszehrung leiden soll.«
Zuerst einmal fuhren sie zum Marktplatz, wo sich Samstag morgens immer besonders viele Verkaufsbuden und -stände drängten. Viele Händler und Farmer verkauften auch direkt von ihren Fuhrwerken und Karren.
Medan stellte sich an der Ecke zur Southey Street mit dem Wagen zu den zahlreichen anderen Kutschen und offenen Cape-Carts, die den Marktplatz wie mit einem äußeren Ring aus Fuhrwerken und Wagen aller Art umschlossen.
Rosemarie begab sich mit ihrer Tante in das bunte, lärmende Wogen des Marktes. Fay folgte ihnen mit einem großen, bauchigen Weidenkorb, der gegen die Fliegenplage mit einem Leinentuch zugedeckt war.
Ihre Vermutung, daß dieser Gang über den Markt weniger notwendigen Einkäufen diente, sondern vielmehr der Begegnung mit Freunden und Bekannten, fand Rosemarie sehr bald bestätigt. Ihre Tante unterrichtete sich zwar mit dem wachen Blick einer erfahrenen Hausfrau, der nicht mal ihre exzellente Köchin etwas vormachen konnte, über die angebotenen Produkte und ihre Preise. Hier und da kaufte sie sogar etwas, so ein Glas Transvaaler Blütenhonig, frisches Obst von einem Händler aus Bloemfontein sowie ein Dutzend Eier von einer jungen, hochschwangeren Schwarzen, die ihre Waren auf einem kleinen Handwagen feilbot und einen erbärmlichen Eindruck machte. Und alles verschwand sogleich in Fays Korb. Aber die wahre

Aufmerksamkeit ihrer Tante galt den anderen weißen Marktbesuchern, die zumeist in Begleitung schwarzer Bediensteter an den Buden, Ständen und Wagen vorbeiflanierten.
»Oh, da ist ja Missis Lindsay!« rief sie scheinbar überrascht, wenn sie wieder einmal ein vertrautes Gesicht erblickt hatte, das sie wohl jede Woche sah, wie Rosemarie vermutete. Und dann raunte sie ihr rasch und im Schutz des Parasols einige Informationen über diese Person zu, von der sie annahm, daß ihre Nichte sie unbedingt wissen mußte. So auch über Missis Lindsay.
»Die Arme hat im Frühjahr ihren Mann verloren. Gottlob hat sie an ihren beiden Söhnen eine große Stütze. Mark ist ihr Ältester und gerade erst ein paar Wochen aus England zurück, wo er in Oxford sein Studium beendet hat. Er wird sich hier als Anwalt niederlassen und damit die Tradition seines Vaters fortsetzen, der bei allen in hohem Ansehen stand. Man bescheinigt ihm eine ebenso große Zukunft«, teilte sie ihr schnell und mit dem aufgeregten Ton einer besonderen Vertraulichkeit mit, die nur wenigen gewährt wird. Gleichzeitig bahnte sie sich einen Weg durch die Menge zu Missis Lindsay, die zu denjenigen vertrauten Gesichtern zählte, denen Rosemarie unbedingt vorgestellt werden mußte. Dabei hielt sie ihre Nichte fest bei sich eingehakt, als fürchtete sie, sie könnte ihr womöglich nicht folgen wollen.
Auf diese Weise lernte Rosemarie ein gutes Dutzend Freunde und Bekannte ihrer Verwandten kennen, während sie über den Markt bummelten. Daß fast alle von diesen respektablen Bürgern zumindest einen unverheirateten Sohn besaßen, hielt Rosemarie schon nach der dritten Vorstellung nicht mehr für einen Zufall. Denn zu deutlich verwies Tante Bess jedesmal darauf, in welchem Geschäft es die Familie zu Ansehen und Vermögen gebracht hatte, wie sie auch die persönlichen Qualitäten und beruflichen Aussichten der unverheirateten Söhne mit viel Begeisterung lobte.
Aber obgleich die Absicht, die hinter den wortreichen Erklärun-

gen steckte, nur allzu offensichtlich war, besaß Tante Bess doch eine liebevolle empfindsame Art, die in Rosemarie nicht einmal das Gefühl aufkommen ließ, bedrängt zu werden. Und was sie ganz besonders an Bess schätzte, war, daß sie in Gegenwart ihrer Bekannten und Freunde mit unverheirateten Söhnen eine große Zurückhaltung an den Tag legte, was ihre, Rosemaries, Person betraf. Nicht eine einzige Bemerkung kam ihr über die Lippen, die in ihrer Nichte den Eindruck hätte erwecken können, direkt oder indirekt angepriesen und wie ein zum Verkauf stehendes Pferd präsentiert zu werden.

»Sag mal, kennst du ausschließlich Leute, deren Söhne noch nicht verheiratet sind?« neckte sie ihre Tante, als sie die fünfte derartige Vorstellung hinter sich hatte.

»Wieso? Gibt es denn noch andere Leute?« fragte Bess lachend zurück und drückte vergnügt ihren Arm. »Kind, du hast mich durchschaut, wie nicht anders zu erwarten war, hast du doch den wachen Geist deines Vaters, der wiederum nicht von ungefähr mein Bruder ist. Aber ich hoffe, du bist mir nicht böse, Rose.«

»Aber nein, Tante Bess!« beteuerte Rosemarie.

»Das ist gut. Denn du bist nun in dem Alter, in dem dein Interesse natürlicherweise einem ganz anderen Markt als diesem hier gilt. Und so, wie ich nicht an jedem Stand stehenbleibe und etwas kaufe, aber doch über alle Angebote bestens informiert bin, so möchte ich auch dich mit dem Angebot auf diesem anderen Markt, wo man seinen zukünftigen Ehemann findet, vertraut machen.«

»Es ist wirklich sehr lieb von dir, daß du dich so bemühst«, erwiderte Rosemarie, »aber ich bin nicht nach Kimberley gekommen, um ...«

»Um nach einem Ehemann Ausschau zu halten, der nicht nur eine gute Partie ist und deinen gesellschaftlichen Ansprüchen genügt, sondern auch noch das Herz auf dem rechten Fleck hat«,

fiel Tante Bess ihr ins Wort, während sie ihre Schritte nun zurück zu ihrem Wagen lenkte. »Ich weiß, Rose. Aber die Augen und auch sein Herz offenzuhalten, bedeutet ja nun nicht, daß man zu einer kopflosen Jagd aufbricht.«
»Das ist richtig«, pflichtete Rosemarie ihr bei.
»Appetit ist eine gesunde Sache«, erklärte Tante Bess verschmitzt. »Aber so sehr ich süße Sachen liebe, heißt das doch noch lange nicht, daß ich mich auf jedes Stück Kuchen und jede feine Praline stürze, die mir angeboten wird.« Und mit einem verschwörerischen Augenzwinkern sowie einem gespielten Seufzer fügte sie hinzu: »Ich begnüge mich, so schwer es mir auch fällt, mit jedem zweiten Stück.«
Rosemarie lachte laut auf, daß sich mehrere Passanten nach ihr umdrehten und, von ihrem Lachen angesteckt, zu ihr herüberlächelten.
»Ich weiß, dieses Beispiel ist nicht sehr passend, sprechen wir doch von Männern und dem heiligen Stand der Ehe. Aber trösten wir uns damit, daß kein noch so geniales Beispiel diesem ganz besonderen Mysterium namens Mann gerecht wird«, scherzte Tante Bess. »Manche Dinge soll der Mensch eben nicht begreifen, wie alt er auch werden mag.«
Rosemarie lachte noch, als Medan das eiserne Brett herunterklappte und ihnen in den Wagen half. Dabei bemerkte sie zu ihrer Verwirrung, daß die Augen von Tante Bess nicht an ihrem Lachen teilhatten. Das Lachen von Stimme und Mundwinkel erreichte sie nicht. Rosemarie glaubte in ihnen vielmehr einen schmerzlichen, ja fast bitteren Ausdruck zu entdecken.
Bevor sie sich ihrer Sache sicher sein konnte, wandte Tante Bess den Kopf und rief ihrem schwarzen Kutscher zu: »Fahr uns in die Dutoitspan Road und dort zuerst zu McGivern & Stevenson!«
Der Wagen ruckte an und brachte sie in die geschäftige Dutoitspan Road, wo die elektrischen Tramwagen in der Straßenmitte über die Gleise ratterten und mit lautem Gebimmel von Passan-

ten wie von Reitern, Fuhrmännern und Mietkutschern freie Fahrt verlangten.

Im Laden von McGivern & Stevenson, der laut Tante Bess das beste Sortiment mit der reichsten Auswahl in der Stadt führte, was Hüte, Handschuhe und Parasols betraf, hielten sie sich eine geschlagene Stunde auf.

»Du brauchst ein paar Hüte, die nicht so schwer und beladen sind wie die Kreationen, die man in England trägt, und die einen feinen Schleier zum Schutz vor Insekten und Fliegen haben«, erklärte Tante Bess entschlossen. »Zudem brauchst du dünnere Handschuhe, sonst kommst du ja um vor Hitze. Dagegen muß die Bespannung deiner Parasols aus entschieden sonnenundurchlässigerem Stoff bestehen. Andernfalls ruinierst du dir deinen rosigen Teint und hast im Handumdrehen die sonnengebräunte Haut einer südländischen Waschfrau, und das wäre wahrlich eine Schande.«

»Warum nur müssen wir eine möglichst blasse Haut haben, was dann als damenhaft und fein gilt, während wir Sonnenbräune bei einem Mann nicht nur tolerieren, sondern sogar ungemein anziehend finden?« fragte Rosemarie, ohne wirklich eine vernünftige Antwort zu erwarten.

»Eine blasse Haut läßt uns schwächer und verletzlicher scheinen, und so mag uns die Krönung der Schöpfung nun mal am liebsten, der Herrgott weiß allein, warum«, antwortete Tante Bess, und diesmal hatte ihre Stimme einen unverhohlen sarkastischen Ton. »So, und nun laß uns sehen, was dir gefällt – und was dir davon steht.«

Mit dem sachkundigen Beistand ihrer Tante, die über ein kritisches Auge verfügte, erwarb Rosemarie zwei hübsche Parasols, vier Paar Handschuhe aus feinstem, luftdurchlässigem Gewebe sowie vier leichte Sommerhüte mit den dazugehörigen Schleiern. Zwei davon waren so geschnitten, daß sie den hauchdünnen Stoff einmal ganz um ihren Kopf drapieren konnte.

»Sind diese Schleier wirklich nötig?«
»Sie sind unverzichtbar, Rose. Du wirst noch froh sein, sie zu haben«, meinte Tante Bess. »Im Augenblick ist es mit den Fliegen und Moskitos noch nicht so schlimm, aber die Wochen, da man meint, sich ihrer kaum noch erwehren zu können, kommen ganz gewiß.«
Ein Gehilfe der Ladeninhaber brachte ihre Pakete hinaus zum Wagen, der ihnen langsam folgte, während sie im Schatten der Arkaden an den Geschäften vorbeigingen. Vor der Instrumentenhandlung von Stark Brothers blieb Rosemarie kurz stehen, als sie das Piano sah, das in einem der Schaufenster ausgestellt war.
»Du verstehst dich gut auf das Klavierspiel, nicht wahr?«
Rosemarie nickte. »Meine Mutter war eine wunderbare Klavierspielerin. Ob ich gut bin, weiß ich nicht«, sagte sie bescheiden. »Es bereitet mir jedoch immer viel Freude.«
»Zu schade, daß wir kein Piano im Haus haben«, bedauerte Tante Bess.
Sie gingen weiter und suchten ein kleines Geschäft auf, wo Rosemarie Briefpapier und einige Karten kaufte, die Kimberley im frischen Glanz und Schmuck während der South African & International Exhibition zeigten und die sie der Post ihrer Freundinnen in Bath beilegen wollte. Gleich daneben erstanden sie dann für Rosemarie drei reizende Nachtgewänder aus feinem Musselingewebe und einen ebenso federleichten Umhang aus cremefarbenem Organza, warfen anschließend einen interessierten Blick in das schmale Fenster des Fotostudios von Mister Evans, der dort ansprechend kolorierte Landschaftsaufnahmen ausgestellt hatte, und betraten kurz dahinter das nächste Schuhgeschäft. Denn Tante Bess bestand darauf, daß Rosemarie sich zumindest drei Paar neue Schuhe kaufte, die mit ihrer Besohlung und ihrem festen Oberleder dem staubigen Boden mit seinen zahlreichen scharfkantigen Steinen mehr Widerstand entgegensetzten als das elegante, weiche Schuhwerk, das sie mitgebracht hatte.

Das letzte Geschäft, das sie an diesem Samstagmorgen aufsuchten, war John Orr & Co. Dieser Bekleidungs- und Ausrüsterladen, der sich rühmte, eine Million Artikel zu führen, und sich daher auch The Million Outfitting Store nannte, besaß eine eindrucksvolle Straßenfront, die sich über eine Länge von zehn Schaufenstern erstreckte. Wenn man hier nicht fand, was man suchte, so hieß es, brauchte man sich gar keine weitere Mühe zu machen, es anderswo in Kimberley zu finden, sondern sollte sich besser gleich in den Zug nach Johannesburg oder Kapstadt setzen.

Bess tätigte bei John Orr & Co. nur einige kleinere Besorgungen. Dagegen kaufte Rosemarie in dem Geschäft diesmal nichts für sich, sondern nahm nun die Gelegenheit wahr, hier gleich mehrere Hemden und Hosen für ihren Vater zu erstehen, damit ihm die Kleidung nicht mehr so um den abgemagerten Leib schlotterte.

Als sie schließlich wieder hinaus auf die Straße unter das Vordach mit den tief herunterhängenden Sonnenblenden aus hellem Leinen traten und darauf warteten, daß ein Bediensteter die vielen Päckchen heraustrug und Medan sie im Wagen verstaute, war von den milderen Morgentemperaturen nichts mehr zu spüren.

»Ich weiß nicht, wie du es in diesem Land nur aushalten kannst«, sagte Rosemarie. »Und dabei bist du doch auch in England aufgewachsen.«

»Der Mensch ändert sich, Rose.«

Rosemarie schüttelte den Kopf. »So sehr? Nein! Ich jedenfalls könnte mich nie und nimmer daran gewöhnen, Jahr für Jahr in Staub und Hitze und mit all dem Ungeziefer leben zu müssen. Meine Heimat wird immer England sein, besonders die Gegend um Bath und das Hinterland des Avon«, sagte sie mit unerschütterlicher Überzeugung.

Bess lächelte nachsichtig. »Unsere Heimat ist stets da, wo die Liebe uns hinführt, Rose, wenn wir Glück haben, sonst ist es die

Verantwortung oder die Notwendigkeit des reinen Überlebens, das die Wahl für uns trifft. Nie sind es Landschaften, die uns Glück oder Unglück bringen, wie anmutig oder abstoßend sie auch erscheinen mögen«, ließ sie Rosemarie an ihren Lebenserfahrungen teilhaben. »Von den unberechenbaren Launen der Natur einmal abgesehen, sind es stets die Menschen, mit denen wir unser Leben gestalten, die die Garanten oder Zerstörer unseres Glücks sind.«

»Vermutlich hast du recht«, erwiderte Rosemarie versonnen, als sie sich daran erinnerte, selbst schon oft genug die Erfahrung gemacht zu haben, daß ein Ort beim zweiten Besuch nicht mehr denselben Zauber besaß, den er beim ersten Besuch besessen hatte. Sie brauchte da nur an Bristol zu denken, wo sie einmal glückliche Stunden gemeinsam mit ihren Eltern verbracht hatte, bevor ihr Vater zu einer seiner Reisen nach Übersee aufgebrochen war. Wie verzaubert war ihr Bristol in jenen Tagen erschienen. Als sie dann nach dem Tod ihrer Mutter das zweitemal in die Stadt gekommen war, hatte sie von dem einstigen Zauber nichts mehr empfunden.

»Nicht nur vermutlich, sondern ganz bestimmt!« beharrte Tante Bess mit ernstem Nachdruck, während sich zugleich ein Schatten über ihr Gesicht legte. »Liebe verläßliche Freunde, eine gute Ehe und anhängliche Kinder vermögen auch im unwirtlichsten Land eine Oase des Glücks zu schaffen. Während dagegen ein Leben ohne Freunde, eine zerrüttete Ehe und fehlender Kindersegen sogar das Paradies auf Erden für die Seele in eine steinige, entbehrungsreiche Wüste verwandeln können.«

Rosemarie warf ihr einen scheuen Seitenblick zu, wußte sie doch von ihrem Vater, daß Tante Bess und Onkel Rupert ihren ersten Sohn noch als Kleinkind zu Grabe getragen und ihren zweiten Nachkommen bei den indischen Aufständen vor wenigen Jahren verloren hatten. Für seine Tapferkeit bei diesen Kämpfen, seinem ersten Einsatz als Offizier, war Lieutenant James Henry Thorndike post mortem das Victoria Cross verliehen worden, die höchste Auszeichnung, die das britische Empire zu vergeben hatte. Sein Bild stand im Silberrahmen im großen Salon auf dem Kaminsims neben dem Kinderfoto seines Bruders. Doch kein schwarzer Trauerflor zierte die Rahmen.

Bess bemerkte den verunsicherten Blick ihrer Nichte, und ihr Gesicht verlor den traurigen Ausdruck. Sie lächelte warmherzig. »Verzeih, mein Kind, daß ich dir ausgerechnet an diesem herrlichen Morgen mit soviel Nachdenklichkeit und ernsten Lebenserfahrungen zusetze. In unserem Leben ist eben der Himmel auch nicht immer strahlend blau. Hier wie dort gehören dunkle Wolken dazu, und manches, was uns lieb und teuer ist, muß sterben, damit anderes in uns wachsen kann.« Und dann sagte sie mit einem aufmunternden Lächeln: »Laß uns noch kurz in die Kirche reinschauen und für unsere verstorbenen wie lebenden Lieben beten, bevor wir nach Hause fahren. Außerdem fühlst du dich dann morgen, wenn wir zur Messe gehen, nicht ganz so fremd in unserem schönen Gotteshaus.«

Manches muß sterben, damit anderes in uns wachsen kann?! Was für eine paradoxe, rätselhafte Bemerkung, dachte Rosemarie verwundert.

9

Auf der langen Dutoitspan Road erhoben sich mehrere hohe Gebäude in den gleißenden Himmel über Kimberley. Die Kathedrale St. Mary The Virgin überragte sie alle mit ihrem stattlichen Kirchenschiff und ihrem Glockenturm, der einen sechseckig gezackten Aufsatz wie eine Krone trug. Eine ansprechende Backsteinmauer, von schmiedeeisernen Gitterelementen unterbrochen, umfriedete das baumbestandene Gelände um die Kathedrale. Auch das recht ansehnliche Pfarrhaus und der Friedhof lagen innerhalb dieser Umzäunung.

Es war herrlich kühl in den hohen, steinernen Gewölben der Kirche, und nach der Helligkeit draußen empfand Rosemarie das gedämpfte Licht, das durch die farbigen Fenster fiel, als eine Wohltat für die Augen. Sie tauchte einen Finger in das Weihwasserbecken am Eingang, bekreuzigte sich und folgte ihrer Tante durch den Mittelgang. Die Morgenmesse war schon lange vorbei, so daß sich zu dieser Stunde nur wenige Gläubige, gerade mal eine Handvoll, in der Kathedrale aufhielten, um in der Stille des Gotteshauses einen Moment der Besinnung zu finden und im Gebet vor Gott zu verweilen – vielleicht aber auch nur, um für ein paar Minuten der Hitze der Straße zu entfliehen.

»Wir sitzen immer auf der rechten Seite in der fünften Reihe, gleich am Gang. Du kannst dir die Reihe gut an der langen Kerbe hier am Schnitzwerk merken«, raunte Bess ihr zu und deutete auf die Holzrosette, die das Seitenbrett einer jeden Reihe schmückte. »Richtig festgelegte Plätze gibt es natürlich nicht. Aber es haben sich mit der Zeit eben so etwas wie Stammplätze eingebürgert. Wer regelmäßig die Messe besucht, respektiert das auch.«

Rosemarie nickte nur höflich. Sie würde inständig darum beten, daß die Genesung ihres Vaters rasche Fortschritte machen und daß es ihr erspart bleiben möge, lange genug in Kimberley leben zu müssen, um auch Anspruch auf einen Stammplatz anmelden zu können.

Tante Bess führte sie nun zum rechten Seitenaltar hinüber, der Maria, der Muttergottes, geweiht war. Ein Lichtermeer ruhig brennender Kerzen warf seinen warmen Schein auf die lebensgroße und recht schlicht gehaltene Madonna, die mit geöffnetem Umhang und barmherzig ausgebreiteten Armen auf sie herabschaute.

»Laß uns unser Gebet sprechen, Kind«, sagte Tante Bess und trat in eine der vorderen Bankreihen.

Rosemarie kniete sich neben sie und bemühte sich um innere Sammlung, um sich mit der gebotenen Andacht in ihr Gebet zu versenken. Es wollte ihr jedoch nicht so recht gelingen. Eine Vielzahl von Gedanken bedrängte sie, und zudem fühlte sie sich von ihrer Tante abgelenkt, die ihr Gebet nicht stumm verrichtete, sondern halblaut vor sich hin murmelte. Nicht so laut, daß sie einzelne Worte verstehen konnte, aber doch laut genug, um ihre Stimme zu hören.

Krampfhaft bemühte sie sich, das Gemurmel zu ignorieren und sich auf ihr Gebet zu konzentrieren, jedoch ohne Erfolg. Sie wünschte, sie kniete ganz allein und ungestört vor der Muttergottes. Aber kaum hatte sie diesen Gedanken, als sie sich dessen auch schon schämte. Ihre Tante war eine so herzensgute Frau, und ihre Gebete waren mit Sicherheit keine leeren Lippenübungen, sondern kamen aus Herz und Seele. Auch glaubte Rosemarie sie mittlerweile gut genug zu kennen, um sagen zu können, daß ihre Frömmigkeit nicht am Kirchenportal endete, sondern daß sie Liebe und Güte und Barmherzigkeit wahrhaftig praktizierte. Während sie bei ihrem Onkel in dieser Hinsicht doch einige Vorbehalte hatte. Nicht, daß er nicht großzügig und gastfreundschaftlich gewesen wäre, aber das war noch lange nicht dasselbe wie jene herzliche Zuwendung und hilfsbereite Anteilnahme, die Tante Bess nicht nur zeigte, sondern regelrecht ausstrahlte. Bei Onkel Rupert dagegen hatte sie manchmal den Eindruck ...

»Können wir, mein Kind?« raunte Tante Bess und erhob sich mit einem mühsam unterdrückten Laut der Beschwernis.

»Hast du etwas dagegen, wenn ich noch ein wenig bleibe?«

»Aber nein, Rose. Wie könnte ich etwas dagegen haben, wenn du noch länger im Gebet verweilen möchtest. Laß dir nur Zeit. Ich schicke dir Medan mit dem Wagen zurück. Er wird draußen unter den Bäumen beim Pfarrhaus warten.«

»Das ist nicht nötig«, sagte Rosemarie. »Ich gehe zu Fuß. Bis zu euch nach Hause ist es ja nicht so weit. Es ist doch schon gleich die erste Straße rechts hinauf, nicht wahr?«

»Ja, richtig. Aber bist du dir auch sicher, daß du dir das wirklich antun möchtest?« fragte Bess skeptisch.

Rosemarie lächelte über das besorgte Gesicht ihrer Tante, die bei ihrer Körperfülle einen Spaziergang von einer Viertelmeile schon für eine extreme Strapaze hielt. »Ich tue es wirklich gern, und ich verspreche dir auch, daß ich unterwegs nicht vor Entkräftung zusammenbrechen werde«, antwortete sie mit liebevollem Spott.

Tante Bess verstand und schmunzelte. »Ach ja, ich vergaß, die Anmut der Jugend ist fast genauso groß wie ihre Anmaßung«, erwiderte sie leise, berührte die Wange ihrer Nichte mit ihrer behandschuhten Hand und erhob sich von der Bank. »Aber falls du wider Erwarten doch noch Bedenken wegen des Heimwegs haben solltest, so nimmst du einfach eine Mietdroschke, versprichst du mir das?«

»Ich verspreche es, Tante.«

»Gut, und nun will ich dich nicht länger in deiner Andacht stören, mein Kind.« Aber dann fiel ihr doch noch eine Ermahnung ein, die sie ihr unbedingt ans Herz legen zu müssen glaubte.

»Ach, und geh möglichst auf der Schattenseite der Straße, das schont deinen Teint.«

Die schweren Schritte von Tante Bess entfernten sich, und Rosemarie schloß die Augen. Ihr war nun mehr Erfolg vergönnt, sich von dem Tumult zielloser Gedanken an tausenderlei Wichtiges wie Unwichtiges zu befreien und sich ganz auf ihr Gebet zu konzentrieren. Zeitweise hatte sie ein Gefühl des Losgelöstseins und als würden die Worte, die ihr Geist im Gebet formulierte, sie selbst tragen.

Hinterher ging sie nach vorn an den Altar, wo die Lichter brannten, warf zwei Sixpence in den eisernen Opferstock und zündete zwei Kerzen an, eine für ihren Vater und eine im Gedenken an ihre Mutter. Ein letztes kurzes Gebet im Stehen, das sie mit einem Ave Maria beendete, eine Bekreuzigung vor der Madonna – dann wandte sie sich zum Gehen um.

Und stieß mit einer Frau zusammen, die hinter ihr an den Kerzenstand getreten war, ohne daß sie es bemerkt hatte. »O mein Gott!« entfuhr es Rosemarie unwillkürlich im Moment des Zusammenschreckens. Fast wäre ihr noch der neue Parasol aus der Hand geglitten.

»Es gibt wohl keinen besseren Ort als diesen, um den Allmächtigen anzurufen«, erwiderte die fremde Frau spöttisch, jedoch ohne Ärger oder Vorwurf. »Nur glaube ich nicht, daß der Anlaß gerechtfertigt wäre.«

Rosemarie legte ihre flache Hand auf die Brust, als wollte sie ihr aufgeregt schlagendes Herz beruhigen. »Bitte entschuldigen Sie vielmals!« stieß sie mit gedämpfter Stimme aus, von ihrer eigenen Ungeschicklichkeit peinlich berührt. »Es tut mir wirklich leid. Ich ... ich war so in Gedanken, daß ich Sie nicht kommen gehört habe.«

»Ja, das ist mir nicht entgangen, Miss ...«

»Brandon, Rosemarie Brandon«, stellte sie sich höflich vor, als sie den fragenden und unverhohlen neugierigen Blick dieser frem-

den Frau auf sich ruhen sah, die ungefähr im Alter ihrer Tante sein mußte.
Damit erschöpften sich aber auch schon die Gemeinsamkeiten mit Tante Bess, denn diese Frau war hochgewachsen und kräftig, ohne jedoch dick zu sein, und ebenso teuer wie extravagant angezogen. Der Stoff ihres Kleides bestand aus glänzendem rotem Taft mit schmalen schwarzen Längsstreifen. Das raffiniert geschnittene Dekolleté entsprach so gar nicht dem viktorianischen Ideal von hochgeknöpfter Züchtigkeit. Und obwohl es unter der dreireihigen, diamantenbesetzten Perlenkette eigentlich wenig nackte Haut sehen ließ, hätten strenge Sittenwächter und selbsternannte Moralapostel wohl keinen Hehl aus ihrer Mißbilligung gemacht, derart gewagt gekleidet eine Kirche zu betreten. Sicherlich hätten sie auch an ihrem großen kirschroten Hut mit den schillernden Pfauenfedern etwas auszusetzen gehabt, der einen herrlichen Kontrast zu ihrem pechschwarzen Haar bildete. Aber diese Frau, die einen Hauch von Boheme ausstrahlte, machte nicht den Eindruck, als kümmerte sie sich groß um das Gerede solcher Leute.
»Sind Sie vielleicht mit Mister Charles Brandon von Farrington, Brandon & Nash verwandt?« fragte sie mit einem Ausdruck angenehmer Überraschung.
»Ja, er ist mein Vater.«
»Natürlich! Also Sie sind seine Tochter. Ich habe mich schon die ganze Zeit gefragt, wer diese junge, gutaussehende Frau wohl sein mag, mit der Missis Thorndike vorn in der Bank saß und redete«, gab sie unumwunden zu und stellte sich nun als Missis Eleanor Garland vor, die Stimme gedämpft, aber vom geweihten Ort ihrer Unterhaltung sichtlich nicht im mindesten gehemmt. »Wie geht es Ihrem Vater, wenn ich fragen darf?«
Rosemarie zögerte. »Nicht schlecht ... unter den gegebenen Umständen ... Aber es könnte ihm bessergehen«, antwortete sie und hatte plötzlich Tränen in den Augen.
»Das tut mir leid, Miss Brandon«, sagte Eleanor Garland mitfüh-

lend, legte einen Arm um Rosemaries Schulter und führte sie vom Marienaltar weg, an den Säulen vorbei hinunter zum Portal. Offensichtlich war sie daran interessiert, das Gespräch mit ihr weiterzuführen, und ebenso offensichtlich auch daran gewöhnt, daß man sich ihrem Wunsch nicht widersetzte. »Ich habe vom Schlaganfall Ihres Vaters gehört. Eine schlimme Sache. Sie können dankbar sein, daß er ihn überlebt hat. Wiewohl einem der Tod in manchen Fällen gnädiger für alle erscheinen mag. Kann er sich denn wenigstens noch einigermaßen verständlich machen und bewegen?«

»Mit dem Reden geht es wieder sehr gut, wenn seine linke Seite auch gelähmt und dadurch seine Aussprache ein wenig in Mitleidenschaft gezogen ist. Aber mit dem Gehen ist es nicht weit her. Er ist auf einen Rollstuhl angewiesen«, teilte Rosemarie ihr freimütig mit.

»Mein verstorbener Gatte, möge der Herr seiner Seele gnädig sein, hat Ihren Vater ziemlich gut gekannt, wenn ich mich recht erinnere. Ich glaube, sie haben sich auf einer Zugfahrt nach Kapstadt kennengelernt. Wann sind Sie denn überhaupt in Kimberley angekommen? Erst vor kurzem, nicht wahr, denn ein so reizendes Gesicht wie das Ihre bleibt mir nicht lange verborgen«, versicherte sie, während sie im Vorraum der Kathedrale stehenblieben, und fügte mit einer Mischung aus Stolz und Selbstspott hinzu: »Man sagt mir nämlich nach, daß in dieser Stadt nichts von Belang geschieht, was mir nicht zu Ohren oder zu Augen kommt.«

»Am Montag nachmittag vergangener Woche.«

»Dann sind Sie ja bereits fast zwei Wochen hier! Waren Sie schon vorher einmal in Kimberley?«

Rosemarie schüttelte den Kopf. »Ich bin in Bath aufgewachsen und nur ein einziges Mal auf Reisen gewesen, und da war ich noch ein kleines Kind, als meine Eltern mich einen Sommer mit nach Brighton nahmen.«

»Und Sie sind mit Ihrer Mutter gekommen?« setzte Eleanor Garland ihre Befragung ohne jede Zurückhaltung fort, als wäre es das Selbstverständlichste der Welt, daß man ihr Rede und Antwort stand.
»Nein, die habe ich schon als junges Mädchen verloren«, gab Rosemarie bereitwillig Auskunft. »Meine treue Gesellschafterin Emily Mitford hat mich jedoch begleitet. Sie ist mir eine große Stütze.«
»Ach, Sie Ärmste!« bedauerte Eleanor Garland sie. »Wie fremd und bedrückend Ihnen im Licht Ihres kranken Vaters alles erscheinen muß. Und wie sehr Sie darunter leiden müssen, fern von den Tröstungen Ihrer Freunde und Bekannten zu sein.«
Obwohl sie Eleanor Garland erst wenige Minuten kannte und bisher nie eine Neigung zu Menschen mit bohemienhafter Erscheinung in sich gespürt hatte, fand Rosemarie auf einmal nichts dabei, dieser ihr fremden Person nun ihr Herz auszuschütten. Dabei vermochte sie nicht zu verhindern, daß ihr einige Tränen über die Wangen rannen. Und doch tat es ihr zugleich gut, mit einem anderen als nur mit Emily und Tante Bess über ihre Hilflosigkeit und Sorge zu reden.
»Ihres Vaters Genesung liegt in den berufenen Händen von Doktor Talbot und Ihren. Dazu kann ich nichts beitragen«, sagte Eleanor Garland. »Aber ich kann sehr wohl einiges dazu beitragen, daß Sie sich in Kimberley nicht so verlassen fühlen und womöglich einige Freundschaften schließen, die Ihnen Halt und die Ablenkung schenken, die sich eine junge Frau wie Sie nicht versagen darf, so schwer sie auch an ihrer häuslichen Situation zu tragen hat.«
Rosemarie tupfte sich die Tränen von der Wange. »Das ist gewiß sehr lieb von Ihnen gemeint, Missis Garland, aber ich glaube nicht ...«
»Lassen wir bei dieser Sache den Glauben einmal aus dem Spiel«, unterbrach Eleanor Garland sie mit lebhaftem Engagement.

»Hier geht es um Dinge des praktischen Lebens, und darauf verstehe ich mich mindestens so gut wie unser Monsignore auf die Abnahme der Beichte und die Annahme von Spenden. Und ich bestehe darauf, daß Sie meine Einladung für nächsten Samstag annehmen.«

»Einladung? Wozu?« fragte Rosemarie verwundert.

Eleanor Garland lachte. »Natürlich! Woher sollten Sie wissen, daß ich jeden zweiten Samstag zur Teestunde stets eine bunte Schar lieber Gäste in meinem Haus um mich versammle. Darunter werden auch genug Besucher sein, mit denen Sie vom Alter her mehr anfangen können als mit mir. Übrigens hat mir auch Father O'Leary, unser neuer Priester, zugesagt. Er soll für einen Iren sehr charmant und sogar auf der Kanzel ausgesprochen hinreißend sein, das genaue Gegenteil von Monsignore Osborne, der einen so fatalen Hang zu den Bildern der ewigen Verdammnis hat.« Das sagte sie mit einem ausgesprochen vergnügten Gesichtsausdruck. »Sie sehen, Sie können sich diese Teestunde, die zweifellos recht unterhaltsam sein dürfte, nicht entgehen lassen. Sie müssen einfach kommen, Miss Brandon!«

»Ihre Einladung ehrt mich, Missis Garland, nur weiß ich nicht, ob ich sie auch annehmen kann.«

»Natürlich können Sie die annehmen. Ich bestehe darauf, meine Liebe! Sie müssen es mir sogar versprechen!« bedrängte die extravagante Witwe sie. »Wenn Sie nicht kommen, ruinieren Sie meinen Ruf als Gastgeberin, der man noch nicht einmal auf dem Totenbett eine Einladung ausschlägt, jedenfalls sagen mir das manche Klatschmäuler nach, selbstredend mit entschieden mehr Neid als moralischem Mißfallen.«

Rosemarie ließ sich schließlich eine Zusage abringen, die sie wirklich nur dann zu brechen versprach, wenn sich der Zustand ihres Vaters verschlechtern sollte.

»Ich freue mich, Miss Brandon. Nun, ich nehme an, wir sehen uns morgen früh zur Messe, nicht wahr? Oder doch spätestens nächsten Samstag«, sagte Eleanor Garland aufgekratzt und verabschiedete sich von Rosemarie, weil sie vergessen hatte, eine Kerze anzuzünden, und deshalb noch einmal zum Marienaltar gehen mußte.

Mit einem Gefühl wunderlicher Erleichterung, ja fast Fröhlichkeit trat Rosemarie wieder in den Sonnenschein hinaus. Die Begegnung mit dieser ungewöhnlichen Frau hatte ihr gutgetan und auch ein wenig geschmeichelt. Denn es lag auf der Hand, daß Eleanor Garland eine nicht geringe Stellung in der Gesellschaft von Kimberley einnahm.

Jetzt war sie doch froh darüber, daß sie zugesagt hatte. Eigentlich hatten sie alle, Dad eingeschlossen, ja recht, wenn sie sie ermunterten, etwas zu unternehmen und vielleicht sogar einige standesgemäße Bekanntschaften zu schließen. So groß die Versuchung manchmal auch sein mochte, sich im Haus der Thorndikes wie in einem Schneckenhaus zu verkriechen, so wenig hilfreich war es letztendlich wohl, wuchsen in der selbst gewählten Zurückgezogenheit doch nur der Kummer und das Gefühl der Ohnmacht. Ihr fiel eine alte östliche Weisheit ein, die da lautete: Die Schätze des Sees birgt man nicht, wenn man an seinen sicheren Gestaden verharrt.

Ja, es war an der Zeit, den abgeschiedenen Platz des Zuschauers am ebenso sicheren wie steinigen Ufers des Lebens aufzugeben und sich wieder dem belebenden Strom anzuvertrauen.

10

Kaum war Rosemarie durch die Kirchenpforte auf die Straße getreten, als eine Stimme sie aus ihren Gedanken holte.
»Miss Brandon?«
Sie kippte den Parasol und sah nach rechts, wo ein ihr entgegenkommendes Cape-Cart am Bordstein aus groben Feldsteinen gehalten hatte. »Oh, Mister Hamilton!« entfuhr es ihr mit freudiger Überraschung.
»Wie reizend, Sie wiederzusehen, Miss Brandon!« rief er nicht minder erfreut und lüftete seinen leuchtendweißen Strohhut. Dann wickelte er die Zügel um die Bremsstange und sprang mit einer eleganten Bewegung von der gepolsterten Sitzbank.
So elegant und geschmeidig, wie er auf der Modder River Station vom Pferd gesprungen ist! fuhr es ihr unwillkürlich und mit geheimer Bewunderung durch den Sinn. Mit einem schnellen Blick erfaßte sie seinen perfekt sitzenden Sommeranzug aus feinem cremefarbenem Stoff mit der Weste, die den gleichen Farbton besaß wie sein blondes, von der Sonne gebleichtes Haar. Wie bei ihrer ersten Begegnung trug er auch an diesem Tag keinen steifen Hemdkragen mit korrekt gebundener Krawatte, sondern wieder ein nachlässig geknotetes und buntkariertes Halstuch in einem ebenso eleganten weißen wie verwegen offenstehenden Hemd. So unkonventionell wagten sich in ihrer Heimat allein Studenten zu einem Sommerpicknick oder die Leute vom Theater anzuziehen. Sie hatte bisher wenig für solch eine Mode übrig gehabt, die bei aller Eleganz von Stoff und Schnitt doch eine unverkennbar nachlässige Note besaß. Aber hier unter der intensiven Sonne Afrikas und an Mister Hamilton gefiel es ihr gar nicht schlecht.

»Und daß Sie sogar meinen Namen behalten haben, macht mir dieses Wiedersehen noch einmal so wertvoll«, sagte Richard Hamilton und bedachte sie mit einem strahlenden Lächeln, als hätte sie ihm wunder was für ein Geschenk gemacht.

»Das war nicht sonderlich schwer, Mister Hamilton, denn außer Ihnen habe ich niemanden sonst auf der Zugfahrt kennengelernt«, erwiderte sie so zurückhaltend, wie es die Regeln des Anstands geboten.

»Und schon gar keinen weiteren verspäteten Passagier, für den Sie den Zug anhalten mußten«, erinnerte er sie vergnügt. »Dieses Privileg darf ich doch wohl ganz allein für mich in Anspruch nehmen, nicht wahr?«

Der Blick seiner unglaublich blauen Augen ging ihr durch und durch. Rosemarie verspürte eine verwirrende Erregung, die wie ein eigenartiger Schauer bis in die Spitzen ihrer Brüste und tief in ihren Unterleib drang. Sie war dem Gefühl ganz ähnlich, das ihren Körper manchmal in einen Zustand vagen, sehnsüchtigen Begehrens versetzte, wenn sie morgens aus einem jener Träume erwachte, deren erotischer Inhalt mehr eine Ahnung als eine klare Erinnerung war, ihr Herz aber nichtsdestotrotz heftig schlagen ließ. Und für den Bruchteil einer Sekunde blitzte vor ihrem geistigen Auge das Bild eines einsamen, tiefblauen Sees auf, an dessen Ufer sie so nackt stand, wie Gott sie geschaffen hatte, und dessen geheimnisvoll blaue Fluten sie hinunter in die Tiefe zogen, als stünde sie unter einem magischen Bann, von dem sie sich nicht lösen konnte.

Rosemarie errötete über ihre unzüchtigen Gedanken. »Es war auch nicht meine Absicht, mir das zur Gewohnheit werden zu lassen, Mister Hamilton«, erwiderte sie und wich schnell seinem Blick aus, als fürchtete sie, er könnte ihre Gedanken lesen und sehen, in welch schamlose Verwirrung seine Gegenwart sie stürzte.

»Das freut mich zu hören, Miss Brandon, denn dann werde ich

auch zukünftig darauf vertrauen können, daß Sie mich nicht mit einem anderen Glückspilz verwechseln«, erklärte er mit einem strahlenden Lächeln, um jedoch im nächsten Augenblick seinem Gesicht einen ernsten Ausdruck zu geben. »Aber nun sagen Sie mir, wie es Ihrem Herrn Vater geht. Ich hoffe, Sie haben ihn in besserer Gesundheit angetroffen als erwartet.«

»Ja, das habe ich, dem Himmel sei Dank«, räumte Rosemarie nach kurzem Zögern ein, erinnerte sie sich doch noch gut daran, schon mit dem Schlimmsten gerechnet zu haben. »Und dennoch ...«

»Ja, Miss Brandon?«

Sie seufzte. »Nun, er ist sehr schwach und hat viel Gewicht verloren.«

»Ich bin sicher, daß seine Genesung von jetzt an, da Sie bei ihm sind, bedeutend größere Fortschritte machen wird. Ihre Gegenwart und Fürsorge wird sich als die beste Medizin erweisen.«

Rosemarie bedankte sich für seine freundliche Aufmunterung mit einem schwachen Lächeln. »Die Hoffnung haben wir alle. Gebe Gott, daß sie sich auch erfüllt.«

Er nickte bekräftigend und fragte dann: »Darf ich Ihnen meinen Wagen anbieten und Sie auf etwas bequemere Art an Ihr Ziel bringen, Miss Brandon?«

»Danke, aber das ist nicht nötig. Ich bin nur auf dem Heimweg, und bis zum Haus meines Onkels und meiner Tante habe ich es von hier wahrlich nicht weit.«

»Es ist das eindrucksvolle Backsteinhaus an der Ecke Hemming und Harley Street, das man von der Straße aus hinter all den Bäumen kaum sehen kann, nicht wahr?« fragte er und zeigte sich damit wohlinformiert.

Hatte er Erkundigungen eingezogen oder schon vorher gewußt, wo die Thorndikes wohnten? Ersteres traute sie ihm sehr gut zu, und sie lächelte unwillkürlich. »Ja, da wohnen meine Verwandten. Sie sehen, ich habe es wahrlich nicht weit und zudem auch nicht sonderlich eilig.«

»Das trifft sich ja gut, Miss Brandon«, meinte er erfreut. »Denn auch ich bin ganz Herr meiner Zeit, und deshalb würden Sie mir einen großen Gefallen tun, wenn Sie mein Angebot annehmen und mir die Chance geben würden, mich auf ganz bescheidene Weise für Ihre Freundlichkeit am Montag erkenntlich zu zeigen. Der Fairneß halber muß ich Sie jedoch auch warnen.«

»Warnen? Wovor?«

»Daß ich dann noch tiefer in Ihrer Schuld stehe. Denn Sie zu kutschieren ist ja kein Dienst, sondern ein ausgesprochenes Vergnügen, mit dem Sie mich belohnen statt umgekehrt, wie es doch eigentlich der Fall sein sollte«, schmeichelte er ihr.

Rosemarie schüttelte mit einem belustigten Auflachen den Kopf. »Ich glaube, Sie wissen gar nicht, wie unmöglich Sie sind, Mister Hamilton, zumindest will ich es zu Ihren Gunsten annehmen. Denn sonst würden Sie sich nicht erkühnen, solche Bemerkungen zu machen!« tadelte sie ihn, jedoch nicht wirklich ernsthaft. Dafür war er einfach zu gut aussehend und zu unterhaltend.

Er seufzte wie von einer schweren Last geplagt. »Ich weiß, nur selten macht man sich Freunde, wenn man der unverblümten Wahrheit den Vorzug gibt, statt sich auf Schmeichelei und Geflunker zu verlegen«, klagte er.

Rosemarie mußte an sich halten, um nicht schallend zu lachen. Dieser Richard Hamilton besaß einfach eine entwaffnend fröhliche und zugleich geistreiche Art, der sie nicht widerstehen mochte, von seiner attraktiven Erscheinung und seinem buchstäblich bezaubernden Lächeln ganz abgesehen. Und sowenig es sich eigentlich schickte, allein mit einem Mann in einem Wagen zu sitzen, den sie eigentlich gar nicht richtig kannte, sosehr erlag sie der Versuchung, seine amüsante Gesellschaft wenigstens noch für ein paar Minuten zu genießen. Immerhin handelte es sich ja um einen offenen Cape-Cart. Zudem war Bath weit weg, wo sie solch ein Angebot nicht einmal für einen flüchtigen Moment in Betracht gezogen hätte, denn in ihrer Heimatstadt hätte sie durch

solch ein Verhalten doch sogleich ein Dutzend Gerüchte provoziert und ihren guten Ruf in Gefahr gebracht.
Aber dies war Kimberley, die Diamantenstadt mitten in der afrikanischen Halbwüste und einen halben Erdkreis von Bath entfernt, wo sie keiner kannte, jedenfalls so gut wie keiner, und wo sich wohl auch niemand sonderlich für sie interessieren dürfte, da sie ja nicht viel mehr als eine Durchreisende war. Denn sowie ihr Vater kräftig genug war, um die Heimreise anzutreten, würde sie diese Stadt und diese Kolonie so schnell wie möglich hinter sich lassen.
»Also gut, ich nehme Ihr Angebot an, Mister Hamilton«, sagte Rosemarie nun. »Aber nur weil ich fürchte, daß Sie mir sonst keine Ruhe lassen und Ihre offenbar lebhafte Phantasie noch weiter strapazieren werden.«
»Mir ist fast jeder Grund recht, dem ich Ihre Gesellschaft zu verdanken habe, Miss Brandon«, erwiderte er mit vergnügt blitzenden Augen und reichte ihr die Hand, um ihr hinauf auf die Sitzbank zu helfen.
Niemand schaute sich nach ihr um oder verhielt den Schritt, als sie ihre Röcke raffte, ihren gestiefelten Fuß auf das Brett stellte und im Wagen von Mister Richard Hamilton Platz nahm, der sich Augenblicke später neben sie auf die Bank schwang. Und doch kam es ihr so vor, als würden sie tausend Augen beobachten, was natürlich dummes Zeug war.
»Nun, wie lautet Ihr Urteil über unsere Stadt nach knapp vierzehn Tagen?« erkundigte sich Richard Hamilton und brachte den prächtigen Apfelschimmel mit einem kaum merklichen Zügelkommando dazu, sich in Bewegung zu setzen.
»Um mir ein Urteil über Kimberley zu erlauben, ist es wohl noch zu früh.«
»Darf ich fragen, wieso?«
»Weil ich von der Stadt eigentlich noch nicht viel gesehen habe – bis auf die Fahrt vom Bahnhof zum Haus meiner Verwandten am

Montag und den heutigen Marktbesuch mit meiner Tante, der uns dann noch ein Stück die Dutoitspan Road hinunter und zum Schluß in die Kirche geführt hat«, gestand sie ehrlich. »Es sei denn, damit hätte ich schon alles, was hier sehenswert ist, zu Gesicht bekommen.«

Richard Hamilton warf ihr einen überraschten, fast ungläubigen Blick zu. »Aber ganz und gar nicht, Miss Brandon!« versicherte er. »Haben Sie denn wenigstens schon das Big Hole bewundert, den Trichter der Kimberley Mine?«

»Nein, aber was ist denn daran so interessant?«

»Es ist das größte von Menschenhand geschaffene Loch der Welt und gewissermaßen der eigentliche Geburtsort von Kimberley, auch wenn die ersten Diamanten einige Dutzend Meilen weiter nördlich am Vaal River und dann auf der Farm Bultfontein gefunden wurden. Mit der Kimberley Mine begann der kometenhafte Aufstieg dessen, was bis dahin bloß ein wildes Zeltlager war«, erklärte er mit Begeisterung in der Stimme. »Sagten Sie nicht, Sie hätten es nicht sonderlich eilig? Das trifft sich ausgezeichnet, denn das Big Hole muß ich Ihnen unbedingt zeigen. Das ist nur ein Umweg von höchstens fünfzehn Minuten.«

Rosemarie machte einige halbherzige Einwände, warum das nicht möglich sei, um sich aber recht schnell von ihm überreden zu lassen. Sie genoß es, an seiner Seite zu sitzen und im Zentrum seiner charmanten Aufmerksamkeit zu stehen.

Richard Hamilton ließ den Apfelschimmel in einen flotten Trab fallen, denn sie mußten durch die ganze Stadt, lag die Kimberley Mine doch westlich des Zentrums. Und während sie durch die Straßen fuhren, erzählte er ihr von dem Burenjungen Erasmus Jacobs, der auf der armseligen Farm seines Vaters den ersten Diamanten gefunden, ihn aber wie seine Eltern für einen wertlosen Glaskiesel gehalten hatte.

»Zumindest war es der erste Stein, der als Diamant erkannt wurde, nachdem er zufällig in die Hände eines Mannes gelangte, der sich

für Mineralien interessierte und Steine aller Art sammelte. Er bekam diesen angeblichen Glaskiesel geschenkt, der anschließend durch zahlreiche Hände ging und sich als ein einundzwanzigkarätiger Diamant entpuppte, dem man den bezeichnenden Namen Heureka gab, was soviel heißt wie: Ich hab's gefunden, und der jedem der Beteiligten ein kleines Vermögen einbrachte.«
»Auch dem armen Burenjungen und seinen Eltern?« fragte Rosemarie zweifelnd.
Er lächelte. »Ja, sogar ihnen. Denn der Hobbymineraloge, der den Stein von Erasmus geschenkt bekam, teilte das Geld, das er beim Verkauf des Diamanten erhielt, mit den Jacobs. Es war jedoch nur ein geringer Teil von dem, was der Stein später in England erzielte. Auf dem langen Weg vom Fundort zum Juwelier streichen nun mal die Zwischenhändler und nicht die Digger und die Minenbesitzer den größten Gewinn ein. Jedenfalls war das so, bevor Cecil Rhodes und seine Partner mit De Beers eine Art Diamantenmonopol schufen.«
»Natürlich«, sagte Rosemarie und dachte an ihren Vater und seine Partner, die ihre Vermögen genau diesem System verdankten.
»Aber das war 1866, also vor gut dreißig Jahren, und jeder war mit dem, was er erzielt hatte, mehr als zufrieden«, fuhr er schnell fort, als fürchtete er, sie könnte seine Worte als Kritik an dem Beruf ihres Vaters als Diamantenhändler verstehen. »Und als dann ein Hirte vom Stamm der Griquas wenig später einen weiteren Diamanten fand, der sagenhafte dreiundachtzig Karat wog und den Namen Star of South Africa erhielt, da begann der Diamantenrausch.«
Er berichtete ihr von der wilden, aufregenden Zeit, als Hunderttausende aus aller Herren Länder herbeiströmten, sich zum Teil auf abenteuerliche Weise zum Vaal River durchschlugen, an dessen Ufern in den ersten Jahren die meisten Diamanten gefunden wurden, und dort fast über Nacht Zeltstädte aus dem Boden schossen. Später fand man auch weiter landeinwärts auf den

Burenfarmen Bultfontein und Dutoitspan Diamanten, und damit begann, fern vom wasserreichen Vaal River, die Zeit der *dry diggings,* der trockenen Schürfungen. Doch erst als 1871 auf der Farm Vooruitzigt reiche Diamantenvorkommen entdeckt wurden, zeichnete sich für die in Hast errichtete Zelt- und Wellblechbudenstadt eine Zukunft ab.

»Was viele nur für einen kurzen Run gehalten hatten, der bald ausgebeutet sein und das Land danach wieder rasch der Vergessenheit anheimfallen lassen würde, erwies sich als geradezu unerschöpfliches Vorkommen, besonders als man herausfand, daß das Kimberlite, das harte bläuliche Gestein in der Tiefe der alten Vulkankrater, noch mehr Diamanten pro Tonne enthielt als die weicheren oberen Schichten«, erzählte er, während sie die Bultfontein Road kreuzten und ein Stück die New Main Street nach Südwesten hinunterfuhren. »Und nun begann ein noch größerer Run auf die Claims in den verschiedenen Minen, während der Abbau immer komplizierter und kostspieliger wurde und sich gleichzeitig die ersten großen Gesellschaften bildeten, die dann bis 1888 erbittert gegeneinander um die Vorherrschaft kämpfen sollten. Ein gewaltiger Wirtschaftskampf entbrannte, der schließlich mit dem Sieg von Cecil Rhodes und Barney Bernato endete, einst die größten Widersacher und schließlich doch gemeinsame Gründer von De Beers Consolidated Mines.«

Noch vor der North Circular Road bog Richard Hamilton rechts ab, während er ihr von jener aufregenden Zeit erzählte, als Tausende von Diggern mit ihren schwarzen Arbeitern in der Grube von Kimberley Claims abbauten, die manchmal nicht größer als vier, fünf Schritte im Quadrat maßen. Und als ein unvorstellbares Gewirr von Seilen und stählernen Transportbändern von den Rändern der Mine in die Grube hinabführte und sie wie mit einem gigantischen Spinnennetz überzog. Oft genug waren die Seile gerissen oder die Wände der Claims eingestürzt. Niemand hatte die Toten gezählt, doch die Zahl der Digger, die in der Mine ihr Leben gelassen hatten, ging in die Hunderte. Die Diamanten hatten hier wie auch in allen anderen Minen einen hohen Blutzoll gefordert.

»Alles im Leben hat seinen Preis, und Diamanten machen da keine Ausnahme, ganz im Gegenteil. Wer nicht gerade Minenbesitzer oder Diamantenhändler ist, der muß auch heute noch sein Leben aufs Spiel setzen, wenn er es mit Diamanten zu einem Vermögen bringen will«, sagte er mit einem merkwürdigen Unterton, den Rosemarie nicht recht zu deuten wußte.

Augenblicke später traten Häuser, Schuppen und Werkstätten zurück und gaben den Blick ungehindert auf eine große, offene Fläche frei, in deren Mitte die Kimberley Mine klaffte. Auf der anderen Seite ragte das stählerne Gerüst eines Förderturms auf, umgeben von mehreren großen Lagerhallen.

Rosemarie hing so gespannt an seinen Lippen, daß sie erst darauf aufmerksam wurde, als Richard Hamilton das Pferd zum Stehen brachte, die Hand ausstreckte und nicht ohne Stolz rief: »Da ist es, Miss Brandon! Das Big Hole der Kimberley Mine, das größte von Menschenhand geschaffene Loch der Welt, aus dem schon fast zehn Millionen Karat Diamanten gefördert worden sind.«

»Jesus, Maria und Josef!« entfuhr es Rosemarie unwillkürlich. Sie war mehr als nur beeindruckt, hatte sie doch noch nie in ihrem Leben ein solch gewaltiges Loch gesehen. Sie schätzte den Durchmesser dieses gigantischen Trichters, der vor Jahrmillionen ein Lava speiender Vulkan gewesen war, auf mindestens eine Meile. Die Gebäude auf der anderen Seite nahmen sich richtig winzig gegen diese mächtige Öffnung aus.

»Also das ... das verdient in der Tat den Namen Big Hole.«

Richard Hamilton sprang lachend von der Sitzbank und überredete sie, mit ihm näher an den Rand des Kraters zu treten, um einen Blick in die Tiefe zu werfen. »Sie können nicht von hier wegfahren, ohne Kimberleys einzigartigen Smaragd gesehen zu haben.«

»Smaragd?« fragte sie verständnislos. »Aber ich denke, das ist eine Diamantenmine.«
Er schmunzelte. »Lassen Sie sich überraschen, Miss Brandon. Gleich werden Sie verstehen. Kommen Sie, es sind nur noch ein paar Schritte. Von dort, wo der verrostete Dampfkessel liegt, haben Sie eine perfekte Aussicht«, lockte er und führte sie über das staubige, grauschwarze Gelände. Dabei hielt er stützend ihren rechten Ellbogen, für den Fall, daß sie stolpern sollte.
Rosemarie war sich seiner Hand nur zu deutlich bewußt, und eigentlich hätte es ihr nichts ausgemacht, wenn der Weg noch einige Dutzend Schritte länger gewesen wäre. Doch als sie den von Rost zerfressenen Kessel erreichten, vergaß sie vor Überraschung sogar, wie angenehm ihr die Berührung von Richard Hamiltons sanft führender Hand war.
Auf einer Strecke von vielleicht achthundert oder tausend Fuß fielen die Hänge des Trichters recht steil zur Mitte hin ab. Doch dann stürzten die bläulich schimmernden Wände mindestens noch einmal so weit geradezu senkrecht in die Tiefe, um schließlich in einen großen dunkelgrünen See einzutauchen, der sich auf dem Grund des Kraters gebildet hatte. Er leuchtete tatsächlich wie ein riesiger Smaragd aus dem Kraterschlund zu ihnen empor.
»Das ist wirklich sehr beeindruckend«, gestand Rosemarie und blickte angestrengt in die Tiefe. »Was sind das für weiße Flecken, die da unten auf dem See treiben?«
Richard Hamilton lachte. »Da treibt nichts auf dem See, Miss Brandon. Was Sie kaum mit dem bloßen Auge erkennen können, ist ein Vogelschwarm. Ich glaube sogar, es sind einige Dutzend Flamingos.«
Ungläubig schaute sie ihn an. »Ein Schwarm Flamingos? Aber das ist doch unmöglich!« sagte sie, um ihren Blick sofort wieder auf die weißen Punkte zu richten. »Die müßte ich doch klar erkennen können!«
»Wenn Sie in Kapstadt am Fuß des Tafelbergs stehen, können Sie

dann auch deutlich erkennen, was für ein Vogelschwarm über seinen Gipfel fliegt?« fragte er.
Sie schüttelte verwirrt den Kopf. »Nein, natürlich nicht. Aber bei der Höhe des Tafelbergs ist das doch auch etwas ganz anderes.«
»Ich widerspreche Ihnen äußerst ungern, Miss Brandon«, erwiderte er lächelnd, »aber in diesem Fall läßt es sich nicht vermeiden. Denn dieser Krater ist mit gut dreieinhalbtausend Fuß nämlich genauso tief wie der Tafelberg hoch ist.«
»Nein!«
»O ja!«
Rosemarie war fassungslos und schüttelte staunend den Kopf. Hatte sie sich von den gigantischen Dimensionen der Kimberley Mine derart täuschen lassen? Es erschien ihr unvorstellbar. Und doch wußte sie, daß es der Wahrheit entsprach. Denn gerade wegen dieses überwältigenden Effekts hatte er ja darauf bestanden, ihr das Big Hole, dieses größte von Menschenhand geschaffene Loch, zu zeigen.
»Unglaublich!« murmelte sie. »Es fällt mir schwer, mir vorzustellen, daß da unten Tausende von Menschen auf unzähligen kleinen und großen Claims immer tiefer und tiefer gegraben haben.«
Er pflichtete ihr bei. »Ich habe die Zeit des Tagebaus mit dem unglaublichen Gewirr aus Hunderten von Kabel- und Seilzügen noch als junger Bursche erlebt, und ich muß gestehen, daß ich den Anblick dieses menschlichen Ameisenhaufens dort unten nie vergessen werde«, sagte er nachdenklich. »Es war ein Bild, das mir jedesmal einen Schauder durch den Körper jagte, weil es mich irgendwie an die apokalyptischen Gemälde des Hieronymus Bosch erinnerte.«
Rosemarie schaute in die gähnende Tiefe und meinte, sich das recht gut vorstellen zu können.
Richard Hamilton zuckte mit den Schultern. »Nun ja, was für die einen die Hölle war, die sie da unten verschlungen hat, hat sich für ein paar hundert Glückliche wie Ihren Onkel als ein paradic-

sischer Geldsegen erwiesen«, sagte er, während er einen Stein aufhob und ihn mit aller Kraft in den gigantischen Schlund schleuderte. Er flog weit für einen Steinwurf, doch lächerlich kurz für die Dimensionen dieser Diamantenmine, deren Abbau seit Jahren unter Tage fortgesetzt wurde.

»Wie meinen Sie das?«

»Ja, wußten Sie denn nicht, daß Ihr Onkel einige Claims in der Kimberley Mine besessen hat?« fragte Richard Hamilton verwundert zurück.

Rosemarie verneinte. »Über Geschäfte und derlei Dinge ist in unserer Familie nie geredet worden.«

»Das ist aber schade, denn so ist Ihnen manch interessante Geschichte entgangen«, sagte er mit einem leicht spöttischen Unterton, gab ihr jedoch keine Gelegenheit, nachzufragen, denn er fuhr in einem Atemzug fort, während er sie gleichzeitig zurück zur Kutsche führte: »Auf jeden Fall bewies Ihr Onkel bewundernswerten Weitblick. Denn als seine vier, fünf Claims, die er von seiner schwarzen Arbeiterkolonne ausbeuten ließ, Ende der siebziger Jahre kaum noch die Selbstkosten abwarfen, da hielt er dennoch an ihnen fest, während viele andere Claimbesitzer zu Spottpreisen verkauften, weil sie die Mine für ausgebeutet hielten. Als Cecil Rhodes und Barney Bernato dann um die Vorherrschaft in Kimberley kämpften und die übriggebliebenen kleinen, finanzschwachen Gesellschaften nach und nach aufkauften, pokerte Ihr Onkel geschickt mit beiden Seiten. Schließlich verkaufte er an Cecil Rhodes, und dieses Geschäft hat ihn zu einem sehr vermögenden Mann gemacht.«

»Das ist ja wirklich interessant«, gestand Rosemarie, die sich schon oft Gedanken darüber gemacht hatte, wie Onkel Rupert sich seinen luxuriösen Lebensstil bloß leisten konnte, sah sie ihn doch nie einer Beschäftigung nachgehen. Und einmal mehr wurmte es sie, daß sie von derlei Informationen, die Richard Hamilton ihr so bereitwillig unterbreitete, in ihrer Familie ausgeschlossen blieb, bloß weil sie eine Frau war. Als ob sie derlei Dinge nicht verstünde oder sie sie nicht interessierten. Natürlich verstand sie nichts davon, wenn man ihr von Kindesbeinen an eintrichterte, daß Geschäfte ausschließlich Männersache waren und sie nicht zu interessieren hatten. Wenn man es recht bedachte, war es eine Beleidigung ihres Intellekts und eine Herabsetzung ihrer Person.

»Ich glaube, der Abschluß mit Rhodes war das beste Pokerspiel, das Ihr Onkel je gewonnen hat«, sagte Richard Hamilton mit spöttischer Bewunderung. »Nein, das zweitbeste.«

»Und was war das beste?« wollte Rosemarie wissen.

Er half ihr auf den Sitz. »Natürlich das Spiel viele Jahre vor der Gründung von De Beers, bei dem er die Claims gewonnen hat, denn er hatte das schlechteste Blatt in der Hand, das man sich nur vorstellen kann. Dieser Bluff damals ist wohl die großartigste Leistung seines Lebens gewesen, unter finanziellen Gesichtspunkten betrachtet.«

»Onkel Rupert hat die Claims beim Kartenspiel gewonnen?« fragte Rosemarie völlig verblüfft.

»So ist es«, bestätigte er, schwang sich neben sie auf die gepolsterte Bank und griff zum Zügel. »In der alten Canteen Roode Veld von Ludovicus Papenboom.«

Rosemarie musterte ihn kritisch von der Seite. »Sie scheinen ja mehr als nur gut über meinen Onkel unterrichtet zu sein, Mister Hamilton. Und ich bin mir nicht sicher, ob mir das gefällt.«

Er wandte ihr den Kopf zu und lachte sie entwaffnend an. »Wenn man so lange in dieser Stadt lebt, wie ich es tue, dann braucht man sich nicht zu informieren, Miss Brandon. Man wächst vielmehr mit all diesen Geschichten auf. Immerhin war Kimberley vor zehn, fünfzehn Jahren noch eine wilde Boomtown, wo derlei Dinge zum normalen Alltag gehörten«, erklärte er unbekümmert. »Und daß Ihr Onkel ein leidenschaftlicher Kartenspie

ler ist ... nun, das kann man wahrlich nicht als etwas bezeichnen, was man erst mühselig in Erfahrung bringen muß.«
Irgendwie löste diese Information, an deren Wahrheit sie nicht zweifelte, keine große Überraschung in ihr aus. Und jetzt glaubte sie auch zu wissen, was Onkel Rupert fast jeden Abend zu später Stunde allein aus dem Haus geführt hatte und warum er manchmal morgens so übernächtigt aussah. Jene Nächte hatte er also am Spieltisch verbracht.
Rosemarie schob die Gedanken an Onkel Rupert beiseite. Es gab anderes, was sie mehr interessierte. Mutig fragte sie: »Und was braucht man nicht über Sie in Erfahrung zu bringen, sofern man nicht wie ich fremd in der Stadt ist?«
Vergnügt sah er zu ihr hinüber. »Mit anderen Worten, Sie wollen wissen, womit ich mich in Kimberley über Wasser halte?« fragte er scherzhaft zurück.
Sie errötete leicht unter seinem Blick. »Wenn es nicht zu indiskret ist, Mister Hamilton. Zudem haben Sie das Gespräch auf dieses Thema gebracht. Und was bei Onkel Rupert recht war, sollte bei Ihnen ...«
Lachend fiel er ihr ins Wort. »Schon gut, Miss Brandon. Ich empfinde Ihre Frage ganz und gar nicht als indiskret. Und ich bin überzeugt, daß nichts, was Sie sagen oder tun könnten, mich unangenehm berühren würde«, versicherte er charmant und wortgewandt.
»Lenken Sie nicht ab! Ich dachte, Sie wollten mir sagen, welchen Beruf Sie ausüben, Mister Hamilton.«
»Beruf?« Er runzelte die Stirn, als hätte er dieses Wort zum erstenmal gehört. »Muß es denn unbedingt ein Beruf sein?«
Rosemarie hatte das Gefühl, er wollte sie auf den Arm nehmen. »Sie machen sich über mich lustig. Natürlich muß es nicht ein Beruf sein, Mister Hamilton. Aber ich gehöre nicht zu jenen Frauen, die von vornherein annehmen, daß die Männer, in deren Gesellschaft sie sich befinden, von Haus aus vermögend sind und

keinem Beruf nachgehen müssen. Aus dieser vornehmen Gesellschaftsschicht stamme ich nicht, wie Sie sehr wohl wissen«, antwortete sie ärgerlich.

»Nichts liegt mir ferner, als mich über Sie lustig zu machen, wie ich auch nicht aus einem reichen Haus stamme. Mein Vater war ein einfacher Fuhrmann, und meine Mutter hat bis zu ihrer Hochzeit hinter der Ladentheke eines Krämers gestanden«, eröffnete er ihr freimütig. »Doch erlauben Sie mir bitte die Frage, womit Sie sich am liebsten beschäftigen, auch wenn sie Ihnen ohne jeden Zusammenhang erscheint.«

Rosemarie zögerte. »Nun, ich . . . ich spiele gern Klavier, und ich habe eine große Schwäche für Bücher.«

»Lesen Sie immer dasselbe Buch, und spielen Sie immer nur ein einziges Stück auf dem Klavier?«

»Natürlich nicht! Das wäre ja tödlich langweilig!«

Das war das Stichwort, mit dem er gerechnet hatte. »Sehen Sie, und genauso ergeht es mir, was meine Tätigkeiten betrifft. Ich habe mich in vielen Dingen versucht und dabei herausgefunden, daß ich nicht dazu tauge, nur einer einzigen Beschäftigung nachzugehen. Ich halte mich deshalb mit diversen geschäftlichen Unternehmen über Wasser.«

Er verstand es ausgezeichnet, ihr Interesse zu wecken, wie sie insgeheim einräumen mußte. »Als da wären?« fragte sie keck, von seiner offenen ungezwungenen Art ermutigt. Indessen hatten sie den Kreisverkehr am Victoria Crescent erreicht.

Richard Hamilton lenkte das Pferd nach rechts in die Dutoitspan Road. »Ich unterhalte einige Rennpferde, die einen angenehmen Hang zum Siegen entwickelt haben, führe ein recht profitables Hotel und betätige mich als Mitbesitzer des Kimberley Theatre als Promoter.«

»Oh!« Rosemarie wußte im ersten Moment nicht, was sie dazu sagen sollte. Er besaß Rennpferde sowie ein Hotel und ein Theater!

»Sie scheinen überrascht«, meinte er, während er in die Hemming Street einbog. »Wäre es Ihnen lieber, ich wäre Anwalt oder Diamantenhändler?«

»Nein, natürlich nicht! Ganz und gar nicht!« beteuerte sie, und das Blut schoß ihr ins Gesicht, als sie merkte, daß ihre Versicherung etwas zu glühend ausgefallen war. »Ich . . . ich hatte damit einfach nicht gerechnet, das ist alles. Und ich bin sicher, daß es überaus interessante Tätigkeiten sind, die Sie da ausüben.«

»Ich gestehe, daß mich höchst selten einmal ein Moment der Langeweile plagt«, sagte er mit sichtlichem Vergnügen an der Untertreibung und brachte den Wagen vor dem Gartentor des Thorndikeschen Anwesens zum Stehen. »Und ich hoffe sehr, Sie schon recht bald ein wenig mit der Faszination meiner beruflichen Welt vertraut machen zu können. Die nächsten Pferderennen finden zwar erst im März statt, aber wenn Sie die schönen Künste lieben, werden Sie sicherlich Gefallen an den Darbietungen des Kimberley Theatre finden.«

»Ich liebe Theater und Oper, Mister Hamilton«, erklärte Rosemarie.

»Kann ich dann hoffen . . .« Er brach mitten im Satz ab, den Blick an ihr vorbei gerichtet.

Und da drang auch schon Rupert Thorndikes Stimme von der Gartenpforte zu ihnen herüber. »Gott sei Dank, da bist du ja, Rose!«

Richard Hamilton sprang schnell vom Sitz und ging um den Wagen herum. Gleichzeitig öffnete Onkel Rupert das schmiedeeiserne Tor und trat zu ihm auf den Bürgersteig. »Mister Hamilton, wenn ich mich nicht täusche, nicht wahr?« Sowohl Blick als auch Stimme fehlte jede Spur von Freundlichkeit. Und er gab ihm nicht die Hand zum Gruß. Seine Haltung drückte unverhohlene Ablehnung aus.

Richard Hamilton nickte, ohne sein konziliantes Lächeln zu verlieren. »Guten Tag, Mister Thorndike. Ich habe mir erlaubt,

Ihrer Nichte anzubieten, sie nach Hause zu chauffieren«, erklärte er.
»So, Sie haben sich also diese Freiheit erlaubt«, sagte Rupert, und es hörte sich wie eine Anklage an. Gebieterisch streckte er Rosemarie seine Hand hin. »Nun, was geschehen ist, ist geschehen!«
Rosemarie wußte nicht, was ihr das Blut stärker in die Wangen trieb, ihre Verlegenheit oder ihr Ärger über die unfreundliche Art ihres Onkels. »Ich hatte schon auf der Zugfahrt das Vergnügen, Mister Hamilton kennenzulernen«, teilte sie ihm mit, bevor er ihr Vorhaltungen machen konnte, das Angebot eines Wildfremden angenommen zu haben.
»So, du hattest das Vergnügen!« brummte er, nicht gerade freundlicher gestimmt, daß ihm damit der Wind der gerechtfertigten Zurechtweisung beider Parteien aus den Segeln genommen wurde. »Nun, dann dürfen wir ja beruhigt sein, nicht wahr? Einen guten Tag, Mister Hamilton!« Kühl und ohne ein Wort des Dankes wandte er ihm den Rücken zu. Dabei hielt er Rosemarie am Arm fest und zwang sie mit sich fort.
»Danke für Ihre Freundlichkeit, Mister Hamilton!« rief Rosemarie ihm trotzig über die Schulter zu.
»Es war mir Ehre und Vergnügen zugleich, Miss Brandon«, erwiderte er.
Rosemarie versuchte sich aus dem Griff ihres Onkels zu befreien. Er zog sie jedoch nur noch fester an sich, so daß sein Arm ihre Brust berührte. »Untersteh dich!« zischte er.
»Was soll das, Onkel Rupert? Ich mag es nicht, daß du mich so festhältst wie ein kleines Kind!« stieß sie ärgerlich aus. »Also laß mich bitte los!«
Widerstrebend gab er sie frei. »Ich trage für dich die Verantwortung, solange Charles so krank ist und du unter meinem Dach wohnst. Und diese Verantwortung nehme ich nicht auf die leichte Schulter, denn ich weiß, was ich deinem Vater schuldig

bin«, sagte er mit strenger Ermahnung. »Und mir gefällt nicht, was du da getan hast.«
»Was habe ich denn schon getan? Ich habe Mister Hamilton gestattet, mich nach Hause zu bringen«, sagte sie und hütete sich, auch nur ein Wort über den Umweg zur Kimberley Mine fallenzulassen. »Ist daran irgend etwas Verderbliches zu finden?«
»Es schickt sich nicht für eine junge, unverheiratete Frau wie dich, auf offener Straße solch ein Angebot anzunehmen, wenn sie auf ihren guten Ruf bedacht sein will. Und das weißt du ganz genau«, wies er sie zurecht. »Schon gar nicht von einem Mann wie Mister Hamilton!«
»Ach nein? Was hast du denn an ihm auszusetzen?« fragte sie gereizt. »Auf mich hat er ganz den Eindruck eines Gentleman gemacht.«
Mit einer unwirschen Handbewegung antwortete Rupert: »Nichts als Äußerlichkeiten! Richard Hamilton hat einen sehr zweifelhaften Ruf und ist nicht gerade bekannt dafür, daß er gegenüber Frauen Zurückhaltung an den Tag legt.«
»Ich habe ihn auch nicht für einen Mönch oder verklemmten Junggesellen gehalten!« erwiderte sie bissig.
»Red nicht so! Das geziemt sich nicht!« herrschte er sie ärgerlich an. »Du bist noch keine zwei Wochen in Kimberley und glaubst schon, dir eine Meinung über Leute wie diesen Mister Hamilton bilden zu können, ja? Aber da irrst du, Rose! Mister Hamilton ist kein Umgang für dich, dafür stecken seine Finger in zu vielen zwielichtigen Geschäften.«
»Und was sind das für zwielichtige Geschäfte?« verlangte sie zu wissen.
»Davon verstehst du nichts. Wenn ich sage, sie sind zwielichtig, dann muß dir das genügen«, antwortete er herrisch.
Rosemarie haßte es, wie ein unmündiges Kind behandelt zu werden, besonders von ihm. Sie wußte nicht, warum es so war, aber er hatte manchmal eine Art an sich, die sie verabscheute. Wütend funkelte sie ihn an. »Es genügt mir aber nicht, Onkel

Rupert. Doch vielleicht fällt es dir leichter, mit mir über deine Geschäfte zu reden!« stieß sie erregt aus.
Mit verkniffener, argwöhnischer Miene fixierte er sie. »Was willst du damit sagen?« fuhr er sie an.
»Daß du mich nicht wie ein dummes kleines Kind behandeln sollst«, wich sie ihm aus. »Ich bin keine zwölf mehr!«
Scharf blickte er sie an. Dann erregte eine Bewegung auf der Veranda seine Aufmerksamkeit, und er schaute kurz hin. Emily war aus dem Schatten des Hauses getreten und sah aufmerksam zu ihnen herüber.
Rupert atmete hörbar durch. »Nein, das bist du in der Tat nicht mehr«, räumte er ein, und seine Stimme hatte plötzlich einen viel ruhigeren, versöhnlichen Klang. »Und es tut mir auch leid, wenn du den Eindruck bekommen hast, ich wollte dich wie ein Kind behandeln. Aber du mußt verstehen, daß ich trotz allem die Verantwortung für dich trage, denn immerhin bist du unverheiratet und daher in deinem makellosen Ruf noch verwundbarer, als es eine verheiratete Frau schon ist. Vielleicht bin ich hin und wieder etwas zu besorgt, und dann mag mein Temperament schon mal mit mir durchgehen. Aber es ist nie böse gemeint, sondern immer nur aus Sorge um dein Wohlbefinden und deine Zukunft. Das bitte ich dich zu bedenken, wenn dir meine Ermahnungen nicht schmecken, Rose.«
Rosemarie fand, daß das noch lange nicht die pauschale Diffamierung von Richard Hamilton rechtfertigte, schluckte aber ihren Groll hinunter, denn sie war kein Mensch, der auf seinem Zorn beharrte, wenn ihm jemand die Hand zur Versöhnung reichte. »Ich weiß deine Besorgnis zu schätzen, Onkel Rupert, doch ich hätte sicherlich mehr davon, wenn du es damit nicht allzu arg übertreibst«, erwiderte sie.
»Ich verspreche es dir. Und nun gib mir einen Kuß zum Zeichen, daß du mir wieder gut bist«, forderte er sie auf und faßte sie am Arm.

Sie überwand ihren Widerwillen und beugte sich vor, um ihm einen flüchtigen Kuß auf die Wange zu geben. Doch Onkel Rupert wandte den Kopf zur Seite, so daß ihre Lippen auf seinen Mund trafen.

Er lachte. »Oh, wie ungeschickt von mir! Aber bei deinem Onkel darf dir das ruhig passieren, das schadet deiner jungfräulichen Unschuld nicht«, tat er die Sache wie einen köstlichen Spaß ab.

Rosemarie hätte ihm am liebsten eine schallende Ohrfeige verpaßt und mußte sich zwingen, nicht mit dem Handrücken über ihren Mund zu wischen.

11

Das war schon nicht mehr Unhöflichkeit, sondern regelrecht beleidigend, was sich Onkel Rupert vorhin gegenüber Mister Hamilton herausgenommen hat. Er hat ihn wie einen dummen Jungen abgekanzelt und dann stehenlassen. Ich habe mich richtig geschämt. Und jetzt wünschte ich, ich hätte ihm gleich an Ort und Stelle ein paar deutliche Worte dazu gesagt.«

»Das wäre nicht weniger ungehörig gewesen, sogar wenn du im Recht gewesen wärst«, erwiderte Emily und knöpfte ihr das Kleid im Rücken auf.

Rosemarie streifte es ungeduldig von den Schultern, entledigte sich ihrer Unterröcke und sank in einen der zierlichen Polstersessel in ihrem Zimmer, in das sie sich gleich nach dem Mittagessen mit Emily zurückgezogen hatte. Und nun, während sie ihr von ihrer ersten Begegnung mit Richard Hamilton am Bahnsteig der Modder River Station berichtete und von der Fahrt zur Kimberley Mine, da kehrte der Ärger wieder zurück.

»Ich weiß überhaupt nicht, was Onkel Rupert gegen Mister Hamilton einzuwenden hat!« zürnte sie.

»Er wird schon seine Gründe haben«, entgegnete Emily und hing das Kleid auf.

Rosemarie warf ihr einen gereizten Blick zu. »Warum mußt du immer annehmen, daß die anderen recht haben?«

»Weil man der eigenen sogenannten Wahrheit stets am meisten gesundes Mißtrauen entgegenbringen sollte«, antwortete Emily gelassen. »Und weil Mister Thorndike mit Kimberley und seinen Bewohnern zweifellos auf einem vertrauteren Fuß steht als du und ich.«

»Das ist noch lange kein zwingendes Argument, ihm mehr zu glauben als mir!«
»Aber vielleicht eine Überlegung wert.«
»Ach was, ich habe vielmehr den Verdacht, daß da ganz persönliche Gefühle im Spiel sind.«
»Und was ist mit diesen zwielichtigen Geschäften, mit denen sich dieser Mister Hamilton abgeben soll? Ist das denn nicht Grund genug, dich zu warnen, diesem Mann gegenüber auf der Hut zu sein?« gab Emily zu bedenken und sammelte die Unterröcke auf, die im Zimmer verstreut auf dem Boden lagen.
»Nichts als Diffamierung!« versicherte Rosemarie und geriet regelrecht in Rage. »Und was heißt das denn schon: zwielichtige Geschäfte? Bloß weil er sich mit Rennpferden abgibt und mit dem Theater zu tun hat? Also, wenn das zwielichtig ist, dann möchte ich gern wissen, welchen Namen eine Existenz verdient, die sich auf das Glücksspiel in irgendwelchen Spelunken gründet. Und daß Onkel Rupert am Kartentisch zu seinem Vermögen gekommen ist, hat sich Mister Hamilton bestimmt nicht einfach so einfallen lassen. Dafür ist diese Behauptung viel zu leicht nachzuprüfen, wenn diese Geschichte angeblich stadtbekannt ist. Und ich gehe jede Wette mit dir ein, Emily, daß Onkel Rupert auch heute noch so manche Nacht am Kartentisch beim Glücksspiel verbringt.«
»Das mag sein, aber wenn du meine Meinung wissen willst, so hat sich Mister Hamilton nicht gerade einen Lorbeerkranz der Anständigkeit damit geflochten, daß er dir derart persönliche Dinge über deinen Onkel erzählt hat«, äußerste Emily ihr Mißfallen mit der ihr eigenen Direktheit. »Das kann man nun nicht als ein Verhalten bezeichnen, das eines Gentlemans würdig ist.«
Rosemarie verdrehte die Augen. »O Emily, in manchen Dingen bist du wirklich schrecklich altmodisch!« seufzte sie. »Heutzutage möchte sich eine junge Frau nicht so behandeln lassen, als hätte sie nur einen Fingerhut voll Verstand und allein Interesse an

hübscher Kleidung, Komplimenten und Klatsch beim Tee. Ich finde es beschämend, von so vielen Dingen, die um uns herum geschehen und doch auch unser Leben direkt betreffen, nichts zu wissen. Aber noch schlimmer ist; daß wir weiterhin dazu erzogen werden, diese Unwissenheit und das Desinteresse an diesen Dingen sogar noch für eine damenhafte Tugend zu halten.«

Emily hob die Augenbrauen und sagte erstaunt und zugleich belustigt: »Du überraschst mich immer wieder, Rosemarie. Ich wußte gar nicht, daß du mit der Suffragettenbewegung so sehr sympathisierst.«

»Das hat doch mit Suffragetten nichts zu tun«, wehrte Rosemarie unwillig ab.

Emily nickte. »So wie Mister Hamiltons indiskrete Äußerungen wohl nichts mit dem Verhalten eines aufrechten Gentlemans zu tun haben.«

»Nun hacke nicht auch du noch auf Mister Hamilton herum«, beschwerte sich Rosemarie. »Er hat mir diese Informationen ja nicht aufgedrängt. Es hat sich einfach so ergeben, als wir da am Rand dieses gigantischen Kraters standen und über die vielen Claims und Seilzüge sprachen. Außerdem dachte er, ich wüßte das schon längst. Also tu ihm bitte nicht Unrecht, zumal du ihn noch gar nicht kennengelernt hast.«

»Ich gestehe, daß ich es nicht erwarten kann, deinen Mister Hamilton kennenzulernen, den du mit solch flammendem Einsatz in Schutz nimmst«, räumte Emily mit einem amüsierten Lächeln ein. »Kann ich mich doch nicht entsinnen, daß irgendein anderer Mann jemals eine ähnliche Wirkung auf dich ausgeübt hätte. Ich glaube, nicht mal der junge Trevor Bailey hat dich so beeindruckt.«

Rosemarie schoß das Blut ins Gesicht, und sie ärgerte sich über diese verräterische Blöße, die sich ihrer Kontrolle völlig entzog. »Er ist nicht mein Mister Hamilton, Emily! Ich habe heute erst zum zweitenmal mit ihm gesprochen ...«

»Du hoffst jedoch, daß es nicht dabei bleibt, nicht wahr?« neckte Emily sie.

». . . und außerdem habe ich an nichts weniger Interesse, als mich hier in Kimberley mit irgendwelchen Bindungen zu belasten, seien sie auch noch so wenig verpflichtend«, fuhr Rosemarie unbeirrt fort. »Sowie es Dad bessergeht und der schrecklich heiße Sommer vorbei ist, werden wir nach Bath zurückkehren.«

Eindringlich musterte Emily ihren Zögling, dem noch immer die Röte im Gesicht stand. »Amor fragt nicht danach, wo er das Herz mit seinem Pfeil durchbohren soll. Es geschieht an jedem Ort der Welt, manchmal auch an den scheinbar unmöglichsten«, sagte sie sanft.

»Dem Pfeil, der mich nicht treffen soll, werde ich schon auszuweichen wissen«, erklärte Rosemarie selbstbewußt und erhob sich aus dem Sessel. »Und jetzt lege ich mich eine Stunde aufs Bett. Ein Wunder, daß wir bei dieser Hitze nicht umfallen wie die Fliegen.«

Emily nickte und zog sich mit einem wissenden Lächeln in ihr eigenes Zimmer zurück.

Rosemarie stellte den Ventilator eine Stufe höher und legte sich auf ihr Bett. Das Moskitonetz bewegte sich im Luftzug des Ventilators, der gegen die drückende Mittagshitze jedoch nicht viel ausrichten konnte. Am liebsten hätte sie sich auch noch ihrer Leibwäsche entledigt und sich in völliger Nacktheit der Hitze ausgeliefert, aber das schickte sich nicht. Schon der Gedanke daran, der Wunsch, so etwas zu tun, war anstößig und eine Sünde wider die Reinheit von Geist und Leib.

Warum eigentlich? begehrte Rosemarie in Gedanken auf. Hatte Gott den Menschen nicht nackt erschaffen? Im Paradies waren Adam und Eva nackt und ohne Sünde gewesen. Sicherlich hätte der Herrgott den Menschen anders erschaffen, wenn ihm seine Nacktheit nicht gefallen hätte. Außerdem, wie konnte es schamlos und sündig sein, wenn niemand zugegen war, der einen so sah?

Sie rang kurz mit sich selbst. Dann richtete sie sich entschlossen auf und schlug das dünne Netz zur Seite. Auf Zehenspitzen schlich sie zur Verbindungstür und schob den Riegel vor, so daß Emily sie nicht überraschen konnte, sollte sie früher aus ihrer Mittagsruhe erwachen. Anschließend versicherte sie sich, daß die bodenlangen Fenstertüren sperrangelweit offen und die Läden weit genug geschlossen waren, daß niemand, der zufällig über die Veranda kam, in ihr Zimmer blicken konnte.

Im Halbdunkel und mit klopfendem Herzen, als wagte sie etwas aufregend Verbotenes, legte sie nun ihre Leibwäsche ab. Dann trat sie zur Waschkommode, griff zur bauchigen Kanne und goß vorsichtig Wasser in die Porzellanschüssel. Sie tunkte einen Waschlappen ein und begann ihren erhitzten Körper damit abzureiben.

Welch eine Wohltat, den kühlen feuchten Lappen auf ihrer Haut zu spüren.

Rosemarie beobachtete, wie das Wasser ihr über Brust und Bauch rann und folgte den vorwitzigen Tropfen mit dem Waschlappen. Zu dem Genuß der Erfrischung gesellte sich nun auch ein lustvolles Gefühl, während ihre Hand in langsamen, kreisenden Bewegungen ihre Brüste umrundete, über Taille, Schoß und Schenkel fuhr und sich wieder aufwärts bewegte. Ein sanfter, erregender Schauer ging durch ihren Körper. Sie wagte sogar, sich im dreiteiligen Spiegelaufsatz zu mustern, und als ihr Blick über ihre vollen Brüste, ihre Hüften und ihr buschiges Dreieck glitt, hielt sie inne und fragte sich, ob der Mann, der sie einst zu seiner Frau machen würde, sie wohl schön finden und sich an ihrer Nacktheit erfreuen mochte.

Aber wird er mich überhaupt je so sehen dürfen oder wollen? Wird er mich auch so berühren? Und was werde ich wohl dabei empfinden, wenn ich ihm so ausgeliefert ... oder hingegeben bin? Entsetzliche Scham oder etwas ganz Wunderbares? fragte sie sich und strich mit ihrer feuchten Daumenkuppe über ihre rechte

Brustspitze, die auf diese Berührung mit einem erneuten lustvollen Gefühl reagierte, das bis in den Schoß auszustrahlen schien. Und warum ist das alles bloß ein so großes Rätsel, fast wie das Mysterium der Dreifaltigkeit Gottes? Weshalb spricht nur keiner darüber, wie es ist, wenn Mann und Frau zusammenkommen, und was dabei zu tun oder zu lassen ist, wenn man so intim zusammenliegt? Ist es vielleicht wirklich nur eheliche Pflicht, an der wir Frauen im Gegensatz zu den Männern wenig Gefallen finden, oder verbirgt sich mehr dahinter, was sich einem nur eröffnet, wenn man einen Mann liebt, und das keiner mit dem anderen teilen möchte?

So viele beunruhigende drängende Fragen – und als Antwort nichts als ein banges gähnendes Dunkel des Nichtwissens, von dem sie nicht einmal zu erahnen vermochte, ob es sie einst verschlingen oder sanft auffangen würde.

Rosemarie erschrak plötzlich über die Nacktheit ihres Körpers im Spiegel wie auch über ihre ungezügelten Gedanken, die sich einer ganz eigenen, schamlosen Nacktheit schuldig machten. Hastig wandte sie den Blick von ihrem Körper ab und legte den Waschlappen über die Porzellanschüssel. Sie widersetzte sich jedoch dem mahnenden Ruf ihrer Erziehung, sich wenigstens mit Leibchen und dem knielangen, spitzengesäumten Beinkleid zu bedecken. Nackt wie sie war, schlüpfte sie unter das Moskitonetz und streckte sich aus. So schuldig sie sich wegen ihres Verhaltens einerseits fühlte, so sehr genoß sie es auf der anderen Seite jedoch auch, gänzlich unbekleidet auf dem Bett zu liegen und den Luftzug über ihre nackte Haut hinwegstreichen zu spüren. Es war ein wunderbares, aufregendes Gefühl der Freiheit und eigenen Körperlichkeit.

Rosemarie lag noch eine ganze Weile wach, lauschte dem Brummen des Ventilators über ihr und ließ sich vom Wirbelwind ihrer Gedanken davontragen. Bevor sie schließlich in den Schlaf sank, fragte sie sich verwundert, weshalb ihr neuerdings die merkwürdigsten Gedanken durch den Kopf gingen, sie von ebenso verwirrend erotischen Träumen wie Gefühlen heimgesucht wurde und warum gewisse Fragen sie permanent beschäftigten, die ihr noch vor wenigen Wochen nicht einmal flüchtig in den Sinn gekommen wären. Sollte sie darüber tief besorgt oder dankbar sein? Was ging bloß in ihr und mit ihr vor? Ob all das mit der schweren Krankheit ihres Vaters und der erschreckenden Vorstellung zu tun hatte, vielleicht morgen schon ohne seine väterliche Fürsorge und Führung ganz allein auf sich selbst gestellt zu sein? Oder gab es eine andere Erklärung dafür, daß sie sich selbst nicht mehr verstand und nicht wußte, was sie von ihren neuen Gedanken und Gefühlen halten und wie sie mit ihnen umgehen sollte? Und welcher der miteinander im Streit liegenden Stimmen in ihr sollte sie folgen?

Der Schlaf befreite sie von diesen quälenden Fragen und entführte sie in einen wunderbaren Traum, an dessen Handlung und Bilder sie sich jedoch nicht mehr erinnern konnte, als sie gut anderthalb Stunden später von irgendeinem Geräusch geweckt wurde.

Es war noch immer sehr warm, und daran würde sich auch bis in die Nachtstunden hinein nicht viel ändern. Dennoch fühlte sie sich erfrischt. Sie räkelte sich, wurde sich ihrer Nacktheit bewußt – und schoß im nächsten Augenblick aus dem Bett, als sie ein Geräusch aus dem Nebenzimmer vernahm. Emily durfte sie nicht sehen. Sie würde schockiert sein und ihr heftige Vorhaltungen machen.

In Windeseile fuhr sie in ihre Wäsche, huschte dann zur Tür und schob den Riegel vorsichtig zurück. Wie gut, daß Schlösser und Riegel in diesem Haus geölt waren. Als Emily klopfte und einen Moment später ins Zimmer trat, Kleidung und Frisur so makellos wie immer, da saß Rosemarie auf dem Bett und rollte gerade den zweiten, feinen Strumpf über ihr Bein.

»Es müßte unter strengster Strafe stehen, während der Sommermonate in Kimberley Strümpfe und mehr als einen Unterrock zu tragen«, gab sie sich verdrossen.

Emily lachte. »Diese Forderung dürfte sogar den meisten Suffragetten zu weit gehen. Auch diese Frauen wissen, wie vulgär es ist, entblößte Haut zur Schau zu stellen.«

»Ein wenig nacktes Bein ist unmoralisch, aber ein Dekolleté ist erlaubt, nicht wahr?«

»Das ist etwas anderes.«

»Ist das vielleicht keine nackte Haut?«

»Also bitte, Rosemarie! Ein Dekolleté gehört zur hohen Kunst weiblicher Raffinesse. Alles andere ...« Sie winkte ab, als wäre jedes weitere Wort überflüssig. »Mein Gott, was soll dein Lamentieren über die Selbstverständlichkeiten der Etikette? Wir wollen uns doch nicht auf die Stufe primitiver nackter Wilder zurückbegeben, oder?«

»Hm, vielleicht hat das ja auch seine Reize«, meinte Rosemarie und dachte voller Genugtuung an die unglaubliche Freiheit, die sie sich herausgenommen hatte.

»Laß das bloß niemanden hören! Zuletzt denkt jemand noch, du könntest das ernst meinen.« Emily drohte ihr mit dem Zeigefinger. »Und jetzt zeig, wie sehr du deine Frisur in Unordnung gebracht hast. Nein, so kann ich dich wirklich nicht unter die Augen deines Vaters treten lassen. Daß du während der Mittagsruhe einfach nicht still und aufrecht liegen kannst, wie es sich für eine junge Dame gehört, sondern dich hin und her wälzen mußt.«

Ach, liebe Emily! seufzte Rosemarie in Gedanken. Manchmal gibst du dich wirklich viktorianischer als unsere gestrenge Monarchin. O Gott, laß uns spätestens zu den Feierlichkeiten ihres diamantenen Jubiläums im Juni wieder in England sein! Sechzig Jahre ist Viktoria nun schon unsere Königin.

Dreißig Minuten später fanden sie sich zur traditionellen nachmittäglichen Teestunde auf der unteren Veranda ein. Rosemarie

wartete schon am Fuß der Treppe, als die beiden schwarzen Bediensteten ihren Vater nach unten trugen. Er wirkte trotz der langen Mittagsruhe erschöpft, bemühte sich jedoch um ein Lächeln.
»Hast du bemerkt, daß ich schon eins der neuen Hemden trage, die du heute morgen für mich erstanden hast?« fragte er und drückte ihre Hand.
»Ja, Dad. Du siehst wunderbar darin aus.«
Er lachte. »Na, wunderbar ist nicht das passende Wort für einen alten, gebrechlichen Vater, der zu nicht mehr viel taugt ...«
»Sag so etwas nicht!« protestierte sie. »Du weißt, daß ich solche Reden nicht mag.«
Er machte ihr ein Zeichen, sich zu ihm hinunterzubeugen.
»Was ist, Dad?«
»Nichts liegt mir mehr am Herzen, als dein Wohlbefinden und deine Zukunft, Rosemarie«, sagte er mit gedämpfter Stimme. »Und deshalb mache ich mir Sorgen.«
Rosemarie ahnte, was kommen würde. »Dazu besteht nicht der geringste Anlaß, Daddy.«
»Was mir dein guter Onkel erzählt hat, gibt mir aber leider sehr wohl Anlaß zur Besorgnis, mein Kind«, erwiderte er mit leicht tadelnder Stimme.
Also hatte Onkel Rupert ihrem Vater tatsächlich alles brühwarm berichtet. »Er hat bestimmt maßlos übertrieben«, versicherte Rosemarie und bemühte sich, ihre Verärgerung nicht zu zeigen. »Du weißt ja selbst, wie gern er eine Geschichte ausbaut. Mister Hamilton ...«
Ihr Vater legte ihr die Hand auf die Lippen. »Du brauchst mir nichts zu erklären und dich auch für nichts zu entschuldigen, Rosemarie. Er hat deine Unerfahrenheit und Gutmütigkeit ausgenützt und gewiß auch Eindruck auf dich gemacht. Ich gehe jedoch davon aus, daß so etwas nicht wieder vorkommen wird, nicht wahr?«

Rosemarie schluckte nur mit Mühe den heftigen Protest hinunter, der ihr auf den Lippen lag. »Aber ich verstehe überhaupt nicht, warum ich Mister Hamilton die kalte Schulter zeigen soll.«

»Weil dieser Mann nicht der rechte Umgang für dich ist«, lautete die kategorische Antwort ihres Vaters.

»Und warum nicht?« fragte sie fast trotzig.

Gekränkt sah er sie an. »Hast du dein Vertrauen in deinen Vater verloren, Kind? Habe ich dir jemals Grund gegeben, an meinem Urteil zu zweifeln? Und habe ich je etwas getan, was dein Schaden gewesen wäre?«

Das ist nicht fair! begehrte es in ihr auf. Damit beraubst du mich jeder Widerrede und machst mich mundtot, Dad. Ich bin nicht mehr dein kleines Kind. Ich bin eine Frau und habe ein Recht, deine wahren Gründe zu erfahren und auch einmal anderer Meinung zu sein.

Doch sie brachte diesen Widerspruch nicht über die Lippen, als sie seinen verletzten Blick auf sich gerichtet sah. »Nein, Dad«, antwortete sie schließlich und kam sich dabei wie eine Verräterin vor.

Er nickte zufrieden und verzog das Gesicht zu einem grimassenhaften Lächeln. »Gut, und jetzt laß uns nicht weiter darüber reden. Vergessen wir diese Lappalie, und gesellen wir uns zu den anderen.«

Rosemarie schob ihn hinaus auf die schattige Veranda, wo Onkel Rupert schon am gedeckten Tisch saß. Er blickte ihr mit einem unbeschwerten Lächeln entgegen, als hätte es die heftige Auseinandersetzung zwischen ihnen am späten Vormittag nicht gegeben. Sie mußte an sich halten, sein Lächeln nicht mit einem bitterbösen Blick zu beantworten. Ihr war auch nicht nach einer unbekümmerten Unterhaltung beim Tee zumute. Glücklicherweise kamen Tante Bess und Emily, in ein angeregtes Gespräch über komplizierte Stricktechniken vertieft, Augenblicke später aus dem Haus und tauschten sich auch bei Tisch darüber aus, bis

dann der Tee in den Tassen dampfte und Onkel Rupert die Unterhaltung mit alten Erinnerungen an seine Reisen nach Indien und Ceylon zu dominieren begann.
Rosemarie hörte ohne jedes Interesse, aber nach außen hin höflich zu und verbarg ihren Unmut und ihre Verdrossenheit hinter einem erzwungenen Lächeln.
»Ist das nicht Mister Farrington?« fiel Tante Bess keine zehn Minuten später ihrem Mann ins Wort, als dieser weitschweifig von einem Bankett in Kalkutta erzählte.
»Ja ja, das ist der gute Lawrence!« rief Charles Brandon und freute sich sichtlich.
Rosemarie hatte Lawrence Farrington seit dem Tag, an dem er mit ihrem Vater unter dem Mimosenbaum gestritten und ihr den Roman des polnischen Schriftstellers geschenkt hatte, nicht mehr gesehen. Sie empfand eine gewisse Verlegenheit, als er über den Gartenweg kam und zu ihnen an den Tisch trat.
Zuerst begrüßte er Tante Bess, dann wandte er sich ihr zu. »Miss Brandon, wie reizend, Sie bei dieser Gelegenheit wiederzusehen.«
»Und ich freue mich, Ihnen für das Buch danken zu können, Mister Farrington«, erwiderte Rosemarie, die Schwierigkeiten hatte, seine freundlichen Worte mit seiner seltsam steifen Haltung in Einklang zu bringen. »Es war wirklich eine große Überraschung.«
Er neigte leicht den Kopf. »Ich hoffe, Sie finden Gefallen an dieser Lektüre.«
»O ja, ich habe schon fast die Hälfte durch und muß mich zwingen, nicht zu schnell zu lesen. Es ist ein mitreißender Roman«, versicherte sie und vermochte sich für einen Augenblick von ihrer Verdrossenheit zu befreien und sich regelrecht zu begeistern. »Ich hoffe, dieser Schriftsteller mit dem unaussprechlichen Namen schreibt noch viele derartige Bücher.«
»Die Zukunft wird es zeigen, Miss Brandon«, entgegnete er mit einem zurückhaltenden Lächeln, überreichte ihrem Vater einen

Umschlag mit geschäftlichen Papieren und machte Anstalten, sich wieder zu verabschieden, wollte er doch die Teestunde im Kreis der Familie nicht weiter stören.
»Sie und stören? Ich bitte Sie, Mister Farrington!« rief Tante Bess beinahe empört. »Wir denken gar nicht daran, Sie so schnell schon gehen zu lassen. So kostbar Ihre Zeit auch sein mag, aber Sie werden uns wenigstens auf eine Tasse Tee Gesellschaft leisten. Sie haben sich in letzter Zeit überhaupt viel zu rar gemacht, nicht wahr, Rupert?«
»In der Tat, in der Tat!« bekräftigte dieser, wandte sich nach dem schwarzen Dienstmädchen um, das schon in Erwartung neuer Anweisungen in der Tür stand, und rief ihm zu: »Bring ein Gedeck für Mister Farrington, April! Und Abida soll noch einen Korbsessel von der anderen Veranda holen!«
»Ja, Baas!« April eilte ins Haus.
Onkel Rupert erhob sich aus seinem Sessel und bestand darauf, daß Lawrence Farrington seinen Platz einnahm. Damit saß der Partner ihres Vaters nun Rosemarie genau gegenüber. Im Handumdrehen stand ein sechstes Gedeck auf dem Tisch und wurde ein sechster Korbsessel gebracht.
Rosemarie hatte anfangs den Eindruck, als fühlte sich Lawrence Farrington nicht sonderlich wohl in ihrer Runde, denn er zeigte sich erst sehr wortkarg und überließ es ganz Onkel Rupert, die Unterhaltung zu bestreiten, was diesen allerdings keine große Anstrengung kostete, hörte er sich doch nur zu gern reden. Und ihr schien auch, als wären die Meinungsverschiedenheiten zwischen Lawrence und ihrem Vater noch immer nicht ganz ausgeräumt. Ihr war nämlich so, als wiche Lawrence dem Blick ihres Vaters konsequent aus und als könnte sie eine unterschwellige Spannung zwischen den beiden spüren.
Nach einer Weile jedoch griff ihr Vater stärker in die Unterhaltung ein, wandte sich dabei auch direkt an seinen jungen Partner und lockte ihn mehr und mehr aus der Reserve, indem er ihn

aufforderte, doch diese und jene Anekdote aus seinem Leben zu erzählen. Erst widerstrebend, dann eher mit wachsender Entspannung kam Lawrence Farrington dem Drängen ihres Vaters nach. Er verlor schon bald den letzten Rest hölzerner Steifheit und erwies sich zu ihrer großen Überraschung mehr und mehr als äußerst unterhaltsamer Erzähler, dessen Humor nicht von der groben, dick aufgetragenen Art ihres Onkels war, sondern angenehm dezent und eher unterschwellig zum Ausdruck kam. Er scheute sich auch nicht, sich über sich selbst lustig zu machen. Und Rosemarie ertappte sich dabei, daß sie ihm voller Interesse und Spannung zuhörte und dabei lächelte.

»Sie müssen unbedingt noch die Geschichte mit dem verpaßten Zug und dem raffinierten Telegramm erzählen, Lawrence!« feuerte ihr Vater ihn an.

»Ich glaube, allmählich habe ich meinen Beitrag an unterhaltsamen Geschichten geleistet«, versuchte Lawrence Farrington sich dem zu entziehen.

»Noch diese eine, Mister Farrington«, bat Tante Bess. »Sie können so köstlich erzählen.«

»Ja, und Zuggeschichten sind eigentlich immer interessant«, entfuhr es Rosemarie gedankenlos.

Er warf ihr einen spöttischen Blick zu, unter dem ihr eine leichte Röte ins Gesicht stieg, und zuckte dann mit den Schultern. »Also gut, diese eine noch, dann ist aber Schluß«, gab er der allgemeinen Bitte um eine weitere Anekdote nach. Er nahm einen Schluck Tee. »Die Begebenheit liegt schon einige Jahre zurück, und sie ist schnell erzählt. Ich hielt mich damals geschäftlich in Mafeking auf«, begann er und fügte mit einem Blick auf Rosemarie erklärend hinzu: »das im Norden von hier an der Grenze zum Bechuanaland liegt, als ich wegen eines dummen Mißverständnisses eines Morgens meinen Zug zurück nach Kimberley um lächerliche zehn Minuten verpaßte, was für mich einer kleinen Katastrophe gleichkam, mußte ich doch dringend zurück, um einen wichtigen geschäftlichen Termin wahrzunehmen. Da kam mir die Idee, ein Telegramm an die nächste Station nach Kraaipan zu schicken und den Stationsvorsteher darum zu bitten, den Zug bis zu meinem Eintreffen in der Station aufzuhalten. Dann jagte ich mit einer vierspännigen Mietdroschke die knapp zwanzig Meilen nach Kraaipan.«

»Unterschlagen Sie bitte nicht, was in dem Telegramm stand, das Sie dem Stationsvorsteher geschickt haben«, ermahnte ihn Rosemaries Vater.

Lawrence Farrington schmunzelte verhalten. »Nun, ich wußte mir keinen anderen Rat, als diesem Mann in meiner Not folgende Mitteilung zu kabeln: ›Erbitte Morgenzug nach Kimberley aufzuhalten – stop – Treffe mit wichtigen Papieren für C. R. im Sanatorium nicht später als zehn ein – stop – C. R. wird es Ihnen ebenso danken wie ich – stop – Lawrence Farrington.‹ Tja, und da täuschte der Stationsvorsteher zusammen mit dem Lokführer den anderen Passagieren eine kleine Panne vor, bis ich eintraf.«

»Sanatorium?« fragte Rosemarie verwundert. »Ich wußte gar nicht, daß es hier so etwas gibt.«

»Cecil Rhodes hat es bauen lassen, weil die trockene Luft der Halbwüste gut für Lungenkranke ist, wie er aus eigener Erfahrung weiß«, erklärte Onkel Rupert. »Obwohl es eigentlich mehr ein feudales Hotel als ein Sanatorium ist. Es liegt gar nicht weit von uns. Cecil Rhodes und einige andere steinreiche Junggesellen wohnen dort.«

Rosemarie sah, wie Lawrence Farrington zögerte und sie dann über den Tisch hinweg anblickte: »Wenn Sie Interesse haben, mache ich Sie gern mit den Besonderheiten unserer Stadt, zu der nun nicht allein das Sanatorium zählt, auf einer kleinen Rundfahrt vertraut«, bot er ihr an.

Sein Angebot kam so unerwartet, daß Rosemarie ein, zwei Sekunden lang sprachlos vor Überraschung war. Lawrence Farrington lud ausgerechnet sie zu einer Ausfahrt ein? Hatte sie richtig

gehört? Sie vermochte es kaum zu glauben. »Danke, das ... das ist sehr freundlich von Ihnen, Mister Farrington«, brachte sie schließlich hervor.
»Ein vorzüglicher Gedanke, Lawrence!« lobte ihr Vater. »Obwohl meine Tochter nun schon fast zwei Wochen in Kimberley ist, hat sie doch von der Stadt noch so gut wie nichts zu sehen bekommen. Und einen besseren Führer als Sie könnte ich mir gar nicht wünschen.«
»Es wird mir ein Vergnügen sein«, versicherte Lawrence Farrington. »Wäre Ihnen der morgige Spätnachmittag recht? So um halb fünf nach dem Tee, Miss Brandon?«
Alle Gesichter waren nun auf sie gerichtet, lächelnd und ermutigend, als bedurfte sie einer besonderen Ermunterung. Sogar Emilys Gesicht trug einen solchen Ausdruck.
»Ja, gern«, antwortete Rosemarie mit belegter Stimme, und ihr brannten auf einmal die Ohren. Was hätte sie auch anderes sagen können?
Es war Tante Bess, die sie aus ihrer Verlegenheit errettete, indem sie das Gespräch von ihr ablenkte und wieder auf die Anekdote zurückkam.
»Nun, kein Wunder, daß der Zug auf Sie gewartet hat, da Sie doch wichtige Papiere für Cecil Rhodes bei sich hatten, Mister Farrington«, sagte sie und füllte seine Tasse auf. »Er ist noch immer der reichste und auch mächtigste Mann in ganz Afrika, mit dem es sich keiner verderben will. Sogar der Jameson-Skandal im letzten Jahr hat nichts daran geändert, selbst wenn er als Premierminister zurücktreten mußte.«
Lawrence lachte kurz auf. »Nur stimmte diese Annahme nicht, obwohl ich natürlich zugebe, genau darauf spekuliert zu haben. Denn was der Stationsvorsteher für Cecil Rhodes hielt, war in Wirklichkeit die Abkürzung für Christian Rothenberg, einen deutschen Diamantenhändler, mit dem ich Geschäfte tätigte und der es sich erlauben konnte, während der Dauer seines Aufent-

halts in Kimberley im Sanatorium zu logieren. Und für diesen C. R. hatte ich in der Tat wichtige Papiere bei mir, nicht aber für Cecil Rhodes.«

Sogar Rosemarie, die von seiner Einladung noch immer verwirrt war und nicht wußte, was sie davon halten sollte, mußte über diesen gewitzten Streich schallend lachen.

»Bis zu jenem Tag war ich Cecil Rhodes, der gerade vor seiner Ernennung zum Premierminister der Kapkolonie stand, noch nicht persönlich begegnet. Doch nun machte ich seine Bekanntschaft. Irgendwie mußte ihm das mit meinem Telegramm zu Ohren gekommen sein, denn schon am nächsten Tag bat er mich zu einem Besuch ins Sanatorium«, fügte Lawrence noch hinzu.

»Hat er Ihnen Vorhaltungen gemacht?« wollte Emily wissen.

»Im Gegenteil, er hat sich köstlich amüsiert und mich sowie Mister Rothenberg sogar noch zum Dinner in den Kimberley Club eingeladen«, berichtete er.

Onkel Rupert nickte nachdrücklich. »Rhodes ist in jeder Hinsicht ein großer Mann«, sagte er bewundernd. »Es ist grandios, was er in nicht ganz zwei Jahrzehnten erreicht hat: die Verschmelzung aller Diamantenminen zu De Beers Consolidated Mines, die Gründung der Chartered Company, mit der ihm die Entmachtung Lobengulas und die Eroberung vom Matabele- und Mashonaland gelang, das man inzwischen mit seinem Namen ehrt und Rhodesien nennt, eine akademische Ausbildung in Oxford und höchste Regierungsämter. Wer hätte das dem siebzehnjährigen jungen Burschen zugetraut, als er 1874 gesundheitlich schwer angeschlagen und auf den Rat seiner Ärzte, die bei dem ungesunden englischen Klima eine lebensgefährliche Verschlechterung fürchteten, hier in Afrika eintraf?«

»Cecil Rhodes hat sich gewiß großer Leistungen verdient gemacht, besonders was die Diamantenindustrie betrifft und auch in Hinblick auf die Expansion des britischen Empires«, räumte Lawrence Farrington ein. »Dennoch zählt er nicht zu denjenigen

Männern, an deren Freundschaft mir sonderlich viel gelegen wäre. Eher träfe das Gegenteil zu.«
»Wirklich?« fragte Tante Bess mehr interessiert als überrascht, während Onkel Rupert mißbilligend die buschigen Augenbrauen hob, als hätte er für Kritik an dem mächtigen Cecil Rhodes wenig Verständnis. »Würden Sie uns auch verraten, was Sie gegen unseren ungekrönten Vizekönig von Afrika einzuwenden haben?«
»Cecil Rhodes ist meiner Einschätzung nach ein skrupelloser Machtmensch, dem zur Erreichung seiner ehrgeizigen Ziele jedes Mittel recht ist. Der von ihm inszenierte Jameson-Überfall auf die Burenrepublik Transvaal hat ein sehr bezeichnendes Licht auf ihn geworfen. Und skrupellosen Menschen habe ich schon von Jugend an wenig Sympathie entgegenbringen können, geschweige denn auch nur einen Funken Bewunderung«, lautete seine Antwort, die ungewöhnlich schroff ausfiel.
Einen Moment herrschte überraschtes Schweigen am Tisch. Dann sagte Rosemaries Vater mit einem wenig passenden, belustigten Auflachen: »Nicht so empfindlich, Lawrence! Wir alle haben unsere kleinen Schwächen sowie Ziele, die uns besonders wichtig und daher auch besondere Opfer wert sind. Rhodes macht da keine Ausnahme. Und ich denke, auch Sie können sich davon nicht ausschließen, mein Bester.«
»In der Tat!« bestätigte Onkel Rupert deutlich ungehalten. »Cecil Rhodes als einen skrupellosen Machtmenschen zu bezeichnen, wird seiner Person und seiner Bedeutung für das Empire wie für die Kolonie nicht gerecht.«
»Ich gestehe, ich neige mehr dazu, mich Mister Farringtons Einschätzung anzuschließen, besonders seit dem Jameson-Skandal, der mich doch sehr schockiert hat«, erklärte Tante Bess und begegnete dem grimmigen Blick ihres Mannes mit Gelassenheit. »Macht und Reichtum sind eben noch längst kein Zeichen von menschlicher Größe.«

Bevor Onkel Rupert zu einer gereizten Erwiderung ansetzen konnte, erhob sich Lawrence Farrington und bedankte sich für ihre Gastfreundschaft.

»Ich hoffe, Sie machen uns bald wieder das Vergnügen Ihres Besuchs, Mister Farrington«, sagte Tante Bess mit betonter Herzlichkeit.

»Ja, dann können wir dieses Mißverständnis vielleicht aus der Welt räumen«, brummte Onkel Rupert.

»Wir sehen uns ja morgen schon wieder. Halb fünf, nicht wahr, Lawrence?« erinnerte Rosemaries Vater sie alle an die Verabredung, die Lawrence Farrington mit seiner Tochter getroffen hatte. Rosemarie hatte den merkwürdigen Eindruck, als könnte sie aus der Stimme ihres Vaters fast genüßlichen Spott heraushören.

Lawrence Farrington nickte knapp, wünschte ihnen noch einen guten Tag und hatte es nun sichtlich eilig, sich zu entfernen und zu seinem Wagen zu kommen.

Rosemarie sah ihm verwundert nach, während Onkel Rupert grollend nach der Karaffe mit dem französischen Cognac und zwei Gläsern rief. Dann schaute sie zu ihrem Vater hinüber und bemerkte auf dessen Gesicht tatsächlich einen spöttischen und zugleich doch auch selbstzufriedenen Ausdruck.

Was geht zwischen den beiden bloß vor? rätselte sie und versuchte sich einen Reim auf dieses seltsame, wechselhafte Verhalten zwischen Lawrence Farrington und ihrem Vater zu machen. Vergeblich. Und als sie ihren Vater später offen darauf ansprach, wußte er nicht, wovon sie redete. Zumindest tat er so.

12

Rosemarie vermochte sich am nächsten Morgen nicht auf die Messe zu konzentrieren, so feierlich sie in der Kathedrale St. Mary the Virgin auch zelebriert wurde. Nicht einmal von der Predigt bekam sie viel mit, und dabei konnte man Monsignore Osborne wahrlich nicht nachsagen, seiner Stimme fehle es an Kraft und priesterlichem Feuer. Er donnerte vielmehr wie die Stimme des Jüngsten Gerichts von der Kanzel und gab sich wortreich Mühe, seiner Gemeinde die lodernde Feuersbrunst des Fegefeuers nachdrücklich vor Augen zu führen.

Tante Bess neben ihr seufzte, als wäre sie nur zu gut mit dieser Art von Predigt vertraut, und setzte eine geduldige Miene auf. Doch hinter ihnen murmelte eine Stimme: »So hat eben auch eine Gemeinde ihr Kreuz zu tragen.« Worauf eine andere erwiderte: »Father O'Leary soll nicht zu den Pyromanen im Priestergewand gehören, dem Himmel sei Dank!«

Rosemarie vernahm unterdrücktes Lachen und mußte an sich halten, um sich davon nicht anstecken zu lassen. Ihr Blick wanderte wieder auf die linke Seite hinüber, wo Lawrence Farrington in einer der vorderen Reihen Platz genommen hatte. Er bot ihr sein markantes Profil. Mit geschlossenen Augen saß er zwischen einer Frau in schwarzer Trauerkleidung und zwei halbwüchsigen Jungen, den rechten Arm vor der Brust und mit der linken Hand sein Kinn abstützend.

Der wortgewaltige Redestrom von Monsignore Osborne floß an ihr vorbei wie an einem Felsen inmitten eines reißenden Baches. Sie dachte über Lawrence Farrington nach. Daß sie für heute nachmittag eine Verabredung hatte, erschien ihr an diesem Mor-

gen noch unwirklicher als gestern. Wie kam es, daß er sich in all den Tagen, die sie gemeinsam auf dem Weg von Kapstadt nach Kimberley verbracht hatten, geradezu verletzend distanziert gezeigt hatte – und ihr nun auf einmal ein Geschenk machte und sie dann auch noch zu einer Ausfahrt einlud? Was bezweckte er bloß damit? Was verbarg sich nur hinter dem überraschenden Wandel in seinem Verhalten ihr gegenüber?
Sie grübelte auch darüber nach, was wohl der Grund für die Spannungen zwischen ihm und ihrem Vater sein mochte. Denn daß es diese gab, spürte sie deutlich, auch wenn ihr Vater das zehnmal bestritt. Hatte dies vielleicht etwas damit zu tun, daß Lawrence Farrington sie auf einmal mit freundlicher Aufmerksamkeit bedachte? Aber nein, das ergab keinen Sinn. Denn was immer es mit dem verborgenen Disput zwischen den beiden Männern auf sich hatte, so ließ ihr Vater doch keinen Zweifel daran, daß er seinen bedeutend jüngeren Firmenpartner sehr schätzte.
Noch im Knien und während der Priester am Altar die Wandlung vollzog, nahm sie sich vor, die Ausfahrt mit Lawrence Farrington nicht ungenutzt verstreichen zu lassen. Vielleicht gelang es ihr mit einigen geschickten Fragen im rechten Moment, dem Rätsel auf die Spur zu kommen. Wenigstens etwas, wozu diese ihr überaus unangenehme Verabredung von Nutzen sein konnte.
Ihre Gedanken gingen zu Richard Hamilton, und die Erinnerung an die gestrige Fahrt mit ihm zauberte sogleich ein Lächeln auf ihr Gesicht. Was für ein charmanter und umwerfend gutaussehender Mann er doch war. Sie hatte beim Betreten der Kathedrale Ausschau nach ihm gehalten, soweit das im Strom der Menschen möglich und schicklich gewesen war. Wie gern hätte sie ihn wiedergesehen, wenn auch nur von fern. Doch statt seinem suchenden Blick zu begegnen, wie sie es sich wünschte, hatte sie auf einmal in das nachdenkliche Gesicht von Lawrence Farring-

ton geschaut, der sie zu dem Zeitpunkt schon längst bemerkt hatte. Er hatte ihr, Emily und ihren Verwandten jedoch nur freundlich zugenickt und darauf verzichtet, sich durch die Menge einen Weg zu ihnen zu bahnen, worüber sie recht froh gewesen war.

Monsignore Osborne gab den Schlußsegen, und nach einem letzten Lied, das mit der Kraft und Freude erlöster Seelen zu den hohen Gewölben der jungen Kathedrale aufstieg, strömte alles aus der Kirche.

Rosemarie atmete innerlich erleichtert auf, als sie feststellte, daß Lawrence Farrington nicht unter den schattigen Bäumen des Kirchplatzes auf sie und ihre Begleiter gewartet hatte. Aber zu ihrer großen Enttäuschung befand sich auch Richard Hamilton nicht unter den vielen Leuten, die nach der Messe noch eine Weile auf dem Kirchplatz blieben, um mit Freunden und Bekannten zu reden.

Dafür sah sie Eleanor Garland wieder. Die Witwe trug ein exquisites Seidenkleid, das in einem intensiven Kobaltblau leuchtete, und begrüßte sie wie eine alte Freundin. Tante Bess und insbesondere Onkel Rupert zeigten sich in höchstem Maße überrascht.

»War unser guter Monsignore nicht mal wieder mitreißend feurig in seiner Predigt?« fragte sie spöttisch.

»Ja, mir ist so richtig warm ums Herz geworden«, meinte Onkel Rupert bissig. »Vielleicht sollte er lieber über maßlose Völlerei predigen. Dazu könnte er aus eigener reicher Erfahrung zweifellos sachkundiger reden als über sein Steckenpferd, das Fegefeuer!«

Tante Bess lachte, sich ihrer Rundlichkeit nur zu bewußt. »Dann könntest du auch mich auf die Kanzel schicken, Rupert. Nein, manchmal frage ich mich, ob man ihn nicht daran erinnern sollte, daß sich die Botschaft Jesu Christi an uns Menschen Evangelium nennt. Und so bescheiden meine theologischen Kenntnisse auch sein mögen, so weiß ich doch, daß dies Frohbotschaft bedeutet – und nicht Feuer und Schwert und ewige Verdammnis«, sagte sie mehr betrübt als verärgert.

Eleanor Garland nickte und erklärte mit einem süffisanten Lächeln: »Wenn Father O'Leary mit seiner ersten Predigt am kommenden Sonntag seinen Dienst antritt, hat unser verehrter Monsignore endlich Zeit, sein krankes Herz zu schonen, und die verstörten Schäflein dieser Gemeinde können sich wieder vertrauensvoll um einen geistlichen Hirten sammeln, der seine Herde nicht mit theologischem Blitz und Donner traktiert. Das wird wie Regen nach einer langen Zeit der Dürre sein.«

Danach verabschiedete sie sich, nicht jedoch ohne Rosemarie noch einmal nachdrücklich daran zu erinnern, daß sie am Samstag bei ihr zur Teestunde eingeladen war und daß sie fest mit ihrem Erscheinen rechnete. Und damit rauschte sie, ganz knisternde Seide, davon, um eine andere Gruppe mit ihrer Beachtung zu beglücken.

»Donnerwetter, wo hast du denn bloß die Bekanntschaft von Missis Garland gemacht?« fragte Onkel Rupert sichtlich beeindruckt, als sie in ihrer Kutsche saßen.

»Gestern, hier in der Kirche«, antwortete Rosemarie und berichtete ihnen von diesem Erlebnis.

»Schön, daß du bei ihr eingeladen bist«, sagte ihre Tante erfreut. »Du wirst in ihrem Haus bestimmt eine Menge interessanter Leute kennenlernen. Missis Garland ist berühmt für ihre Bälle, Soireen und Einladungen zum Tee.«

»Wer ist diese Frau überhaupt?« fragte Rosemarie, wußte sie doch nichts von ihr außer ihren Namen.

»Die reichlich extravagante Witwe von Sydney Garland, der zu den ganz Großen dieser Stadt zählte. Er gehörte zu jener mächtigen Clique um Cecil Rhodes, Barney Bernato und Woolf Joel, die kleine Diamantengesellschaften im Dutzend aufgekauft, De Beers geformt und ein gewaltiges Vermögen gemacht haben«, erklärte Onkel Rupert mit einem Anflug von Neid. »Er hat zu

seinen Lebzeiten mehr Geld gemacht, als zehn Eleanor Garlands ausgeben könnten, und diese Dame ist nicht gerade für ihre Sparsamkeit bekannt.«
»Sei nicht ungerecht, Rupert! Sie spendet viel für wohltätige Zwecke«, stellte Tante Bess klar. »Und ohne ihre überaus großzügige Unterstützung wäre auch unsere wunderschöne Kathedrale so schnell nicht gebaut worden.«
»Wie auch ohne ihr Zutun Monsignore Osborne noch nicht so schnell von einem jüngeren und weniger fegefeuerverliebten Priester ›entlastet‹ worden wäre«, fügte er spöttisch hinzu.
»Das ist nichts als ein schandbares Gerücht, und es gehört sich nicht, auf solche Nachreden etwas zu geben, geschweige denn, solch unbewiesene Unterstellung weiterzutragen«, rügte Bess ihren Mann.
Unterdessen hatten sie ihr Haus erreicht. Medan lenkte die Kutsche in den Schatten der Bäume, sprang vom Kutschbock, klappte die Stufe heraus und riß den Schlag auf.
»Für viele Dinge im Leben gibt es keine Beweise«, meinte Onkel Rupert leise zu Rosemarie, so daß Emily und Bess, die vor ihnen ausgestiegen waren, ihn nicht hören konnten. »Auch nicht dafür, daß Missis Garland schon zu Lebzeiten ihres Mannes eine ganze Reihe von leidenschaftlichen Affären gehabt hat, sogar mit dem großen Barney Bernato, wie es heißt. Aber dennoch weiß der einigermaßen gut Unterrichtete, daß es die Wahrheit ist.«
Rosemarie mochte sich solche Geschichten genausowenig anhören wie ihre Tante – und schon gar nicht von ihrem Onkel. »Du meinst, was der vermeintlich gut Unterrichtete für Wahrheit hält«, erwiderte sie ablehnend. »Und ich finde es gar nicht nett, daß du so über Missis Garland redest, zumal wir gerade aus der Kirche kommen.«
Er lachte nur. »Du bist noch jung und unerfahren, Rose. Aber auch dich wird das Leben lehren und dir die Unschuld der Gutgläubigkeit rauben«, prophezeite er ihr.

»Ich werde mich immer bemühen, nur das Beste von anderen zu glauben und über niemanden ein Urteil zu fällen, ohne mir meiner Sache nicht absolut sicher zu sein«, widersprach sie mit ärgerlichem Trotz.

»So? Na, da bin ich aber mal gespannt, wie du diesen Weg zur Heiligkeit schaffen willst«, spottete er. »Ich hoffe bloß, daß du dich nicht mit dem Gedanken trägst, dem weltlichen Leben zu entsagen und als Braut Christi den Schleier zu nehmen.«

Rosemarie funkelte ihn erbost an. »Mach du dich nur über mich lustig!« stieß sie aus, raffte ihre Röcke und sah zu, daß sie aus seiner Nähe kam.

Den Rest des Vormittags verbrachte sie in Gesellschaft ihres Vaters, der sich nach einer unruhigen Nacht in einer schlechten Gemütsverfassung befand. Immer wieder füllten Tränen seine Augen, während er von der knapp bemessenen Lebensspanne sprach, die ihm noch bleibe, und seiner quälenden Sorge um ihr zukünftiges Wohlergehen. Auch machte er sich Vorwürfe, daß er nach dem Tod ihrer Mutter rastlos durch die Welt gereist war und seinem einzigen Kind so wenig Zeit geschenkt hatte. »Und nun kommt die Reue zu spät, läuft doch schon bald das letzte Sandkorn durch das Stundenglas meines Lebens«, beklagte er seine späte Einsicht.

Energisch wies Rosemarie solche Rede als unverantwortliche Übertreibung und Versündigung von sich und bemühte sich nach besten Kräften, ihm derartige Gedanken auszureden und den Funken der Hoffnung auf Besserung in ihm neu zu entfachen, wie es ihr in den vergangenen Tagen schon so oft gelungen war. Diesmal war ihr jedoch wenig Erfolg beschieden. Er hing seinen trübsinnigen Gedanken nach, während ihre Worte ihn überhaupt nicht zu erreichen schienen, was immer sie auch sagte. Zwischen den Sätzen waren lange Pausen niedergeschlagenen Schweigens, die sie nicht zu füllen vermochte, wie sehr sie sich auch anstrengte. Es war bedrückend, und am liebsten wäre sie aufgesprungen und in ihr Zimmer gelaufen, um seinen stockenden, mutlosen Äußerungen zu entkommen. Sie war erleichtert, als endlich der helle Klang der Tischglocke, mit der Tante Bess zu den Mahlzeiten rief, durch das Haus tönte und sie nach Abida und Medan rufen konnte. Gleichzeitig aber schämte sie sich auch ihrer Erleichterung.

Nach dem Essen zog sie sich in ihr halb verdunkeltes Zimmer zurück, legte sich entkleidet auf ihr Bett und wünschte, es wäre Richard Hamilton und nicht Lawrence Farrington, mit dem sie verabredet war. Einige Stunden in seiner Gegenwart hätten sie allen Kummer vergessen lassen, wenigstens für eine kurze Zeit, dessen war sie gewiß. Es wurmte sie, daß ihr Onkel so abfällig über ihn gesprochen hatte. Und sie nahm sich vor, demnächst gegenüber Onkel Rupert und ihrem Vater mit mehr Entschlossenheit auf ihren Wünschen und Vorstellungen zu beharren.

13

Lawrence Farrington fuhr pünktlich auf die Minute vor. Er kam in einer Art Landauer, einem höchst eleganten und sichtlich komfortablen Zweispänner mit Sonnenverdeck, der von einem baumlangen älteren Schwarzen namens Josh in adretter Kleidung kutschiert wurde.

Rosemarie seufzte leise, als sie den Wagen um die Ecke biegen sah und der Kutscher abstieg, um das Tor der Kutscheneinfahrt zu öffnen. »Emily, da kommt unser Reiseführer. Es ist soweit.«

»Es tut mir leid, Rosemarie, aber ich werde dich auf der Ausfahrt nicht begleiten können«, bedauerte Emily. »Ich habe ganz fürchterliche Kopfschmerzen.«

Rosemarie sah sie entgeistert an, hatte sie doch fest damit gerechnet, Emily an ihrer Seite zu haben. »Du willst mich eine oder gar zwei Stunden mit Mister Farrington allein lassen? Emily, das darfst du mir nicht antun!« stieß sie gedämpft, aber beschwörend aus.

»Ich kann wirklich nicht«, beteuerte Emily und wich ihrem flehentlichen Blick aus. »Ich habe bis zum letzten Moment gehofft, es würde mir bald bessergehen, aber das ist leider nicht der Fall.«

»Wie kannst du mich bloß so im Stich lassen!« Rosemarie wurde aus einem unerklärlichen Grund von einem Gefühl des Argwohns heimgesucht und musterte Emily scharf, als wollte sie die Wahrheit von ihrem Gesicht ablesen. Zugegeben, ihre Gesellschafterin hatte Kopfschmerzen erwähnt, als sie sich nach der Mittagsruhe zur traditionellen Teestunde auf der Veranda eingefunden hatte, und sie hatte auch die ganze Zeit wenig gesagt und einen etwas mitgenommenen Eindruck gemacht. Aber daß

Emily, die nur ganz selten unter Kopfschmerzen litt, gerade zu dieser Stunde eine Migräne haben sollte, erfüllte sie doch mit Mißtrauen und Ärger. »Emily, bitte!«

»Es geht nicht, mir würde gewiß gleich übel. Du mußt mir glauben«, sagte sie, und ihr Blick bat nun inständig, sie nicht weiter zu bedrängen.

»Dann bleibe ich auch hier«, beschloß Rosemarie.

»Unsinn!« rief ihr Vater ärgerlich. »Du kannst Lawrence doch jetzt nicht wieder zurückschicken, nur weil Missis Mitford einen Migräneanfall bekommen hat, wie bedauerlich das auch sein mag. Das gehört sich einfach nicht!«

»Es gehört sich für mich aber auch nicht, ohne Anstandsdame zu einem unverheirateten Mann in den Wagen zu steigen, wie Onkel Rupert mich erst gestern noch hat wissen lassen.«

»Ach was, bei Mister Farrington ist eine Anstandsdame völlig unnötig«, versicherte Tante Bess fröhlich, ohne zu ahnen, daß sie damit genau das Gegenteil von dem sagte, was Rosemarie hören wollte. »Er ist ein Gentleman, dessen Ehre und Vertrauenswürdigkeit über jeden Verdacht erhaben ist. Du kannst getrost mit ihm fahren, Rose.«

»Man kann nicht Äpfel mit Zitronen vergleichen, mein Kind«, erklärte Onkel Rupert mit einem feinen Lächeln, das ebenso gutmütige Nachsicht wie auch Spott ausdrücken konnte.

Rosemarie schoß ihm einen erbosten Blick zu. Da griff ihr Vater nach ihrer Hand und sagte eindringlich: »Ich bitte dich um meinetwillen, mach daraus kein Drama. Du bist bei Lawrence wirklich in sicheren Händen. Und diese kleine Exkursion wird dir guttun, glaube es mir.«

Was konnte sie da noch anderes tun, als ihren Zorn und ihre Unlust hinunterzuschlucken und gute Miene zum bösen Spiel zu machen. Es fiel ihr jedoch sehr schwer, ein Lächeln auf ihr Gesicht zu zwingen, als Lawrence Farrington zu ihnen auf die Veranda trat und sie begrüßte.

Als er hörte, daß Emily sie nicht begleiten würde, war ihr, als zeigte sich in seinen Augen für einen kurzen Moment ein Ausdruck der Enttäuschung. Dann sagte er: »Nun, sosehr ich Missis Mitfords Mißgeschick bedauere und ihr von Herzen eine schnelle Besserung wünsche, sosehr schätze ich natürlich den Umstand, meine Aufmerksamkeit ganz allein Ihrer Person widmen zu dürfen, Miss Brandon.«

Es klang sehr steif, als hätte er sich diese Worte abringen müssen, wie Rosemarie insgeheim fand. Doch unter den Augen von Tante Bess und Onkel Rupert und denen ihres Vaters lächelte sie tapfer und erwiderte artig, wie man es wohl von ihr erwartete: »Das ist sehr liebenswürdig von Ihnen, Mister Farrington.«

Was soll ich bloß die ganze Zeit mit ihm reden? fragte sich Rosemarie in Gedanken, während sie in den Wagen stieg und auf der herrlich weich gepolsterten Bank Platz nahm. Diese Ausfahrt wird sich hinziehen wie Gummi und eine einzige Qual sein. Worüber können wir uns schon groß unterhalten? Und wir wollen eigentlich auch gar nicht. Wir werden uns einsilbige Antworten geben und uns gegenseitig anöden. Ich bete zu Gott, daß er genug Anstand und Fingerspitzengefühl besitzt, um diesen lächerlichen Ausflug so kurz wie möglich zu halten.

Ihre Befürchtung schien sich schon in den ersten Minuten zu bestätigen. Lawrence Farrington saß einen schrecklich langen Moment schweigend neben ihr, den Blick auf den Rücken seines schwarzen Kutschers gerichtet, als suchte er dort Halt. Und dann fragte er sie, wie ihr die Kathedrale gefalle und was sie von Monsignore Osborne halte. Doch schon aus der Art, wie er diese Fragen stellte, wurde für Rosemarie ersichtlich, daß sie aus einem Mangel an echten Gesprächsthemen geboren waren und daß er sich im Grunde genommen wenig für ihre Antworten interessierte. Nichts an ihm erinnerte mehr an den überraschend unterhaltsamen Erzähler, den sie gestern zur Teestunde kennengelernt hatte.

Und so fielen ihre Antworten tatsächlich überwiegend einsilbig aus, bis wieder Schweigen zwischen ihnen herrschte und ein jeder stur geradeaus schaute.

Rosemarie spürte, wie sich alles in ihr zusammenkrampfte und sich Schweißperlen auf ihrer Stirn bildeten. Diese Hitzewelle, die in ihr aufstieg, hatte jedoch wenig mit der Kraft der Nachmittagssonne zu tun, sondern mit der Erkenntnis, daß diese Ausfahrt sich zu einer geradezu unerträglichen Tortur entwickeln würde, wenn nicht rasch etwas geschah, was dem entgegenwirkte. Schon jetzt war ihr Magen ein einziger schmerzhafter Knoten. Dieses Schweigen, das nur von abgehackten Gesprächsfetzen unterbrochen wurde, würde sie keine halbe Stunde ertragen, geschweige denn für die Dauer einer ausgiebigen Fahrt zu allen Attraktionen von Kimberley. Und wenn er keine Anstalten machte, diese unerträglich peinliche Situation zu entspannen und wenigstens mit einem höflichen Redefluß zu übertünchen, dann blieb ihr keine andere Wahl, als ihrerseits die Initiative zu ergreifen. Alles war besser als dieses mißliche, ja beinahe schon trotzige Verharren, sich für den anderen nicht zu interessieren. Irgendwie mußte es ihnen doch gelingen, diese unselige Ausfahrt mit Anstand hinter sich zu bringen.

Sie überlegte, womit sie ihn wohl am besten veranlassen konnte zu reden, und überwand ihre eigene innere Abwehr, als sie endlich ein Thema gefunden zu haben glaubte. Dann schickte sie ein stummes Stoßgebet gen Himmel und wagte einen Versuch.

»Darf ich Sie etwas fragen, Mister Farrington?«

»Natürlich«, lautete seine knappe Antwort.

»Als Sie sich gestern über Cecil Rhodes unterhielten, da ... da fiel mehrfach der Name eines Mannes in Verbindung mit einem Skandal, von dem ich bisher noch nichts gehört habe und ...«

»Was nicht verwunderlich ist, handelte es sich doch nicht um einen gesellschaftlichen, sondern um einen politischen Skandal, Miss Brandon«, sagte er.

Die Spitze, die in seinen Worten steckte, entging ihr nicht. Gut, wenn du dich mit mir anlegen willst, soll mir das auch recht sein.

Lieber ein bissiges Streitgespräch als gar kein Gespräch! dachte sie und erwiderte laut: »Womit Sie mir mit Ihrer ganz eigenen Liebenswürdigkeit zu verstehen geben, daß ich vielleicht über den seichten Klatsch und die Skandale der Gesellschaft unterrichtet bin, aber weder Interesse an der Politik noch Kenntnisse auf diesem Gebiet besitze, nicht wahr?«

»Meiner Erklärung fehlte der krasse Ausdruck Ihrer Worte, Miss Brandon«, erwiderte er trocken.

»Was aber nichts am Kern Ihrer Aussage ändert.«

Er zuckte mit den Schultern. »Wenn Sie es so sehen wollen, möchte ich Ihnen nicht widersprechen«, sagte er gelassen. »Apropos sehen – dieses stattliche Gebäude dort drüben ist der Kimberley Club, eine der vielen Institutionen und Gesellschaften, deren Gründungsurkunde an prominenter Stelle die Unterschrift von Cecil Rhodes aufweist. Es ist der vornehmste Club in der südlichen Hemisphäre. Und man sagt zu Recht, daß man hier pro Quadratfuß auf mehr Millionäre trifft als irgendwo sonst im britischen Empire.«

Rosemarie warf nur einen flüchtigen Blick auf den langgestreckten, zweistöckigen Backsteinbau, der wie das Haus der Thorndikes auf beiden Etagen von einer geräumigen, umlaufenden Veranda mit eleganten schmiedeeisernen Ziergittern und Stützpfosten umgeben war. »Im Prinzip haben Sie völlig recht.«

Er stutzte. »Wie bitte? Recht worin?«

»Daß ich mich in der Politik nicht auskenne und bisher auch kein Interesse daran gezeigt habe«, räumte sie freimütig und ohne sich zu schämen ein.

»Oh!« Ihr Eingeständnis verwirrte ihn offensichtlich, und er wußte wohl nicht recht, was er damit anfangen sollte. Deshalb beließ er es bei diesem Laut des Erstaunens und wies Josh an, sie nun zum Sanatorium zu fahren.

»Aber um keine Mißverständnisse aufkommen zu lassen, so beruht dieser Mangel an Kenntnissen und Interesse weniger auf fehlendem weiblichem Verständnisvermögen«, fuhr Rosemarie nun mutig fort, »sondern vielmehr auf männlicher Arroganz und Ignoranz.«

»Ach nein!« rief er überrascht aus, und Rosemarie war sich seiner ungeteilten Aufmerksamkeit nun sicher. Er setzte sich sogar halb herum, damit er nicht den Kopf zu wenden brauchte, um sie im Blick zu haben. Und mit einem spöttischen Lächeln auf den Lippen bat er: »Hätten Sie wohl die Güte, mir dieses erstaunliche Mysterium ein wenig zu erläutern, weshalb wir Männer angeblich die Verantwortung für Ihr mangelndes politisches Verständnis und Wissen tragen?«

Rosemarie jubilierte innerlich, war doch die peinliche Atmosphäre der ersten Minuten wie weggewischt. Und sie fand auf einmal regelrecht Gefallen an dem Thema, auf das er sie erst durch seine überheblichen Worte gebracht hatte. Sie spürte, wie ihre Streitlust wuchs. Bisher hatte sie nie ernsthaft über die Forderungen und Vorwürfe der Suffragetten nachgedacht, war jedoch vertraut genug mit ihnen, um nun nicht um eine Antwort verlegen zu sein.

»Weil die Männer uns Frauen von vornherein von diesen Themen ausschließen, als wären wir zu dumm, um zu verstehen, was in der Politik und in der Welt der Geschäfte geschieht.«

Er lächelte amüsiert. »So, wir Männer verwehren den Frauen also den Zugang zu den Trögen des Wissens.«

»Genau!«

»Eine höchst eigenwillige Theorie angesichts der Tatsache, daß es jedem, unabhängig von Geschlecht und Herkunft, freigestellt ist, zu Tageszeitungen zu greifen und zu lesen, was ihn oder sie interessiert«, entgegnete er. »Oder wollen Sie mir etwa weismachen, man hätte Ihnen verboten, Zeitungen zu lesen und sich nach Belieben zu unterrichten?«

»Nein, natürlich nicht«, räumte Rosemarie ein. »Aber das Laufen lernt man nicht, wenn man in einem Kinderstall eingesperrt bleibt, wie hübsch dieser auch sein mag. Und ein Klavier nützt mir wenig, wenn niemand die Geduld aufbringt, mir zu zeigen, wie man darauf spielt.«

»Ah, ich verstehe. Es ist die Erziehung, der Sie einen Vorwurf machen, nicht dem gesamten männlichen Geschlecht.«

»Was ja wohl im großen und ganzen auf das gleiche hinauskommt, Mister Farrington«, verteidigte sie ihren Standpunkt, der ihr erst jetzt, da sie darüber sprach, mit aller Klarheit zu Bewußtsein kam. »Aus Männern werden gewöhnlich Väter, und diese denken nicht daran, ihren Töchtern dieselben Dinge zu erklären und näherzubringen, über die sie ganz selbstverständlich mit ihren Söhnen reden.«

»Weil Mädchen für diese Dinge eben nicht ...« Er zögerte, den Satz zu beenden.

»Nicht geschaffen sind, wollen Sie das vielleicht sagen?« fragte Rosemarie herausfordernd und funkelte ihn an. »Weil die Männer sich für die einzigartige Krönung der Schöpfung halten, ausgestattet mit einem überragenden Verstand, der sie allein Politik begreifen läßt und zu den größten Leistungen befähigt, ja? Deshalb dürfen sie dann auch so stolz darauf sein, daß sie der Menschheit einen mörderischen Krieg nach dem anderen bescheren und sich bei ihnen alles einzig um Macht, Geld und Unterdrückung anderer dreht? Dagegen sind Frauen nur dazu geschaffen, unbedarftes Schmuckstück des Mannes zu sein und das Leben auf die Welt zu bringen, damit andere Männer dieses töten können, wenn es alt genug ist, um in den Krieg zu ziehen. Ist es dieser Unterschied zwischen den Geschlechtern, den Sie mir angesichts meiner geistigen Unbedarftheit gerade so zartfühlend auseinanderlegen wollten, Mister Farrington?«

Verblüfft sah er sie an. »Donnerwetter!« entfuhr es ihm, allerdings wohl ganz gegen seinen Willen, denn im nächsten Moment trat ein verdrossener Ausdruck auf sein Gesicht. »Sie zeichnen da ein Bild von mir, in dem ich mich beim besten Willen nicht wiedererkennen kann und gegen das ich in aller Form, jedoch heftig protestieren muß, Miss Brandon.«

»Sie fühlen sich gekränkt? Das freut mich.« Rosemarie erlaubte sich ein Lächeln. Zum Teufel, wenn er sie nach diesem Disput nicht wieder anblickte. Im Gegenteil, etwas Besseres konnte ihr gar nicht passieren. »Obwohl es nicht in meiner Absicht lag, Sie persönlich zu skizzieren, so kann und will ich meine Genugtuung darüber, daß Sie sich betroffen fühlen, nicht leugnen. Denn genauso betroffen, pauschal über einen Kamm geschert und ungerecht behandelt fühlen wir Frauen uns, wenn wir von so vielen Dingen, die für Männer ganz selbstverständlich sind, ohne jede Diskussion ausgeschlossen werden.«

Sie wartete auf eine Reaktion, doch Lawrence Farrington gab keinen Ton von sich. Er saß in der Ecke, die Stirn in Falten gezogen und die Lippen fest verschlossen, und starrte sie an, als könnte er nicht glauben, was er da aus ihrem Mund hörte.

»Das Sanatorium«, meldete Josh.

Von seinen Fahrgästen kam keine Erwiderung.

Rosemarie vermutete, daß sie zu weit gegangen war und Lawrence Farrington zutiefst in seiner Ehre gekränkt hatte, doch sie hatte absolut nicht vor, einen Rückzieher zu machen. Außerdem hatte sie auch nichts zurückzunehmen. Je mehr sie darüber nachdachte, desto deutlicher sah sie, wie wohlbegründet die Vorwürfe und Forderungen der Suffragetten waren.

»Auch wenn ich selbst keine Ambitionen habe, womöglich wegen meiner Erziehung, so sehe ich doch keinen Grund, weshalb Frauen nicht genauso die Universität besuchen und Anwälte, Richter und Ärzte werden sollten wie Männer, ja, warum nicht auch Abgeordnete und eines Tages sogar Premierminister«, fuhr sie deshalb fort. Denn wenn es schon zum Eklat kam, dann sollte es auch einer mit fliegenden Fahnen und schmetternden Trompeten sein. Jetzt hatte sie nichts mehr zu verlieren. »Frauen wie Elisabeth I. und unsere Königin Viktoria

sind bestimmt nicht die einzigen Frauen, die das Zeug haben, Geschichte zu machen.«
Er lachte kurz und nicht gerade belustigt auf. »Sie nennen da Frauen, die nicht eben dafür bekannt sind, daß sie dem Frieden den Vorzug vor einem Krieg gegeben haben«, hielt er ihr vor.
»Das ist richtig, aber ich habe auch nicht behauptet, daß das weibliche Geschlecht ausschließlich aus Heiligen besteht. Ausnahmen von der Regel gibt es immer und überall«, konterte sie, über ihre Schlagfertigkeit selbst am meisten überrascht. Vermutlich lag das daran, daß es längst zu spät und sinnlos war, um noch auf irgend etwas Rücksicht zu nehmen.
»Dann muß das aber auch für das männliche Geschlecht gelten«, sagte er grimmig.
Sie zuckte mit den Schultern. »Sicherlich«, räumte sie großmütig ein, um sogleich bissig hinzuzufügen: »Wenn diese Ausnahmen auch äußerst dünn gesät sind.«
Er nickte, sagte jedoch nichts, sondern sah sie mit grübelndem Blick an, als versuchte er zu einer Meinung, zu einem Entschluß zu kommen.
»Das Sanatorium, Baas«, meldete sich Josh vom Kutschbock ein zweites Mal, als wollte er seine Fahrgäste darauf hinweisen, daß er die Kutsche schon vor ein paar Minuten auf der gegenüberliegenden Straßenseite des Kurhotels zum Stehen gebracht hatte.
»Schon gut, Josh«, erwiderte Lawrence Farrington und zog ein silbernes Etui mit Zigarillos hervor. »Haben Sie etwas dagegen, wenn ich rauche?«
Sie schüttelte den Kopf. »Bitte.«
Ein Lächeln schlich sich in seine Mundwinkel, und er hielt ihr das aufgeklappte Etui hin. »Vielleicht möchten Sie auch eine probieren, nachdem Sie so radikal nach gleichen Rechten und gleicher Behandlung rufen.«
»Nein, danke. Das Recht zu haben bedeutet nicht zwangsläufig, daß man es auch in Anspruch nehmen muß«, entgegnete sie.

»Außerdem rufe ich nicht radikal nach irgend etwas, sondern ich sah mich gezwungen, mich zu verteidigen und zu erklären, weshalb ich politisch so unbedarft bin.«
Er riß ein Streichholz an, setzte das Zigarillo in Brand und machte ein paar Züge. »Sind Sie noch immer an der Geschichte des Jameson-Skandals interessiert?« fragte er dann unvermittelt, und in seiner Stimme schwang so etwas wie widerwilliger Respekt mit.
Rosemarie hatte Mühe, ihre Überraschung zu verbergen, hatte sie doch damit gerechnet, daß er ihr ihre Angriffe nicht verzeihen und seinem Bediensteten Anweisung geben würde, sie zum Haus der Thorndikes zurückzubringen. Statt dessen nun dieses geradezu freundlich vorgebrachte Angebot und sogar so etwas wie Respekt.
»Mehr denn je!«
»Das habe ich befürchtet«, sagte er, und es klang, als machte er sich über sich selbst lustig. Dann forderte er seinen Kutscher auf: »Zum Bowling Club, Josh!«
Rosemarie fühlte sich von ihrem Sieg wie berauscht und konnte kaum glauben, daß sie mit dieser unerhörten Auflehnung bei ihm durchgekommen war. Onkel Rupert wäre ihr schon nach den ersten Sätzen mit schroffer Zurechtweisung über den Mund gefahren, ja, sogar ihr Vater, der ihr wahrlich viel durchgehen ließ, hätte das nicht toleriert. Lawrence Farrington dagegen hatte sie nicht nur aussprechen lassen, sondern ihr die rüde Offenheit auch nicht einmal vorgehalten. Überzeugt hatte sie ihn wohl kaum, ihm aber doch Respekt abgerungen, und das war mehr, als sie sich zu erträumen gewagt hätte. Sie lehnte sich in die weiche Polsterung der Rückwand und mußte ihre ganze Selbstbeherrschung aufbringen, um das selbstzufriedene Lächeln zurückzuhalten, das unbedingt auf ihr Gesicht treten wollte.
»Doktor Leander Starr Jameson zählt zur einflußreichen Freundesclique um Cecil Rhodes«, begann Lawrence Farrington. »Er praktizierte jedoch nur wenige Jahre als Arzt in Kimberley, denn der gute Rhodes hatte bald wichtigere Aufgaben für ihn. Er zog

mit der von Rhodes gegründeten und von London mit allzuviel Machtbefugnissen ausgestatteten Chartered Company ins Land der Mashona und Matabele ...«

»Entschuldigen Sie, daß ich unterbreche, aber was ist das für eine Company? Und welchen Zweck sollte sie erfüllen?« fragte Rosemarie.

»Eigentlich heißt sie ja British South Africa Company, für die Rhodes 1889 eine Royal Charter erhielt, sozusagen einen Freibrief, um Lobengula um sein Land zu bringen.«

»War das nicht ein berühmter und mächtiger Häuptling?«

»O ja, und zwar vom Stamm der Matabele. Aber er war kein weitsichtiger Häuptling, als er sich von Cecil Rhodes' Abgesandten beschwatzen ließ, ihm für ein lächerliches Entgelt die alleinigen Schürfrechte im Matabele- und Mashonaland abzutreten«, kritisierte Lawrence Farrington. »Denn als er sein Elefantensiegel unter diese Konzession setzte, da besiegelte er gleichzeitig sein Schicksal, das seines Stammes und auch das seiner Vasallen, der Mashona, strömten doch auf Betreiben des großen Cecil Rhodes nun Tausende Siedler und Prospektoren sowie Soldaten seiner Privatarmee in das Land.«

»Woraufhin es bald zu Streitereien und blutigen Kämpfen kam?« folgerte Rosemarie.

Er nickte. »Und Leander Jameson, Cecil Rhodes' Busenfreund und seit 1891 Administrator von Mashonaland, verstand sich in Szene zu setzen, als 1893 der Matabele-Krieg ausbrach. In der Presse und bei öffentlichen Ansprachen bezeichnete man diesen Krieg, den Jameson dort für Rhodes' Gesellschaft und dessen imperialistische Ziele führte, als eine Rebellion der Eingeborenen, so als hätte Lobengula mit der Vergabe der Konzession gleichzeitig auch alle anderen Rechte weggegeben und keine Befugnis mehr, sich der Eroberung seines Landes zu widersetzen.«

Seine Kritik überraschte sie. »Ein Vorgehen, das Sie offenbar mißbilligen.«

»Mißbilligen Sie etwa nicht Betrug, Miss Brandon?«
»Sicher, aber ist es denn nicht üblich, daß in solchen Fragen der ... der Kolonialpolitik andere Regeln gelten?« fragte sie unsicher zurück.
Er lachte spöttisch auf. »Ach, Sie meinen, gegenüber den Kaffern, die ja sowieso Menschen dritter Klasse und gerade mal billige Arbeitskräfte sind, braucht man sich nicht an sein Wort und an Verträge zu halten, ja? Die kann man getrost mit überlegener Feuerkraft niedermetzeln, wenn einem der Sinn danach steht, sich ihr Land anzueignen.«
Ihr schoß das Blut ins Gesicht. »Jetzt legen Sie mir etwas in den Mund, was ich nicht gesagt habe!«
»Aber gedacht. Und das scheint ja offenbar auch ganz in Ordnung zu sein, wenn unsere Regierung und die überwiegende Mehrheit der Bevölkerung diese Art von Kolonialpolitik für völlig rechtens hält«, sagte er mit bissiger Geringschätzung.
»Machen Sie mich jetzt bloß nicht für die Kolonialpolitik verantwortlich, die von Männern wie Ihnen in London oder sonstwo ausgeheckt wird!« stieß sie erbost aus. »Uns Frauen erst von allen wirklich wichtigen Entscheidungen ausschließen und uns überhaupt schön dumm halten – und uns dann vorwerfen, keine eigene Meinung zu haben oder nur die, mit der man erzogen worden ist, das ist wirklich der Gipfel.«
»Nun, Sie haben ja offensichtlich eine Meinung.«
»Ach was! Wie kann ich eine Meinung über etwas haben, wenn ich noch nie darüber nachgedacht habe?« hielt sie ihm gereizt vor. »Bis vor wenigen Wochen habe ich mir über so vieles, was in dieser Welt von großer Wichtigkeit ist, keine Gedanken gemacht.«
»Ein mutiges Eingeständnis, Miss Brandon.«
Sie suchte nach Spott in seiner Stimme und seiner Miene, vermochte jedoch kein Anzeichen davon zu finden. »Es ist eher beschämend als mutig, Mister Farrington«, sagte sie. »Wie es aber

auch Zorn und Unverständnis in mir weckt, daß niemand es für nötig erachtet, uns Frauen über derlei Dinge eingehend zu unterrichten, so daß wir uns eine eigene Meinung bilden können, statt nur die Brosamen wiederzukäuen, die wir von den Männern unserer Umgebung hingeworfen kriegen.«
Er lächelte. »Kompliment, Sie wissen sich Ihrer Haut nicht schlecht zu wehren, Miss Brandon. Ich bin nicht sicher, ob Ihr Vater stolz darauf wäre, wenn er Sie so reden hörte, aber ich habe damit keine Schwierigkeiten.«
»Wie überaus gnädig von Ihnen, mir ein wenig von dem zuzugestehen, das Sie ganz selbstverständlich und hundertfach für sich in Anspruch nehmen!« erwiderte sie spitz.
»Der Bowling Club, Baas!« meldete sich Josh vom Kutschbock.
Rosemarie wandte nicht einmal den Kopf, um zu sehen, wo sie waren. Was interessierte sie jetzt der Bowling Club! »Fahren Sie weiter!« rief sie dem Kutscher ungehalten zu. »Mir ist egal, wohin!«
Josh drehte sich verdutzt zu ihnen um. »Baas?«
Lawrence Farrington schien die Situation amüsant zu finden, denn vergnügt fragte er zurück: »Was ist? Hast du denn nicht gehört, was Miss Brandon gesagt hat? Du darfst dir das Wohin selber aussuchen.«
»Wie du möchtest, Baas«, erwiderte Josh und schüttelte den Kopf, während er die Zügel erneut aufnahm und die Pferde antraben ließ.
»Sie haben die Gelegenheit, ein wenig Licht in das Dunkel meines unbedarften weiblichen Geistes dringen zu lassen«, sagte sie mit beißendem Spott. »Vielleicht lassen Sie sich ja dazu herab, mir Ihre Ansicht über unsere Kolonialpolitik und diese Vorgänge im Matabele- und Mashonaland darzulegen, natürlich nur in ganz einfacher Form, damit ich Ihnen auch folgen kann.«
Statt sie mit einem wütenden Blick zu bedenken, brach er in schallendes Gelächter aus. »Oh, Sie verstehen sich wirklich aus-

gezeichnet darauf, erst Wunden zu schlagen und in diese dann kräftig Salz zu streuen!« warf er ihr vor, ohne jedoch böse zu sein. »Aber da meine Überzeugungen von Natur aus einfach sind, brauche ich auch von nirgendwoher herabzusteigen, um Sie Ihnen darzulegen.«

»Da bin ich aber gespannt, Mister Farrington. Von welch einfacher Natur sind sie denn?«

Sein Gesicht nahm einen ernsten Ausdruck an. »Sie orientieren sich an der Bergpredigt«, antwortete er. »Besonders an der dritten und siebten Seligpreisung, die da nach Matthäus heißen ...«

»›Selig, die keine Gewalt anwenden, denn sie werden das Land erben‹ und ›Selig, die Frieden stiften, denn sie werden Söhne Gottes genannt‹«, zitierte Rosemarie aus dem Kopf.

Er nickte mit dem Anflug eines Lächelns auf den Lippen. »Ich sehe, Sie kennen Ihre Bibel, Miss Brandon.«

»Oh, diese zu studieren und uns ihre Lehren zu Herzen zu nehmen, dazu werden sogar wir vom schwachen weiblichen Geschlecht von Kindesbeinen an angehalten«, sagte sie spitz. »Meine Freundin bekam zur ersten heiligen Kommunion genau wie ich ein kostbares Gebetbuch und ein hübsches Kleid geschenkt, ihr Bruder dagegen erhielt zum selben Fest anderthalb Jahre später seine erste eigene Jagdflinte.«

»Ich versichere Ihnen, daß auch Cecil Rhodes und unsere kriegsfreudigen Politiker bestens mit der Bibel vertraut sind«, sagte Lawrence Farrington. »Nur biegen sie sich die Heilige Schrift nach ihren Zwecken hin. Wie sie das mit ihrem Gewissen, so sie eines haben, vereinbaren und noch behaupten können, Christ zu sein und an Gott zu glauben, ist mir ein Rätsel. Die Kernaussagen der Bibel wie etwa die Bergpredigt lassen keinen Raum für gefällige Auslegungen, denn da steht nicht ›Selig, die keine Gewalt gegen Engländer oder andere Weiße anwenden‹, sondern ohne jede Ausnahme ›Selig, die keine Gewalt anwenden‹. Punktum! Und es heißt auch nicht ›Selig, die Frieden stiften, nachdem sie ein anderes

Volk überfallen, halb niedergemetzelt und den Rest unterworfen haben‹, sondern ›Selig, die Frieden stiften‹. An diesen Seligpreisungen kommt keiner vorbei, wenn er das Christentum ernst nimmt und nicht als hohles Lippenbekenntnis verkommen lassen will.«

»Und das tun Sie?«

»Ich bemühe mich darum«, antwortete er.

»Was Sie aber nicht daran hindert, Ihren geschäftlichen Vorteil aus dem skrupellosen Vorgehen anderer zu ziehen, die weniger zartbesaitet sind als Sie, nicht wahr?« warf sie ihm provokativ vor. »Denn wie mir mein Vater erzählt hat, haben wir Briten nicht nur Kimberley, sondern die ganze Kapkolonie den Buren gestohlen, die ihrerseits das Land wohl vorher den Eingeborenen weggenommen haben, nicht wahr?«

»Das stimmt, Miss Brandon, ich habe von der Skrupellosigkeit und Machtpolitik anderer profitiert und werde es vermutlich bis an mein Lebensende tun – wie es jeder Brite tut, der durch die Reichtümer, die aus unseren Kolonien in die Staatskassen fließen, in den verschiedensten Formen profitiert, der eine mehr, der andere weniger«, räumte er ein. »Aber ich habe mich auch nicht damit gebrüstet, ohne Fehler und Schwächen oder von missionarischem Eifer erfüllt zu sein. Ich gebe zu, Freude an meinen einträglichen Geschäften zu haben und mein Ansehen zu genießen, das ich in der Gesellschaft erworben habe, zumal ich hart dafür arbeiten mußte und mir nichts geschenkt wurde. Deshalb habe ich auch gesagt, daß ich mich an den Seligpreisungen, den Geboten der Bergpredigt orientiere. Ich wünschte, ich könnte behaupten, daß ich mich eisern daran halte. Aber das gelingt mir nicht. Mir ist selbst nur zu gut bewußt, wie gewaltig, ja eigentlich schon überfordernd dieser Anspruch an uns Menschen ist. Denn wer ist schon immer gerecht, barmherzig und reinen Herzens? Die Welt wäre ein Paradies, wenn alle diesen Aufforderungen Folge leisten würden. Was jedoch keinen überfordert, der Christ sein will, ist, sich gegen Gewalt und Kriegstreiber zu stellen und das Seine zu tun, um dem entgegenzutreten, wie wenig das im Einzelfall auch sein mag.«

Rosemarie war seltsam berührt von seiner selbstkritischen Ehrlichkeit. Zudem hätte sie diese Gedankengänge nie bei ihm vermutet. »Wir können nur versuchen, diesem Ideal mehr und mehr entgegenzustreben«, pflichtete sie ihm nachdenklich bei, »selbst wenn wir auf diesem Weg immer wieder straucheln und zu Boden gehen.«

»Auch der Gerechte fällt siebenmal am Tag, wird aber durch die Kraft des Glaubens, der wie das Feuer immer wieder nach oben strebt, bald wieder aufgerichtet«, zitierte er.

»Erasmus von Rotterdam hat das geschrieben, nicht wahr?« Rosemarie kannte den Text aus ihrem *Buch Geistliche Weisheiten und Tröstungen,* das wie der Rosenkranz mit den Jadeperlen einst ihrer Mutter gehört hatte.

Lawrence Farrington nickte mit einem anerkennenden Schmunzeln. »Sind Sie noch immer an der Geschichte des Jameson-Skandals interessiert?«

»Aber natürlich bin ich noch immer interessiert, wenn Sie es schaffen, nicht ständig vom Thema abzukommen.«

»Wenn Sie mich nicht nach jedem zweiten Satz herausfordern und sich mit mir anlegen, wird es mir vielleicht gelingen, sie Ihnen zu erzählen«, konterte er.

»Ich bedauere meine Unverfrorenheit, Ihnen widersprochen und meine unmaßgebliche Meinung geäußert zu haben, aus tiefstem Herzen. Und ich wäre untröstlich, wenn ich nicht auf Ihre Nachsicht bauen dürfte. Von nun an werde ich mich, wie es sich für eine junge Dame geziemt, der gebotenen Demut befleißigen und Ihren Redefluß nicht mehr durch ungehörige Nachfragen unterbrechen, Mister Farrington«, versprach sie mit gespielter Reue.

»Oh, Miss Brandon!« stieß Lawrence Farrington kopfschüttelnd aus. »Ich werde mich hüten, darauf einzugehen. Darum ganz schnell zurück zu Dr. Leander Jameson, der mit einer von Cecil Rhodes finanzierten Armee Lobengula und seine lächerlich bewaffnete Streitmacht im Matabele-Krieg von 1893 selbstredend vernichtend schlug.«

»Aber das war noch nicht der Skandal, nicht wahr?«

»Nein, ganz im Gegenteil. Mit dem Sieg avancierte der umtriebige Jameson, der doch als Arzt einst den Eid des Hippokrates geleistet hatte, zum militärischen Helden der Kapkolonie. Und auch bei den vielen Briten in Johannesburg stand er von nun an in einem noch höheren Ansehen. Das war ganz im Sinne von Cecil Rhodes, der bekanntlich davon träumt, Afrika von Kapstadt bis nach Kairo unter den Union Jack zu bringen.«

»Aber wie ich inzwischen aus Ihren Worten und der Lektüre der Zeitungen herausgefunden habe, ist Mister Rhodes kein Mann, der es bei Träumen beläßt«, mutmaßte Rosemarie.

»So ist es«, bestätigte er. »Deshalb machte er sich nun daran, die Eroberung des nächsten Landes zu inszenieren. Nur richtete er diesmal sein begehrliches Auge nicht auf das Land eines schwarzen Herrschers, sondern auf die Burenrepublik Transvaal mit ihrer im wahrsten Sinne des Wortes unerschöpflichen Goldgrube Johannesburg.«

»Nein, das kann er doch unmöglich versucht haben!« rief sie unwillkürlich und voller Unglauben. »So mächtig er ist, so kann doch auch er nicht einem anderen Staat kurzerhand den Krieg erklären!«

»Daß nicht einmal er dazu die Macht hatte, obwohl nun sogar zum Premierminister der Kapkolonie aufgestiegen, dürfte ihn sehr gewurmt haben«, sagte Lawrence Farrington spöttisch, während Josh sie gemächlich durch die Stadt kutschierte und dabei seine Route stets danach wählte, welche Straßenseite im Schatten lag. »Aber er hat es eingesehen und sich einen ebenso cleveren wie hinterhältigen Plan ausgedacht. Mit Hilfe seines getreuen Jameson und einer Handvoll anderer einfallsreicher Männer knüpfte er Beziehungen zu jenen britischen Wortführern in Johannesburg, die dort Macht besitzen und schon seit Jahren darauf warten, daß London sich kurzerhand den Transvaal einverleibt und dabei Präsident Krüger und seine Farmer aus dem Land jagt. Gleichzeitig stellte die Clique um Jameson, aus dem Hintergrund vom Puppenspieler Cecil Rhodes geführt, eine schlagkräftige Armee auf und brachte Waffen zu ihren geheimen Verbündeten im Transvaal, damit diese in Johannesburg eine Rebellion auslösen konnten.«

»Eine Rebellion gegen Präsident Krüger?« vergewisserte sich Rosemarie.

»Ja, gegen die angeblichen burischen Unterdrücker, die es ihnen nicht erlaubten, sich den Burenstaat frech und ohne Widerstand unter den Nagel zu reißen«, antwortete Lawrence Farrington sarkastisch. »Verstehen Sie mich nicht falsch, ich zähle nicht gerade zu den Bewunderern der Buren, die in unglaublicher Arroganz und Sturheit immer noch darauf beharren, daß die Versklavung der Schwarzen durch die Weißen göttliche Vorbestimmung und insbesondere durch Textstellen im Alten Testament zu rechtfertigen sei. Nein, für diese Calvinisten hege ich im großen und ganzen nicht die geringste Sympathie, wenn sie mir mit Bibel, Gewehr und ihrer Sklavenherrlichkeit kommen. Aber das bedeutet noch nicht, daß ich den Kriegshetzern das Wort rede oder gar einen hinterhältigen Umsturzversuch gutheiße, der Tausenden von Menschen das Leben gekostet hätte.«

»Demnach hat diese Rebellion also nicht stattgefunden«, folgerte Rosemarie.

»Nicht die Rebellion in Johannesburg, wohl aber die Invasion der von Jameson geführten Truppe in den Transvaal«, berichtete er. »Diese Invasion geschah am 30. Dezember 1895 von einem geheimen Camp im Bechuanaland nahe der Grenze. Jameson befand sich an jenem Tag schon im Besitz eines vorfabrizierten Briefes von seinen Verschwörern in Johannesburg, in dem seine vielen tausend Landsleute ihn aufforderten, ihnen mit seiner Truppe zu Hilfe zu kommen und vor den Buren zu retten. Damit wollten er und Rhodes später, wenn die Rebellion einen richtigen Krieg entflammt und zur Eroberung des Transvaals geführt hatte, ihr Eingreifen als Notmaßnahme zur Rettung bedrohter britischer Staatsbürger rechtfertigen. Aber es kam anders, als die Herrschaften sich das ausgerechnet hatten.«

»Die Buren kriegten Wind von dem Vorhaben, weil jemand den Plan verraten hat?«

»So etwas in der Art muß es gewesen sein. Jedenfalls kam es zu einem peinlichen Fiasko. Statt von einer gutausgerüsteten Armee von Uitlanders aus dem Transvaal erwartet zu werden, lief Jameson mit seiner Truppe zwanzig Meilen vor Johannesburg bei Doornkop einer starken burischen Streitmacht in die Armee, die dort schon in Stellung lag und die kleine Invasionstruppe umzingelte und nach einem kurzen Gefecht zur Aufgabe zwang. Und niemand kam ihnen aus Johannesburg zu Hilfe. Die vereinbarte Rebellion, die das Land in einen blutigen Krieg gestürzt und vielen das Leben gekostet hätte, blieb aus, Jameson und seine Männer wurden als Gefangene nach Pretoria gebracht – und Präsident Krüger saß fester denn je im Sattel.«

»Solch ein Vorgehen ist wahrlich ein Skandal!« meinte sie empört. »Ich hoffe, Cecil Rhodes und seine Hintermänner sind entsprechend bestraft worden.«

»Aber doch nicht der große Rhodes, Miss Brandon! Wie können Sie nur so etwas Unmögliches erwarten?« tadelte er sie spöttisch. »Einen Mann wie Cecil Rhodes bestraft man nicht. Es hat unsere Regierung schon große Überwindung gekostet, ihm zuzureden, von seinem Amt als Premierminister zurückzutreten. Und das war auch alles.«

»Und was ist mit Leander Jameson und seinen Männern geschehen?« wollte sie wissen.

»Jameson wurde nach England transportiert, um sich dort vor

Gericht zu verantworten, das ihn für schuldig befand und zu fünfzehn Monaten Gefängnis verurteilte – von denen er aber nur vier absaß, um sich danach weiter bester Geschäfte und großem Ansehen bei uns zu erfreuen«, berichtete Lawrence Farrington. »Mit den armen Schluckern von Mitläufern, besonders den Handlangern in Johannesburg, ging man nicht so gnädig um. Vier Anführer wurden zum Tode verurteilt, die anderen zu zwei Jahren Gefängnis und zweitausend Pfund Sterling Geldstrafe.«

»Das ist eine himmelschreiende Ungerechtigkeit, die wahren Anführer davonkommen und das Fußvolk dafür bezahlen zu lassen!«

»Ja, daß dies nicht geschehen dürfe, fanden die Leute in Kimberley und anderswo auch«, griff er ihre Empörung sarkastisch auf, »aber aus anderen Gründen, hatten die Männer in ihren Augen doch gar nichts Schlimmes unternommen. Und da zu den zum Tode verurteilten Verschwörern in Johannesburg zufälligerweise auch ein Bruder von Cecil Rhodes gehörte, wurde Präsident Krüger von allen Seiten mit Lawinen von Petitionen bombardiert, vom diplomatischen Druck aus Kapstadt und London gar nicht zu reden, mit dem Resultat, daß Mitte letzten Jahres alle pardonniert und gegen Zahlung einer immerhin beachtlichen Geldstrafe auf freien Fuß gesetzt worden waren. Sehen Sie, es ist immer von Vorteil, einflußreiche Freunde zu haben oder doch wenigstens Bürger eines mächtigen Landes zu sein. Da kann man sich schon viel mehr erlauben als ein Bure oder gar ein Kaffer.«

»Die Welt ist wahrlich ungerecht und mißt mit zweierlei, ach was, mit vielerlei Maß«, pflichtete sie ihm bei und fragte dann: »Sie sind nicht sehr stolz darauf, Engländer zu sein, nicht wahr?«

»Ich kann schwerlich auf etwas stolz oder auch nicht stolz sein, was ich nicht bin, Miss Brandon.«

Sie blickte ihn verwirrt an. »Ja, aber ... ich dachte, Sie wären Engländer wie wir!«

»Ich besitze die britische Staatsbürgerschaft, das ist richtig, und juristisch gesehen bin ich damit wohl genauso Engländer wie Sie. Aber ich bin in diesem Land geboren und aufgewachsen, und wenn ich auf etwas stolz bin, dann darauf, Afrikaner zu sein«, erwiderte er. »Das verbindet mich mit den Schwarzen und sogar mit vielen Buren.«

Rosemarie fand diese Erklärung ein wenig seltsam, ließ es aber dabei bewenden. Er hatte genug anderes von sich preisgegeben, mit dem sich ihre Gedanken eine gute Weile beschäftigen würden.

Für einige Augenblicke herrschte Schweigen zwischen ihnen, doch es war ein anderes Schweigen als zu Beginn der Ausfahrt. Es war mehr wie eine verdiente Pause im Theater, in der man gedanklich noch einmal nachkostete, was man gerade erlebt und gesehen hatte. Vor allem fehlte diesem Schweigen die stumme gegenseitige Ablehnung.

»Möchten Sie, daß wir die Ausfahrt damit beenden und wieder zum Haus Ihrer Verwandten zurückkehren, Miss Brandon?« erkundigte er sich dann.

Rosemarie überlegte kurz. »Ich muß gestehen, daß ich nicht eben viel von den Sehenswürdigkeiten, die Sie mir zeigen wollten, mitbekommen habe.«

Er lächelte. »Kein Wunder, waren wir doch zu sehr damit beschäftigt, uns zu streiten.«

»Streit? Wir haben unterschiedliche Meinungen vertreten, Mister Farrington. Aber vermutlich gilt das in Ihren Augen schon als Streitlust, wenn eine Frau nicht zu allem ja und amen sagt, was ein Mann äußert.«

»Sehen Sie, jetzt fangen wir schon wieder an!« rief er, ohne daß sein Gesicht jedoch Vorwurf oder Ingrimm ausdrückte.

Sie konnte sich eines Schmunzelns nicht erwehren. »Vielleicht wäre es wirklich besser, Sie würden mir ein paar von Kimberleys Sehenswürdigkeiten zeigen«, schlug sie vor. »Sicherlich fällt mir zu Diamantenminen, Bowling Clubs und Sanatorien weniger

Streitlustiges ein als zu anderen Dingen, auf die unser Gespräch gekommen ist.«
»Das muß sich erst noch erweisen«, spottete er. »Aber was wäre das Leben ohne einen Funken Hoffnung, nicht wahr, Miss Brandon?«
Rosemarie nahm sich vor, ihren seltsamen aufbegehrlichen Drang, der sich erst seit wenigen Wochen in dieser bestürzenden Ausprägung bei ihr eingestellt hatte, stärker unter Kontrolle zu halten. Dabei hatte sie doch noch nie eine Neigung zu Widerspruch und Auflehnung besessen, sondern sich immer nach Wärme, Schutz und Harmonie gesehnt. Daß sie auf einmal so rebellisch reagierte, konnte deshalb nur mit Afrika und der Sorge um ihren Vater zusammenhängen.
Zu ihrer angenehmen Überraschung wurde ihr Vorsatz jedoch für den Rest der Ausfahrt nicht ein einziges Mal auch nur halbwegs auf die Probe gestellt. Lawrence Farrington zeigte ihr die Minen, die verschiedenen Clubhäuser, Theater und berühmten Hotels, wußte zu so manchen Gebäuden und Plätzen interessante Anekdoten zu erzählen und gab nicht eine Bemerkung von sich, die sie zu einem Widerspruch hätte reizen können. Sie verspürte auch kein Verlangen danach, den Frieden zwischen ihnen zu zerstören. Die Fahrt verlief in einer völlig entspannten Atmosphäre, fast so, als wären sie gute Freunde. In Gedanken konstatierte sie, daß er sehr angenehme Seiten besaß. Wenn er wollte, konnte er bezaubernd charmant und unterhaltend sein, so daß seine Gesellschaft zu einem echten Vergnügen wurde.
Zum Schluß umrundeten sie einmal den Botanischen Garten westlich der Eisenbahnlinie, der mit seinen verschiedenen Pavillons und von Palmen gesäumten Feldern, auf denen die Kricket- und Rugbywettkämpfe ausgetragen wurden, großen Eindruck auf Rosemarie machte, auch wenn er keinen Vergleich mit den Parkanlagen ihrer Heimat aushielt.
»Leider habe ich Ihnen noch bei weitem nicht alles zeigen kön-

nen, worauf die Bürger von Kimberley stolz sind«, bedauerte er, als sie von der Park Road in die Harley Street abbogen. »Aber dafür fehlte uns die Zeit. Ihr Vater sowie Mister und Missis Thorndike werden Sie schon zurückerwarten.«

»Ein Großteil der Fahrt haben wir ja auch anderweitig genutzt«, erwiderte Rosemarie und wies damit dezent auf ihre hitzigen Diskussionen hin. »Die Ausfahrt war jedenfalls in jeder Beziehung ein äußerst anregendes Erlebnis.«

»Ich hoffe, Sie sehen Kimberley nun mit etwas anderen Augen, Miss Brandon«, erwiderte er, während Josh den Zweispänner durch die Einfahrt lenkte.

»Nicht nur Kimberley«, versicherte sie hintersinnig.

Er verstand und lächelte zurückhaltend. »Vielleicht haben Sie ja Interesse, in der kommenden Woche noch einmal eine Ausfahrt zu unternehmen«, sagte er, eine direkte Frage vermeidend.

»Das könnte durchaus sein, Mister Farrington«, entgegnete sie unverbindlich.

Josh sprang vom Kutschbock und riß den Schlag auf. Lawrence Farrington reichte ihr beim Aussteigen seine Hand und führte sie ins Haus. Dort hielt er sich jedoch nicht länger auf, sondern verabschiedete sich rasch von allen. Dabei fiel ihr auf, daß sich seine Haltung fast schlagartig veränderte, als er sich ihrem Vater gegenübersah. An die Stelle gelöster Freundlichkeit trat wieder jene steife Höflichkeit, die sie auf der Zugfahrt kennengelernt hatte und hinter der nur mühsam verborgene Ablehnung lag, wie sie vermutete. Und mehr denn je war sie überzeugt davon, daß es zwischen ihrem Vater und Lawrence Farrington etwas gab, was ihre Beziehung stark belastete, womöglich sogar vergiftete. Was war bloß zwischen diese beiden Männer getreten, die einst ein Herz und eine Seele gewesen waren, ja fast wie Vater und Sohn, wie Tante Bess einmal bemerkt hatte?

14

Von einem schweren Zerwürfnis wollte ihr Vater jedoch nichts wissen, als Rosemarie nach dem Abendessen noch eine Weile bei ihm am Bett saß und ihm ihren Eindruck schilderte. »Eine geschäftliche Partnerschaft ist kein Rosengarten, mein Kind. Da gibt es ständig Meinungsverschiedenheiten, besonders bei drei Partnern, auch wenn man sich noch so gut versteht und gegenseitig respektiert. Das gehört zur Natur der Sache. Aber zwischen Lawrence und mir gibt es nichts, was, wie du irrigerweise vermutest, uns entzweit hätte oder jemals entzweien könnte«, versicherte er.

»Ich wünschte, ich könnte dir glauben«, blieb sie skeptisch.

»Würde ich dich vielleicht anlügen?«

»Was heißt anlügen, Dad? Mir aus falscher Fürsorge die Wahrheit vorenthalten, das traue ich dir sehr wohl zu.«

Er lachte kurz auf. »Du siehst Gespenster, mein Kind. Zwischen Lawrence und mir steht alles zum besten. Ich schwöre dir bei der Jungfrau Maria und beim Grab deiner seligen Mutter, daß ich noch nie so zufrieden mit Lawrence gewesen bin wie in diesen Wochen und daß ich mir keinen besseren Partner wünschen könnte als ihn. Darauf kommt es doch wohl an, nicht wahr? Und alles andere ist nicht der Erwähnung wert. Also, glaubst du mir nun?«

»Das muß ich ja wohl«, sagte sie, von seinem Schwur einigermaßen beruhigt, denn sie kannte ihren Vater gut genug, um zu wissen, daß er weder ihre verstorbene Mutter noch die Muttergottes jemals zur Zeugin eines falschen Schwurs anrufen würde. Dennoch blieb tief unter der Erleichterung ein unangenehmes

Gefühl zurück, daß sich bei aller Wahrheit, die im Schwur ihres Vaters lag, noch eine andere, dunkle Wahrheit dahinter verbarg.
»So, nun aber Schluß mit deinen unsinnigen und irrigen Ideen, Lawrence und ich könnten über Kreuz sein«, schloß er das Thema energisch ab. »Erzähl mir lieber, wie du den Nachmittag in seiner Gesellschaft verbracht hast. Bei Tisch war dazu ja keine Zeit. Ich danke Rupert weiß Gott täglich für seine Gastfreundschaft, aber manchmal ist seine Schwatzhaftigkeit recht schwer zu ertragen. Hüte dich vor Männern, die allzu großes Gefallen daran finden, sich selbst reden zu hören. Und nun berichte.«
Rosemarie konnte ihrem Vater nur beipflichten, was Onkel Rupert betraf. Er hatte mal wieder bei Tisch die Unterhaltung mit seinen Geschichten und politischen Ansichten dominiert, die sich zweifellos zehnmal eher mit denen von Cecil Rhodes deckten als mit den Überzeugungen von Lawrence Farrington, plädierte Onkel Rupert doch lautstark für einen Krieg, um die »Burenbrut«, wie er sich ausdrückte, ein für allemal vom afrikanischen Kontinent zu fegen.
»Da gibt es gar nicht viel zu berichten, Dad«, sagte sie.
»Vielleicht nichts, was du mir berichten möchtest!« Er drohte ihr augenzwinkernd mit dem Zeigefinger. »Immerhin wart ihr länger als erwartet weg, nämlich über anderthalb Stunden. Da müßt ihr euch schon gut verstanden und unterhalten haben, ist es nicht so?«
»Ja, wir haben uns wirklich sehr ... sehr angeregt unterhalten, das ist richtig, und dabei ist eben die Zeit wie im Flug vergangen«, gab sie zu und dachte nicht daran, ihren Vater damit zu belasten, daß sie sich zu Anfang heftig in die Haare geraten waren.
Er lächelte sie an. »Daß ihr euch so gut versteht, ist die größte Freude, die du mir bereiten kannst.«
»Dad, es war nichts weiter als eine nette Ausfahrt!« wandte sie alarmiert ein.
»Ich weiß, ich weiß, wir wollen auch nichts überstürzen«, versi-

cherte er, doch seine Worte waren absolut nicht dazu angetan, sie zu beruhigen. »Aber nur die Pflanze, die ständig gegossen und liebevoll gepflegt wird, blüht und bringt eines Tages reiche Früchte. Und Lawrence ist ein feiner Kerl, Rosemarie. Ein wahrer Gentleman, auf dessen Wort du blind bauen kannst und der es auch geschäftlich noch zu Großem bringen wird. Deshalb tust du gut daran, dich ihm von deiner besten Seite zu zeigen und ihm dein Herz zu öffnen.«

»Willst du mich vielleicht mit ihm verkuppeln?«

Mit dem verletzten Blick eines Menschen, der sich frei von jeder Schuld angeklagt weiß, sah er zu ihr auf. »Wie kannst du bloß so etwas Dummes sagen, mein Kind? Damit tust du mir weh. Ich habe doch nur dein Bestes im Sinn«, antwortete er mit gekränkter Stimme. »Zudem hat Lawrence ganz von sich aus ein solch lebhaftes Interesse an dir bekundet, und dieses Interesse hat ja offensichtlich nicht nachgelassen, sondern ist im Gegenteil noch gewachsen.«

»Dessen bin ich mir aber nicht so sicher«, wandte Rosemarie ein. »Er ist bestimmt all das, was du gesagt hast. Aber was mich betrifft, da fühlt er sich vermutlich einfach nur verpflichtet, weil ich deine Tochter bin.«

»Ach was!« widersprach ihr Vater jetzt ärgerlich. »Er hat von der ersten Stunde an Gefallen an dir gefunden, und man braucht wahrhaftig kein Hellseher zu sein, um sagen zu können, daß sein Interesse sehr ernsthafter Natur ist.«

»Ob das nun so ist oder nicht, wollen wir mal dahingestellt sein lassen, weil es auch gar nicht wichtig ist«, entgegnete Rosemarie so versöhnlich wie möglich, sah sie doch, wie sehr ihr Widerspruch ihren Vater in Erregung versetzte. Er war im Gesicht hochrot angelaufen, und sein Atem ging besorgniserregend schnell und flach. »Denn sobald diese schreckliche Hitze nachläßt und du wieder zu Kräften gekommen bist, werden wir nach England zurückkehren, und Mister Farrington wird hier in seiner

Heimat weiter seine geschäftlichen wie privaten Interessen verfolgen.«

»Geh bitte nicht so leichtfertig darüber hinweg!« beschwor er sie nun. »Du versündigst dich gegen das Schicksal, das dir einen so guten Mann wie Lawrence Farrington zugeführt hat, der mehr als nur eine blendende Partie ist.«

»Um Gottes willen, Dad, rege dich doch bitte nicht so auf«, sagte Rosemarie nun flehentlich, besorgt um seine Gesundheit. »Dafür besteht doch überhaupt kein Grund. Es war ja nur eine Ausfahrt, und ...«

»Bitte versprich mir, daß du dich vor eitlem Hochmut hütest und dich nicht für zu gut dünkst, um einem Mann wie Lawrence deine Beachtung zu gönnen!« redete er schnell und abgehackt auf sie ein. Er hatte sich im Bett aufgerichtet und hielt ihr Handgelenk fast krampfhaft umklammert, als wollte er sie auch physisch niederzwingen.

»Aber Dad, ich bin weder hochmütig, noch dünke ich mich zu gut!« beteuerte sie verstört. »Es ist nur ...«

Er gab ihr keine Gelegenheit, ihren Einwand auszusprechen. »Wenn deine selige Mutter noch lebte, würde sie dir nicht weniger ins Gewissen reden als ich«, fuhr er erregt fort. »Und mit gutem Recht. Du hast mittlerweile ein Alter erreicht, wo man als Vater darauf vertrauen dürfen sollte, daß du dir deiner Verantwortung bewußt bist und daß du deine Entscheidungen nicht von unreifen mädchenhaften Illusionen beeinflussen läßt. Versprich mir deshalb, daß du verantwortlich denken, reden und handeln wirst – und daß du Lawrence eine faire Chance gibst, sofern er tatsächlich ernsthaft an dir interessiert sein sollte. Versprich es mir bei allem, was dir heilig ist, und zwar in deinem eigenen Interesse.« Er schüttelte ihren Arm. »Versprich es, Kind!«

»Ich verspreche es, Dad«, flüsterte Rosemarie, betroffen von seiner erregten, beschwörenden Rede. »Aber um Gottes willen, beruhige dich doch endlich. Ich habe das alles doch gar nicht so gemeint.«

Er gab ihre Hand frei, fiel in die Kissen zurück und schloß erschöpft die Augen. »Ich mache mir so schreckliche Sorgen um dich, Rosemarie. Verzeih mir, wenn ich manchmal so hart mit dir ins Gericht gehe. Ich meine es ja nur gut mit dir«, murmelte er kraftlos. »Und jetzt kein Wort mehr davon. Ich vertraue darauf, daß du von nun an stets an dein Versprechen denken wirst, das du mir gegeben hast. Damit soll es gut sein. Laß uns jetzt beten, meine Prinzessin. Sei so lieb und bete du vor. Es ist so beruhigend, deine Stimme zu hören ...«

Ihr Vater schlief schon nach wenigen Minuten ein, als hätte ihn das Gespräch mit ihr seine letzte Kraft gekostet. Sie beendete das Gebet, hauchte ihm einen Kuß auf die Stirn und löschte das Licht.

Darum bemüht, sich ihre Bedrückung nicht anmerken zu lassen, begab sie sich hinunter in den kleinen Salon, wo Emily und Tante Bess ihrer großen Leidenschaft, der Handarbeit, frönten. Ihnen konnte keine Stickerei kompliziert genug sein. Je größer die Schwierigkeit, desto eifriger waren sie bei der Sache. Rosemarie bewunderte die hohe Kunstfertigkeit, die Emily und Tante Bess darin entwickelt hatten, vermochte ihre glühende Begeisterung für derlei Arbeiten jedoch nicht im mindesten zu teilen. Sie fand Handarbeiten öde und ermüdend. Was hätte sie jetzt bloß für ein Piano gegeben. Nichts half ihr mehr über schwere Stunden hinweg, als sich ans Klavier zu setzen und ihrem Gemüt musikalisch Ausdruck zu verleihen und sich vom eigenen Spiel trösten und aufrichten zu lassen.

Rosemarie leistete den beiden Frauen der Höflichkeit halber noch eine knappe Stunde Gesellschaft, die sie mit einem Magazin verbrachte, das sie wenig interessierte. Dann gähnte sie mehrmals unverhohlen und sagte, daß es für sie wohl Zeit sei, sich zu Bett zu begeben.

»Laß nur, Emily. Ich komme schon allein zurecht«, versicherte sie, als diese ihre Handarbeit zur Seite legte, um ihr beim Entkleiden und Ausbürsten zu helfen. »Leiste ruhig Tante Bess noch eine Weile Gesellschaft. Gemeinsam gehen einem solche Stickereien bestimmt besser von der Hand.«

In ihrem Zimmer schaltete Rosemarie nicht das elektrische Licht ein, sondern zündete nur eine Kerze auf der Waschkommode an. Sie entkleidete sich bis auf ihre Leibwäsche, löste den Zopf und kämmte sich selbst das Haar aus. Hundert gleichmäßige Bürstenstriche. Sie geriet dabei rasch ins Schwitzen, denn die Hitze des Tages hatte nur wenig von ihrer drückenden Kraft verloren. Verschwitzt wollte sie sich jedoch nicht ins Bett legen. Nach dem Ausbürsten entledigte sie sich ihrer restlichen Kleidung und genoß es, sich mit dem kühlen Wasser aus der Kanne, das April immer erst spät am Abend aus dem Keller holte, von Kopf bis Fuß zu erfrischen. Wie wunderbar es war, das herrliche Naß über ihren nackten Körper rinnen zu lassen. Ein Genuß, den sie sich fast jede Nacht vor dem Zubettgehen gönnte.

Rosemarie trocknete sich nur flüchtig ab, zog ihr dünnes Nachthemd über und blies das Kerzenlicht aus. Es fiel ihr schwer, sich auf ihr Nachtgebet zu konzentrieren; als sie vor ihrem Bett niederkniete, ging ihr doch wie eine endlose Litanei immer und immer wieder durch den Kopf, was ihr Vater gesagt und von ihr verlangt hatte.

»Allmächtiger, barmherziger Gott, gib in Deiner großen Güte, daß mein Vater bald wieder gesund wird und wir nach Bath zurückkehren können«, trug sie ihre Nöte und Ängste schließlich im Gebet Gott vor, empfand diese Bitte aber als zu egoistisch und fast wie einen Verrat an ihrem Vater. Und so fügte sie schnell hinzu: »Aber allein Dein Wille geschehe, Herr. Du weißt besser als ich, wie es in mir aussieht und was mich bedrückt. Und Du wirst mir zur rechten Zeit das richtige Tun eingeben, darauf vertraue ich. Ich will alles annehmen, aber deshalb darf ich Dich dennoch darum bitten, meinem Vater eine rasche Genesung zu schenken, nicht wahr?« Sie biß sich auf die Lippe. Statt Dank für all die Segnungen ihres Lebens und Lobpreis Gottes kam sie nun doch wieder mit drängenden Bitten. Ihr Egoismus war einfach nicht zum Schweigen zu bringen. Dabei wollte sie doch nicht undankbar sein. Warum fehlte es ihr nur an innerer Kraft?

Dad muß es einfach bald wieder bessergehen, dachte sie beschwörend, als sie unter dem feinen Moskitonetz lag, nur mit dem dünnen Überlaken bedeckt. Dann kommt alles in Ordnung, und in Bath wird Dad keinen Grund haben, unzufrieden mit mir zu sein. Es ist nur meine Angst, Dad zu verlieren, die mich so macht – und all das Fremde und Ungewisse in dieser afrikanischen Halbwüste.

Es dauerte lange, bis sich in dieser Nacht der Schlaf bei ihr einstellte. Sie warf sich noch unruhig hin und her, von immer neuen Gedanken wach gehalten, als Emily schon längst im Bett lag und es still im Haus geworden war. Sie hörte sogar noch die schwere Standuhr unten in der Halle Mitternacht schlagen und das Kläffen eines Hundes. Dann aber schlief sie endlich ein.

Wirre Träume geisterten durch ihren Schlaf, die in den frühen Morgenstunden von erotischen Erlebnissen bestimmt wurden. Rosemarie befand sich in jenem seltsamen Schwebezustand zwischen Schlaf und Erwachen, in dem man noch im Traum verhaftet ist, gleichzeitig aber schon eine bewußte Ahnung davon hat, daß man träumt und sich an der Schwelle zum Aufwachen befindet.

Sie wollte aber nicht aufwachen, genoß sie doch diese wilde Ausfahrt mit jeder Faser ihres Körpers. Der Wagen, von einem Dutzend silbern glänzender Schimmel gezogen, flog nur so durch die mondhelle Landschaft voll blühender Sommerwiesen, klarer Bäche und dichter Laubwälder. Daß sie ihr Haar ungezähmt trug und bloß mit einem hauchzarten Nachtgewand bekleidet war, das ihren durchscheinenden Körper umflatterte, war in ihrem Traum völlig in Ordnung. Wie es ihr auch ganz natürlich erschien, in den Armen eines Mannes zu liegen, der sie küßte und dessen Hände ihren Körper liebkosten. Es beunruhigte sie seltsamerweise auch nicht, daß die Identität dieses Mannes wechselte, gehörte das doch zu den Regeln des Traums. Wann immer sie die Augen öffnete, schaute sie in ein anderes Gesicht. Insgesamt waren es drei Männer, die sie abwechselnd in ihren Armen hielten: Trevor Bailey, Richard Hamilton und Lawrence Farrington. Schloß sie die Augen, war es, als verschmolzen diese drei Männer zu einer Person, deren Zärtlichkeit die der einzelnen Traumgestalten bei weitem überflügelte.

Sie erschauerte unter den Händen, die über ihre Brüste strichen und wieder einmal dieses geheimnisvolle Verlangen in ihrem Körper weckten. Ein Verlangen, von dem sie noch nicht wußte, wohin genau es drängte und welcher Art die Erfüllung dieses fast schmerzvollen Sehnens sein würde.

Plötzlich jedoch entglitt ihr der wunderbare Traum. Die Bilder verblaßten jäh, als eine stinkende Wolke ihr entgegenschlug und sie umhüllte. Es war der ekelhafte Geruch von schlechtem Atem und Alkoholausdünstungen.

Rosemarie erwachte, und der Traum löste sich gänzlich auf, wie Nebelschleier im warmen Licht der Sonne.

Doch die Hand auf ihrer Brust war noch immer da, stellte sie mit schläfriger Verwunderung fest. Erst mit einem Moment Verzögerung folgte der Schock, als ihr bewußt wurde, was das bedeutete. Diese Hand gehörte nicht zum Traum. Sie war Wirklichkeit. Jemand befand sich in ihrem Zimmer und streichelte über ihre Brust.

Rosemarie stieß einen erstickten Schrei aus und riß die Augen auf. Es fiel genug Mondlicht durch die Gardinen ins Zimmer, daß sie die Umrisse der Gestalt erkennen konnte, die das Moskitonetz zurückgeschlagen hatte und über sie gebeugt auf der Bettkante saß. Sie wollte es jedoch nicht glauben.

»Onkel Rupert!?«

»Ist ja schon gut, Rose«, raunte er, ohne seine Hand von ihrer

Brust zu nehmen. »Ganz ruhig, mein Herzchen. Ich bin ja bei dir. Das gefällt dir, nicht wahr? Bleib nur still liegen, und laß mich machen.«

Sein Atem stank abscheulich nach Alkohol, und in seinen Kleidern hing kalter Zigarrenrauch. »Mein Gott, was tust du?« stieß sie verstört aus. »Was hast du in meinem Zimmer zu suchen?«

»Nicht so laut, meine kleine Rose. Ich bin ja bei dir«, flüsterte er mit schwerer Zunge. »Bei deinem Onkel bist du in den besten Händen. Mir kannst du dich anvertrauen, mit all deinen Sorgen ... und deinen geheimen Wünschen.«

Daß ihr Onkel mitten in der Nacht ihr Schlafzimmer betreten hatte und ihr über die Brust streichelte, war etwas so Ungeheuerliches, daß sie vor Schock wie gelähmt war. Ihr schien das Herz stillstehen und der Atem wegbleiben zu wollen.

»Laß das!« brachte sie schließlich keuchend hervor, schlug seine Hand zur Seite und rutschte von ihm weg.

»Aber es gefällt dir doch. Ich weiß, daß es dir gefällt. Du hast mir ja gerade gezeigt, wie sehr du es magst«, sagte Onkel Rupert kichernd, als hätte sie sich seiner Hand nur aus Spaß entzogen. »Also sei lieb zu deinem Onkel, denn er kann dir Dinge zeigen, nach denen du ganz verrückt sein wirst. Du mußt mir nur vertrauen, mein Rosenherzchen ...« Er streckte seine Hand nach ihr aus und legte sie auf ihren Schenkel.

Erst jetzt wurde sich Rosemarie bewußt, daß sie im Schlaf das leichte Überlaken von sich gestrampelt hatte. Vielleicht hatte Onkel Rupert es aber auch zurückgeschlagen. Jedenfalls lag sie in ihrem dünnen Nachthemd völlig unbedeckt auf dem Bett. Und er wagte es doch tatsächlich, ihr seine Hand auf den Schenkel zu legen!

Statt es mit der Angst zu tun zu bekommen, stieg eine Welle des Zorns, vermischt mit Scham, in ihr auf. Gleichzeitig wurden Erinnerungen in ihr wach, die sie tief in sich vergraben hatte. Schamvolle und beklemmende Erinnerungen an unbeobachtete

Momente in Bath, als Onkel Rupert sie als kleines Mädchen auf seinen Schoß genommen und sie gestreichelt hatte. Dabei war seine Hand mehr als einmal an ihrem Bein hoch und unter ihr Kleidchen gerutscht, so auch am Tag der Beerdigung ihrer Mutter, als er darauf bestanden hatte, sie in ihrem Zimmer noch ein wenig zu trösten. Erinnerungen, die plötzlich mit erschreckender Klarheit zurückkehrten.

»Faß mich nicht an!« fauchte sie und schlug seine Hand erneut weg. Dann griff sie zum Bettuch und bedeckte sich hastig damit. »Wage es nicht noch einmal, mich zu berühren! Sonst schreie ich das ganze Haus zusammen, hast du mich verstanden? Und verschwinde augenblicklich aus meinem Zimmer! Du solltest dich schämen!«

Mit einem Ruck richtete er sich auf. »Schämen?« stieß er mit heiserer Stimme aus und klang schlagartig ernüchtert. »Was redest du da für ein dummes Zeug, Kind?«

»Du weißt ganz genau, was ich meine! Wenn Tante Bess ahnen würde, was du gemacht hast ... ich weiß nicht, was sie mit dir tun würde!« zischte Rosemarie. »Aber ganz sicher würde sie vor Scham und Schande am liebsten im Boden versinken!«

»Red nicht so laut! Du könntest Missis Mitford aus dem Schlaf holen!« flehte Onkel Rupert sie erschrocken an und sprudelte hastig eine Entschuldigung hervor: »Ich gehe ja schon, aber du solltest wissen, daß ich nur mit lauteren Absichten in dein Zimmer gekommen bin. Ich ... ich habe dich im Schlaf wimmern und um Hilfe rufen hören, als ich zufällig an deiner Zimmertür vorbeigekommen bin. Ich habe dich nur von dem gräßlichen Alptraum befreien wollen, unter dem du offenbar gelitten hast. Deshalb habe ich es gewagt, in dein Zimmer zu kommen und dich an der Schulter zu berühren und sanft zu rütteln. An der Schulter, Rose! Mehr war nicht, alles andere mußt du geträumt haben! Also hüte dich davor, dir irgendein törichtes Märchen zusammenzureimen, mit dem du viel Schaden anrich-

ten würdest. Und das wäre eine unverzeihliche Todsünde, für die der Herr dich strafen würde. Ich bin dein Onkel, und ich würde doch nie im Leben etwas tun, was nicht zu deinem Besten wäre.«
Rosemarie glaubte ihm kein Wort, wollte jedoch nicht mit ihm streiten, sondern ihn so schnell wie möglich aus ihrem Zimmer haben. »Dann kannst du ja jetzt beruhigt gehen«, forderte sie ihn kühl auf.
Zögernd, als wüßte er noch nicht, ob er ihr vertrauen konnte, trat er vom Bett zurück. Er schwankte ein wenig, was ein deutlicher Hinweis auf seinen trunkenen Zustand war. »Du weißt nun, wie es sich in Wirklichkeit verhalten hat, nicht wahr?«
»Ja, Onkel Rupert«, versicherte sie mühsam beherrscht. »Aber würdest du mich jetzt endlich allein lassen, damit ich wieder einschlafen kann?«
»Natürlich, natürlich, mein Kind«, raunte er und zog sich auf Zehenspitzen zur Tür zurück. »Nachdem ich dir den schrecklichen Alptraum vertrieben habe, wirst du bestimmt gut schlafen. Es ist ja noch früh, gerade erst vier Uhr. Morgen ist alles vergessen, nicht wahr?«
»Ja, Onkel Rupert.«
Wie ein Dieb stahl er sich aus dem Zimmer. Kaum hatte er die Tür lautlos hinter sich ins Schloß gezogen, sprang Rosemarie aus dem Bett, lief hin und verriegelte sie. Mit klopfendem Herzen sank sie gegen die Wand, kreuzte die Arme vor der Brust und faßte sich an den Schultern. Ein Schauer wie Schüttelfrost ging durch ihren Körper.
Onkel Rupert war in ihr Zimmer eingedrungen, hatte sie unsittlich berührt und versucht, sie zu verführen! Es erschien ihr so unglaublich, daß sie einen Moment daran zweifelte, dies wirklich erlebt zu haben. Aber es war tatsächlich geschehen, und die Erinnerung aus jener Zeit, als die Thorndikes sie in Bath besucht hatten, bekam nun eine neue, abscheulich klare Bedeutung.
Nein, an den Absichten, mit denen Onkel Rupert in ihr Zimmer

eingedrungen war, gab es nicht den geringsten Zweifel. Daran änderte auch sein betrunkener Zustand nichts. Er war jedenfalls nicht so volltrunken gewesen, um nicht genau zu wissen, was er machte. Der Alkohol hatte ihm vermutlich nur den Mut gegeben, das zu tun, wonach es ihn schon lange verlangt hatte. All die scheinbar zufälligen und unschuldigen Berührungen und Küsse, sie sprachen im Licht dieses ungeheuerlichen Geschehens eine deutliche Sprache.

Von wegen sie hätte im Schlaf, von Alpträumen geplagt, so laut gewimmert und um Hilfe geschrien, daß er es auf dem Flur hören konnte. Was für eine lächerliche Lüge. Wäre dem so gewesen, hätte Emily es längst mitgekriegt und wäre zu ihr ans Bett geeilt, denn für derlei Geräusche besaß sie das Gehör einer Mutter, wie tief sie selbst auch schlief. Onkel Rupert hatte genau gewußt, was er wollte – und dieser Gedanke bereitete ihr sogar ein körperliches Ekelgefühl.

In ihr Bett zurückgekehrt, zermarterte sie sich lange das Gehirn, ob sie Emily anvertrauen sollte, was ihr in dieser Nachtstunde widerfahren war. Emily war die einzige Person, mit der sie darüber reden konnte. Doch was gab es über Onkel Ruperts schändliches Tun eigentlich zu reden, wenn sie ihn nicht an den Pranger zu stellen gedachte? Denn daß sie weder ihren Vater damit belasten noch Tante Bess unglücklich machen durfte, stand von vornherein fest. Was Onkel Rupert sich herausgenommen hatte, war schlimm genug. Darüber mit einer dritten Person zu reden, würde die Sache nur noch prekärer machen. Daher beschloß sie, ganz wie ihr Onkel geraten hatte, über diese häßliche Geschichte Stillschweigen zu bewahren.

Onkel Rupert war sich offenbar nicht sicher, ob sie seinem Rat auch tatsächlich folgen würde, denn er paßte sie am nächsten Morgen vor ihrem Zimmer ab.

»Hast du gut geschlafen, mein Kind?« fragte er, als wäre in der vergangenen Nacht nichts Ungewöhnliches vorgefallen. Allein

sein blasses, angespanntes Gesicht verriet, daß er es besser wußte und von Ungewißheit gequält wurde, welche Folgen sein Verhalten wohl haben mochte.
»Nein, und ich glaube nicht, daß ich diese Nacht jemals vergessen werde, Onkel Rupert!«
Er lächelte gequält. »Ich weiß, ich weiß, mir ist da ein bedauerliches Mißgeschick unterlaufen, und es tut mir auch leid, daß ich dich ein wenig erschreckt habe«, entschuldigte er sich hastig.
Sie zog die Augenbrauen hoch. »Ein wenig?«
»Ich gestehe, daß ich mich von meinen Freunden wohl dazu habe verleiten lassen, dem Brandy stärker als gewöhnlich zuzusprechen«, fuhr er rasch fort. »Deshalb vermag ich mich auch nur noch undeutlich an den gestrigen ... äh ... Zwischenfall zu erinnern. Ein Ausrutscher ... peinlich, wirklich sehr peinlich, das gestehe ich wohl ein, aber ohne böse Hintergedanken, du verstehst, nicht wahr?«
Seine Entschuldigung kam weder von Herzen, noch war sie glaubwürdig. »Ich habe dazu meine eigenen Gedanken, die ich besser für mich behalten möchte, Onkel Rupert«, erwiderte sie kühl.
»Das ist auch sehr ratsam!« Er lächelte, doch in seinen Augen stand ein kalter, drohender Ausdruck. »Du würdest dich einer unverzeihlichen Versündigung schuldig machen, wenn du deinen Vater mit irgendwelchen Phantastereien aufregtest, könnte ihm das in seinem Zustand doch den Tod bringen. Und du möchtest doch nicht deinen Vater auf dem Gewissen haben, oder?«
Sie beherrschte ihren aufwallenden Zorn. »Ich weiß, was ein reines Gewissen ist, Onkel Rupert!« antwortete sie scharf. »Aber keine Sorge, ich habe nicht die Absicht, ihm das Leben noch schwerer zu machen.«
»Das ist sehr klug von dir«, lobte er sie, und sein Gesicht entspannte sich sichtlich. »Und natürlich wirst du auch Bess nicht damit belästigen, richtig? Sie könnte sonst meinen, du

wolltest dich wichtig machen, indem du häßliche Gerüchte in die Welt setzt. Und das wäre kaum der richtige Dank für unsere doch wohl überaus große Gastfreundschaft, wie du mir sicherlich zustimmen wirst.« Er kniff ihr in die Wange wie einem kleinen Kind, noch ehe sie es zu verhindern vermochte. »Zudem könnte deine arglose Tante ja auch auf den Gedanken kommen, du hättest versucht, deinen lieben Onkel zu verführen. Ja, schau mich nicht so ungläubig an, Rose. Im Leben passieren wirklich die verrücktesten Dinge. Deshalb ist man gut beraten, mit allem zu rechnen und sich vor voreiligen Schritten zu hüten. Ich denke, du verstehst mich.«

Sein halb schleimig freundlicher, halb rücksichtslos drohender Appell, gefälligst den Mund zu halten, verschlug ihr im ersten Moment den Atem. »Ja, ich verstehe nur zu gut, Onkel Rupert!« sagte sie voller Abscheu. »Und du bist gut beraten, mich nie wieder zu berühren, denn du würdest es bitter bereuen, das schwöre ich dir!« Damit ließ sie ihn stehen.

»Der gute Charles hat recht, es wird Zeit, daß du unter die Haube kommst und lernst, dich einem Mann unterzuordnen und worin sonst noch deine ehelichen Pflichten bestehen!« rief er ihr bissig mit gedämpfter Stimme nach. »Sonst entwickelst du noch mehr von diesen typischen Wahnvorstellungen alter Jungfern, die sich schrecklich wichtig nehmen und sich von jedem Paar Männerhosen verfolgt wähnen!«

Mit Tränen ohnmächtiger Wut in den Augen, flüchtete sie in das Zimmer ihres Vaters am vorderen Ende des langen Flurs. Er saß schon gewaschen, frisiert und angekleidet in seinem Rollstuhl.

»Was hast du, Kind?« fragte er besorgt, als er sie ansah.

»Nichts, Dad. Es ist wirklich nichts«, antwortete Rosemarie mit tränenerstickter Stimme und schlang ihre Arme um seinen erbärmlich schmächtigen Oberkörper. »Ich hatte nur einen schlimmen Traum.«

15

Am Dienstag nachmittag stattete ihr Lawrence Farrington erneut einen Besuch ab. Und er brachte ihr zum zweitenmal ein Geschenk. Aber erst nach dem obligatorischen Tee, als er mit ihr allein am Tisch unter der Veranda saß, holte er das Päckchen hervor und reichte es ihr. Es paßte gut in ihre Handfläche.

»Aber Mister Farrington!« rief sie und hatte Mühe, ihr inneres Erschrecken vor ihm zu verbergen. Denn der Größe und dem Gewicht nach konnte es sich gut um das Schmuckkästchen eines Juweliers handeln – das womöglich einen Ring enthielt, einen Verlobungsring beispielsweise.

Ihr brach der Schweiß aus. »Das kann ich unmöglich annehmen«, sagte sie und wollte ihm das Päckchen zurückgeben.

»Sie müssen«, erwiderte er. »Die Schachtel enthält eine echte Rarität, fast so etwas wie einen afrikanischen Talisman, der Ihnen Schutz und Verteidigung in allen kritischen Situationen gewährt.«

Rosemarie atmete insgeheim erleichtert auf. Ein afrikanischer Talisman, der zudem eine Rarität war, konnte wohl kaum ein Verlobungsring sein. Sie löste nun die Schleife des schmalen Seidenbandes, wickelte die Schachtel aus – und stieß einen Laut der Überraschung aus, als sie den Deckel öffnete und sah, was auf dem schwarzen Samt der kleinen Schatulle lag: ein etwa daumenlanger Eingeborenenschild mit herrlichen Verzierungen, hinter dem oben die Spitze einer schwertähnlichen Lanze hervorragte und unten deren Schaftende. Schild und Lanze waren aus Silber gearbeitet und glänzten blank poliert.

»Mein Gott, wie kunstvoll«, staunte sie mit ehrlicher Bewunde-

rung und stellte fest, daß Schild und Lanze miteinander verbunden waren.
»Das soll einen mit Leopardenfell bespannten Zuluschild und einen Assegai darstellen«, erklärte er mit einem zufriedenen Lächeln darüber, daß sie Gefallen an seinem Geschenk fand. »Zu benutzen ist diese nette Arbeit als Lesezeichen. Man klemmt die Seite zwischen Schild und Assegai, so daß die Klingenspitze ein Stück herausschaut und verrät, an welcher Stelle man die Lektüre unterbrochen hat.«
»Es ist ein wunderbares Lesezeichen. Und wie gut all die fein ziselierten Details zu erkennen sind.«
»Mhekosi ist wahrlich ein begnadeter Künstler«, sagte Lawrence Farrington. »Hätte er weiße statt schwarze Haut, wäre er ein erfolgreicher Gold- und Silberschmied und wohl schon längst ein vermögender Mann. So aber kann er sich glücklich schätzen, daß er eine recht anständig bezahlte Stellung bei Chelmsford & Sons, einem unserer besseren Juweliere, gefunden hat.«
Rosemarie kamen Bedenken, und sie sagte, daß sie ein solch kostbares Geschenk unmöglich von ihm annehmen könne. Er beharrte jedoch darauf, daß es für sie geschaffen sei. »Und obgleich es gewiß seinen guten Wert besitzt, ist ›kostbar‹ nicht unbedingt die rechte Bezeichnung dafür, Miss Brandon. Außerdem ist ›kostbar‹ stets eine Frage des persönlichen Wohlstandes wie auch des ideellen Wertes, den man einer Sache beimißt.«
Schließlich nahm Rosemarie das Geschenk an, bedankte sich herzlich dafür, wollte dann aber wissen: »Wieso sagten Sie vorhin, es würde mir Schutz und Verteidigung in allen kritischen Situationen gewähren, Mister Farrington?«
Ein Lächeln huschte über sein Gesicht. »Ich gestehe ein, schamlos übertrieben zu haben, Miss Brandon. Obwohl ich zugeben muß, daß Sie sich Ihrer Haut so hervorragend zu wehren wissen, wie ich aus eigener leidvoller Erfahrung sagen kann, daß Sie zu Ihrer

Verteidigung gar nicht mehr benötigen als so einen zierlichen Schild – wenn überhaupt.«

Rosemarie lachte belustigt auf. »Ich glaube, Sie wollen mich nur in Sicherheit wiegen, um sich zu gegebener Zeit für meinen Widerspruchsgeist zu revanchieren.«

Ihre Unterhaltung plätscherte noch eine Weile angenehm dahin. Irgendwie kam das Gespräch dann auf Politik und Onkel Rupert sowie dessen Ansichten, die so wenig mit denen von Lawrence Farrington übereinstimmten, wie Rosemarie bemerkte.

»Ich möchte nicht indiskret und neugierig erscheinen, aber vorhin beim Tee konnte ich mich nicht ganz des Eindrucks erwehren, als hätten auch Sie sich schon einmal besser mit Ihrem Onkel verstanden, Miss Brandon«, erwiderte er daraufhin und bewies damit eine ausgezeichnete Beobachtungsgabe. »Oder sollte ich mich vielleicht getäuscht haben?«

»Nein, Sie haben sich nicht getäuscht, Mister Farrington«, gab sie zu, überaus erstaunt, daß ihm die Veränderung zwischen ihrem Onkel und ihr nicht entgangen war. Dabei bemühte sie sich doch nach besten Kräften, sich nicht das Geringste anmerken zu lassen. Und Onkel Rupert spielte dieses falsche Spiel mit noch größerer Perfektion. Seine Geschwätzigkeit und sein unbekümmertes Verhalten ihr gegenüber in Gegenwart anderer stieß sie ab und machte es ihr noch schwerer, ihre Verachtung für ihn nicht erkennen zu lassen. Sie würde sich offensichtlich noch mehr anstrengen müssen, um den äußeren Schein aufrechtzuerhalten. »Aber wenn man länger unter einem Dach zusammenlebt, dann sind Differenzen nicht immer zu vermeiden.«

Sie bot keine weiterführende Erklärung an, worin ihre Differenzen mit Onkel Rupert bestehen mochten, und er zeigte sich taktvoll genug, auf bohrende Fragen zu verzichten. Eine Viertelstunde später erhob er sich und bedankte sich für den Tee und ihre Gesellschaft.

Und dann, fast schon im Gehen, überraschte er sie mit einer

Einladung. »Der Debattierclub bietet in Zusammenarbeit mit dem Literaturclub übermorgen abend eine Veranstaltung an, die für jeden literarisch Interessierten höchst reizvoll und auch unterhaltsam sein dürfte. Das Thema lautet nämlich: ›Hat sich Thomas Hardy mit seinem Roman *Jude the Obscure* zu den Totengräbern der englischen Literatur gesellt, während die phantastischen Romane von H. G. Wells den Weg in die literarische Zukunft weisen?‹ Ich beabsichtige, an dieser Veranstaltung teilzunehmen, und wäre geehrt, wenn Sie mir übermorgen abend die Freude Ihrer Begleitung machen würden.«

»Das ... das ist sehr liebenswürdig, Mister Farrington. Das Thema klingt wirklich interessant.«

»Dank der Familie Mendelssohn kann sich Kimberley einer ausgezeichneten Musical, Literary and Debating Society rühmen. Ich bin sicher, daß Sie es nicht bereuen werden, den Abend für diese Veranstaltung geopfert zu haben.« Fragend sah er sie an, denn ihre Antwort auf seine Einladung stand noch immer aus.

»Es wird mir ein Vergnügen sein, mit Ihnen daran teilzunehmen«, sagte sie mit einem höflichen Lächeln des Dankes. »Aber auch Emily würde sich diese literarische Debatte bestimmt nur ungern entgehen lassen, teilt sie doch meine ausgeprägte Leidenschaft für Bücher.«

Er nickte. »Missis Mitford ist herzlich eingeladen, uns zu begleiten, Miss Brandon.«

Als Lawrence Farrington gegangen war und Emily von der Einladung erfuhr, freute sie sich sehr – besonders aber für ihren Schützling. »Wie reizend sich Mister Farrington um dich bemüht«, sagte sie.

»Ja, auf einmal«, entgegnete Rosemarie versonnen. »Wie der Saulus, der zum Paulus wurde.«

»Da siehst du, wie natürliche Anmut und ein offenes Herz einen Menschen für sich einnehmen und verwandeln können«, erklärte

Emily voller Genugtuung. »Wie man in den Wald ruft, so schallt es auch wieder heraus.«
»Nun mal langsam, Emily! Immerhin ist er es gewesen, der zuerst so grimmig in den Wald gerufen hat, schon gleich bei unserer Ankunft in Kapstadt«, stellte Rosemarie richtig. »Ich bin da nur das Echo gewesen.«
»Vergiß doch diese alte Geschichte. Was einmal war, ist nicht länger von Bedeutung, schon gar nicht die Eisenbahnfahrt. Wir befanden uns da alle nicht in bester, ausgeglichener Seelenlage. Das einzige, was jetzt zählt, ist, daß Mister Farrington deinem Liebreiz erlegen ist und dir so galant den Hof macht.«
»In Bath hätte ich nichts dagegen einzuwenden. Aber daß mir jemand hier in Kimberley den Hof macht, ist wohl das letzte, was ich mir wünsche«, erwiderte Rosemarie mit einem Anflug von Verdrossenheit.
Nichtsdestotrotz genoß sie zwei Tage später den Abend mit Lawrence Farrington und Emily in der Debating Society. Die Veranstaltung war gut besucht, und die Debattierer auf dem Podium erwiesen sich nicht nur als belesen und dem Thema gewachsen, sondern auch als rednerisch geübt. Sie wußten ihre Standpunkte mit interessanten Argumenten zu vertreten und lieferten sich eine teilweise hitzige, aber immer faire und unterhaltsame Diskussion.
Nach der Veranstaltung führte Lawrence Farrington sie noch auf einen Tee und ein Glas Sherry in das feudale Royal Diamond Hotel, in dessen Salon sich auch zahlreiche andere Besucher einfanden.
Emily schwärmte noch davon, als sie schon längst wieder im Haus der Thorndikes waren und sie Rosemarie das Haar ausbürstete. Sie hatte jede Minute des Abends ausgekostet. Und nun sang sie in den allerhöchsten Tönen ein Loblied auf Lawrence Farrington und seine Tugenden – wie attraktiv er in der Abendgarderobe ausgesehen und mit welch tadellosem Benehmen er

sich doch um sie gekümmert hatte, wie oft er sie, Rosemarie, verstohlen angeschaut hatte, wenn er sich unbeobachtet geglaubt hatte, und welche Hochachtung ihm von anderen vornehmen Besuchern sowohl im Debattierclub als auch im Hotel entgegengebracht worden war.
Schließlich gebot Rosemarie ihr Einhalt. »Das reicht, Emily. Damit hast du ihn für heute selig gesprochen«, stichelte sie. »Heb dir wenigstens die Heiligsprechung für einen späteren Zeitpunkt auf.«
»Ach, du weißt vermutlich gar nicht, wie glücklich du dich schätzen kannst, daß du die Frau bist, die im Zentrum seiner charmanten Aufmerksamkeit stehen darf«, rügte sie und zog die Bürste ein letztes Mal und mit fast ärgerlicher Heftigkeit durch die Flut von Rosemaries Haar. »Männer wie Mister Farrington findet man im Leben nicht wie Sand am Meer, das laß dir gesagt sein. Die meisten von uns haben nie das Glück. Und was deine Schwärmerei für den jungen Trevor Bailey betrifft, der dir übrigens noch nicht einmal ein einziges halbwegs handfestes Zeichen seines Interesses an dir gegeben hat, gegen Mister Farrington ist Trevor Bailey nicht mehr als ein unreifes Bürschchen.«
»Das ist er nicht!« widersprach Rosemarie, allerdings ohne großen Nachdruck, hatte sie merkwürdigerweise doch Schwierigkeiten, sich Trevor Baileys Gesicht in Erinnerung zu rufen. »Du übertreibst mal wieder maßlos. Außerdem bin ich jetzt zu müde, um mich mit dir zu streiten, Emily.«
»Ich streite nicht, und ich übertreibe auch nicht, sondern ich rede dir aus gutem Grund ins Gewissen«, erwiderte Emily. »Und ich hoffe nur, du wirst dir beim Gebet gleich deiner Undankbarkeit bewußt und leistest für deine Überheblichkeit Abbitte.«
Als Rosemarie kurz darauf in ihr Nachtgewand schlüpfte, das Licht löschte und zum Nachtgebet vor ihrem Bett niederkniete, da fragte sie sich wirklich, ob sie undankbar und überheblich war und ob sie vom Leben nicht zuviel verlangte. Ihre Gedanken

gerieten in den Zwiespalt, ob der Wunsch auf Erfüllung ihrer Träume wohl mehr wog als die Pflicht zum Gehorsam und die Annahme dessen, was ihr Vater und die Gesellschaft von ihr erwarteten. Ein Dilemma, das sie nicht zu lösen vermochte und dem sie schließlich auswich, indem sie ihr Gebet sprach und sich in den Schlaf flüchtete.

Sie träumte von drei Männern, von Lawrence Farrington, Richard Hamilton und Trevor Bailey, die auf dem Podium der Musical, Literary and Debating Society vor einem brechend vollen Saal in eleganter Abendgarderobe darum stritten, wem von ihnen Rosemarie Brandon die Medaille *Der Gentleman meines Herzens* verleihen sollte. Seltsamerweise bestand diese Medaille aus einem Zuluschild und einem Assegai. Und als Rosemarie schließlich zur Verleihung auf die Bühne kam, da fand sie sich plötzlich ganz allein vor. Sowohl die drei Männer, die gerade noch um sie gestritten hatten, als auch das Publikum waren verschwunden. Verloren stand sie auf der Bühne und blickte in einen einsamen, menschenleeren Saal.

16

Am Samstag nachmittag begab sich Rosemarie sorgfältig herausgeputzt und mit klopfendem Herzen zur berühmten Tee-Party in Eleanor Garlands Haus, das mit seiner korinthischen Säulenfront nicht nur für die Verhältnisse von Kimberley einen herrschaftlichen Anspruch anmeldete. Medan fuhr sie mit der Kutsche hin. Ein livrierter schwarzer Diener stand vor der Garland-Residenz bereit und öffnete ihr den Schlag. Und ein ausgesprochen aristokratisch wirkender schwarzer Butler, an dem kein noch so vornehmer Butler in England etwas zu bemängeln gehabt hätte, begrüßte sie formvollendet am Portal, nahm ihr Parasol und Handschuhe ab und führte sie in den Grand Salon, wie er sich ausdrückte, aus dem ihr das Gelächter und Stimmengewirr von mehreren Dutzend Gästen entgegenflutete.

Bei dem Grand Salon handelte es sich nicht um ein großes Zimmer, sondern bestand in Wirklichkeit aus drei hintereinander liegenden Räumen, die durch breite Rundbögen miteinander verbunden waren und deren exquisite Einrichtung sogar Rosemarie die Sprache verschlug. Dabei zählte ihr Elternhaus schon zu den sehr vornehmen Residenzen von Bath. Zudem kannte sie auch noch einige andere Häuser in ihrer Heimatstadt, deren Besitzer zur reichen Oberschicht des Landes gehörten. Aber die Fülle an kostbaren Gemälden, Möbeln, Gobelins, Teppichen und anderen Dinge im Grand Salon übertraf alles, was sie bisher zu sehen bekommen hatte.

Rosemarie sollte an diesem Nachmittag jedoch erst viel später Gelegenheit erhalten, die Eleganz und kostbare Ausstattung der Räumlichkeiten gebührend zu bewundern. Denn Eleanor Garland, eingehüllt in einen zweifellos sündhaft teuren Traum aus rubinroter Seide und mindestens einem halben Dutzend feinster gestärkter Unterröcke, rauschte fast augenblicklich herbei und nahm sie mit der umwerfenden Kraft eines Wirbelwindes in Beschlag.

»Rosemarie, da sind Sie ja endlich! Ich wußte doch, daß Sie mich nicht enttäuschen würden!« rief sie erfreut und hakte sich mit dem rechten Arm wie eine alte Freundin bei ihr ein, während sie in der linken Hand einen schwarzen Fächer mit einem feuerspeienden Drachen hielt. »Ich darf doch Rosemarie zu Ihnen sagen, nicht wahr? Könnte ich doch gut und gern Ihre Mutter sein.«

»Natürlich ... Missis Garland«, versicherte Rosemarie und war nur zu dankbar, daß sie in ihr erst gar nicht das Gefühl aufkommen ließ, fremd zu sein und nicht zu diesen Menschen zu gehören, die sich angeregt unterhielten und offensichtlich eine Menge Spaß hatten.

»Kommen Sie, Rosemarie. Machen wir die Runde, damit ich Sie einigen meiner Gäste vorstellen kann. Am besten fangen wir bei Father O'Leary an. Er ist da drüben bei Miss Grace Eden und Miss Vivian Ashburn«, sagte Eleanor Garland mit einer mitreißenden Fröhlichkeit und steuerte auf einen schlanken, überaus gutaussehenden Mann mit schon leicht graumeliertem Haar zu, dessen Kleidung ihn sofort als Priester auswies. Er stand bei zwei jungen, hübschen Frauen, die über etwas, was er gerade gesagt hatte, belustigt lachten. Nun wandte er den Kopf und blickte ihnen entgegen.

»Nicht nur, weil Father O'Leary heute mein Ehrengast ist«, fuhr Eleanor Garland mit einem schelmisch scherzenden Unterton fort, »sondern auch, weil er ein großer Bewunderer schöner Frauen ist, nicht wahr?«

Rosemarie zuckte innerlich erschrocken zusammen, hielt sie eine solche Äußerung über einen Priester doch für eine schwere Entgleisung, auch wenn er sich außer Hörweite befunden hätte.

Ihre Eltern und Emily hatten sie dazu erzogen, dem schwarzen Priesterrock höchste Ehrerbietung entgegenzubringen, wie schwach oder wenig umgänglich der Mensch, der diesen trug, auch sein mochte. Eleanor Garland nun eine solch anzügliche Bemerkung sagen zu hören, schockierte sie daher. Und sie rechnete damit, daß Father O'Leary sie für ihre Respektlosigkeit mit einer scharfen Zurechtweisung oder doch zumindest mit einem empörten Blick strafen würde.

Father O'Leary tat jedoch nichts dergleichen, sondern lachte vielmehr schallend auf. »Sie sagen es, meine liebe Eleanor!« bestätigte er die ungehörige Unterstellung sogar noch. »Und da ich immer schon nicht nur wußte, daß meine Berufung im Dienst Gottes liegt, sondern auch, daß ich mich nie für eines dieser zauberhaften Geschöpfe würde entscheiden können, was lag da näher, als mich unserer heiligen Mutter Kirche zu weihen und Schutz hinter dem Zölibat zu suchen?«

Rosemarie glaubte ihren eigenen Ohren nicht trauen zu dürfen. Sie war noch nie einem Priester begegnet, der so unbekümmert mit seiner Verpflichtung zur Keuschheit kokettiert hatte. Und das in Gegenwart von Frauen, von denen drei sogar unverheiratet waren. Wäre er ein alter Mann gewesen, hätte es noch angehen können und sie wohl weniger verstört. Aber Father Patrick O'Leary, ein wirklich gutaussehender Mann, konnte nicht viel älter als Anfang Vierzig sein.

Eleanor Garland bemerkte ihre Verstörung und sagte lachend: »Nun machen Sie nicht so ein bestürztes Gesicht, meine Liebe. Nirgendwo in der Bibel steht geschrieben, daß man sauertöpfischer Natur sein und seinen Humor vor der Priesterweihe abgeben muß, will man Gottes Wort würdig und angemessen verkündigen!«

Father O'Leary nickte. »Jesus, unser Herr und Erlöser, umgab sich besonders gern mit Kindern und Frauen, und weder die einen noch die anderen sind, dem Allmächtigen sei Dank, bekannt dafür, daß sie der Fröhlichkeit und dem Lachen abgeneigt sind«, sagte er freundlich und mit einer melodischen Stimme, der nur noch ein schwacher, dafür aber um so reizvollerer irischer Akzent anhaftete. »Angesichts Gottes wunderbarer Schöpfung wäre das wohl auch eine der größten Sünden, derer wir uns schuldig machen könnten, würden wir Lachen und Lebensfreude verurteilen. Das gilt selbstverständlich auch für die heilige Mutter Kirche und ihre Diener, natürlich in gewissen Grenzen. Und nun bitte ich Sie, mir diese reizende junge Dame vorzustellen, meine liebe Eleanor, sonst machen Sie sich einer wirklich ernst zu nehmenden Sünde schuldig.« Dabei zwinkerte er Rosemarie zu, als hätten sie den Scherz abgesprochen.

Eleanor Garland kam seiner Aufforderung gern nach. »Das ist Miss Rosemarie Brandon, die Tochter von Mister Charles Brandon von Farrington, Brandon & Nash.«

»Ah, die Rose von Kimberley!« scherzte Father O'Leary und nahm ihre Hand. »Ich freue mich, Ihre Bekanntschaft zu machen, Miss Brandon.«

Rosemarie errötete, während sie registrierte, daß sein Händedruck beherzt fest war. »Ich komme aus Bath, Father, und bin erst drei Wochen hier.«

Eleanor Brandon erwähnte kurz den traurigen Grund von Rosemaries Anwesenheit in Kimberley, und Father O'Leary streifte seinen Frohsinn augenblicklich ab wie ein unpassendes Gewand. Er wurde ernst und zeigte am Zustand ihres Vaters ein empfindsames Interesse, das ebenso aus seinem innersten Wesen kam wie seine Freude an Heiterkeit und Humor.

»Wenn es Ihnen und Ihren Verwandten recht ist, würde ich Ihrem Vater gern morgen nach der Messe einen Besuch abstatten«, bot er von sich aus sofort an, wozu Monsignore Osborne bisher keine Zeit gefunden hatte.

Rosemarie strahlte ihn an. »Wäre das möglich?« fragte sie ein wenig ungläubig.

»Aber gewiß doch, Miss Brandon.«

»Das wäre ganz wunderbar. Dad wird sich sehr über Ihren Besuch freuen, Tante Bess und ich natürlich auch.«
»Dann ist das beschlossene Sache, Miss Brandon.«
Eleanor Garland machte Rosemarie nun kurz mit den beiden jungen Frauen Grace Eden und Vivian Ashburn bekannt, die dem Gespräch mit Interesse zugehört hatten, und führte sie dann zur nächsten Gruppe, um ihr weitere Gäste vorzustellen. Eine geschlagene Dreiviertelstunde lang nahm die Gastgeberin sie derartig unter ihre Fittiche und flatterte mit ihr wie ein Schmetterling, den keine Blüte länger als ein paar Minuten zu halten vermochte, von einer Gruppe zur anderen. Rosemarie hörte in dieser Zeit bei weitem mehr Namen und sah mehr Gesichter, als sie sich beim besten Willen merken konnte. Erst als Eleanor Garland überzeugt davon war, daß sie ihre anfängliche Scheu verloren hatte, überließ sie Rosemarie sich selbst und wandte sich anderen Aufgaben zu.
Wie der Zufall es wollte, fand Rosemarie sich wenig später in der Gesellschaft der beiden jungen Frauen Grace Eden und Vivian Ashburn wieder, die sie gleich zu Beginn flüchtig kennengelernt hatte. Grace Eden war einen halben Kopf kleiner als sie und von zierlicher Gestalt. Eine blonde Lockenpracht rahmte ein zartes, feingeschnittenes Gesicht ein, in dem zwei veilchenblaue Augen funkelten, schelmisch und quirlig wie bei einem Kobold. Vivian Ashburn, brünett und beneidenswert hübsch, wie Rosemarie fand, besaß ein ruhigeres Wesen.
»Ist er nicht hinreißend, unser neuer Priester?« fragte Grace Eden mit einem schwärmerischen Seufzer und blickte zu Father O'Leary hinüber, der, von einem halben Dutzend älterer Damen umringt, beim Flügel stand.
»Ja, was für ein tragischer Verlust für alle unverheirateten Frauen«, meinte Vivian Ashburn trocken.
»Eine gute Sache soll man nicht so schnell verloren geben, Vivian«, sagte Grace Eden mit verschwörerisch gedämpfter Stimme. »Vielleicht gelingt es mir ja, ihn zu verführen und davon zu

überzeugen, daß seine wahre Berufung ganz woanders liegt, was meinst du? Oder möchtest du dein Glück mit Father O'Leary versuchen? Du weißt, ich lasse dir gern den Vortritt.«

»Kein Interesse, Grace. Außerdem glaube ich nicht, daß du bei Father O'Leary eine Chance hast, ihm auch nur eine unruhige Nacht zu bereiten.«

Grace wiegte den Kopf abschätzend hin und her. »Hm, ja, er wäre kein leichter Fall, das gebe ich zu, aber dafür doch ungemein reizvoll.«

Rosemarie machte ein schockiertes Gesicht. »Um Gottes willen, wie können Sie bloß so etwas ... Verwerfliches denken, geschweige denn aussprechen!« sagte sie ebenso fassungslos wie empört. »Father O'Leary ist Priester! So über ihn zu reden ist ...«

»... nichts weiter als ein harmloses Spiel, mit dem wir uns manchmal die Zeit vertreiben, wenn uns interessante Männer begegnen«, fiel ihr Vivian Ashburn rasch ins Wort und warf ihrer Freundin einen tadelnden, allerdings nicht sonderlich besorgten Blick zu. »Was Miss Brandon aber nicht wissen konnte, Grace. Wir hätten uns das also besser verkniffen. Doch du schaffst es ja immer wieder, mich zum Mitmachen zu verleiten. Mit deinen Talenten solltest du eine Karriere als Mätresse gekrönter Häupter anstreben. Du würdest es zu großem Reichtum und unsterblichem Ruhm bringen.«

Rosemarie sah verwirrt von einer zur anderen. Machten sich die beiden über sie lustig?

Grace Eden runzelte die Stirn, als schenkte sie dem Vorschlag ihrer Freundin eine ernsthafte Überlegung. Dann schüttelte sie den Kopf. »Nein, zu anstrengend und zu unsicher, Vivian. Gekrönte Häupter sind heute auch nicht mehr das, was sie einmal waren. Es gibt bequemere Wege, zu herrlich unanständigem Reichtum zu kommen. Daß mir dabei unsterblicher Ruhm versagt bleibt, wird die Nachwelt als das große Opfer meines Lebens zu würdigen wissen.«

»Das ist unlogisch, Grace«, sagte Vivian trocken. »Ohne Ruhm wird sich auch die Nachwelt nicht darum kümmern, auf was du in deinem Leben mit so großer Opferbereitschaft verzichtet hast.«

Grace Eden winkte mit gequälter Miene ab und sagte nun zu Rosemarie gewandt, als müßte sie sich für sie entschuldigen: »Vivian erliegt manchmal leider ihrem unseligen Hang, sich bei Kleinigkeiten aufzuhalten, die ihrer Überzeugung nach irgend etwas mit Logik zu tun haben. Das ist wohl die tragische Folge, wenn man zu viele Jahre ein Institut wie Madame Gladstone's Academy for Young Ladies besucht und sich die klare Sicht der Dinge durch zu viele geistige Studien vernebelt.« Und übergangslos beteuerte sie: »Natürlich ist das mit Father O'Leary nur ein Gedankenspiel gewesen, Miss Brandon. Das schwöre ich Ihnen, und jemandem, der mit einem derart bedeutungsvollen Vornamen wie Grace und dem paradiesischen Nachnamen Eden gesegnet ist, dem müssen Sie einfach Glauben schenken, nicht wahr?« Theatralisch legte sie dabei ihre Hand aufs Herz, während in ihren Augen ein fröhliches Feuer funkelte. »Ich habe dieses reizvolle Spiel erst letztes Weihnachten erfunden, um den Blick meiner Freundin wieder zu schärfen, die zu lange in ihrer Welt der Studien vergraben gewesen war und darüber ihr Interesse für das Wesentliche, sprich attraktive Männer mit unverschämt großem Vermögen, verloren hatte.«

Rosemarie wußte nicht, ob sie lachen oder verärgert sein sollte.

»Außerdem, so liebenswürdig und gutaussehend Father O'Leary auch ist, was soll ich mit einem Priester anfangen?« fuhr Grace Eden ohne Pause fort, in ihrem fröhlichen Redestrom nicht zu bremsen. »Ich habe mir geschworen, nur dann zu heiraten, wenn mein zukünftiger Mann mich mit Diamanten aufwiegen kann.«

»Und wenn er richtig umwerfend charmant, gutaussehend wie Apoll und leidenschaftlich wie Amor in Person ist?« fragte Vivian. »Wirst du dann nicht ein bißchen nachsichtig sein und deine Ansprüche herunterschrauben?«

»Nun, in dem Fall will ich großzügig sein und mich mit meinem Gewicht und dem meiner Kinder in Gold zufriedengeben«,

antwortete Grace, durch Gestik und Mimik ihre Großzügigkeit unterstreichend.
»Ich wußte doch, daß du ein weiches Herz hast«, sagte Vivian Ashburn und gab sich erleichtert.
»Es würde dann aber natürlich eine sehr kinderreiche Familie sein«, fügte Grace mit ernster Miene hinzu.
»Natürlich wegen des Goldes.«
»Vivian, wie kannst du, meine beste Freundin, die mich doch so gut wie kein anderer kennen sollte, mir kühle Berechnung unterstellen?« protestierte Grace und machte ein gekränktes Gesicht, während ihre Augen jedoch lachten. »Natürlich nur wegen der Leidenschaft meines Mannes werden wir uns eines großen Kindersegens erfreuen. Immerhin hast du mir ja Amor in Person versprochen.«
»Richtig, ich vergaß. Dem Himmel sei Dank, denn sonst hätte ich ja ununterbrochen für dein Seelenheil beten müssen. Denn du kennst doch die Geschichte, die Jesus von dem Kamel und dem Nadelöhr in Verbindung mit dem Himmelreich und den Reichen erzählt hat«, erwiderte Vivian Ashburn und nickte zufrieden. »Aber kinderreich allein aus Liebe, das ist natürlich etwas anderes.«
»Aber ja doch! Was hast du denn gedacht? Aus absolut hingebungsvoller Liebe zu allem, was mir wert und teuer ist«, versicherte Grace mit einem mädchenhaften Kichern in der Stimme.
Rosemarie, die dem rasanten verbalen Schlagabtausch der beiden mit wachsender Belustigung gefolgt war, lachte nun laut auf, restlos davon überzeugt, daß in diesen beiden nicht ein Funken Bösartigkeit und Verdorbenheit steckte, wie sie im ersten Moment befürchtet hatte. Grace Eden und Vivian Ashburn fielen in ihr Lachen ein, und keiner von ihnen kümmerte sich um die erstaunten Blicke der anderen. Sie lachten, daß ihnen die Tränen kamen.
Dieser Nachmittag im Haus von Eleanor Garland markierte für Rosemarie den Beginn einer wunderbaren und unverbrüchlichen Freundschaft mit Grace und Vivian.

17

Father O'Leary hielt sein Versprechen und stattete ihrem Vater zu dessen großer Freude schon kurz nach der Messe einen Besuch ab. Er blieb fast eine Stunde und unterhielt sich mit ihm überaus angeregt über seine Heimat Dublin, das Rosemaries Vater von seinen zahlreichen Reisen ausgezeichnet kannte. Bedauerlicherweise lehnte er die Einladung, zum Mittagessen zu bleiben, dankend unter Hinweis auf anderweitige Verpflichtungen ab, versprach jedoch, so bald wie möglich wiederzukommen.
Rosemarie begleitete ihn aus dem Haus. Beim Abschied wehrte Father O'Leary ihren Dank sanft ab. »Das ist nicht der Rede wert und das wenigste, was ich als Seelsorger für Ihren Vater und für Sie tun kann, Miss Brandon. Die Hauptlast liegt auf Ihren jungen Schultern und auf denen Ihrer Verwandten. Sie werden viel Kraft und Gottvertrauen brauchen, und ich werde für Sie und Ihre Familie beten. Aber so schwer die Zeit für Sie auch ist, so bin ich doch sicher, daß Sie diese große Aufgabe und Prüfung mit Geduld und Liebe bewältigen werden. Und wann immer Sie Sorgen haben und Ihnen etwas auf der Seele drückt, zögern Sie nicht, mich aufzusuchen und mir Ihr Herz auszuschütten. Gemeinsam läßt sich eine Last, von der man sich erdrückt glaubt, besser tragen.«
Father O'Learys Worte gaben ihr Kraft und Trost, spürte sie doch, daß sie wirklich eine offene Tür und ein offenes Herz bei ihm fand, wenn sie in Not war. Grace und Vivian, mit denen sie sich am gestrigen Nachmittag sogleich für den nächsten Tag zum Boccia verabredet hatte, nahmen ebenso ernsthaft Anteil an ihrem Schicksal und spendeten ihr auf ihre Art und Weise Kraft

und Zuversicht. Vor allem brachten sie sie mit ihrer Fröhlichkeit und ihrer Unternehmungslust auf andere Gedanken, ohne jedoch den Ernst der Lage zu leugnen und Gespräche darüber auszuklammern. Rosemaries fühlte sich nicht länger fremd und einsam, und ihr Leben in Kimberley verlor durch die Freundschaft mit Grace und Vivian, die sie überallhin mitschleppten und sie mit ihren Freunden bekannt machten, viel von seiner bedrückenden Atmosphäre.

Grace besaß eine geradezu ansteckende Lebensfreude. Sie war ein quirliges Energiebündel, das immer noch von unbändigem Tatendrang sprühte und wissen wollte, was sie denn nun als nächstes unternehmen sollten, wenn alle anderen schon völlig ausgelaugt waren. Sie liebte es, sich wie ein halbwüchsiges Mädchen die verrücktesten Geschichten nach dem Motto: Was wäre, wenn? auszudenken, und konnte reden wie ein Wasserfall. Auch vermochte sie sich wie ein Chamäleon jeder veränderten gesellschaftlichen Umgebung anzupassen. Manchmal, wenn sie mit Verehrern und anderen Männern zusammenkam, die sie nicht ausstehen konnte, machte sie sich ein Vergnügen daraus, sich je nach Laune als Xanthippe oder als lispelndes Dummerchen zu geben, das seinen Fragen und Antworten nach scheinbar weniger als ein Spatzenhirn sein eigen nannte. Rosemarie und Vivian mußten dann schwer an sich halten, um nicht in schallendes Gelächter auszubrechen. Im Grunde genommen war Grace eine begnadete Unterhalterin und Schauspielerin, die wußte, daß sie wegen ihrer Herkunft und gesellschaftlichen Verpflichtung nie auf einer Bühne stehen würde, und deshalb ihren Alltag zum Ort ihrer wechselnden Vorstellungen machen mußte, wollte sie ihre Natur nicht gänzlich verstümmeln und daran zugrunde gehen. Rosemarie bewunderte sie ob ihrer Unbekümmertheit und ihres Selbstbewußtseins. Grace war sich in allen Situationen ihrer selbst sicher, ohne sich darauf etwas einzubilden, und kannte nicht die geringste Scheu im Umgang mit anderen Menschen, egal welchen Geschlechts und Alters oder welcher gesellschaftlichen Stellung. Und was die blendende Partie betraf, nach der sie angeblich Ausschau hielt, so war es mit ihrer angeblichen Berechnung in Wirklichkeit nicht weit her. Als Tochter eines steinreichen Maschinenfabrikanten, der seit vielen Jahren hervorragende Geschäftsbeziehungen zu De Beers unterhielt und ein Großteil der Maschinen für die fünf Minen von Kimberley lieferte, brauchte sie sich um ihre finanzielle Versorgung wahrlich keine Gedanken zu machen. Zwar hatte sie als das Nesthäkchen noch zwei bedeutend ältere Brüder, doch waren diese nicht nur schon längst verheiratet und bei ihrer Eheschließung jeweils mit einem kleinen Vermögen versehen worden, sondern sie leiteten auch höchst erfolgreich die Firmenniederlassungen in Johannesburg und trugen ihren Teil dazu bei, das Familienvermögen mit jedem Jahr noch zu vermehren.

Grace machte es ihren zahlreichen Verehrern extrem schwer, sie zu umwerben. Den meisten, die sie mit trefflichem Instinkt in kurzer Zeit als Mitgiftjäger durchschaute, verdarb sie sehr rasch die Freude und das Interesse an ihr. Dabei sehnte sie sich danach, zu heiraten und eine eigene Familie zu gründen.

»Aber nicht um jeden Preis, und schon gar nicht, weil meine Eltern diesen oder jenen für einen geeigneten Ehemann halten. Diese Entscheidung treffe ich ganz allein. Wenn der Richtige kommt, werde ich es wissen, wenn ich ihm in die Augen schaue – und nicht auf sein Bankkonto«, vertraute sie Rosemarie und Vivian in einer Stunde des ernsten Gesprächs an. »Ich will gern noch etwas warten. Nur bete ich zu Gott, daß er mich darüber nicht zu einer alten Jungfer werden läßt.«

»Na, ich werde ganz bestimmt eine alte Jungfer, bevor ich heirate – sofern ich überhaupt jemals den Weg in den Hafen der Ehe finde«, meinte Vivian. »Wenn ich nur meinen Vater dazu bringen kann, mir meinen Willen zu lassen.«

»Und was ist dein Wille?« fragte Rosemarie interessiert.

»Ich möchte am liebsten Anwältin werden, wie mein Vater, und wenn nicht das, dann Ärztin oder Lehrerin«, erklärte Vivian zu Rosemaries Überraschung. »Ich habe nichts gegen Männer und auch nichts gegen die Ehe, aber ich möchte mein Leben anders gestalten als meine Mutter. Nichts wünsche ich mir mehr, als einen Beruf auszuüben.«

»Na, ob die Zeit dafür schon reif ist, besonders was deinen Vater angeht, das wage ich zu bezweifeln«, sagte Grace.

»Die Zeit war auch 1848, also vor gut fünfzig Jahren, nicht reif, als Mary, die Tochter von Admiral Fairfax, mehr Begeisterung für die Wissenschaften als für Handarbeiten zeigte, woraufhin ihr Vater ihr jegliche Studien verbot und sich sogar weigerte, ihr Kerzen für ihr Zimmer zu überlassen, weil er fürchtete, sie könnte heimlich doch die Euklid-Bücher ihres Bruders lesen«, entgegnete Vivian kämpferisch.

»Und was ist aus dieser Mary Fairfax geworden?« wollte Rosemarie wissen.

Vivian schmunzelte. »Sie lernte, alles im Kopf zu behalten und Probleme in der Dunkelheit auszuarbeiten. Später, als Mary Somerville, wurde sie für ihr wissenschaftliches Werk *Physical Geography* von der Royal Geographic Society, einem wahrlich nicht frauenfreundlich gesonnenen Männergremium, mit der goldenen Medaille ausgezeichnet.«

»Und was hat der gute Admiral dazu gesagt?« fragte Grace.

»Nichts, denn da war er leider schon tot«, antwortete Vivian. »Man kann nicht immer darauf warten, daß die Zeit für etwas reif ist. Man muß selbst dafür kämpfen, so wie Florence Nightingale, die 1860 ihre erste Schwesternschule gegründet hat, oder wie Sophia Jex-Blake, die neun Jahre später große Widerstände überwinden mußte, um die erste Medizinstudentin in England zu werden. Aber sie hat geschafft, was damals niemand für möglich hielt. So wie du es nicht für möglich hältst, daß mein Vater mir die Erlaubnis zum Studieren gibt.«

Grace bedachte sie mit einem mitfühlenden Blick. »Ich gönne sie dir ja von Herzen, auch wenn du mir schrecklich fehlen würdest. Aber wie ich deinen Vater kenne, läßt der sich so wenig erweichen, wie eine knorrige Eiche vor einem Borstenvieh weicht, das sich an ihrem Stamm das juckende Fell kratzt.«

Vivian verzog das Gesicht. »Wie reizend von dir, mich mit einem Borstenvieh zu vergleichen, dem das Fell juckt!«

»Du weißt schon, wie ich es gemeint habe«, erwiderte Grace mit einem Schmunzeln.

»Ob nun Eiche oder nicht, ich denke nicht daran, klein beizugeben«, erklärte Vivian entschlossen. »Wir werden ja sehen, wer zuletzt einlenkt.«

Das war typisch Vivian Ashburn. Hinter ihrem frohen Wesen, das sich jedoch sehr von der Unbekümmertheit und der oftmals schelmischen Art von Grace unterschied, steckte eine nicht nur nachdenkliche und ernste Natur, sondern auch ein kämpferischer Geist, der sich mit unbeugsamer Willenskraft paarte. Sie war es auch, die in sportlichen Belangen die treibende Kraft war und Grace und Rosemarie dazu brachte, mit ihr in den Royal Lawn Tennis Club und in den Ladies Velo Cycle Club of Kimberley einzutreten, wo sie unter viel Gelächter das Radfahren lernten, um dann, in Gruppen und nach der neuesten Radfahrermode eingekleidet, Ausfahrten zu unternehmen.

Mit ihrer schlanken, wohlgeformten Figur, ihrem honigbraunen Haar und den lieblichen sanften Gesichtszügen war Vivian ebenso wie Grace der Schwarm vieler Männer. Wenn sie gewollt hätte, hätte sie schon längst in eine der vornehmsten und reichsten Familien von Kimberley einheiraten können. Doch ihr Interesse galt nicht einer möglichst guten Partie, sondern sie wurde von dem brennenden Verlangen nach einem Studium und einem eigenen Beruf getrieben. Dabei war sie sich nur zu gut bewußt, daß sie sich ihren Starrsinn bloß deshalb erlauben konnte, weil sie selbst aus einem vermögenden Elternhaus kam und sich daher,

im Gegensatz zu vielen anderen jungen Frauen, um ihre Versorgung keine Gedanken zu machen brauchte.
Zur großen Betrübnis ihrer Eltern machte Vivian aus ihren ehrgeizigen Zielen nicht den geringsten Hehl, besonders nicht in Gesellschaft von jenen Männern, die sich um ihre Zuneigung bemühten und sich Chancen ausrechneten, sie vor den Traualtar zu führen.
»Merkwürdig, daß sie dennoch wie die Kletten an dir hängen, obwohl du doch recht unverblümt zu verstehen gegeben hast, daß du ein College besuchen möchtest und eine Ehe für dich nicht in Frage kommt«, wunderte sich Rosemarie nach einem Bowlingnachmittag, als Vivian einen ihrer hartnäckigsten Verehrer im Clubhaus getroffen und ihm zum x-tenmal eine sehr brüske Abfuhr erteilt hatte.
»Diese Einfaltspinsel glauben eben nicht, daß Vivian es ernst meint«, sagte Grace. »Sie denken, sie will sich bloß interessant machen.«
»Genau! Und diese Arroganz, einfach nicht für bare Münze zu nehmen, was eine Frau sagt, nur weil es nicht in ihren Kram paßt, ärgert mich mehr als alles andere«, erklärte Vivian zornig. »Als hätten wir nur das Hirn einer Haselnuß und kein Recht darauf, davon genauso Gebrauch zu machen wie sie.«
Die Freundschaft mit Grace und Vivian, die sie wiederum mit vielen anderen Leuten zusammenbrachten, empfand Rosemarie als einen Segen, als ein rettendes Geschenk in einer bedrückenden Zeit, in der sie sich mehr und mehr verloren gefühlt hatte. Denn sosehr ihr Vater ihre Gesellschaft liebte und sich noch immer gern jeden Morgen große Teile aus der Zeitung vorlesen ließ, so verbrachte er doch die meiste Zeit damit, im Rollstuhl auf der Veranda vor sich hin zu dösen, mit seinen Gedanken weit weg, oder gar zu schlafen. Oft genug blieb er auch im Bett, wenn er sich nicht gut genug zum Aufstehen fühlte. Und damit waren ihr die Tage immer länger geworden, quälend lang sogar. Denn bei

aller großen Leidenschaft zum Buch wurde Rosemarie irgendwann einmal auch der spannendsten Lektüre überdrüssig. Dann blieben ihr das Briefeschreiben, das sie jedoch mehr als Aufgabe denn als vergnügliche Beschäftigung und Ablenkung betrachtete, sowie die geisttötenden Handarbeiten mit Tante Bess und Emily. Nichts davon war dazu geschaffen, die gähnend leeren Zeiträume, die mit jedem Tag größer geworden waren, mit befriedigenden Tätigkeiten und Ablenkungen zu füllen. Und sie hatte sich sogar schon dabei ertappt, daß sie jeden Besuch von Lawrence Farrington, der ihr nun mindestens zweimal die Woche seine Aufwartung machte, mit freudiger Erregung erwartete. Wenn das nicht ein alarmierendes Zeichen war. Oder war es ihm tatsächlich gelungen, ihre Zuneigung zu gewinnen?
Lawrence Farrington verschaffte ihr, ohne daß Rosemarie es jedoch ahnte, auf jeden Fall eine Gelegenheit, ihre neuen Freundinnen zu überraschen. Es passierte gut zweieinhalb Wochen nach der feudalen Teegesellschaft bei Eleanor Garland. Rosemarie hatte sich bei Vivian und Grace mit einer Einladung zum Tee im Haus ihrer Verwandten revanchiert. Und Tante Bess und Onkel Rupert hatten die drei jungen Frauen gerade sich selbst überlassen, als Lawrence Farrington unerwartet mit seinem eleganten Wagen vorfuhr.
Grace erkannte ihn zuerst. »Ist das nicht Mister Farrington?« fragte sie überrascht, als er auf das Haus zukam. »Lawrence Farrington, Sarah Stevensons Augapfel?«
Rosemarie horchte interessiert auf.
»Und ob er das ist, ihr strahlender Ritter, der ihr im Traum wohl schon hundertmal den Ring an den Finger gesteckt und ihren Schleier zum Kuß vor der versammelten Hochzeitsgesellschaft zurückgeschlagen hat, wie sie jedem, der es hören will, unter dem Siegel der Verschwiegenheit erzählt«, sagte Vivian mit einem vergnügten Lächeln auf dem Gesicht. »Aber ich habe die beiden schon eine Weile nicht mehr zusammen gesehen.«

»Ja, es heißt, daß Sarah Stevenson den Klang der Glocken nicht mehr ganz so deutlich vernimmt, weil das lodernde Feuer von Mister Farrington wohl nur ein Strohfeuer gewesen ist«, spottete Grace. »Und es geht das Gerücht, er sei seit kurzem zu einer geheimnisvollen Fremden entflammt, die ... Oh!« Sie brach ab, als ihr jäh etwas dämmerte, wandte sich zu Rosemarie um und schlug die Hand vor den Mund.

Auch Vivian richtete ihren Blick nun verblüfft und begreifend zugleich auf Rosemarie. »Heilige Madonna! Sag bloß, wir sitzen mit der geheimnisvollen Fremden an einem Tisch?« stieß sie gedämpft aus.

Rosemarie lächelte nur, denn für eine Antwort blieb ihr keine Zeit mehr, befand sich Lawrence Farrington doch schon in Hörweite. Es verwirrte sie ein wenig, daß sie einen merkwürdigen Stolz über die Verblüffung ihrer neuen Freundinnen empfand und es ihr regelrecht Vergnügen bereitete, ihnen Lawrence Farrington vorzustellen, als er nun zu ihnen trat und seine unverschämt blauen Augen auf ihr ruhten.

Er setzte sich zu ihnen, trank eine Tasse Tee mit ihnen und ließ Rosemarie dann wissen, daß er gekommen sei, um sie zu einer Vorstellung der Musical Society einzuladen, die ein Konzert veranstaltete. Rosemarie nahm die Einladung in Gegenwart von Vivian und Grace mit aufrichtiger Freude an. Wie es sie dann auch freute, daß er Fingerspitzengefühl zeigte und sie nach einigen weiteren Minuten allgemeiner höflicher Konversation wieder mit ihren Freundinnen allein ließ, weil er angeblich noch geschäftliche Dinge mit ihrem Vater zu klären habe. Nun, möglicherweise entsprach es ja sogar der Wahrheit.

»Es stimmt also!« platzte Grace aufgeregt heraus, kaum daß Lawrence Farrington im Haus verschwunden war. »Du bist tatsächlich diejenige, die Sarah Stevenson aus dem Rennen geworfen hat!«

Vivian betrachtete Rosemarie mit einem vergnügten Gesichtsausdruck. »Wer hätte das gedacht! Kompliment, Rosemarie, du beweist einen hervorragenden Geschmack mit deiner Wahl. Von allen Junggesellen weit und breit hast du mit sicherer Hand denjenigen herausgepickt, der es wert ist, daß man sich Gedanken über eine Ehe mit ihm macht.«

»Sei bloß froh, daß ich jüngere Männer vorziehe, sonst wäre ich jetzt versucht, dir vor Neid die Augen auszukratzen«, scherzte Grace.

Rosemarie errötete und sagte verlegen: »Ihr bauscht das mit Mister Farrington viel zu sehr auf. Zwischen ihm und mir ist überhaupt nichts Ernstes.«

»Nichts Ernstes, wenn er Sarah Stevenson in die Wüste schickt, die ungekrönte Prinzessin aller Debütantinnenbälle und Tochter des Eisenbahnkönigs Nathan Stevenson? Jemanden wie Sarah läßt man nicht von heute auf morgen wie eine heiße Kartoffel fallen, nur weil man Lust auf einen unverbindlichen Flirt hat. Ihre Verlobung war schon so gut wie sicher und wurde zu Saisonbeginn erwartet. Also gib es auf, uns Sand in die Augen streuen zu wollen, Rosemarie, und rück gefälligst mit der Geschichte heraus, wie es dir gelungen ist, Mister Farrington an die Angel zu kriegen«, forderte Grace sie enthusiastisch auf. »Wir werden auch wie ein Grab schweigen.« Sie kreuzte Zeige- und Mittelfinger und legte sie über ihrem Herzen auf die Brust. »Ehrenwort!«

Vivian war nicht weniger gespannt, nahm sie an den Liebesgeschichten anderer doch so stark Anteil, wie sie sie für sich ausschloß. »Nicht mal die Folter der Inquisition wird uns auch nur ein einziges Wort entlocken«, versprach sie und forderte sie mit tiefer Stimme wie ein Priester auf: »Und nun beichte, Tochter, damit wir dir die Absolution erteilen können, daß du ein Geheimnis, das förmlich danach schreit, mit Freundinnen geteilt zu werden, so lange vor uns bewahrt hast. Das Knien erlassen wir dir dabei.«

Rosemarie lachte und erzählte dann, wie sie Lawrence Farrington kennengelernt hatte und wie wenig sympathisch er ihr anfangs gewesen war.

»Ich habe ja immer gesagt, daß Liebe auf den ersten Blick eine Erfindung von Schmonzettenautoren ist«, meinte Vivian. »Erst wenn man sich näher kennt, kann man Gefühle der Liebe füreinander entwickeln.«

Rosemarie wollte einwerfen, daß bei ihr von Gefühlen der Liebe nicht die Rede sein konnte, doch Grace kam ihr mit ihrer vehementen Erwiderung zuvor. »Untersteh dich, mir meinen Traum von der Liebe auf den ersten Blick zu nehmen!« warnte sie ihre Freundin, jedoch mehr im Spaß. »Ich glaube fest daran, und dabei kann ich mich nicht entsinnen, jemals einen von diesen romantischen Romanen gelesen zu haben.«

»Aber nur, weil du zu quirlig bist, um auch nur Zeit für die erste Seite zu finden«, neckte Vivian sie.

Grace streckte die Hand aus. »Du hältst dich aus dem Geschäft der Liebe mal schön heraus, Miss Doktorin oder Anwältin im Wartestand! Du bist auf dem Gebiet mangels Erfahrungen nicht kompetent.«

»Während du im geheimen schon an den amourösen Memoiren einer verkannten Unschuld schreibst, ja?« spottete Vivian.

»Du hast es erraten – und zwar bereits am zweiten Band«, bestätigte Grace grinsend.

»Der den Titel trägt: *Versuch meines ersten Kusses oder David Edens feuchte Schmatzer?*« zog Vivian sie auf, denn David war der vierjährige Sohn ihres ältesten Bruders.

Nun mußten sie alle laut auflachen.

Später dann, als Lawrence Farrington schon wieder davongefahren war, offenbarte Rosemarie ihnen, daß sie ganz und gar nicht in Liebe zu ihm entflammt sei.

»Ich bin mir überhaupt nicht sicher, was ich wirklich für ihn empfinde«, gestand sie. »Gut, er ist mir in den letzten Wochen sehr viel sympathischer geworden, und vielleicht hat sich mittlerweile auch schon so etwas wie Zuneigung entwickelt, aber Liebe? Nein, davon bin ich meilenweit entfernt.«

»Na, wenn du es innerhalb von nicht einmal sechs Wochen von wütender Ablehnung zu spürbarer Zuneigung gebracht hast, dann ist es ja wohl bloß noch ein kurzer Sprung bis zu lodernder Liebe«, meinte Grace und zwinkerte ihr zu. »In zwei Monaten steht dein Herz in Flammen, du wirst sehen.«

»Manche Dinge brauchen viel Zeit, um zu reifen – mein Vater ist dafür das beste Beispiel«, spottete Vivian, um dann ernst hinzufügen: »Aber das soll dich nicht beunruhigen, Rosemarie. Du hast ja auch keinen Grund, irgend etwas zu überstürzen. Was dir Lawrence Farrington bedeutet, wirst du schon rechtzeitig herausfinden.«

In den Augen meines Vaters nicht rechtzeitig genug, ging es Rosemarie durch den Kopf, was sie aber unerwähnt ließ, weil sie darüber jetzt nicht sprechen wollte.

Ihr Vater bedrängte sie mit jeder Woche mehr, indem er ihr immer wieder Lawrence Farringtons Vorzüge vor Augen führte und ihr unmißverständlich zu verstehen gab, daß Lawrence ihm wie ein Sohn ans Herz gewachsen sei und er der glücklichste Vater auf Erden wäre, wenn sie beide ein Paar würden.

Sie versuchte dagegen aufzubegehren, doch wenn sie sah, wie betroffen und elend ihn ihre zaghaften Widersprüche machten, bereute sie sofort, was sie gesagt hatte. Sie hing ihre Hoffnung an eine Besserung seiner noch immer allzu schwächlichen Konstitution, auch wenn Doktor Talbot, Schwester Teresa und Father O'Leary, der jeden Sonntag und jeden Mittwoch einen Besuch bei ihrem Vater machte, sie oft genug vor zu hochgespannten Erwartungen warnten. Wenn erst die Sommerhitze den erträglichen Temperaturen des südafrikanischen Herbstes oder Winters gewichen war, würde ihr Vater schon wieder aufleben und zu Kräften kommen. Darum betete sie täglich in der Kathedrale, vor dem Marienaltar kniend, und stellte anschließend jeweils eine

Kerze im Gedenken an ihre verstorbene Mutter und für die Genesung ihres Vater auf.

Daß sie den Worten ihres Vaters bald keinen Widerstand mehr entgegensetzte, hing zum einen Teil mit Grace und Vivian zusammen, die sie fast jeden Tag sah und die ihre Lebensfreude neu entfacht hatten. Zu einem guten Teil hing es aber auch damit zusammen, daß sie mehr und mehr Vergnügen an Lawrence Farringtons Gesellschaft fand, der sie nun regelmäßig besuchte und ausführte, und daß auch ihm ihr Zusammensein Freude bereitete. Denn anfangs hatte er auf sie doch häufig den Eindruck gemacht, als würde er sich nur widerwillig einer Pflichtübung unterziehen, um ihrem Vater einen Gefallen zu tun. Manchmal flackerte noch immer ein solch distanziertes Verhalten bei ihm auf, und dann zeigte er sich einsilbig und hatte ein verschlossenes Gesicht, gepaart mit einer hölzernen Starrheit, als wollte er alles an sich abprallen lassen. Sie spürte dann förmlich, daß er mit seinen Gedanken weit weg war, in einer fernen Welt, zu der sie keinen Zutritt hatte. Aber diese merkwürdigen Anwandlungen wurden mehr und mehr zu seltenen Ausnahmen. Und statt über sein Verhalten nachzugrübeln, lachte sie nun immer häufiger in seiner Gesellschaft und genoß es einfach, die verschiedensten Dinge mit ihm zu unternehmen, zumal sie in vielen Bereichen übereinstimmende Interessen festgestellt hatten.

Ob Liebe vielleicht doch etwas war, das bei den meisten weniger wie ein alles verwandelnder Blitz einschlug, sondern im Innersten eines Menschen wuchs und anschwoll wie eine sich langsam füllende Zisterne bei beständigem Regen?

Am Morgen nach einer der letzten drückendheißen Nächte des Sommers stand Rosemarie im hellen Licht des neuen Tages vor ihrer Waschkommode und dachte darüber nach, während sie die Schleifen ihres verschwitzten Nachtgewands aufzog und sich darauf freute, sich von Kopf bis Fuß abzuwaschen, wie sie es fast jeden Abend und jeden Morgen tat, wenn Emily sich in ihrem eigenen Zimmer befand.

Ihre Gedanken wanderten zu dem schönen gestrigen Abend, den sie mit Lawrence im Kimberley Club verbracht hatte. Die Zeit war wie im Flug vergangen, und sie hatten sich wunderbar unterhalten. Sie hatten sich sogar streiten können, ohne daß die harmonische Atmosphäre darunter gelitten hätte. Und als er sie nach Hause gefahren und sie gebeten hatte, sie von nun an nicht mehr Miss Brandon, sondern Rosemarie nennen zu dürfen, da war es ihr seltsamerweise überhaupt nicht schwergefallen, darauf einzugehen und ihn nachher mit einem »Danke für den reizenden Abend, und eine gute Nacht, Lawrence« zu verabschieden.

Lawrence!

Wie einfach ihr sein Vorname über die Lippen gekommen war. Aber lebte er in ihren Gedanken denn nicht schon längst nur noch als Lawrence und nicht mehr als Mister Farrington?

Gut, es ist eine Sache, vertraut genug miteinander zu sein, um sich beim Vornamen zu nennen, überlegte Rosemarie, aber eine ganz andere Sachen ist Liebe. Sie muß anders sein. Sonst wäre alles Gerede und Geschriebene über die Liebe nichts als Betrug. Und außerdem, habe ich nicht schon immer in Gedanken Richard gesagt und niemals Mister Hamilton?

Richard Hamilton.

Rosemarie hatte das Nachthemd von den Schultern streifen wollen, hielt nun aber inne, als sein Bild vor ihrem geistigen Auge erschien. Sie hatte ihn in den letzten Wochen nur ganze dreimal gesehen, und jedesmal aus zu großer Entfernung, um mehr als einen flüchtigen Blick von ihm zu erhaschen. Sie erinnerte sich jedoch sehr genau daran, wie ihr Puls sofort schneller klopfte. Merkwürdigerweise hatte sie während der letzten Zeit dennoch wenig an ihn gedacht, so als könnte sein besonderer Zauber nur im Angesicht wirken. Nicht daß sie ihn vergessen hätte, aber Richard Hamilton war in ihren Gedanken doch sehr in den

Hintergrund getreten, wie eine Figur auf einem Gemälde, die bei allem bunten Geschehen kaum bemerkt wird, aber dennoch stets gegenwärtig ist, und die in der Tiefe des Bildes geduldig darauf wartet, wahrgenommen zu werden.

Sie seufzte, weil sie selbst nicht wußte, was mit ihr war und was sie wollte. Und sie verdrängte die Gedanken an Richard Hamilton.

Jetzt mach dir das Herz nicht noch mit kindischen Phantasien schwer, ermahnte sie sich. Sieh lieber zu, daß du endlich das verschwitzte Hemd vom Körper kriegst.

Und in dem Moment, in dem sie sich das sagte, fiel ihr Blick auf den rechten Flügel des dreiteiligen Frisierspiegels. Er stand an diesem Morgen nicht schräg zu ihr, so daß sie sich darin spiegeln konnte, sondern in einem Winkel von fast neunzig Grad zum fixierten Mittelteil. Vermutlich war sie vergangene Nacht an den Spiegel gekommen, als sie eines der frischen Handtücher genommen hatte, die April vorher dort auf die rechte Seite der Kommode gelegt hatte.

Rosemarie streckte die Hand aus, um den Flügel wieder nach hinten in seine gewöhnliche Stellung zu drücken, als sie auf dem Spiegelbild eine Bewegung bemerkte, die sie stutzen ließ. Jemandem mit einem weniger scharfen Auge wäre sie vermutlich entgangen.

Der Spiegel hatte die schmale Tür eingefangen, die links von ihr, auf der anderen Seite des Zimmers, in eine Wäschekammer führte. Die Tür war nie abgeschlossen und wurde auf der Seite von Rosemaries Raum durch einen kleinen Riegel gesichert. Ein Schlüssel hatte vom ersten Tag an nicht in dem Schloß gesteckt, das mit einer verschnörkelten, blankpolierten Messingplatte eingefaßt war. Eine ebenfalls aus Messing gearbeitete Kappe in Form eines großen Tropfens, die sich nach links und rechts schieben ließ, bedeckte das Schlüsselloch.

An diesem Morgen bewegte sich die Kappe jedoch wie von

magischen Kräften geführt. Sie wanderte nach links über die verzierte Verblendung und gab das lange Schlüsselloch frei. Es war aber keine Geisterhand, die den Messinghänger zur Seite schob, sondern ein Holzspan, fast so dünn wie ein Zahnstocher, den auf der anderen Seite der Tür eine geschickte Menschenhand hielt.

Jemand beobachtete sie durch das Schlüsselloch! Und von dort mußte man einen guten Blick auf die Waschkommode und vermutlich sogar noch auf das Bett haben.

Die Erkenntnis, daß jemand in der Wäschekammer hinter der Tür kauerte und durch das Schlüsselloch spähte, während sie sich entkleidete und wusch, war ein ungeheuerlicher Schock für Rosemarie. Für einen Moment stand sie wie gelähmt. Dann bildete sich in ihrer Kehle ein Aufschrei der Scham und der Empörung, und sie war versucht, herumzufahren und auf die Tür zuzustürzen, denn sie wußte plötzlich, wer ihr da in der Kammer auf so abscheuliche, schändliche Weise mit seinen Blicken nachstellte. Im letzten Moment gelang es ihr jedoch, beide Regungen zu unterdrücken.

Nein, tu es nicht! Nicht so! Du könntest die Tür nicht schnell genug aufbekommen! rief eine zornige Stimme in ihr, die wie ein wildes Feuer aufloderte. Du mußt die Ruhe bewahren! Sonst gelingt es dir nicht, ihn auf frischer Tat zu stellen.

Um Zeit zu gewinnen, brachte sie den Spiegelflügel wieder in seine normale Position. Dabei mußte sie an sich halten, ihn nicht wütend zurückzustoßen, denn die Gedanken, die auf sie einstürzten, versetzten sie in einen Zustand kaum beherrschbarer Wut, in die sich ein starkes Gefühl der Scham und Erniedrigung mischte.

O ja, sie wußte, wer da hinter dem Schlüsselloch ihren nur spärlich bekleideten Körper mit lüsternen Blicken verschlang. Es konnte niemand anders als Onkel Rupert sein. Fast war ihr, als würde sie wieder seine Hände spüren, die ihre Brüste betasteten.

Rosemarie erschauerte bei dem Gedanken, daß er sie vermutlich schon seit Wochen morgens wie abends dort durch dieses Schlüsselloch beobachtete. Und wie oft hatte sie sich nicht nur splitternackt vor der Kommode gewaschen, sondern sich auch mittags aufs Bett gelegt. Sie fühlte Ekel, als hätte er sie physisch geschändet.

Ihre Hand zitterte, als sie zur Wasserkanne griff und die geblümte Porzellanschüssel zu einem Drittel füllte. Dann hob sie ihr Nachtgewand an, als wollte sie es ausziehen, ließ es im nächsten Augenblick aber wieder hinunter und tat so, als wäre ihr noch etwas eingefallen oder als hätte sie etwas vergessen, was sie gleich zum Waschen brauchte. Sie wandte sich um und ging von der Waschkommode weg auf den Kleiderschrank zu, der in der Ecke an der Wand zur Wäschekammer stand. Hier konnte Onkel Rupert sie mit Sicherheit nicht sehen, befand sie sich doch im toten Winkel.

Rosemarie öffnete die Tür des Kleiderschranks, die vernehmlich in ihren Scharnieren knarrte. Dabei zitterte sie am ganzen Leib, während das Herz in ihrer Brust hämmerte und das Blut wie ein Wildbach in ihren Ohren rauschte. Sie preßte die Lippen aufeinander, ballte die Fäuste und schlich sich nun an der Wand entlang zur schmalen Tür. Vorsichtig streckte sie die Hand nach dem Riegel aus – und verharrte.

Eine Art Schwächegefühl, gepaart mit Abscheu, überkam sie und schien sie von ihrem Vorhaben abhalten zu wollen. Es trennte sie nur noch die dünne Tür von ihrem Onkel. Die Messingkappe stand noch immer oben. Deutlich sah sie die Spitze des dünnen Holzstäbchens, die nur ganz wenig über den Rand der Kappe hinausragte.

Da hockt er in der dunklen Wäschekammer hinter der Tür und wartet mit geifernder Lüsternheit, daß ich wieder ins Blickfeld komme und mich ihm nackt zeige, fuhr es ihr durch den Kopf. Nackt wie schon so viele Male zuvor. Um mich mit seinen dreckigen Blicken und Gedanken zu schänden. Mein eigener Onkel!

Sie preßte die Stirn gegen das Holz des Türrahmens und schloß kurz die Augen. Sollte sie ihn auf frischer Tat ertappen? Oder sollte sie ihm die direkte Entdeckung ersparen und sich damit begnügen, ihm wortlos zu verstehen zu geben, daß sie seinen ehrlosen, abscheulichen Nachstellungen auf die Spur gekommen war, indem sie etwa Tante Bess um einen Paravent bat und den von nun an vor die Tür stellte? Damit würde sie einer häßlichen Konfrontation aus dem Weg gehen und wenigstens nach außen hin den Familienfrieden wahren.

Aber nein! So billig durfte er nicht davonkommen! Er hatte sie lange genug mit seiner schamlosen Lüsternheit verfolgt und erniedrigt. Das sollte ein für allemal ein Ende haben. Und wenn sie ihm das zu verstehen gab, sollte er ihr dabei ruhig ins Gesicht sehen müssen und erfahren, wie ekelhaft sein Tun war und wie sehr sie ihn dafür verabscheute. Was sie als kleines Mädchen nicht zu sagen gewagt hatte, jetzt mußte sie es tun, allein schon um ihres eigenen Seelenfriedens willen.

Mit einer abrupten Bewegung der linken Hand stieß sie den Riegel zurück, während sich gleichzeitig ihre rechte um den Knauf legte und die Tür aufriß.

Onkel Rupert richtete sich mit einem erstickten Schrei des Erschreckens auf. Von einer Sekunde auf die andere schien alles Blut aus seinem Gesicht zu weichen. Mit weit aufgerissenen Augen starrte er sie an.

»Du dreckiger, lüsterner Bock!« stieß sie voller Zorn und Abscheu aus und schlug ihm mit dem rechten Handrücken so kräftig ins Gesicht, daß seine Unterlippe aufplatzte.

Er taumelte rückwärts gegen ein Regal mit Bettlaken und Bezügen, stumm vor fassungslosem Entsetzen, ertappt worden zu sein. Nicht einmal ein Schmerzensschrei kam ihm über die Lippen.

»Und das ist für damals in Bath, als ich ein kleines Mädchen war und du mir immer wieder unter den Rock gefaßt hast, Onkel Rupert!« sagte sie mit vor Erregung bebender Stimme und spuckte ihm ins Gesicht. »Arme Tante Bess! Sie hätte zehnmal etwas Besseres verdient, als einen so verdorbenen, gewissenlosen Mann, der seine eigene Nichte mißbraucht und sie durchs Schlüsselloch begafft!« Und wieder spuckte sie aus.

Er gab einen gequälten, würgenden Laut von sich.

»Du ekelst mich an! Möge Gott dir die Schuld und Schande verzeihen, die du über dich und Tante Bess gebracht hast, ich werde es nicht!« schleuderte Rosemarie ihm entgegen, warf die Tür mit einem lauten Knall zu, der im ganzen Haus zu hören war, und stieß den Riegel wieder in die Halterung im Türstock. Erschöpft wie von einer großen physischen Leistung, wankte sie durch das Zimmer und sank aufs Bett. Sie schlug die Hände vors Gesicht, und ein heftiger Weinkrampf schüttelte ihren Körper.

Augenblicke später war Emily an ihrer Seite. »Um Himmels willen, was hast du, Rosemarie? Und was hatte das Knallen der Tür gerade zu bedeuten?« stieß sie besorgt und verwirrt aus. »Habe ich mich geirrt oder dich wirklich mit jemandem reden hören?«

Rosemarie schüttelte nur schluchzend den Kopf und ließ ihren Tränen freien Lauf. Mit keinem Wort sagte sie etwas über das, was sie entdeckt hatte und was zwischen Onkel Rupert und ihr vorgefallen war. Weder an diesem Morgen noch später.

18

In den folgenden Wochen verging kein Morgen und kein Abend, an dem Rosemarie nicht Gott auf Knien dafür dankte, daß er ihr Emily und zwei so wunderbare Freundinnen wie Grace und Vivian geschenkt hatte – und daß in Kimberley nun mit Beginn des Herbstes die gesellschaftliche Saison mit ihren zahlreichen Aktivitäten begann. Den Auftakt dazu machten traditionell das erste Pferderennen des Turf Club am Osterwochenende, zu dem sich scheinbar ganz Kimberley auf dem Rennplatz einfand, und der Ball im feudalen Kimberley Club. Von diesem Wochenende an jagte eine Veranstaltung die andere, und das Karussell der Gesellschaften, Bälle, Pferderennen, aufwendigen Picknicks, Theaterpremieren, Konzerte sowie sportlichen Turniere schien sich immer schneller zu drehen, je mehr die Temperaturen einem endlich erträglichen Maß entgegensanken. Und nur zu bereitwillig ließ Rosemarie sich von ihren Freundinnen sowie von Eleanor Garland und Lawrence in diesen gesellschaftlichen Wirbel hineinziehen. Für jede Stunde, die sie aus dem Haus sein konnte, war sie von Herzen dankbar. Bei der Rückkehr mußte sie sich jedesmal zwingen, über die Schwelle zu treten. Sie empfand eine unüberwindliche Abscheu, sich mit ihrem Onkel in einem Raum aufzuhalten, ja, sich mit ihm auch nur unter einem Dach zu wissen. In seiner Gegenwart fühlte sie sich von seinen Augen bis auf die Haut ausgezogen und befleckt. Wenn sich ihr Vater nicht in einem so erschreckend kläglichen Zustand befunden hätte, hätte sie nicht gezögert, mit ihm irgendwo anders Unterkunft zu finden, etwa in einem angemieteten Haus. Denn schwarze Dienstboten waren in Kimberley nicht nur leicht zu bekommen, sondern kosteten auch bloß einen Bruchteil dessen, was man Bediensteten in Bath und anderswo in der Heimat zahlen mußte. Nicht einmal Tante Bess hätte sie mit Bitten und Flehen davon abhalten können. Aber das Befinden ihres Vaters, der einfach nicht zu Kräften kommen wollte und immer weniger Zuversicht und Lebensmut zeigte, ließ eine solch drastische Maßnahme nicht zu.

Ohne den Hintergrund dessen zu kennen, worunter sie litt, halfen ihr Emily, Grace und Vivian, jede auf ihre Art, diese schwere seelische Erschütterung zu verkraften sowie ihre Fassung und ihr Selbstbewußtsein wiederzufinden. Sogar Lawrence, auf dessen Gesellschaft sie sich mit jeder Woche mehr freute, erwies sich in dieser Zeit als ein trostreicher Beistand. Sie hatte ihm genauso wie ihren Freundinnen nur erzählt, daß sie sich immer weniger mit ihrem Onkel verstehe und seine Gegenwart meide, wann immer es ihr möglich sei, ohne ihre Tante zu verletzen. Lawrence konnte das nur zu gut nachempfinden, legte sich ihr Onkel bei seinen Besuchen im Haus der Thorndikes doch zunehmend auch mit ihm an und ließ keine Gelegenheit ungenutzt, um giftige Bemerkungen zu machen und ihn zu kritisieren.

Emily wußte dagegen, daß die Kälte zwischen Rosemarie und ihrem Onkel nicht auf gewöhnlichen Meinungsverschiedenheiten beruhte, sondern einen viel tiefer gehenden Grund hatte. Sie gab es jedoch schnell auf, in sie zu dringen und erfahren zu wollen, was an jenem Morgen Ende Februar im Zimmer ihres Schützlings passiert war. Was Rosemarie in sich verschlossen halten wollte, das konnte niemand aus ihr herausholen, auch nicht mit tausend Fragen, Bitten oder Drohungen, das wußte sie nur zu gut. Ihr Gefühl sagte ihr zudem, daß es vielleicht sogar besser war, wenn sie es im dunkeln ließ. Es war wie die Büchse der Pandora, die besser verschlossen blieb, wenn man von ihren schrecklichen Geheimnissen nicht selbst verschlungen werden wollte. Sie hatte Augen im Kopf und konnte sich manches zusammenreimen, und was sie sah und ahnte, mißfiel ihr sehr. Doch mehr als vorsichtige Äußerungen von Mißbilligung standen ihr nicht zu. Das einzige, womit sie Rosemarie wirklich helfen konnte, war, dafür zu sorgen, daß sie nie mit ihrem Onkel allein sein mußte.

Rupert Thorndike behandelte Rosemarie nämlich auf einmal mit kaum verborgener Feindseligkeit und Geringschätzung, besonders wenn seine Ehefrau nicht da war. In ihrer Gegenwart zeigte er sich zwar umgänglicher, fand jedoch auch dann stets etwas an Rosemarie auszusetzen. Alles, was sie tat oder sagte, hatte einen unfreundlichen oder gar bissigen Kommentar von ihm zur Folge. Außer Hörweite seiner Frau nahmen seine Angriffe erheblich an Schärfe zu. Er zeigte dabei eine besondere Vorliebe für verletzende Bemerkungen, indem er ihr etwa vorwarf, ihren Vater nicht hingebungsvoll genug zu betreuen, ja, in Wirklichkeit nur auf seinen Tod zu warten, um ihrer flatterhaften und verantwortungslosen Natur endlich freien Lauf lassen zu können. Seitenhiebe auf Grace und Vivian sowie auf Eleanor Garland, die einen Narren an Rosemarie gefressen hatte, ließen dann meist auch nicht lange auf sich warten, wenn er in Fahrt geriet und ihm das Blut immer stärker in den Kopf stieg, je mehr Rosemarie in ihrem eisigen Schweigen verharrte. Sogar an Lawrence Farrington hatte er auf einmal etwas auszusetzen. Doch als er den plumpen Versuch machte, Rosemarie bei Father O'Leary in ein schlechtes Licht zu rücken, und von diesem eine recht brüske Abfuhr erhielt, da platzte seiner Frau der Kragen. Ganz im Widerspruch zu ihrer sanftmütigen Natur explodierte sie, kaum daß der Priester aus dem Haus war.

»Bist du von allen guten Geistern verlassen, Rupert Mortimer Thorndike?« herrschte sie ihn an, und ihre zornige Stimme ließ Emily an das Grollen eines Vulkans denken, der seine glühende Lava ausspeit. »Wie kannst du es wagen, Rose bei Father O'Leary oder sonst jemandem schlechtmachen zu wollen? Es ist eine zum

Himmel schreiende Schande und Ungerechtigkeit, wie du unsere Nichte seit einiger Zeit maßregelst und an ihr herumkritisierst! Allein der Himmel mag wissen, was bloß in dich gefahren ist!«
Und Rosemarie, dachte Emily.
»Was redest du da? Ich habe ja wohl nicht nur das Recht, sondern auch die Verantwortung ...« setzte Rupert Thorndike zu einer wütenden Erwiderung an.
Bess ließ sich diesmal jedoch nicht zum Schweigen bringen. Ihre Empörung war zu groß, als daß sie weiterhin in der ihr vertrauten und im Prinzip auch akzeptierten Rolle der gehorsamen Ehefrau verharrt hätte, die sich eher die Zunge abbiß, als ihrem Ehemann in Gegenwart anderer über den Mund zu fahren und ihn offen herauszufordern.
»Jetzt reicht es mir! Ich habe endgültig genug von deinen haltlosen Mäkeleien und bissigen Kommentaren, mit denen du Rose seit Tagen traktierst!« fauchte sie und funkelte ihn erregt an. »Ich schäme mich dafür und habe dich mindestens ein dutzendmal in aller Freundlichkeit und Diskretion gebeten, zur Vernunft zu kommen, und dir zu verstehen gegeben, daß ich das Benehmen, das du Rose gegenüber an den Tag legst, empörend finde. Es ist eine Versündigung, weil deine ständigen Beanstandungen nämlich haltlos, ja geradezu lächerlich sind, wie du sehr wohl selbst weißt. Und damit muß jetzt Schluß sein! Dies ist ein christliches Haus, in dem nicht auf diese Art miteinander umgegangen wird. Habe ich mich deutlich genug ausgedrückt, Rupert Mortimer Thorndike!?« Sie war im Gesicht dunkelrot angelaufen, und ihr Busen hob und senkte sich in dem schnellen Rhythmus äußerster Erregung.
Rupert starrte sie einen Moment lang mit finsterem Blick an. »Weiber! Da ist jedes vernünftige Wort vergeudet!« stieß er schließlich abfällig aus, stürmte wutentbrannt aus dem Haus und kam erst im Morgengrauen betrunken zurück.
Von dem Tag an hörte Rupert auf, Rosemarie mit bissigen Zurechtweisungen und kränkenden Bemerkungen das Leben

schwerzumachen. Bei Tisch richtete er das Wort nicht mehr an sie. Er ignorierte sie völlig und erwähnte nicht einmal mehr ihren Namen. War sein Schwager bei den Mahlzeiten zugegen, was immer weniger der Fall war, riß er die Unterhaltung an sich, indem er sich in langatmigen Monologen über die politische und wirtschaftliche Lage erging. Und das waren beides Themen, zu denen Frauen nichts zu sagen hatten, weil sie von der komplizierten Materie nichts verstünden, wie er rundheraus erklärte. Eine Schmähung, die sogar seine Frau widerspruchslos hinnahm.

Als Rosemarie zu einer scharfen Entgegnung ansetzte, war es nicht ihr Onkel, der ihr ins Wort fiel, sondern ihre Tante. »Laß es gut sein, Rose. Aus Wirtschaft und Politik sollten wir Frauen uns wirklich heraushalten. Das ist die Domäne der Männer«, sagte sie, ganz in Übereinstimmung mit der vorherrschenden Meinung der Gesellschaft zu diesem Thema. Sie erlaubte sich einzig einen harmlosen Anflug von Sarkasmus, als sie noch hinzufügte: »Und sie beweisen ja auch Tag für Tag, wie gut sie ihr Geschäft auf diesem Gebiet beherrschen.«

Rosemarie schluckte ihren Widerspruch und Ärger hinunter. Es hatte in der Tat keinen Sinn, mit ihrem Onkel streiten zu wollen. Doch bei ihrer nächsten flüchtigen Begegnung unter vier Augen, bei der er gewöhnlich im Vorbeigehen irgendeine gemeine Beleidigung zischte, die sie stets nicht zu hören vorgab, kam sie ihm zuvor.

»Aufgeblasener Spanner!« raunte sie und verstellte ihm kurz den Weg, wohl wissend, daß ihre Tante jeden Moment um die Ecke kommen mußte. »Vermutlich verstehst du auch von Politik und Wirtschaft in Wahrheit nur so viel, wie man sich durch Schlüssellochgucken aneignen kann!«

Wut blitzte in seinen Augen auf. Doch bevor er etwas zu erwidern vermochte, raffte sie ihre Röcke und rauschte an ihm vorbei. Im selben Augenblick tauchte Tante Bess auf, und ihr Erscheinen beraubte ihn der Chance, ihr noch eine Gemeinheit nachzurufen.

Tante Bess hatte sich eindeutig auf ihre Seite gestellt und dem bösartigen Reden ihres Mannes Einhalt geboten. Dafür war Rosemarie ihr sehr dankbar, denn andernfalls wäre das Leben im Haus der Thorndikes für sie unerträglich gewesen. Daß Tante Bess aber nicht einen einzigen Versuch unternahm, von ihr zu erfahren, was denn bloß die Ursache für die plötzliche gegenseitige Abneigung war, verletzte und verwunderte sie anfangs. Doch dann begriff sie, daß ihre Tante wohl aus Selbstschutz nicht wissen wollte, was zwischen ihrem Mann und ihr vorgefallen war. Vermutlich hegte sie einen Verdacht, der schon schlimm genug war, als daß sie noch einer Bestätigung bedurft hätte. Das machte ihr Verhalten verständlich, linderte jedoch nicht die schmerzliche Enttäuschung darüber, daß ihre Tante es vorzog, die Augen so fest wie möglich vor der Wahrheit zu verschließen. So merkwürdig es ihr, Rosemarie, auch erschien, so gab es doch keinen Zweifel, daß Tante Bess ihren Mann liebte, mit all seinen Fehlern. Und vermutlich verzieh sie ihm in ihrer Großherzigkeit und Glaubenskraft seine kleinen wie großen Fehler. Aber konnte man wirklich von einem großmütigen Akt des Verzeihens reden, wenn die Schuld weder angesprochen noch eingestanden war? War das, was Tante Bess tat, nicht in Wirklichkeit nur stillschweigendes Dulden und damit auch Mitschuld an dem, was geschah oder hätte passieren können? Ein Schweigen und Wegsehen aus Angst, die eigene Welt könnte im Licht der Wahrheit zu tausend Scherben zersplittern?

Es schmerzte Rosemarie sehr, erkennen zu müssen, daß ihre Tante, die sie so bewundert und wie eine zweite Mutter geliebt hatte, um des äußeren Friedens willen zu jedem Opfer bereit war und etwas zu tolerieren gedachte, was eigentlich mit einem christlichen Gewissen nicht vereinbar war, und daß ihre Warmherzigkeit und großmütige Natur einige häßliche Flecken aufwies, wo sie nämlich Schuld und Mitverantwortung damit zudeckte und zum Schweigen brachte, statt Aufklärung und Konsequenzen zu verlangen.

Hätte sich Tante Bess genauso verhalten, wenn in jener Nacht, als Onkel Rupert in mein Zimmer eingedrungen war, mehr geschehen wäre? grübelte Rosemarie. Wenn er mich geschändet hätte, hätte sie davor dann auch die Augen verschlossen und alles getan, um die Angelegenheit unter den Teppich zu kehren und den äußeren Anschein der Anständigkeit zu wahren?

Sie fürchtete, daß ihre Tante bei allem Entsetzen und allem Mitleiden mit ihr auch dann noch Zuflucht zum christlichen Gebot des Verzeihens genommen und wohl nichts unversucht gelassen hätte, auch sie zu einem solchen Akt zu bewegen und einen Skandal zu verhindern. Und das war ein deprimierender Gedanke, denn einem Schuldigen zu vergeben, war etwas anderes, als einen Schuldigen vor dem Eingeständnis seiner Schuld wie vor der gerechten Strafe zu bewahren und dem Opfer alle Lasten aufzuerlegen.

Rosemarie quälte sich sehr mit diesen Gedanken und sprach schließlich auch mit Grace und Vivian darüber. »Angenommen, jemand tut dir etwas wirklich Böses an, das dich sehr verletzt oder gar erniedrigt, könntet ihr dieser Person einfach so verzeihen?« fragte sie.

»Einfach so?« fragte Grace entrüstet zurück. »Hältst du mich vielleicht für eine Heilige? Und sogar die haben nicht immer solche Wunder vollbringen können. Nein, ich würde so einer Person nach besten Kräften die Hölle auf Erden bereiten – und dann bei der Beichte zerknirscht um Absolution bitten, daß ich ein so hitziges Temperament habe. Denn der Geist mag willig sein, doch leider macht ihm das schwache Fleisch allzuoft einen dicken Strich durch die Rechnung.«

Rosemarie mußte darüber schmunzeln. »Und du, Vivian?«

»Kommt ganz darauf an, was vorgefallen ist und wie sich diese Person hinterher verhalten hat«, antwortete diese. »Wenn ihm leid tut, was er getan hat, und er mich um Verzeihung bittet ... tja, dann würde ich ihm wohl verzeihen, zumindest würde ich darüber nachdenken.«

Rosemarie fragte auch Lawrence nach seiner Meinung, als sie eines Abends bei der Kutschfahrt zum Royal Theatre auf einen örtlichen Skandal zu sprechen kamen und die Gelegenheit zu einer solch scheinbar theoretischen Frage günstig war, und sie erhielt eine Antwort, die der von Vivian sehr ähnlich war.
»Wir alle machen in unserem Leben Fehler. Wenn man sie erkennt und zur eigenen Schuld steht, dann sollte man diese auch nicht bis in alle Ewigkeit vorgehalten bekommen, sondern die Chance kriegen, neu zu beginnen und zu beweisen, daß man aus seinen Fehlern gelernt hat«, antwortete er mit überraschendem Ernst und erstaunlicher Ausführlichkeit. »Das gilt natürlich in gewissen Grenzen. Wer einen anderen vorsätzlich und aus niederen Motiven umbringt oder wie hier sein Hausmädchen bis aufs Blut auspeitscht und über Jahre hinweg mißhandelt, dem kann ich nicht verzeihen. Ich darf es nicht. Jedenfalls ruft da mein Gerechtigkeitssinn zuerst nach Strafe und Sühne.«
Rosemarie pflichtete ihm bei. »Ich hoffe, das Gericht wird diesen Fuhrunternehmer, der seiner Hausgehilfin etwas so Schreckliches angetan hat, zu vielen Jahren Zwangsarbeit verurteilen«, lenkte sie das Thema wieder auf den örtlichen Skandal zurück, als sie seinen nachdenklichen Blick auf sich ruhen spürte, so als überlegte er, was sie wirklich zu ihrer merkwürdigen Frage veranlaßt hatte.
Er schüttelte den Kopf. »Nicht für einen Tag wird er ein Gefängnis von innen zu sehen bekommen, denn bei der Frau, die da fast gestorben wäre, handelt es sich nicht um eine Weiße, sondern um eine Khoikhoi. Und die meisten werden dabei noch ein ›nur‹ davorsetzen«, sagte er mit bitterem Groll. »Nein, für eine halbtot gepeitschte, mißhandelte Schwarze wandert kein angesehener, vermögender weißer Fuhrunternehmer ins Gefängnis. Er wird höchstens ein paar Jahre auf Bewährung und eine hohe Geldstrafe bekommen. Vermutlich wird ihm sogar die Bewährungsstrafe erspart bleiben. Andersherum müßte ein Schwarzer mit dem

Strick rechnen, hätte er sich ein ähnliches Verbrechen zuschulden kommen lassen.«

»Das ist eine himmelschreiende Ungerechtigkeit!«

»Recht ist eben nicht Gerechtigkeit, Rosemarie«, erwiderte er grimmig. »Und was Recht ist, definiert immer der, der über die Macht verfügt, um für die Einhaltung seiner Gesetze zu sorgen und Zuwiderhandlungen auf abschreckende Weise zu bestrafen. Das fängt bei Tyrannen und legitim gewählten Regierungen an und hört bei den Eltern auf.« Sein Gesicht nahm einen harten, dunklen Ausdruck an, als wären ihm plötzlich bittere Erinnerungen gekommen. »Aber nein, noch nicht einmal da hört die Kette auf. Schon kleine Kinder lernen untereinander, was es heißt, sich dem Recht des Stärkeren beugen zu müssen.« Damit versank er in ein abwesendes Schweigen.

Jetzt hatte Rosemarie wieder einmal den Eindruck, als hütete Lawrence Farrington ein dunkles Geheimnis. Während sie oft von ihrer Kindheit und Jugend sprach, was bei ihm jedesmal ein Lächeln bewirkte, als hielte er ihre Jugend noch nicht für ein längst abgeschlossenes Kapitel der Vergangenheit, erwähnte er seine Herkunft und Zeit des Heranwachsens mit keinem Wort. Darüber gebe es nichts zu berichten, hatte er ihr schon am ersten Abend ihrer Ankunft in Kapstadt brüsk mitgeteilt, als sie ihn ganz ahnungslos nach seiner Familie gefragt hatte und wo er aufgewachsen sei. Seine Jugend und seine Familie seien für einen erwachsenen Mann jenseits der Dreißig kein Thema, da dieser allein sein Leben bewerkstelligen und sich durch seine eigenen Leistungen einen Namen machen müsse. Und er hatte ihr zu verstehen gegeben, daß sie sich in Zukunft derartige Fragen sparen könne, da er darauf nicht zu antworten gedenke.

Es war aber nicht so, daß sie allein von Lawrence keine Auskünfte über seine Herkunft und seine Vergangenheit erhielt. Weder ihr Vater noch ihre Freundinnen, ja noch nicht einmal Eleanor Garland, die unbestritten als die am besten informierte Person in der Kimberley-Region galt, konnte ihr etwas dazu sagen. Niemand wußte, woher Lawrence Farrington kam und welcher Familie er entstammte. Daß er zwar in Afrika aufgewachsen war, jedoch in England eine ausgezeichnete Bildung genossen hatte und daher aus gutem Haus kommen mußte, stand außer Frage, denn als er im Alter von nicht einmal fünfundzwanzig Jahren in Kimberley aufgetaucht war, hatte er nicht nur mehrere Eingeborenendialekte und die *taal* der Buren fließend gesprochen, sondern auch profunde Kenntnisse aufgewiesen, die man sich nur durch einen längeren Studienaufenthalt in Cambridge oder Oxford aneignen konnte. So zeigte er sich nicht allein in Latein und anderen Geisteswissenschaften bestens bewandert, sondern vermochte auch mit tiefer gehendem Wissen an Gesprächen über örtliche und gesellschaftliche Gegebenheiten in Oxford und Cambridge teilzunehmen. Aber über genaue Jahreszahlen, Dauer und Umstände seines Studienaufenthalts in England sowie über alles andere, was seine Vergangenheit betraf, hatte er einen Mantel dunkler Verschwiegenheit gelegt.

In einer Pionierstadt wie Kimberley, in der das Ansehen sich nicht so sehr nach der Herkunft bemaß als nach dem Erfolg, den jemand in seinem Beruf erreichte, hatte Lawrence als erfolgreicher Geschäftsmann denn auch keine Schwierigkeiten, trotz seiner Schweigsamkeit über seinen Stammbaum vorbehaltlos von der führenden Gesellschaftsschicht als gleichwertig akzeptiert zu werden. Kimberley war einfach zu oft die Wiege großartiger Karrieren gewesen, die nicht mit einem edlen Stammbaum begonnen hatten, sondern damit, daß ein einfacher Handwerker, Diamantenschleifer oder Fuhrknecht das Risiko auf sich genommen hatte, um die halbe Welt zu reisen, sich auf abenteuerlichen Wegen zur Diamantenstadt durchzuschlagen und sich dort weder von der Sonnenglut der Halbwüste noch von den primitiven Lebensbedingungen und den zahlreichen Gefahren auf den Claims zur Aufgabe zwingen zu lassen.

»Wen interessiert es, wer seine Eltern waren und wo er aufgewachsen ist?« hatte ihr Vater einmal mit einer Gegenfrage geantwortet, als sie mehr über Lawrence Farringtons Herkunft hatte erfahren wollen. »In Kimberley regiert nicht der eingebildete Adel und die Clique der Großgrundbesitzer, dem Himmel sei Dank dafür, auch wenn einige es gern so hätten wie bei uns zu Hause. Hier zählt, was du selbst geleistet hast. Cecil Rhodes, Barney Bernato, Leander Jameson, die Lilienfeld-Brüder und so viele andere, die heute nicht nur ein enormes Vermögen ihr eigen nennen, sondern auch Rang und Namen und Zugang zu den höchsten Stellen besitzen, sie alle kamen aus mehr als bescheidenen Verhältnissen. Und sie haben es hier zu was gebracht.«

»Wie ist dir Mister Farrington überhaupt aufgefallen, und was hat dich veranlaßt, ihn als Partner in die Firma zu nehmen?«

»Lawrence gehörte zu den ersten cleveren Burschen, die herausfanden, daß sich in dem harten Kimberlite-Gestein, das nach dem Zertrümmern und weiteren Arbeitsgängen schließlich als Abfall zu großen Halden aufgetürmt wurde, immer noch eine Menge Diamanten verbargen. Er stellte fest, daß man diesen angeblich wertlosen Abfall nur einige Zeit in der Sonne mürbe werden lassen mußte, um bei einem erneuten Arbeitsvorgang noch zahlreiche erstklassige Diamanten zu finden. Und weitsichtig, wie er war, sicherte er sich kurzerhand die Rechte zur Auswertung vieler dieser Abfallhalden, bevor die Gesellschaften merkten, wie lukrativ dieses Geschäft war, und es ihm nachmachten – jetzt aber auf eigene Rechnung. Nun, zu dem Zeitpunkt hatte Lawrence genügend Konzessionen in der Tasche, um sich darüber keine Sorgen machen zu müssen und problemlos Anschluß zur Zunft der Diamantenhändler zu bekommen. Ich will ganz ehrlich sein, mein Kind, Ich war derjenige, dem das Glück hold war, als er mein Partner wurde. Denn ich brauchte ihn zehnmal mehr als er mich. Und das ist die Wahrheit. Also zerbrich dir nicht den Kopf darüber, wer seine Eltern waren und wo er wohl aufgewach-

sen sein mag. Sei lieber dem Herrgott dankbar, daß ich Lawrence als Partner gewinnen konnte – und daß er sich in dich verliebt hat, so wie ich es mir schon seit langem gewünscht habe.«
»Daß er sich in mich verliebt hätte, davon weiß ich aber noch nichts.«
»Lawrence gehört nicht zu den plumpen Burschen, die mit der Tür ins Haus fallen und sich mit romantischem Süßholzraspeln in Szene setzen. Er ist von Natur aus ein Gentleman, Rosemarie. Und nichts würde mich glücklicher machen, als dich an seiner Seite zu wissen. Dann könnte ich auch sicher sein, daß mein Lebenswerk, die Firma, die ich unter so vielen Opfern aufgebaut habe und auf die auch deine selige Mutter stets so stolz gewesen ist, nach meinem Tod nicht auseinanderbricht und bald keiner sich mehr daran erinnert, daß der Name Brandon einmal einen guten Klang in der Diamantenbranche gehabt hat. Aber ich weiß ja, daß du mich nicht enttäuschen wirst, meine Prinzessin. Du wirst dich deiner Verantwortung nicht entziehen. Auf dein Wort kann ich bauen. Wenn mein Tag kommt, werde ich in Frieden von der Welt scheiden, um wieder bei deiner Mutter zu sein, mit der Gewißheit, daß du in guten Händen bist und einer nicht nur gesicherten, sondern auch goldenen Zukunft entgegengehst – zusammen mit Lawrence.«
Was für Erwartungen er an sie stellte. Kein Tag verging, an dem er sie nicht auf die eine oder andere Art daran erinnerte, was sie ihm und ihrer seligen Mutter schuldig war und wie sehr sie sich glücklich schätzen durfte, von einem Mann wie Lawrence Farrington umworben zu werden. Und immer wieder ließ er sie wissen, daß er keinen Seelenfrieden finden werde, wenn er die Verantwortung für sie und ihre Zukunft nicht schon vor seinem Tod in die Hände eines Mannes gelegt habe, der ihrer würdig sei und seinen Segen besitze.
Wie schwer war es doch, Tag für Tag mit diesem enormen Druck zu leben, unter den ihr Vater sie setzte. Aber würde es nicht noch

viel schwerer sein, sich davon zu befreien, indem sie ihrem Vater den Gehorsam verweigerte? Ein Gedanke, der ihr in ihrem ganzen Leben bisher noch nicht ein einziges Mal gekommen war. Denn so, wie sie erzogen war, stellte man als Tochter die Richtigkeit der väterlichen Entscheidungen vielleicht insgeheim in Frage, doch man rebellierte nicht dagegen, sondern fügte sich ihnen, wenn die eigenen Wünsche keinen Widerhall fanden. Außerdem, welche Alternative hatte sie denn?

Rosemarie schreckte plötzlich aus ihren Gedanken auf, als die Kutsche zum Stehen kam und Lawrence etwas zu ihr sagte.

»Entschuldigung, aber was sagten Sie, Lawrence?«

»Wir sind da, Rosemarie. Das Royal Theatre«, antwortete er mit einer Geste zu dem ansehnlichen Gebäude und öffnete selbst den Schlag. »Unsere Loge wartet.«

19

Die Komödie in sechs Szenen, die sich mit etwas Zähigkeit entfaltete, fesselte Rosemarie nicht stark genug, um nicht zu merken, daß Lawrence seine Aufmerksamkeit weniger dem Geschehen auf der Bühne schenkte als ihr. Immer wieder sah er sie an, als müßte er ihr Bild deutlich in sich aufnehmen. Obwohl er in der Loge, die sie mit zwei weiteren Paaren teilten, schräg hinter ihr in der zweite Reihe saß, konnte sie es förmlich spüren, wenn sein Blick zu ihr ging und für eine ganze Weile auf ihr ruhte. Seltsamerweise wurde ihr dann ganz warm zumute, und ihr Herz schlug schneller, während sie sich nicht zu bewegen wagte, als stünde sie einem Maler Modell, der von ihr volle Konzentration forderte. Und in diesen langen Momenten sah sie die Schauspieler agieren, ohne ihrer Handlung zu folgen, und sie hörte das Publikum lachen, ohne daß sie hätte sagen können, worüber. Denn die Worte, die zu ihr in die Loge drangen, verwandelten sich bei diesen Gelegenheiten in eine amorphe Geräuschkulisse, wurden zu einer Brandung von Stimmen und Geräuschen, die den individuellen Laut unkenntlich machte.

In diesen Augenblicken wurde sie sich auch ihres dekolletierten Abendkleides aus blaugrünem Taft bewußt, das sie auf Drängen von Tante Bess bei einer exquisiten Schneiderin hatte anfertigen lassen, zusammen mit drei weiteren wunderschönen Kleidern und einem Tageskostüm. Tante Bess hatte darauf bestanden, die Rechnung dafür zu übernehmen. Fast hatte sie das Gefühl gehabt, Tante Bess wollte bei ihr damit etwas gutmachen, was nicht mit tausend noch so kostspieligen Abendgarderoben wiedergutgemacht werden konnte. Doch darüber war im Atelier natürlich kein Wort gefallen, und wie hätte sie auch vor der Schneiderin mit ihr reden können. Zudem wollte sie ihr nicht Unrecht tun, vermochte sie doch nicht auszuschließen, daß ihre Tante in ihrer Gutgläubigkeit nicht einmal ahnte, wozu ihr Mann fähig war und was er ihrer Nichte angetan hatte.

Lawrence hatte sie an diesem Abend zum erstenmal in einer derart festlichen Garderobe gesehen, und seine Überraschung, als sie die Treppe herunterkam, war offenkundig gewesen. Er hatte ihr ein Kompliment gemacht, das sehr schlicht gewesen war – und ihr gerade deshalb das Blut ins Gesicht getrieben hatte, weil es nicht höfliche Schmeichelei gewesen, sondern sichtlich unvorbereitet und aus ehrlichem Herzen gekommen war.

Ob das Dekolleté vielleicht nicht doch eine Spur dezenter hätte ausfallen sollen? fragte sich Rosemarie mit brennenden Wangen, als sie während der dritten Szene wieder einmal seinen Blick spürte. Und ihr war, als ruhte er diesmal nicht allein auf ihrem Profil. Sie hatte noch nie ein so gewagt ausgeschnittenes Abendkleid getragen, nicht einmal auf ihrem Debütantinnenball. Tante Bess wie auch die Schneiderin hatten ihr versichert, daß ihr V-förmiges Dekolleté den Geboten der Schicklichkeit für unverheiratete junge Frauen mehr als zur Genüge Rechnung trug und weitaus weniger nacktes Fleisch sehen ließ, als sie der Mode nach hätte wagen können. Aber zusammen mit den fast völlig entblößten Schultern und dem kleinen gerafften Ausschnitt im Rücken kam sie sich selbst doch sehr freizügig vor, zumal sie bisher fast nur hochgeschlossene Kleider gewohnt war. Manchmal wünschte sie sich einen weniger vollen Busen, der zu ihrer Verlegenheit bei einem solchen Ausschnitt ja geradezu betont wurde. Grace hatte es da besser, waren ihre Brüste doch von fast knabenhafter Form. Obwohl ihre Freundin wiederum sie um ihren gut entwickelten Busen beneidete.

Was er jetzt wohl denken mag? fuhr es ihr durch den Kopf. Gefalle ich ihm in diesem Aufzug? Oder findet er auch, daß ich zuviel von meinen Reizen preisgebe? Wenn es überhaupt Reize für ihn sind.

Sie hatte plötzlich das unsinnige Verlangen, ihre Blöße zu bedecken, und unwillkürlich legte sie ihre Hand auf das goldene, herzförmige Medaillon mit dem Bildnis ihrer Mutter, das an einer feingliedrigen Kette im Einschnitt ihres Busens hing.

Im selben Augenblick brandete im Saal Applaus auf, und Rosemarie vermochte kaum zu glauben, daß die ersten drei Szenen schon vorbei waren und es nun eine Pause gab, damit die Bühne für den zweiten Teil der Komödie umgebaut werden konnte.

»Wie gefällt Ihnen die Aufführung?« fragte Lawrence, als sie sich erhoben und mit den anderen hinaus in die Vorhalle der Logenränge schlenderten.

»Oh ... recht gut«, antwortete sie verlegen, hatte sie doch von der Handlung viel zuwenig mitbekommen, um sich ein rechtes Urteil zu erlauben.

»Ich habe Sie aber selten lachen sehen, Rosemarie«, sagte er und winkte einen livrierten schwarzen Kellner herbei, der ein Tablett mit Champagnergläsern trug. »Und das ist bei einer Komödie nicht gerade ein gutes Zeichen, würden Sie mir da nicht zustimmen?«

»Ich gebe zu, daß ich am Anfang Schwierigkeiten hatte, sowohl die Handlung als auch die Komik zu verstehen«, antwortete sie und wünschte, der mit rotem Samt bespannte und mit goldenen, verschnörkelten Zierleisten versehene Raum würde weniger hell im Licht der vielen Kristalleuchter erstrahlen und weniger große Wandspiegel aufweisen.

»Das Stück hat zu Beginn in der Tat einige Schwächen, und wohl nicht nur da. Auch ich hatte Schwierigkeiten, der Handlung zu folgen«, sagte er, während er ihr ein Glas reichte, um mit einem feinen Lächeln fortzufahren: »Aber ich glaube nicht, daß meine Konzentrationsschwäche etwas mit der schauspielerischen Leistung der Theaterleute zu tun hat. Ich denke, daß ich immer wieder von dem Stück abgelenkt wurde, ist mehr die Schuld oder besser das Verdienst Ihrer . . .«

Bevor er den Satz beenden konnte, drängte sich ein untersetzter, schwergewichtiger Mann in den Fünfzigern mit Glatze und einem runden, vor Aufregung geröteten Gesicht durch die Menge und stürzte auf sie zu.

»Lawrence! Also stimmte es doch, was Josh gesagt hat. Gott sei Dank, daß ich dich endlich gefunden habe!« rief er und legte ihm seine Hand auf die Schulter, als müßte er sich bei ihm abstützen.

»William? Ich wußte ja gar nicht, daß du aus Johannesburg zurück bist«, stieß Lawrence verwundert aus, besann sich aber augenblicklich darauf, was der Anstand verlangt, und sagte förmlich: »Rosemarie, darf ich Sie mit Mister William Nash bekannt machen? William, das ist Miss Brandon, die Tochter unseres Partners.«

William Nash verneigte sich und gab ihr einen formvollendeten Handkuß. »Miss Brandon, ich freue mich, Sie kennenzulernen, auch wenn ich wünschte, der Anlaß Ihrer Reise wäre nicht so betrüblicher Natur gewesen«, sprudelte er heraus, sichtlich bemüht, die gebotenen Anstandsformeln so rasch wie möglich hinter sich zu bringen. Sein Anzug war von einem hervorragenden Schneider und von bestem Tuch angefertigt worden, sah aber reichlich verknittert aus und war kaum die passende Abendgarderobe für eine Theaterpremiere. »Ich bitte auch um Entschuldigung, daß ich so grob in Ihre Gesellschaft hereinplatze, aber ich bin erst vor einer halben Stunde in Kimberley eingetroffen und muß dringend mit Mister Farrington reden. Ich bitte um Ihre Nachsicht, doch ich habe geschäftliche Dinge mit ihm zu besprechen, die bedauerlicherweise keinen Aufschub dulden. Habe ich Ihre gütige Erlaubnis, Ihnen Mister Farrington für ein paar Minuten zu entführen, Miss Brandon?«

Rosemarie lächelte freundlich. »Selbstverständlich haben Sie meine Erlaubnis, Mister Nash. Geschäfte haben stets Vorrang, wie mich mein Vater gelehrt hat.«

»Darüber kann man sehr geteilter Meinung sein«, erwiderte Lawrence und sah nicht gerade glücklich darüber aus, daß sein Partner ihn ausgerechnet jetzt zu einer geschäftlichen Besprechung drängte. Er setzte sogar eine regelrecht ungehaltene Miene auf und fragte: »Muß es denn wirklich sein, William? Hat die Sache nicht Zeit bis später?«

»Säße ich sonst nicht jetzt im Club vor meinem ersten anständigen Brandy?« fragte William Nash zurück.

Lawrence seufzte. »Also gut.« Und zu Rosemarie sagte er entschuldigend: »Es tut mir leid, aber es muß wohl sein. Ich bemühe mich, das Gespräch so kurz wie möglich zu halten, Rosemarie.«

Mit sichtlichem Widerwillen ließ er sich von William Nash fortziehen, der augenblicklich erregt auf ihn einzureden begann.

Rosemarie nippte vorsichtig an ihrem Champagner und war insgeheim gar nicht so traurig darüber, daß Lawrence von William Nash in seinem Satz unterbrochen worden war und nun von ihm womöglich bis zum Ende der Pause in Beschlag genommen wurde. Sie hatte nämlich das Gefühl, daß er sie in heillose Verwirrung gestürzt und Gott weiß was sonst noch ausgelöst hätte, wenn er Gelegenheit gehabt hätte, seinen Satz zu beenden, der zweifellos in einem außergewöhnlichen Kompliment gegipfelt hätte.

Sie stand vor einer Säule und ließ ihren Blick über die Menge wandern, deren munteres Stimmengewirr den Raum wie mit einem Brausen erfüllte. Hier und da entdeckte sie vertraute Gesichter von Männern und Frauen, die sie durch Eleanor Garland, Grace und Vivian sowie Lawrence in den vergangenen Monaten bei Veranstaltungen und Gesellschaften kennengelernt hatte. Und sie wunderte sich darüber, wie groß ihr Bekanntenkreis in Kimberley in dieser Zeit schon geworden war. Sie hatte mehr Freundinnen gefunden und mehr nette Bekanntschaften geknüpft, als es ihr in Bath über viele Jahre hinweg gelungen – oder erlaubt gewesen – war. Erst jetzt kam ihr so richtig zu Bewußtsein, welch ein wohlbehütetes, ja geradezu zurückgezogenes Leben sie in Bath geführt hatte. Und daß ihr Vater ihre sozialen Kontakte sehr begrenzt und alle Verehrer, die sich während und nach ihren Debütantinnenbällen um sie bemüht hatten, auf die eine oder andere Art rasch entmutigt hatte, als hätte er schon damals andere Pläne mit ihr gehabt ...

»So kann also ein astronomisches Wunder geschehen, daß nämlich auch bei tiefster Dunkelheit plötzlich die Sonne aufgeht – zumindest in meiner Seele!«

Rosemarie fuhr herum und sah Richard Hamilton vor sich stehen, diesmal nicht mondän nachlässig gekleidet, sondern in einem eleganten Abendanzug mit weißer, gefältelter Hemdbrust. Die perfekt gebundene mitternachtsblaue Seidenschleife harmonierte betörend gut mit seinen blauen Augen. »Oh, Mister Hamilton! Das ist aber eine Überraschung, mit der ich wirklich nicht gerechnet hätte«, sagte sie mit unverhohlener Freude. »Wie nett, Sie wiederzusehen!«

»Die Freude ist ganz meinerseits, Miss Brandon«, erwiderte er und schaffte es, ihre ganze Erscheinung mit einem Blick in sich aufzunehmen, ohne daß dieser Blick, der dabei auch über ihr Dekolleté glitt, abschätzig oder gar ordinär gewirkt hätte. »Ich hatte mir von diesem Abend nicht viel erwartet, und diese flache Komödie hat meine Annahme bestätigt, was mein berufliches Interesse betrifft. Doch Ihnen hier zu begegnen, macht ihn zu einem, den ich um keinen Preis hätte verpassen wollen.«

Sie nahm sein Kompliment mit einem Lächeln hin. »Sie sind also nur beruflich hier?«

»Ja, man muß ja stets über die Produktionen der Konkurrenz auf dem laufenden bleiben. Obwohl ich mir bei dieser Aufführung das Geld für den Eintritt gut hätte sparen können. Wenn meine neue Produktion übernächste Woche erst Premiere hat, dann

wird diese Schauspieltruppe, wenn sie viel Glück hat, vor halbleerem Haus spielen.«
Sie war von dem unerwarteten Wiedersehen so überrumpelt, daß sie die ihr anerzogene Zurückhaltung für einen Moment vergaß. »Ich habe Sie Ostern beim Kimberley-Cup auf dem Siegerpodest gesehen, wie Sie den Pokal für den zweiten Platz überreicht bekamen«, teilte sie ihm mit, als hätte sie nur darauf gewartet, ihn zu treffen, um ihren Stolz ausdrücken zu können. »Meinen herzlichen Glückwunsch zu diesem zweiten Platz. Es war ein aufregend spannendes Rennen, und Ihr Rappe Centaurio ist ein prächtiges Tier. Er hat wirklich nur um Kopflänge verloren. Das Rennen hätte auch ebensogut mit seinem Sieg ausgehen können.«
Er lächelte. »Danke, aber ein zweiter Platz ist für mich nichts, wozu Glückwünsche angebracht wären. Mit zweiten Plätzen gebe ich mich gewöhnlich nicht zufrieden, Miss Brandon. Das einzige, was mich interessiert, ist der Sieg – und nicht nur auf der Pferderennbahn«, sagte er nachdrücklich. »Das nächstemal wird Centaurio als erster durchs Ziel gehen, denn Ostern befand er sich noch nicht in Topform, weil er gerade erst eine Magenverstimmung auskuriert hatte und daher noch ein wenig geschwächt war. Aber darf ich fragen, ob Sie denn wenigstens auf ihn gesetzt haben?«
Rosemarie nickte. »Und ich habe auch gewonnen«, erklärte sie stolz und mit glänzenden Augen. »Ihr Centaurio hat mir Glück gebracht.«
»Ah, dann haben Sie aber nicht auf Sieg, sondern nur auf Platz gesetzt«, folgerte er. »Was bedeutet, daß Sie nicht genug Vertrauen in mein Pferd hatten, auch wenn sich das am Schluß als richtig erwiesen hat.«
Sie nahm einen Schluck Champagner und erwiderte ein wenig kokett: »Sie tun mir schändlichst unrecht, Mister Hamilton, denn in Anbetracht der Tatsache, daß ich noch nie in meinem

Leben auch nur einen Sixpence auf ein Pferd gesetzt habe und vom Pferderennsport nicht die Bohne verstehe, empfinde ich den Einsatz von fünf Shilling auf Platz als einen Beweis von geradezu blindem Vertrauen.«

Richard Hamilton lachte. »Unter diesen Umständen darf ich mich sehr geschmeichelt fühlen.«

»Ja, das dürfen Sie. Und vergessen Sie nicht, dies Centaurio auszurichten«, scherzte sie und wunderte sich einmal mehr, wieso es ihr so leichtfiel, mit Richard Hamilton zu reden und zu flachsen, obwohl es doch erst ihr drittes Zusammentreffen war. Merkwürdigerweise empfand sie ihm gegenüber nicht die geringste Scheu und Verlegenheit. Wann immer sie zusammengetroffen waren und ein Gespräch begonnen hatten, waren Spontaneität und Unbekümmertheit die besonderen Kennzeichen ihrer Unterhaltung gewesen. Er hatte eine entwaffnende, irgendwie verzaubernde Art an sich, alles herausströmen zu lassen, was sie gerade dachte, ohne dabei lang zu überlegen, was sie sagen durfte und was Anstand und das Gebot des umsichtigen Taktierens besser unter der Rubrik »Schweigen« oder »Nur in unverbindlichen Andeutungen« verbannten.

Er nickte, und sein Gesicht nahm einen etwas ernsten Ausdruck an. »Es scheint wirklich, daß nur mein Pferd Ihr uneingeschränktes Vertrauen genießt.«

»Woraus wollen Sie das schließen?« fragte sie verwundert.

»Weil ich vergeblich auf eine Antwort gewartet habe«, sagte er mit einem leichten Vorwurf in der Stimme.

Verständnislosigkeit trat in ihre Augen. »Antwort? Worauf hätte ich Ihnen antworten sollen?« fragte sie, während sie gleichzeitig eine Ahnung überkam.

»Nun, auf meine beiden Briefe, die ich mir Ihnen zu schreiben erlaubte.«

»Sie haben mir Briefe geschrieben?«

Richard Hamilton nickte. »Ich war so vermessen zu glauben, daß

Sie vielleicht Interesse hätten, sich von mir noch mehr von Kimberley zeigen zu lassen. Nur wartete ich vergebens auf eine Antwort von Ihnen. Aber Ihr Gesicht verrät mir nun, daß mein Verdacht wohl begründet war und Sie meine Briefe nie zu Gesicht bekommen haben.«

»Nein, das habe ich tatsächlich nicht«, bestätigte sie.

»Das tut mir leid, Miss Brandon«, bedauerte er. »Augenscheinlich besitze ich nicht die Sympathie Ihres Onkels, wie Sie offenbar nicht sein Vertrauen haben, um an Sie gerichtete Briefe unzensiert ausgehändigt zu erhalten. Es sei denn, das Verschwinden meiner beiden Schreiben an Sie hat andere mysteriöse Gründe.«

»Ach was, er hat sie mir glattweg unterschlagen!« stieß sie wütend aus, während ein heller Glockenklang das Ende der Pause ankündigte und die Theaterbesucher auf ihre Plätze zurückrief. »Das sieht ihm ähnlich. Aber diese Bevormundung lasse ich mir nicht gefallen, nicht von ihm! Nicht einmal mein Vater hätte so etwas getan. Er hätte die Briefe mir gegenüber zumindest erwähnt. Ich werde ihn gleich morgen darauf ansprechen.«

»Wäre das nicht sehr unklug?« wandte er ein.

»Wieso?« fragte sie und stellte ihr Glas ab, während sie Ausschau nach Lawrence hielt.

»Wenn Sie das tun, wird er zwangsläufig erfahren, daß wir einander begegnet sind. Womöglich wird er noch größere Anstrengungen unternehmen, Sie von mir fernzuhalten, sollten Sie mir die Freude machen wollen, Sie wiederzusehen«, sagte er mit leicht fragend hochgezogenen Brauen.

Rosemarie schenkte ihm ein Lächeln. »Hm, ich werde darüber nachdenken, Mister Hamilton. Hätten Sie jetzt die Güte, mich zu meiner Loge zu bringen? Mister Farrington, mein Begleiter, wird offensichtlich noch von seinem Partner aufgehalten, der eine dringende geschäftliche Angelegenheit mit ihm besprechen muß.«

»Oh, Mister Farrington hat Sie also in diese unsägliche Komödie geführt«, sagte er mit leichtem Spott.

Rosemarie fühlte sich veranlaßt, Lawrence in Schutz zu nehmen. »Immerhin ist dies eine Premiere, Mister Hamilton. Es konnte also niemand wissen, wie gut die Schauspieler und das Stück sein würden.«

»Ich garantiere Ihnen, daß Sie bei mir nicht befürchten müssen, sich zu langweilen und nicht auf Ihre Kosten zu kommen, Miss Brandon«, versicherte er.

Ihr war, als hörte sie einen Hintersinn in seinen Worten mitschwingen, der sich mit Sicherheit nicht allein auf die Vorstellungen in seinem Theater bezog. Sie hielt es jedoch für klüger, dem jetzt nicht auf die Spur zu gehen. Außerdem hatten sie inzwischen ihre Loge erreicht, und die Herren warteten schon höflich darauf, daß sie in der vorderen Reihe bei ihren Ehefrauen, zwei älteren Damen, Platz nahm, damit auch sie sich setzen konnten.

»Danke, Mister Hamilton.«

»Ich habe zu danken, Miss Brandon«, entgegnete er, um noch leise hinzuzufügen: »Für das Haus ist diese Premiere ein mittlerer Reinfall, für mich dank Ihrer Anwesenheit ein umwerfendes Erlebnis.«

»Das wünsche ich Ihnen ebenfalls, Mister Hamilton«, sagte sie, als sie die aufmerksamen Blicke der beiden Männer auf sich gerichtet sah, entzog ihm ihre Hand und ging rasch zu ihrem Platz.

Der Vorhang hatte sich gerade geöffnet, als Lawrence zurückkehrte und lautlos auf seinen gepolsterten Stuhl glitt. Beim ersten Gelächter beugte er sich zu ihr vor und entschuldigte sich, daß er so lange aufgehalten worden war und sie nicht persönlich in die Loge hatte zurückführen können. Er schien das sehr ernst zu nehmen und wegen der Störung in der Pause untröstlich zu sein.

Rosemarie wandte sich halb zu ihm um und raunte ihm mit einem verständnisvollen Nicken und Lächeln zu: »Das war doch nicht der Rede wert, Lawrence. Und es war schon gar nicht Ihre Schuld.«

Für den Rest der Vorstellung beschäftigten sich ihre Gedanken fast ausschließlich mit Richard Hamilton und ihrer unerwarteten Begegnung vorhin. Wie aufregend der Gedanke war, daß er es gewagt hatte, ihr zu schreiben. Sogar zweimal! Von jedem anderen hätte sie ein solches Vorgehen als ungehörig empfunden, ja sogar als Anmaßung und offensichtlichen Mangel an guten Manieren, denn in ihren Kreisen gehörte es sich nicht, einer jungen unverheirateten Frau wie ihr nach zwei kurzen Begegnungen zu schreiben, ohne vorher die Erlaubnis ihrer Eltern oder Vormundschaft eingeholt zu haben. Hätte er sich an den korrekten Weg gehalten, hätte er sich zuerst einmal darum bemüht, ihrem Vater oder doch zumindest ihrem Onkel und ihrer Tante bei einem offiziellen Treffen bei ihnen im Haus vorgestellt zu werden. Aber was sie einem anderen als Makel angerechnet hätte, fand sie bei Richard Hamilton reizvoll kühn und unwiderstehlich. Außerdem hatte er ja schon nach dem flüchtigen Zusammentreffen mit Onkel Rupert gewußt, daß man ihn im Haus der Thorndikes nicht willkommen heißen und ihm die Bitte, sie besuchen zu dürfen, abschlagen würde.
Aber wenn er so daran interessiert gewesen ist, mich wiederzusehen, warum hat er dann nicht Sorge dafür getragen, daß ich seine Briefe auch mit Sicherheit erhalte? fragte sie sich. Hätte er nicht besser daran getan, mich irgendwo in der Stadt abzupassen oder in der Kirche? Er hätte doch bestimmt schnell herausfinden können, wann und wo ich die Messe besuche. Und im Gedränge ergibt sich immer eine Möglichkeit, einem etwas zuzustecken, ohne daß ein anderer etwas davon merkt. Warum bloß hat er das nicht getan?
Diese Frage verdarb ihr ein wenig die Freude an dem Wiedersehen und Richard Hamiltons schmeichelhaftem Interesse an ihr. Doch dann beruhigte sie sich mit der Antwort, daß er bei seinen mannigfachen beruflichen Verpflichtungen vermutlich nicht die Zeit für solche Vorkehrungen besessen hatte.

Im Nu war für Rosemarie die Vorstellung zu Ende. Das Publikum spendete höflichen Applaus, der den Schauspielern gerade mal zwei Vorhänge ermöglichte. Dann erhoben sich die Besucher im Parkett und in den Logen auch schon von ihren Plätzen und strömten aus dem Theater.
Verstohlen hielt Rosemarie nach Richard Hamilton Ausschau, vermochte ihn zu ihrer Enttäuschung in dem allgemeinen Gedränge jedoch nicht zu entdecken. Vor dem Theater standen die privaten Kutschen und Mietdroschken dicht an dicht und in drei Reihen.
Kaum waren Rosemarie und Lawrence unter dem Vordach des Theaters, als ein dandyhaft gekleideter junger Mann Lawrence grob anrempelte und ihm dabei auf den Fuß trat.
Ärgerlich wandte Lawrence sich zu ihm um. »Können Sie nicht besser aufpassen?« fragte er verärgert und erhielt statt einer Entschuldigung einen verständnislosen Blick und eine ungnädige Erwiderung.
Diese Rempelei aber war kein Zufall, denn im nächsten Moment tauchte Richard Hamilton neben ihr auf. »Hier, nehmen Sie das, Rose«, flüsterte er ihr zu, während Lawrence den Dandy nun ernstlich entrüstet anfuhr. »Vielleicht haben Sie ja doch genug Vertrauen, um auch mal auf Sieg zu setzen.«
Rosemarie spürte, daß es ein kleiner Umschlag war, den er ihr dabei zusteckte. Schnell schloß sich ihre Hand um das Billett und verbarg es unter ihrem leichten Cape.
»Schon gut, Mister. Kein Grund, aus einem kleinen Rempler einen halben Überfall zu machen! Es tut mir leid, okay?« entschuldigte sich links von ihr der Dandy, der im ersten Moment reichlich dreist reagiert und Lawrence damit wie gewünscht lange genug abgelenkt hatte. »War ja nicht persönlich gemeint.« Er lüftete seinen Bowler und schlenderte davon, als wäre nichts gewesen.
Lawrence schüttelte den Kopf und wandte sich wieder zu ihr um.

»Bei vielen ist Benehmen auch heute noch Glückssache«, meinte er und lachte dann versöhnlich. »Nun, das ist eben Kimberley. Es werden wohl noch etliche Jahre vergehen, bis wir hier auch noch den letzten Rest Pionierstaub abgeschüttelt haben.«

Rosemarie nickte und schaute nach rechts, doch Richard Hamilton war schon verschwunden, als hätte ihn die Nacht verschluckt – und als hätte sie sich sein kurzes, plötzliches Auftauchen an ihrer Seite nur eingebildet. Das Billett, das ihre Hand unter dem Cape fast krampfhaft festhielt, als fürchtete sie, es fallen zu lassen, das Billett aber war Beweis, daß diese flüchtige verschwörerische Begegnung tatsächlich geschehen war.

Was mochte bloß in dem Brief stehen?

»Ah, da ist ja Josh schon!«

Rosemarie stieg mit Lawrence in die Kutsche und konnte es nicht erwarten, nach Hause zu kommen und allein in ihrem Zimmer zu sein, um zu lesen, was Richard Hamilton ihr geschrieben hatte. Gleichzeitig fühlte sie sich jedoch schuldig, da sie kaum auf das hörte, was Lawrence sagte. Und dabei bemühte er sich so sehr, sie zu unterhalten.

Schließlich kam die Kutsche in der Einfahrt zum Stehen. Lawrence begleitete sie ins Haus. Über ihnen spannte sich ein sternenklarer Nachthimmel, als sie die wenigen Schritte von der Kutsche zur Haustür gingen. Die Luft war mild wie an einem warmen Frühlingstag in Bath und erfüllt vom Duft der subtropischen Gewächse, die in dieser Hemisphäre das ganze Jahr über blühten.

»Es tut mir leid, daß dieser Abend nicht so ausgefallen ist, wie ich ihn mir gewünscht habe«, sagte er.

»Oh, das ist doch nicht schlimm«, versicherte sie und hatte das Gefühl, etwas gutmachen zu müssen. »Ich meine, es ist doch nicht Ihre Schuld, daß diese Komödie nicht ganz hielt, was wir uns von ihr versprochen haben. Und so schlecht war sie außerdem gar nicht.«

»Ich muß gestehen, daß ich wohl auch von einem bedeutend besseren Stück nicht viel mehr mitbekommen hätte.« Er machte eine Pause und meinte dann ernst: »Sie sehen hinreißend aus, Rosemarie. Das bemerkte ich schon, als Sie heute abend die Treppe herunterkamen. Und ich möchte es Ihnen jetzt noch einmal sagen.«
»Oh, danke, Lawrence. Sie schmeicheln mir heute wirklich sehr.«
»Nein, das ist keine Schmeichelei. Ich sage, was ich sehe und empfinde, Rosemarie. Und manches davon erstaunt mich selbst am meisten.« Er hielt ihre Hand und sah sie auf eine Art an, daß sie plötzlich das Gefühl hatte, er würde sich jeden Moment vorbeugen und sie zu küssen versuchen.
Doch da ging die Tür auf, und Onkel Rupert stand im lichtdurchfluteten Eingang. »Ah, Sie bringen unser zartes Geschöpf ja schon so früh zurück, mein lieber Mister Farrington. Wie überaus fürsorglich von Ihnen, daran zu denken, wie wichtig die Stunden vor Mitternacht für den Schönheitsschlaf unserer so empfindsamen Nichte sind«, sagte er sarkastisch. »Nun denn, lassen Sie sich nicht länger aufhalten. Eine gute Nacht, Mister Farrington.«
»Ihnen auch, Mister Thorndike«, erwiderte Lawrence kühl auf die Unverschämtheit, die nicht weit von einer Beleidigung entfernt war.
»Die Wünsche kommen etwas zu früh, Lawrence«, konnte sich Rosemarie nicht verkneifen zu bemerken. »Wie ich meinen lieben Onkel kenne, wird er jetzt erst richtig munter – natürlich außer Haus, um meine Tante nicht um ihren Schlaf zu bringen, ist er doch eine so rücksichtsvolle Person.« Dies war genauso dreist wie Onkel Ruperts Äußerung. Aber was ihren Onkel betraf, so fühlte sie sich den starren Konventionen ihrer Erziehung nicht länger verpflichtet. Und mit einem Lächeln sagte sie zu Lawrence: »Eine gute Nacht, Lawrence, und danke für alles.«

Damit raffte sie Cape und Röcke und rauschte an einem grimmig dreinschauenden Rupert vorbei ins Haus.
»Schöne Träume, Rosemarie!« rief Lawrence ihr nach, und in seiner Stimme schwang ein stilles Lachen über die Abreibung mit, die sie ihrem Onkel verpaßt hatte.
Sie eilte nach oben in ihr Zimmer und schob das kleine Briefchen schnell unter ihr Kopfkissen, bevor Emily sie damit in der Hand erwischte. An diesem Abend konnte sie nicht schnell genug aus ihren Kleidern kommen. Die Vorbereitungen für die Nacht dauerten ihr viel zu lange. Sie schützte daher große Müdigkeit vor, was sie auch davor bewahrte, Emily ausführlich berichten zu müssen, wie es im Theater gewesen war und wie ihr der Abend mit Lawrence gefallen hatte.
»In deinem Alter zu dieser Stunde schon müde? Und das nach einem Rendezvous?« Emily sah sie zweifelnd an.
Endlich war sie allein. Sie löschte das Licht bis auf eine kleine Kerze, die sie auf ihren Nachttisch stellte. Dann schlüpfte sie ins Bett, zog das Billett unter dem Kopfkissen hervor und riß den Umschlag mit klopfendem Herzen auf. Zwei Briefbögen waren mehrfach gefaltet, um in das kleine Kuvert zu passen, und jeweils auf beiden Seiten mit schwungvoller, großzügiger Handschrift beschrieben. Aufgeregt begann sie im warmen Schein der Kerze zu lesen, und mit jeder Zeile wuchs ihre Aufregung.

Meine verehrte Rosemarie!
Ich wage es einfach, Sie »meine Rosemarie« zu nennen, wiewohl ich weiß, daß mir diese Freiheit eigentlich nicht zusteht. Aber wie könnte ich Sie weiterhin mit »Miss Brandon« anreden, nachdem Sie schon so lange in meinen Gedanken als »meine Rosemarie« leben? Zu kühl und zu groß ist die Distanz, die in der förmlichen Anrede zum Ausdruck kommt. Und bilde ich es mir wirklich nur ein, daß auch Sie diese Distanz weder empfinden noch wünschen?

Meine liebe Rosemarie, wie hat mein Herz vorhin jubiliert, als ich Sie dort an der Säule allein stehen sah. Es war mehr als nur Balsam für die Seele. Ihr Anblick war wie ein mächtiger Schwall Öl in ein schon längst hell loderndes Feuer. Leider sind uns nur allzu wenige Minuten vergönnt gewesen, zu wenige, um Ihnen zu zeigen, in welch inneren Aufruhr Sie mich versetzt haben, seit Sie den Zug für mich am Modder River aufgehalten haben.
Ich weiß so gut wie Sie, daß der Versuch aussichtslos wäre, über die Schwelle Ihres Hauses beziehungsweise das Ihres Onkels zu gelangen. Obwohl mir die Gründe dafür rätselhaft sind, ändert dies doch nichts an den Tatsachen. Dennoch hoffe ich, daß mein drängender Wunsch, Sie möglichst bald wiederzusehen und mehr Zeit mit Ihnen zu verbringen, bei Ihnen auf dasselbe Verlangen trifft. Deshalb bitte ich Sie, im Vertrauen auf Ihr Vertrauen, um ein heimliches Treffen.
Am kommenden Freitag, also in sechs Tagen, findet in meinem Theater eine interne Generalprobe statt. Die Schauspieltruppe, die ich engagiert habe, spielt meine neueste Produktion, die wirklich sehenswerte Komödie The French Maid *einmal ohne Unterbrechung durch. Niemand außer mir wird sich im Parkett oder in den Logen befinden. Ich lade Sie ebenso herzlich wie inständig dazu ein, bei dieser Generalprobe mit mir in einer der Logen zu sitzen – die ausreichend verdunkelt sein wird, so daß niemand Sie zu erkennen vermag.*
Ich werde zudem Sorge dafür tragen, daß auch niemand Sie auf dem Weg zu mir erkennt, so daß Sie nicht befürchten müssen, in irgendeiner Weise kompromittiert zu werden. Deshalb wird am Freitag um zehn Uhr eine gewöhnliche Mietdroschke auf der Dutoitspan Road auf Sie warten, und zwar zwischen dem Kimberley Club und dem Gebäude von Joshua Oates. Der schwarze Kutscher wird einen Dreispitz

mit Straußenfedern tragen. Sagen Sie zu ihm nur »Zu Mister Hamilton!«, und er wird wissen, daß Sie die Person sind, auf die er zu warten hatte. Er wird Sie zum Hintereingang meines Theaters bringen, der unverschlossen sein wird. In der Kutsche finden Sie eine schwarze Langhaarperücke sowie einen großen Hut mit Schleier. Niemand wird Sie in dieser Verkleidung auf dem kurzen Stück Weg von der Kutsche zum Hintereingang erkennen. Und ich verspreche Ihnen, daß sich zu diesem Zeitpunkt auch weder einer meiner schwarzen Bediensteten noch irgend jemand von meinen weißen Angestellten in diesem Teil meines Hauses aufhalten wird.
Ich hoffe sehr, Sie lieben ein wenig das aufregende Gefühl, von niemandem erkannt zu werden und einmal tun und lassen zu können, was Sie möchten, ohne jemanden wie ein kleines Kind um Erlaubnis fragen zu müssen. Schenken Sie mir das Vertrauen, das Sie schon längst in sich spüren, und setzen Sie einmal im Leben nicht auf Platz, sondern auf Sieg.
Ich werde auf Sie warten, Rosemarie. Voller Ungeduld und hoffnungsvoller Erwartung.

In tiefer Zuneigung,
stets Ihr Richard

Rosemarie war wie benommen und hatte gleichzeitig das Gefühl, von einem plötzlichen Fieberanfall heimgesucht zu werden. Ihr Mund war trocken, und das Herz schlug ihr bis in die Kehle.
Was für ein unglaublicher, gewagter Brief!
Sogar beim zweiten und dritten Lesen blieb ihr an mehreren Stellen immer wieder der Atem weg. Ihre Freundinnen in Bath wären vermutlich in Ohnmacht gefallen, hätten sie ein solch kühnes Schreiben erhalten.
Meine Rosemarie! Damit fing es schon an. Welch eine vertrauliche, intime Anrede. Nicht einmal Lawrence hatte bisher gewagt, dies zu ihr zu sagen, und dabei machte er ihr nun schon fast vier

Monate den Hof. Und dann diese Sätze: »Nachdem Sie schon so lange in meinen Gedanken als meine Rosemarie leben« und »Ihr Anblick war wie ein mächtiger Schwall Öl in ein schon längst hell loderndes Feuer.« Das war ja wie eine kaum verhohlene Liebeserklärung. Ach was, es war eine! Und daß er seine Hoffnung auf ein Wiedersehen auf ihrer Seite mit Verlangen in Verbindung gebracht hatte! Verlangen wie in Leidenschaft! Kein Wunder, daß ihr da der Atem wegblieb und gleichzeitig der Puls vor Erregung raste – von seiner unglaublichen Einladung ganz zu schweigen. Denn diese ging weit über das hinaus, was man auch bei großzügigster Auslegung noch als kühn bezeichnen konnte. Sich zu verkleiden und sich mit ihm ganz allein in seinem Theater zu treffen, das war ...

Rosemarie fand keinen passenden Ausdruck dafür. Richards Brief machte ihr auf der einen Seite beinahe angst mit seiner Tollkühnheit, mit der er sich über alle Konventionen hinwegsetzte und sie zu einer Tat aufforderte, die ihren Ruf unwiederbringlich ruinieren konnte, wenn sie ruchbar wurde. Auf der anderen Seite ging von seinen Zeilen ein fast magischer Zauber aus, als hielte sie mit seinem Brief so etwas wie ein wundersames Fenster in der Hand, das ihr einen Blick in eine unwiderstehlich verlockende Welt erlaubte.

Richards Brief war wie ein Feuer. Ein Feuer, das sie durch und durch mit wunderbarer Hitze erfüllen, an dem sie sich aber auch schrecklich verbrennen konnte.

Verbrennen!

Rosemarie sprang aus dem Bett. Sie mußte den Brief unbedingt verbrennen, und zwar auf der Stelle. Nicht auszudenken, welche katastrophalen Folgen es haben konnte, wenn er irgend jemandem in die Hände fiel. Nicht einmal Emily und ihre Freundinnen durften davon wissen. Und wenn sie zur Beichte ging, würde sie sich etwas einfallen lassen müssen.

Aber weshalb sorgte sie sich jetzt schon darum? Diesen Brief zu empfangen, stellte ja noch keine Sünde dar, die es zu beichten galt. Anders sah es aus, wenn sie tat, wozu Richard Hamilton sie in seinem tollkühnen Schreiben aufgefordert hatte. Aber natürlich würde sie das nicht tun.

Niemals! schwor sie sich. Unter keinen Umständen!

Sie nahm die Kerze, eilte zur Waschkommode und verbrannte den Brief über der Waschschüssel. Den verkohlten, gekrümmten Rest zerrieb sie zwischen den Fingern und spülte die Asche dann mit etwas Wasser aus der Schüssel in den Behälter für das Schmutzwasser.

Am nächsten Morgen, nach der sonntäglichen Messe, hielt Lawrence bei ihrem Vater um ihre Hand an.

20

Rosemarie hatte schon so ein merkwürdiges Gefühl, als sie mit Emily, Tante Bess und Onkel Rupert von der Kirche nach Hause kam und Lawrence' Kutsche in der Einfahrt stehen sah. Sie hatte ihn bei der Messe vermißt, denn seit er ihr den Hof machte, saß er stets an ihrer linken Seite in der Bank der Thorndikes, und in all diesen Monaten hatte er nicht einen einzigen Gottesdienst verpaßt – bis auf diesen letzten Sonntag im April.
Was mag ihn ausgerechnet heute fernhalten? fragte sich Rosemarie schon in der Kirche. Und als sie dann seine Kutsche vor dem Haus erblickte, verwandelte sich ihre Verwunderung in eine Ahnung.
Was kann es bloß so Wichtiges geben, daß Lawrence die Messe versäumt und dafür Dad aufsucht, was er doch auch zu jeder anderen Stunde des Tages hätte tun können?
Flüchtig kam ihr der Gedanke, daß es vielleicht damit zusammenhing, daß Lawrence am Sonntagmorgen sicher sein konnte, ihren Vater ganz allein im Haus anzutreffen.
»Mister Brandon wünscht Sie zu sprechen, Miss«, teilte ihr April mit, kaum daß sie ihren Umhang und Hut abgelegt hatte. »Er erwartet Sie im grünen Salon.«
Mit einem flauen Gefühl im Magen begab sich Rosemarie in den grünen Salon, der wegen der jadegrünen Polsterbezüge von Sofa und Sessel so genannt wurde. Er war der kleinere und weniger formelle der beiden Salons im Haus der Thorndikes. Ihre Beunruhigung wuchs, als sie ihren Vater dort allein vorfand und nicht in Gesellschaft von Lawrence. Es war offensichtlich, daß ihr Vater sie unter vier Augen zu sprechen wünschte.
Auch in den neuen Kleidern, die sie für ihn erstanden hatte, sah

er wieder erbärmlich eingefallen aus. Doch sein ausgemergeltes Gesicht zeigte an diesem Morgen eine ungewöhnlich frische Farbe. Und in seinen Augen blitzte eine Lebendigkeit und Freude, wie Rosemarie sie nur am Tag ihrer Ankunft in Kimberley bei ihm gesehen hatte.

»Da bist du ja endlich, meine Prinzessin! Du weißt ja gar nicht, mit welcher Ungeduld ich auf deine Rückkehr gewartet habe«, begrüßte er sie mit überschwenglicher Freude und winkte sie mit seinem gesunden Arm heran. »Gib mir einen Kuß. Dies ist ein wunderbarer Tag.«

Die Ahnung verdichtete sich in ihr, und ihr Magen schien sich zu einem schmerzenden Knoten zusammenzuziehen, als sie sich zu ihm hinunterbeugte und ihn auf die Wange küßte. »Ja, der erste kühle Morgen, den ich in Kimberley erlebe«, sagte sie.

Er lachte. »Ach was, das meinte ich nicht.«

»Ist Lawrence schon wieder weg?« fragte sie, obwohl sie ganz genau wußte, daß er niemals die grobe Unhöflichkeit begehen würde, wegzufahren, ohne sie vorher begrüßt zu haben. »Habt ihr sogar am Sonntagmorgen dringende Geschäfte zu besprechen gehabt?«

Ihr Vater schüttelte mit strahlenden Augen den Kopf. »O ja, wir haben überaus wichtige Dinge besprochen, aber nicht Geschäfte der Art, die du meinst«, antwortete er mit hörbarer Aufregung. »Komm, setz dich zu mir. Heute ist ein ganz besonderer Tag. Ein Tag zum Fröhlichsein und Feiern. Ein Tag, um Gott aus ganzem Herzen und ganzer Seele zu danken, mein Kind! Gloria und Hosianna!«

Rosemarie setzte sich in den Sessel, neben den ihr Vater sich hatte schieben lassen. »Du bist ja richtig aufgedreht, daß mir angst und bange wird, Dad.«

»Im Gegenteil, wir alle haben Grund zum Jubilieren, mein Kind. Du natürlich ganz besonders.«

»Weshalb?« fragte sie mit belegter Stimme.

Er beugte sich zu ihr hinüber und lachte sie mit seinem Grimassenlachen an. »Dies ist der Tag, auf den ich so lange gewartet, den ich erhofft und herbeigesehnt habe, Rosemarie! Und du bestimmt auch!« stieß er aufgeregt, aber gedämpft aus. »Es ist geschehen!«
Rosemarie schluckte, denn in diesem Moment verwandelte sich ihre Ahnung in Gewißheit. Sie wußte die Antwort auf ihre Frage, die ihr nun nur noch rhetorisch über die Lippen kam: »Was ist geschehen, Dad?«
»Er hat sich erklärt und um deine Hand angehalten!« Ihr Vater griff nach ihrem Arm und drückte ihn.
»Lawrence«, sagte Rosemarie, als fiele ihr plötzlich die Lösung zu einem Rätsel ein, das ihr lange Kopfzerbrechen bereitet hatte.
Er lachte belustigt auf, wie wenn sie einen gelungenen Scherz gemacht hätte. »Natürlich Lawrence. O Kind, das ist für mich der glücklichste Tag, den ich nach dem Tod deiner Mutter erleben durfte, der Herrgott ist mein Zeuge! Wie oft hat mich im letzten halben Jahr doch die Sorge gequält, von dieser Welt zu gehen, ohne dich vorher gut unter die Haube gebracht und mit einem Mann verheiratet zu haben, der die Tradition der Brandons fortführt und dir das Leben bieten kann, das du verdient hast. Und nun wird Lawrence dein Mann und mein Schwiegersohn. Damit erfüllt sich noch zu meinen Lebzeiten mein innigster, quälendster Wunsch, dem Himmel sei Lob und Dank!«
Rosemarie saß einen Moment stumm im Sessel, während ihr Vater sie mit seinem lallenden Wortschwall überschüttete. Daß Lawrence um ihre Hand angehalten hatte, überraschte sie eigentlich nicht. Tief in ihrem Innern hatte sie schon seit Wochen gewußt, daß dieser Tag nicht mehr fern sein konnte. Doch sie hatte den Gedanken daran verdrängt. Und nun, da es passiert war, versetzte ihr die Nachricht trotz aller inneren Erwartung doch einen gehörigen Schock. Die Vorstellungen, die man sich über ein zukünftiges Ereignis machte, dem man mit zwiespältigen Gefühlen entgegensah, unterschieden sich doch völlig von

den tatsächlichen Eindrücken und Gefühlen, wenn dann der Moment wirklich gekommen war.

Zu ihrer Beklommenheit und Verwirrung gesellte sich auf einmal Ärger. Lawrence hatte bei ihrem Vater um ihre Hand angehalten, ohne sich zuerst einmal ihr zu erklären und sich ihrer Bereitschaft zu versichern, ihm ihr Jawort zu geben.

»Wie schön, daß du dich über seinen Antrag so sehr freust und diesen Tag als den glücklichsten seit Mutters Tod empfindest«, brach sie nun ihr Schweigen. »Aber vielleicht fragst du auch mal mich danach, ob ich ebenso glücklich darüber bin, Dad. Immerhin geht es hier ja um mich und meine Zukunft, nicht wahr?«

»Aber was redest du denn da, mein Kind? Ich weiß doch, wie sehr dir Lawrence ans Herz gewachsen ist und wie gut ihr euch versteht«, tat er ihren ungehaltenen Einwand unbekümmert ab. »Ihr seid ja schon seit Monaten unzertrennlich, und ihr werdet ein wunderbares Paar abgeben. Man braucht doch über das Offensichtliche keine Worte zu verlieren.«

»Ja, ich mag ihn sehr, doch ich bin mir nicht sicher, ob ich ihn auch liebe, Dad.«

»Um Gottes willen, dämpfe deine Stimme, Kind!« ermahnte er sie und warf einen besorgten Blick auf die Flügeltüren, die in den großen, angrenzenden Salon führten. »Lawrence wartet im Nebenzimmer, um dir seinen Antrag zu machen. Und du möchtest doch wohl nicht, daß ihm zufällig eine leichtfertige Äußerung von dir zu Ohren kommt, die ihn verletzen könnte.«

»Natürlich nicht, Dad. Nichts ist dir wichtiger, als was Lawrence hören oder denken könnte!« stieß sie aus. Für einen kurzen Augenblick wallte ausgesprochene Wut in ihr auf, und sie fühlte sich zum erstenmal von der entstellten, lallenden Stimme ihres Vaters abgestoßen. Sie wußte, daß er nichts dafür konnte und daß es ungerecht von ihr war, ihm das insgeheim vorzuhalten, aber in Zusammenhang mit seiner konsequenten Ignoranz, was ihre Wünsche betraf und wie sie zu Lawrence' Antrag stand, trug auch seine Redeweise dazu bei, daß sie sich abgestoßen fühlte. »Denn von mir erwartest du ja sowieso nur, daß ich zu allem ja und amen sage. Warum handelt ihr das nicht überhaupt ganz allein unter euch aus? Auf meine Gefühle und Wünsche kommt es ja offenbar nicht an!«

Verstört blickte er zu ihr auf. »Was redest du da für ein dummes Zeug, Kind? Was ist nur in dich gefahren? Ich dachte, du würdest glücklich sein und mir bei dieser wunderbaren Nachricht um den Hals fallen. Ich weiß überhaupt nicht, was du dir sonst noch wünschen könntest.«

»Das glaube ich dir«, sagte sie bitter. »Daß ich Lawrence vielleicht gar nicht heiraten will, dieser Gedanke ist dir ja nie gekommen. Du hast dir nie die Mühe gemacht, mich danach zu fragen, ob er denn die Liebe meines Lebens ist.«

»Versündige dich nicht, Rosemarie!« stieß er bestürzt aus, und sein Gesicht verlor augenblicklich die gesunde Farbe. »Wie kannst du nach all den Monaten, die du mit ihm in so harmonischer Gesellschaft verbracht hast, bloß deine Gefühle verleugnen wollen? Und was soll dieser Unsinn mit der ›Liebe meines Lebens‹, Rosemarie?«

»Seit wann ist Liebe Unsinn?« widersprach Rosemarie, dämpfte ihre Stimme nun aber doch. »Mutter hat dich geliebt – und du sie. Hast du das vielleicht vergessen?«

Sein gesundes Auge funkelte sie nun an. »Nicht einen Tag. Aber laß deine Mutter und mich aus dem Spiel. Es steht dir nicht zu, dich auf das Glück zu berufen, das uns vergönnt gewesen ist, als könntest du daraus Rechte ableiten. Es wäre für deine dumme Argumentation auch ein sehr untaugliches Beispiel. Denn von unseren Eltern hat uns niemand danach gefragt, ob wir heiraten wollten. Wir waren einander schon versprochen, als deine Mutter noch keine zehn Jahre alt gewesen ist. Die Morrisons hatten nur ein einziges Kind und eine schäbige kleine Juwelierwerkstatt, mit der es einfach nicht aufwärtsgehen wollte. Und mein Vater, der ein tüchtiger Goldschmied war, aber ohne Kapital, hatte nur einen Sohn. Die Freundschaft und aufrichtige Zuneigung unserer Eltern übertrug sich auf uns. Und uns kam nie der Gedanke, unsere Eltern zu enttäuschen. Wir wußten, daß unsere Ehe für uns alle von Nutzen sein würde. Von Liebe hat damals niemand gesprochen. Diesen Luxus konnten wir uns nicht leisten.«

»Die Zeiten haben sich verändert, Dad. In drei Jahren beginnt ein neues Jahrhundert, und eine Ehe sollte man nur eingehen, wenn man sich sicher ist, daß man einander auch liebt. Wirtschaftliche Gedanken haben dabei nichts zu suchen.«

»Rede du nicht von Liebe. Was du meinst, ist diese kopflose Schwärmerei, die mehr Unglück über die Menschen als Segen bringt. Von Liebe kann man nur sprechen, wenn man schon auf viele gemeinsame Erfahrungen zurückzublicken vermag, und zwar nicht auf ein paar sorglose Wochen und Monate unter dem Schutz der Eltern, sondern auf zusammen überstandene Prüfungen und Stürme des Lebens. Dann kann man so wie deine Mutter und ich sagen, daß eine Ehe, die mit gegenseitigem Respekt und mit Zuneigung begonnen hat, im Laufe der Jahre auch mit wahrer Liebe gesegnet worden ist. Bist du nicht alt genug, um zu wissen, daß die Liebe erst im Laufe des Lebens zu ihrer wahren Kraft heranwachsen muß, so wie auch ein Eichensetzling nicht über Nacht zu einem starken Baum wird?«

Die Erregung hatte seinen Puls und seine Atmung dermaßen beschleunigt, daß er sich nun gezwungen sah, eine kurze Pause einzulegen, um wieder zu Luft zu kommen.

»Bitte, Dad ...« begann Rosemarie in versöhnlichem Ton. Angesichts seiner besorgniserregenden Aufwallung fielen ihr Zorn und ihr Aufbegehren wie ein Strohfeuer in sich zusammen, wenn auch die heiße Glut blieb.

Er brachte sie mit einer herrischen Geste zum Schweigen. »Und was soll diese naive Behauptung, daß wirtschaftliche Überlegungen bei einer Eheschließung nicht von Belang wären? Solch eine gedankenlose und wirklichkeitsfremde Äußerung hätte ich von dir nicht erwartet!« zürnte er. »Du hast nie in deinem Leben etwas zu entbehren brauchen. Du bist wohlbehütet, von bestem Personal bedient und ohne materielle Sorgen aufgewachsen, abgeschirmt von den Kümmernissen und Nöten, die für die meisten Menschen zum Alltag gehören. Und so sollte es auch sein. Aber die Zeiten haben sich geändert. Unserer Wirtschaft bläst ein eisiger Wind ins Gesicht, wir befinden uns am Rand eines Kriegs, dessen Auswirkungen auf die Geschäfte von Farrington, Brandon & Nash nicht abzusehen sind. Und mir ist kein Sohn vergönnt gewesen, dem ich in dieser unsicheren Zeit meine Firma hätte übergeben können.«

»Ich dachte, ich würde eines Tages eine Ehe eingehen und nicht ein geschäftliches Arrangement, das in erster Linie darauf ausgerichtet ist, das Überleben der Firma zu retten!« erwiderte sie erregt.

»Du bist meine Tochter, mein einziges Kind!« beschwor er sie, und seine gesunde Hand umschloß ihren Unterarm wie eine stählerne Klammer. »Willst du mir offen ins Gesicht sagen, dich interessiert das Schicksal meiner Firma nicht, die ich in drei Jahrzehnten harter Arbeit aufgebaut habe und der du alles verdankst, was du bist? Ist es dir wirklich völlig gleichgültig, wenn mein Lebenswerk so hinweggespült wird wie deine Sandburg damals am Strand von Brighton? Kannst du dem tatsächlich ungerührt und tatenlos zusehen? Hast du vergessen, was du beim Grab deiner seligen Mutter und bei der Heiligen Jungfrau geschworen hast? Gilt dir all das nichts mehr? Willst du das deinem Vater auf dem Totenbett als Abschied mit auf den Weg aus diesem Leben geben?« Die Fragen sprudelten aus ihm heraus wie die verzweifelten Anklagen eines verstoßenen Mannes.

Sie wich seinem Blick aus und flüsterte mit belegter Stimme: »Es ist nicht fair, was du da sagst. Du bist krank, aber doch nicht auf dem Totenbett.«

»Machen wir uns nichts vor, Rosemarie. Auch wenn mein Tod

noch einige Zeit auf sich warten läßt, so werde ich mich doch von diesem Schlaganfall nicht mehr erholen«, erwiderte er mit müder Stimme. »Kannst du es mir deshalb verdenken, daß ich nicht mehr warten mag, dich gut verheiratet zu sehen? Verstehst du nicht, daß ich all das nur tue, weil ich um deine Zukunft besorgt bin, die nun mal eng verknüpft ist mit der meiner Firma, und dich in guten Händen wissen möchte, wenn meine Stunde gekommen ist? Ist das denn so verwerflich, daß es mir nicht gleichgültig ist, was mit dir wird, wenn ich nicht mehr über dich wachen und für dich sorgen kann?«

Rosemarie biß sich auf die Lippe, als sie die Tränen auf dem Gesicht ihres Vaters sah, und wurde plötzlich von dem quälenden Gefühl heimgesucht, undankbar zu sein. Nein, das ist nicht verwerflich, Dad. Ich hatte nur gedacht ... gehofft ... Sie wußte nicht, wie sie fortfahren sollte. Was genau hatte sie denn gedacht und was sich erhofft? Sie vermochte es nicht einmal vor sich selbst in Worte zu fassen. Aber auch wenn sie es gekonnt hätte, was zählten ihre Gedanken und Hoffnungen schon groß? Ihre Einwände stießen bei ihm auf völliges Unverständnis, ja geradezu auf Bestürzung.

»Du solltest jetzt zu ihm gehen, mein Kind«, sagte ihr Vater mit sanfter, jedoch eindringlicher Stimme. »Es gehört sich nicht, ihn noch länger warten zu lassen. Also begib dich zu Lawrence und tu, was du für richtig hältst.«

»Was ich für richtig halte?« vergewisserte sie sich sarkastisch. »Du schreibst mir nicht vor, was ich zu tun und zu lassen habe, wenn Lawrence mich bittet, seine Frau zu werden?«

Er schüttelte den Kopf. »Ich vertraue darauf, daß du nicht nur weißt, was du mir und deiner seligen Mutter schuldig bist, sondern auch dir und deinen eigenen Gefühlen gegenüber. Ich müßte mich schon erschreckend in dir getäuscht haben, wenn du dein Glück leichtfertig verspielst.«

Rosemarie verzog kurz das Gesicht. »Ich habe mir schon gedacht, daß du solch ein Vertrauen in mich setzt«, erwiderte sie grimmig

und fügte in Gedanken hinzu: Nur würde ich das nicht unbedingt Vertrauen nennen, sondern eher unerschütterliche Erwartung, daß ich deinen Wünschen Folge leiste!
»Sag ihm, was du willst, Rosemarie«, entgegnete er nun mit einem Anflug von Ungehaltenheit, »aber laß ihn bitte nicht länger warten!«
Rosemarie ging zur Tür und verharrte dort einen kurzen Moment, um sich innerlich zu sammeln und auf das Gespräch mit Lawrence vorzubereiten. Dann öffnete sie eine der Flügeltüren und trat zu Lawrence in den großen, formellen Salon, der zwischen zwei bodenlangen Sprossenfenstern einen stattlichen, mit schwarzweißem Marmor verkleideten Kamin aufwies. Sie schloß die Tür hinter sich und bemühte sich um einen äußeren Ausdruck von Fassung.
Lawrence stand vor einem der Fenster und blickte hinaus in den Garten. Er mußte mit seinen Gedanken weit weg sein, denn er reagierte überhaupt nicht auf ihr Eintreten. Er machte einen so abwesenden Eindruck auf Rosemarie, daß sie bezweifelte, daß er auch nur ein Wort von dem erregten Gespräch zwischen ihrem Vater und ihr gehört hatte, und sie war froh darüber.
Sie räusperte sie. »Lawrence?«
Er schreckte aus seinen Gedanken auf und fuhr zu ihr herum. »Oh, Rosemarie! Ihr seid also schon zurück«, sagte er etwas verwirrt.
»Dad hat ...« Sie brach ab, weil ihre Kehle plötzlich wie zugeschnürt war. Außerdem war es ja wohl auch nicht ihre Sache, den ersten Schritt zu tun.
Seine Miene veränderte sich schlagartig, als hätte er sich erst wieder daran erinnern müssen, weshalb er an diesem Morgen gekommen war. Mit zwei schnellen Schritten war er bei ihr und nahm ihre Hand. »Rosemarie ...«
Sie sah, wie er schluckte und wie sich sein Körper straffte. »Sie haben mir etwas Besonderes zu sagen?« hörte sie sich fragen, und die steife Förmlichkeit ließ ihr ihre eigene Stimme fremd vorkommen.
»Ich möchte dich bitten, meine Frau zu werden, Rosemarie«, ver-

kündete er in ernstem, beinahe feierlichem Ton. »Willst du mich heiraten?«
Wie oft hatte sie von diesem Moment geträumt. Schon als Mädchen hatte sie sich vorzustellen versucht, wie es wohl sein würde, wenn sich ihr ein Mann erklärte und sie bat, seine Frau zu werden. In diesen Tagträumen waren jedoch stets mehr oder weniger Märchenprinzen vor ihr in die Knie gegangen. Die Wirklichkeit hatte mit diesen romantischen Bildern jedoch wenig gemein, wie sie jetzt erkannte. Weder kniete Lawrence vor ihr, noch war er ihr Märchenprinz.
Und dennoch schlug ihr Herz wie wild. Noch nie hatte ihr ein Mann einen Heiratsantrag gemacht. Dies war, bei allem Vorbehalt, wohl einer der ernstesten und wichtigsten Augenblicke in ihrem Leben. Ein einziges Wort, ein Ja oder Nein, würde unvorstellbar viele Konsequenzen haben. Und weil sie davor auf einmal beklemmende Angst bekam, wich sie der Antwort durch eine Gegenfrage aus: »Warum hast du nicht mich zuerst gefragt, Lawrence? Ist dir das Wort meines Vaters wichtiger als das von mir?«
»Nein, natürlich nicht!« versicherte er.
»Und warum hast du dann nicht zuerst mit mir gesprochen, bevor du bei Dad um meine Hand angehalten hast?«
Sein verwirrter Ausdruck verwandelte sich in so etwas wie Verständnislosigkeit, ja, fast Unmut. »Auch ich hätte es gern anders gehabt, aber es hat sich nun mal so ergeben, Rosemarie. Dein Vater ließ mich heute morgen zu sich kommen, und als er klipp und klar von mir wissen wollte, was meine Absichten seien ... nun, da blieb mir nichts anderes übrig, als mich zuerst ihm zu erklären und ihn um deine Hand zu bitten.«
Sie empfand regelrechte Erleichterung, als sie das hörte. Es hätte sie schwer getroffen, wenn er von sich aus zuerst bei ihrem Vater um ihre Hand angehalten hätte. Und daß sie diese Erleichterung fühlte, überraschte sie dabei am meisten. »Das sieht Dad ähnlich«, sagte sie.

»Können wir deinen Vater für einen Moment aus dem Gespräch lassen?« bat er und sah ihr in die Augen. »Ich wünsche mir dich als meine Frau, Rosemarie, und ich möchte gern wissen, ob du meinen Antrag annimmst.«
Ihr Herz raste jetzt. »Dein Antrag schmeichelt mir sehr ...«
»Daß ich dich heiraten möchte, hat nichts mit Schmeichelei zu tun!« unterbrach er sie fast ungehalten. »Ich mache dir einen Eheantrag, Rosemarie.«
»Ja, Lawrence, ich weiß ... was das für ein besonderer Moment in deinem wie auch in meinem Leben ist ... aber ... das kommt alles so schnell und überraschend für mich«, entschuldigte sie sich und stammelte: »Ich bin ganz durcheinander und weiß überhaupt nicht ... ich meine, es kommt so plötzlich ...«
Verdutzt sah er sie an, als hätte er nicht eine Sekunde lang daran gedacht, sie könnte auf seinen Antrag etwas anderes als augenblicklich ja sagen. »Willst du mir damit zu verstehen geben, daß du dir nicht sicher bist, ob du mich heiraten möchtest?«
»Kannst du dir nicht vorstellen, daß ich mich erst an den Gedanken gewöhnen muß?« bat sie um Verständnis.
Er schüttelte kaum merklich den Kopf, als wollte er nicht glauben, daß sie noch nicht darüber nachgedacht hatte. »Du möchtest Bedenkzeit?« fragte er schließlich.
»Ja, bitte.«
»Reicht ein Tag?«
Rosemarie nahm all ihren Mut zusammen. »Wäre eine Woche nicht angemessener, da es doch um eine Entscheidung für das ganze Leben geht?«
»Eine Woche Bedenkzeit?« Er lachte kurz und spöttisch auf, als hielte er ihre Bitte für einen schlechten Scherz. »Und ich dachte, du würdest nicht einmal eine Sekunde zögern. Wie der Mensch sich doch irren kann, nicht wahr?«
»Bitte, Lawrence!« flüsterte sie.
Einen Moment lang sah er sie stumm und mit fast stechendem

Blick an, als wollte er auf den Grund ihrer Seele vordringen und erforschen, was sie bloß dazu bewog, sich eine volle Woche Bedenkzeit auszubitten, anstatt ihm mit strahlender Miene hier und jetzt ihr Jawort zu geben. Dann aber nickte er knapp. »Also gut, eine Woche, Rosemarie«, sagte er und ließ ihre Hand los. Ohne einen Gruß und mit kaum verhohlenem Groll ging er aus dem Zimmer.
Als ihr Vater hörte, wie sie auf den Heiratsantrag reagiert hatte, schoß ihm das Blut vor Ärger ins Gesicht. Er hielt ihr jedoch keine Strafpredigt, sondern das einzige, was er von sich gab, bevor er sich für den Rest des Tages in seinem Zimmer einschloß, war: »So macht man sich zur Närrin! Deinen künftigen Ehemann so hinzuhalten, obgleich es doch in Wirklichkeit gar nichts mehr zu bedenken gibt, ist deiner nicht würdig!«
Emilys Reaktion fiel nicht entschieden anders aus, als sie erfuhr, daß Lawrence Farrington um ihre Hand angehalten hatte und Rosemarie ihre Entscheidung erst in einer Woche treffen wollte. »Bete zu Gott, daß er eine Frau, die sich nach so vielen Monaten ihrer Gefühle und Absichten immer noch nicht sicher ist, überhaupt noch heiraten will!« warnte sie mit düsterer, sorgenvoller Miene. »Das Glück ist keine Drehtür, die sich immer wieder aufs neue öffnet, wenn man beim erstenmal nicht hindurchtritt!«
Emilys Warnung setzte Rosemarie mehr zu als die Zurechtweisung ihres Vaters. Sie bekam einen Hitzeausbruch, und in ihrem Magen breitete sich ein schrecklich flaues Gefühl aus. Dennoch überwog bei ihr die Erleichterung, ihre endgültige Entscheidung bis zum nächsten Sonntag aufgeschoben zu haben. Und obwohl sie jeden bewußten Gedanken an Richard Hamiltons ungeheuerliche Aufforderung zu einem heimlichen Treffen in sich unterdrückte, hatte sich die Botschaft seines Briefes unwiderruflich in ihrem Hinterkopf festgesetzt. Der Entscheidung, die am nächsten Sonntag von ihr erwartet wurde, vermochte sie nicht auszuweichen. Doch vor dem nächsten Sonntag lagen erst einmal die Tage der Woche, und einer von ihnen war der Freitag ...

21

Unter dem Siegel der Verschwiegenheit zog Rosemarie Vivian und Grace noch am selben Tag ins Vertrauen. Sie mußte einfach mit ihnen darüber reden, und am liebsten hätte sie ihnen das mit Richard Hamilton ebenfalls erzählt. Aber irgend etwas sträubte sich dann doch in ihr, auch dieses Geheimnis mit ihnen zu teilen.

Ihre Freundinnen zeigten sich nicht im mindesten überrascht, daß Lawrence Farrington ihr einen Antrag gemacht hatte. Sie hatten schon lange damit gerechnet und beglückwünschten sie. Als sie dann wissen wollten, für wann die Verlobung und die Hochzeit festgesetzt waren und wie viele Brautjungfern sie haben würde, da rückte Rosemarie erst mit ihrer Woche Bedenkzeit heraus.

Grace glaubte, ihren Ohren nicht trauen zu dürfen. »Du hast was erbeten?« Sie tat, als würde sie gleich in Ohnmacht fallen. »Heilige Madonna, deine Nerven möchte ich haben! Ich an deiner Stelle wäre zerschmolzen vor Glückseligkeit und ihm um den Hals gefallen. Bedenkzeit? Mein Gott, ich hätte ihm nicht für eine einzige Minute die Chance geben, es sich noch einmal anders zu überlegen und seinen Antrag zurückzuziehen. Und du gehst hin und sagst zu einem der begehrtesten Junggesellen von Kimberley, er soll dich in einer Woche noch einmal fragen. Ich glaube es einfach nicht! Also ich weiß nicht, ob ich dich um diese Courage bewundern oder für verrückt erklären soll.« Sie beugte sich vor und fragte ebenso leise wie aufgeregt: »Aber sag, hat er dich denn wenigstens geküßt?«

Rosemarie errötete. »Natürlich nicht!«

»Was heißt ›natürlich nicht‹? Ich an deiner Stelle hätte mir einen heimlichen Kuß nicht entgehen lassen«, erklärte Grace mit verträumtem Blick. »Immerhin bist du jetzt ja schon so gut wie mit ihm verlobt. Und da kann man sich die Freiheit eines züchtigen Kusses ja wohl schon herausnehmen, oder?«
Vivian schmunzelte. »So wie Rosemarie das gemacht hat, war das schon ganz richtig«, stärkte sie ihr, im Gegensatz zu Grace, den Rücken. »Es ist überhaupt nicht gut, daß du deinen zukünftigen Ehemann jetzt schon spüren läßt, wie sehr du ihn liebst und wie selig du bist, daß er sich dir endlich erklärt hat. Soll er ruhig eine Woche schwitzen und bangen, ob du ihn auch erhörst.«
Rosemarie merkte, daß ihre Freundinnen beide ganz selbstverständlich davon ausgingen, daß es sich bei dieser Woche Bedenkzeit um einen raffinierten Schachzug von ihr handelte, nicht jedoch um ein Anzeichen von Zweifel, ob sie seinen Antrag überhaupt annehmen sollte. Als sie eine diesbezügliche Äußerung machte, da lachten sie nur.
»Wenn ich sehe, wie er dich anhimmelt und wie du ihn anschaust, dann kann ich bloß hoffen, daß ich eines Tages auch einmal soviel Glück haben werde wie du«, sagte Grace. »Ihr seid wirklich füreinander geschaffen.«
Vivian nickte. »Ja, du und Lawrence, ihr werdet bestimmt ein glückliches Paar abgeben.«
»Ihr habt gut reden«, beklagte sich Rosemarie. »Woher weiß man denn überhaupt, daß die Liebe stark genug und man wirklich füreinander geschaffen ist?«
»Wenn man Tag und Nacht an nichts anderes mehr denken kann«, lautete die spontane Antwort von Grace, um mit einem verschwörerischen Ton hinzuzufügen: »Und wenn man zu jeder Dummheit und jedem Skandal bereit ist.«
Vivian schüttelte den Kopf. »Nein, so ein Verhalten trifft auch auf kuhäugige Schwärmerei zu«, widersprach sie. »Wahre Liebe ist es, wenn man bereit ist, für den anderen alles zu geben und zu

ertragen, und wenn man das unerschütterliche Gefühl hat, daß keine Macht der Welt einem diese Freiheit des Herzens nehmen kann.«

Als Rosemarie tags darauf von Eleanor Garland wissen wollte, woran man wahre Liebe erkennen könne, erhielt sie ohne Zögern die Antwort: »Wahre Liebe, die in einem langen Leben Bestand haben soll, zeigt sich darin, daß man stundenlang miteinander schweigen kann und sich dabei dennoch verbunden fühlt.«

Am Mittwoch stellte sie Father O'Leary im Beichtstuhl dieselbe Frage. »Liebe ist weder ein Besitz wie ein Ehering noch ein Zustand wie wehe Füße. Liebe ist eine Beziehung, ein aktives Geschehen zwischen zwei Menschen, Rosemarie«, erklärte er. »Und mit der Liebe verhält es sich wie mit dem Glauben. Niemand kann von heute auf morgen beschließen, gläubig zu sein. Der Glaube ist möglich, weil die kleine Flamme des Glaubenkönnens von der Schöpfung her in uns eingepflanzt ist. Aber der Glaube kann wie die Liebe nur dann zu einem ebenso kräftigen wie strahlend hellen Licht werden, wenn sie ständig genährt wird, wenn ich mich selbst aufmache und nach dieser Nahrung suche. Nur dann kann sie groß und stark werden und allen Stürmen des Lebens widerstehen. Das Wachsen im Glauben wie in der Liebe muß ein lebendiger Wille in mir sein. Und so, wie das Gebet die Beziehungspflege im Glauben ist und zu einer immer tieferen und stärkeren Beziehung zu Gott führt, so führt in einer Ehe vor allem das gegenseitige Geschenk des Vertrauens, der Hingabe und der Offenheit des Herzens auch in schwierigen Zeiten zu einer tiefen Liebe.«

»Also gibt es die große, wahre Liebe vom ersten Moment an gar nicht, Father?« folgerte sie.

»Liebe, wenn sie aus ehrlichem Herzen kommt, ist immer wahr. Wie stark sie ist und was aus ihr wird, das hängt stets von den Liebenden selber ab. Wir sprechen in der Kirche von der Novizenbegeisterung, wenn ein junger Mann in einen Orden eintritt und sich mit flammendem Glaubenseifer in das monastische Leben stürzt. Diese flammende Begeisterung für das, an das er glaubt, ist etwas Wunderbares, ein kostbarer Schatz, den es zu hüten gilt, aber nicht im Sinne von Vergraben, sondern im Sinne von Vermehren. Diese lodernde Flamme muß sich jedoch bewähren, und zwar weit über die Novizenzeit hinaus. Erst wenn das Neue und Aufregende seinen oberflächlichen Reiz verloren hat und der Alltag mit seinen tausend Lasten eingezogen ist, dann erst beweist es sich, aus welcher Quelle diese Flamme ihre Nahrung bezieht – aus einem kleinen Schälchen Öl, das rasch erschöpft ist, oder aber aus einer beständigen Quelle, die aus einer großen inneren Tiefe aufsteigt. So verhält es sich auch mit der Liebe, Rosemarie.«

»Ich habe Angst, ich könnte das Schälchen Öl der Liebe fälschlich für eine Quelle halten und umgekehrt«, gestand Rosemarie.

»Unsere Angst, Liebe zu zeigen und dabei verletzt zu werden, ist häufig ebenso groß wie unsere Sehnsucht, geliebt zu werden – von Gott wie von unseren Mitmenschen«, erwiderte Father O'Leary mitfühlend. »Und so fürchten allzu viele von uns, was wir am meisten ersehnen: zu lieben und geliebt zu werden.«

Sie seufzte unterdrückt, hatte sie doch auf einen mehr handfesten Rat gehofft, der ihr die Entscheidung leichter gemacht hätte.

Father O'Leary schien ihre Gedanken erraten zu haben, denn nun sagte er: »Niemand kann Ihnen die Entscheidung abnehmen, Rosemarie. Wem Sie Ihr Herz öffnen und wem Sie es verschließen, liegt allein in Ihrer Hand, in Ihrem freien Willen. Gott hat uns mit dieser außergewöhnlichen Freiheit gesegnet. Daher ist der Glaube wie auch die Liebe zuerst einmal hoffnungsvolles Wagnis und zugleich doch auch unerschütterliches Vertrauen – und beides existiert nur in der Tätigkeit. Liebe annehmen ist auch wieder selbst Liebe geben. Wer aber nicht an die Existenz des Gebenden glaubt, der wird auch niemals seine Gaben in Empfang nehmen können.«

Sowenig Father O'Learys Worte im Moment auch zu einem konkreten Ratschlag taugten, so sollten sie doch später, als Rosemarie darüber nachdachte, ein starkes Gefühl der Zuversicht in ihr wecken. Als sie an diesem Mittwoch morgen aus der Kirche kam, fühlte sie sich jedoch eher enttäuscht und ernüchtert. Die einzige handfeste Erkenntnis, mit der sie sich auf den Weg zurück in die Hemming Street machte, war, daß wohl niemand ihre Frage zu beantworten wußte, weil jeder andere Vorstellungen von der Liebe besaß und andere Erwartungen in sie setzte. Wenn sie noch zehn weitere Leute fragte, würde sie sicherlich zusätzlich noch zehn neue unterschiedliche Antworten erhalten.

Die Antwort, die ich suche, muß ich wohl ganz allein finden. Niemand kann mir das abnehmen, ja nicht einmal dabei helfen, erkannte Rosemarie bedrückt. Die Vorstellung, daß sie die Antwort auf diese wichtige Frage nicht fand und womöglich eine Entscheidung traf, die nicht wiedergutzumachen war, bereitete ihr schlaflose Nächte.

22

Zum erstenmal in ihrem Leben erfuhr Rosemarie das Paradox, daß eine Zeitspanne einerseits quälend langsam, andererseits aber auch rasend schnell verging.
Als der Freitag morgen über Kimberley heraufdämmerte, war sie schon seit Stunden wach. Unruhig wälzte sie sich in ihrem Bett hin und her. Schließlich stand sie auf, warf ihren gesteppten Morgenmantel über und ging vor dem Terrassenfenster auf und ab. Und diese äußere Rastlosigkeit war ein Spiegelbild ihrer inneren Zerrissenheit. Ihre Gedanken sprangen wie ein bockendes Fohlen mal hierhin, mal dorthin. Und ein Gedanke kehrte dabei ganz besonders oft wieder: Heute wartet um zehn Uhr auf der Dutoitspan Road eine Kutsche auf mich, die mich zu Richard bringen soll!
»Aber natürlich werde ich nicht in diese Kutsche steigen!« sprach sie ihren Vorsatz laut aus, als fürchtete sie, er könnte sonst ohne Wirkung sein. »Auf gar keinen Fall! Nie und nimmer schleiche ich mich heimlich zu ihm!«
Aber warum konnte sie dann seinen ungeheuerlichen Brief mit dieser skandalösen Einladung einfach nicht aus ihrem Kopf bekommen?
»Du mußt doch etwas essen, mein Kind!« zeigte sich Tante Bess beim Frühstück besorgt, als Rosemarie nichts weiter als eine Tasse Tee zu sich nahm.
»Ich habe heute keinen Appetit, Tante Bess.«
»Aber du ißt ja schon die ganze Woche wie ein Spatz!«
»Seit Lawrence Farrington sich ihr erklärt hat, lebt unsere Rose eben von Luft und Liebe«, bemerkte Onkel Rupert sarkastisch.

»Bestimmt träumt sie seit letzten Sonntag Tag und Nacht vom siebten Himmel der Ehe.«

Rosemarie hob nicht einmal den Kopf. In ihrer derzeitigen Seelenlage war kein Platz in ihren Gedanken, um sich über ihren Onkel zu ärgern.

Der Freitag war der Tag, an dem Emily gewöhnlich die Bibliothek aufsuchte. Sie zeigte sich freudig überrascht, als sie hörte, daß Rosemarie sie nach langer Zeit mal wieder begleiten wollte. Es erstaunte sie jedoch ein wenig, daß Rosemarie es eilig hatte und sofort nach dem Frühstück zum Aufbruch drängte.

Ich fahre nur mit, weil Emilys Gegenwart mich davor bewahren wird, irgendwelche Dummheiten zu machen, redete Rosemarie sich ein, als Medan sie zur Bibliothek kutschierte. Ich werde mir ein paar neue Bücher aussuchen. Das bringt mich bestimmt auf andere Gedanken.

Um zwanzig nach neun stiegen sie die breiten Stufen zum neoklassizistischen Portal hinauf. Im Saal mit den Lesetischen und den hohen Buchwänden, die oben von einer Galerie umschlossen waren, hing eine Uhr über dem Eingang. Rosemaries Blick wanderte immer wieder zu ihr hin. Ihre Unruhe wuchs mit jeder Minute, und es kostete sie mehr und mehr Willenskraft, Interesse an den Büchern zu heucheln, auf die Emily und der hagere Bibliothekar sie hinwiesen. Noch um zehn vor zehn sagte sie sich, daß die Mietdroschke und mit ihr auch Richard Hamilton vergeblich auf sie warten würde. Sie wußte doch, was sie ihrem Namen schuldig war.

Als der Zeiger auf zwei Minuten vor zehn vorrückte, wurde das flaue Gefühl in ihrem Magen jedoch stärker. Gleichzeitig brach in ihr eine Hitze aus, obwohl es angenehm kühl im Lesesaal war.

». . . ein ungewöhnlich eindrucksvoller Roman über den Aufstieg eines amerikanischen . . .«

Die Uhr schlug mit vollem Ton die zehnte Stunde.

In dem Moment geschah etwas mit Rosemarie, was sich ihrer Kontrolle total entzog. Es war, als hätte ein zweites Ich die Macht über ihren Willen an sich gerissen und alle guten Vorsätze von einer Sekunde auf die andere zunichte gemacht. Richards Kutsche wartete auf sie, und sie durfte sie nicht verpassen! Das Glück ihres Leben konnte davon abhängen!

»Emily, ich ... ich muß weg«, fiel sie ihrer Zofe und Gesellschafterin ins Wort.

»Wie bitte?« Emily sah sie verständnislos an.

»Ja.«

»Aber wohin denn, um Gottes willen?«

Der rettende Einfall kam Rosemarie so plötzlich, als hätte ihr zweites Ich ihr ihn eingeflüstert. »Das kann ich dir leider nicht sagen, denn dann wäre es an deinem Geburtstag übernächste Woche ja keine Überraschung mehr.«

Emily lächelte geschmeichelt und erleichtert zugleich, glaubte sie jetzt doch zu wissen, was der Grund für ihre Unruhe war. »Rosemarie, du mußt doch wegen mir wirklich nicht ...«

»Ich weiß schon, was ich muß und was nicht«, ließ Rosemarie sie erst gar nicht ausreden und gab sich den Anschein fröhlicher Unbekümmertheit. »Nimm dir nur Zeit. Ich denke, daß ich in einer Stunde, spätestens aber in anderthalb wieder zurück bin.«

Forschen Schrittes, aber ohne auffällige Hast verließ Rosemarie den Lesesaal. Dabei schien jede Faser in ihr sie mit aller Macht zu drängen, aus der Bücherei zu rennen, damit sie bloß nicht die Kutsche verpaßte. Wußte sie denn, wie lange der Kutscher auf sie warten würde? Es kostete sie all ihre Selbstbeherrschung, nicht kopflos zu werden und loszulaufen.

Mit rasendem Herzen und weichen Knien ging sie die Dutoitspan Road hinunter. Auf der Straße herrschte um diese Zeit reger Verkehr. Ob die Mietdroschke noch immer an besagter Stelle auf sie wartete?

Sie beschleunigte ihre Schritte, als der Kimberley Club in Sicht

kam, und hoffte inständig, nicht ausgerechnet jetzt auf irgendwelche Bekannte zu stoßen, die sie aufhalten würden.
Im nächsten Moment sah sie die Kutsche, die zwischen dem Club und dem Geschäft von Joshua Oates am Straßenrand stand. Auf dem Bock hockte ein schwarzer Kutscher. Und er trug einen seltsam anmutenden Dreispitz mit drei bunten Straußenfedern. Mit gleichgültiger Miene schaute er über den Betrieb auf der Straße hinweg.
Noch kannst du zurück! rief die warnende Stimme ihrer Vernunft in ihr. Du brauchst bloß weiterzugehen. Würdige die Kutsche keines weiteren Blickes! Geh vorbei, kauf ein Geschenk für Emily, und vergiß, daß Richard Hamilton in seinem Theater auf dich gewartet hat.
Vergessen? Wie konnte sie aus ihren Gedanken verbannen, was sie seit einer Woche weder bei Tag noch bei Nacht nicht hat zur Ruhe kommen lassen? Wenn sie jetzt einfach weiterging, verpaßte sie vielleicht das Glück ihres Lebens.
Aber wie kannst du Dad das antun!? begehrten Vernunft und Pflichtgefühl in ihr auf. Geh vorbei!
Die Versuchung, die Ketten von Pflicht und gesellschaftlicher Erwartung zu sprengen und wenigstens einmal dem erregenden Risiko den Vorzug vor der Sicherheit zu geben, war jedoch zu groß. Auf der Höhe der Kutsche blieb sie beinahe abrupt stehen. Ihr war ganz übel vor Aufregung. Dies war das größte Abenteuer ihres Lebens, ein Wagnis, das ihren gesellschaftlichen Ruin bedeuten konnte und das einzugehen sie nie für möglich gehalten hätte. Sie wußte es, und doch konnte sie nicht dagegen an, genau das zu tun, was ihrer ganzen Erziehung völlig widersprach.
Der Schwarze auf dem Kutschbock straffte sich und sah zu ihr hinunter. »Diese Kutsche ist vorbestellt, Ma'am«, sagte er, mit einem fragenden Unterton.
Rosemarie schluckte schwer und nickte dann knapp. »Zu Mister

Hamilton!« erwiderte sie, und ihre eigene Stimme kam ihr fremd vor.
»Zu Ihren Diensten, Ma'am!« Der Kutscher sprang vom Bock und riß ihr den Schlag auf.
Rosemarie spürte die Hitze, als das Blut in ihr Gesicht schoß. Hastig stieg sie in die Kutsche. Der Schlag fiel zu. Am ganzen Leib zitternd, sank sie auf die Rückbank. Gott sei Dank verwehrten Vorhänge vor den Fenstern den Blick ins Innere der Kutsche, wie sie im nächsten Moment feststellte. Dann bemerkte sie in der linken Ecke der gegenüberliegenden Vorderbank einen schwarzen, breitkrempigen Frauenhut mit einem doppelten schwarzen Schleier. Und am Boden zwischen den beiden Polsterbänken stand eine abgewetzte, bauchige Reisetasche. Sie brauchte nicht zu raten, was sie enthielt: den anderen Teil der Verkleidung, die Richard sich für sie ausgedacht hatte.
Sie beugte sich vor und öffnete die Tasche, die nicht nur wie erwartet eine schwarze Langhaarperücke enthielt, sondern auch noch einen dünnen, schwarzen Umhang.
Träume ich das nur? Oder erlebe ich das tatsächlich? Das ist doch wie eine Szene in einem Theaterstück, ging es ihr durch den Kopf, als sie die Perücke einen Moment zögernd in den Händen hielt und sie sich dann mit einem entschlossenen Ruck über den Kopf stülpte. Sie warf sich das Cape um die Schultern und setzte zuletzt den Hut auf.
Eine geheimnisvolle Fremde in Schwarz, die in wenigen Minuten vor dem Hintereingang des Kimberley Theatre aus der Kutsche steigen und im Haus von Richard Hamilton verschwinden würde. Zu einem verbotenen Rendezvous, das weiß Gott wohin führen mochte. Und diese geheimnisvolle, schamlose Fremde war sie, Rosemarie Brandon!
Langsam dämmerte ihr, daß das Leben viel unglaublichere Geschichten schrieb, als sie sich ein Theater- oder Romanschriftsteller je ausdenken konnte.

Das Hämmern ihres Herzens erschien ihr lauter als das Geklapper der Pferdehufe. Hitzewallungen überfielen sie, während sich die Gedanken hinter ihrer Stirn jagten, ohne daß sie jedoch in der Lage war, sie zu vernünftigen, zusammenhängenden Gedankengängen zu verbinden. Sie schien bloß noch zu Fragmenten von Überlegungen und Erinnerungen fähig zu sein.
Was war bloß los mit ihr?
Und was, um Gottes willen, erwartete sie sich von Richard und ihrem Treffen mit ihm? Daß er für sie den gordischen Knoten durchschlug, der sie gefangenhielt?
Rosemarie schreckte zusammen, als die Kutsche plötzlich zum Stehen kam und sie den Schwarzen sagen hörte: »Wir sind da, Ma'am!« Im nächsten Moment öffnete er den Schlag.
Die Kutsche stand auf der Höhe der Hintertür, die einen Spalt offenstand, keine drei Schritte von ihr entfernt. Ob es pure Panik war oder Ernüchterung, die sie in dem Moment befiel, darüber sollte sich Rosemarie bis an ihr Lebensende nicht klarwerden. Entscheidend jedoch war, daß sie wie gelähmt war.
»Ma'am?«
»Schließen Sie die Tür! Ich . . . ich muß nachdenken!« wies sie den Kutscher an.
Der Schwarze zuckte gleichgültig mit den Schultern und schloß den Schlag wieder.
Wie betäubt saß Rosemarie auf der Bank und wußte nicht, was bloß in sie gefahren war, daß sie überhaupt in die Kutsche gestiegen war, und was sie jetzt tun sollte. Sie hatte das schreckliche Gefühl, nicht weiter vor zu können und zurück nicht zu wollen.
Aber was war es denn, was sie wirklich wollte?
Sie wußte es nicht, wie sie sich eingestehen mußte. Das einzige, was sie wußte, war, daß sie keine Marionette sein wollte, auch nicht in den Händen ihres Vaters, so sehr sie ihn liebte.
Der Schlag ging wieder auf.

»Ich habe doch gesagt, daß ich ...« begann Rosemarie erregt, ohne jedoch den Kopf zu wenden.
»Ich warte auf dich, Rose.«
Erschrocken fuhr sie herum. Richard stand vor der Kutsche. In dem sandfarbenen Anzug und mit der kastanienbraunen Seidenkrawatte sah er umwerfend aus.
Er lächelte sie an und streckte ihr die Hand hin. »Ich wußte, daß du kommen würdest, Rose«, sagte er leise und mit verführerischer Stimme. »Laß uns ins Haus gehen.«
Sie nahm seine Hand, widerstand jedoch seinem sanften Zug. »Nein ... nein ... ich kann nicht, Richard!« stieß sie aus. »Es geht nicht ... Es war nicht richtig, daß ich gekommen bin.«
»Aber du hast es getan.«
Rosemarie schüttelte den Kopf, ließ seine Hand jedoch nicht los. Nichts machte mehr Sinn. Alles, was sie dachte, tat und empfand, war ein Tumult aus Gegensätzen.
Richard wandte sich kurz dem schwarzen Kutscher zu und gab ihm eine Anweisung, die Rosemarie nicht verstand, weil sie in der Sprache der Eingeborenen gehalten war. Dann sprang er zu ihr in den Wagen, ohne ihre Hand loszulassen, und zog mit der anderen Hand den Schlag hinter sich zu. Er setzte sich so dicht neben sie, daß sich ihre Körper fast auf ganzer Länge berührten. Und bevor sie wußte, wie ihr geschah, hatte er ihr Hut und Perücke abgenommen und seinen linken Arm um ihre Schulter gelegt.
Kein Mann war ihr jemals so nahe gewesen – Onkel Rupert einmal ausgenommen. Nie würde sie seine lüsterne Hand auf ihrem Busen vergessen. »Richard, bitte!«
»Warum bist du so verkrampft und sperrst dich gegen deine Gefühle, Rose?« fragte er mit zärtlich drängender Stimme. »Du spürst doch genauso wie ich, daß wir füreinander bestimmt sind. Ich habe das schon geahnt, als ich dir auf der Modder River Station zum erstenmal in die Augen geschaut habe. Und ich weiß, daß auch du damals schon ähnlich empfunden hast.«

»Ich weiß überhaupt nicht mehr, was ich empfinde«, erwiderte Rosemarie verstört.
»Nein, wirklich nicht?« fragte er mit einem seltsamen Lächeln, und bevor sie antworten konnte, beugte er sich vor und küßte sie. Rosemarie zuckte erschrocken zurück, doch er hielt sie fest in seinen Armen, und der Druck seiner Lippen wurde stärker und verlangender. Noch nie zuvor hatte ein Mann sie auf den Mund geküßt!
Sie war schon im Begriff, ihn von sich zu drücken, aber dann sagte sie sich, daß es doch genau das war, was sie hatte erfahren wollen. Und nun geschah es. Sie lag in den Armen eines Mannes, zu dem sie sich hinausgeschlichen hatte und von dem sie sich tief in ihrem Innersten die Lösung all ihrer Probleme erhoffte. Wie konnte sie ihn da von sich weisen? Nein, jetzt war der Augenblick der Wahrheit gekommen. Jetzt endlich würde sie erfahren, wie es war, leidenschaftlich geküßt und begehrt zu werden. All die vagen Andeutungen und Vermutungen, die sie seit ihrer Jungmädchenzeit beschäftigt und nie mehr in Ruhe gelassen hatten, würden jetzt zu Gewißheit und eigener Erfahrung werden.
Rosemarie gab ihren Widerstand auf und überließ sich bereitwillig seinem leidenschaftlichen Kuß und den intimen Berührungen seiner Hände, die nun über ihre Brüste glitten. Behutsam öffnete sie ihm ihre Lippen – und wartete darauf, daß sein Kuß sie in einen glückseligen Zustand der Entrückung versetzte, in irgendeine Form sinnbetörender Trance. Was genau es war, was sie erwartete, wußte sie jedoch nicht. Nicht einmal Grace und Vivian hatten Licht in dieses Geheimnis bringen können, welches das Zusammensein von Mann und Frau umschloß. Sie wußte von all dem Getuschel mit ihren Freundinnen in Bath über Leidenschaft und eheliche Pflichten sowie aus den Andeutungen in Romanen nur, daß es etwas ganz Besonderes sein mußte, wenn zwei sich Liebende zueinanderfanden, etwas fast himmlisch Schönes, das man danach nie wieder missen mochte. Und nun

wartete sie darauf, daß ihr dieses mysteriöse Es hier und jetzt in der Kutsche widerfuhr.
Die Verwandlung blieb jedoch aus. Nichts passierte. Kein sinnlicher Blitz versetzte ihren Körper in einen Zustand seliger Verzückung. So fest sie auch die Augen zusammenkniff und bereit war für die betörende Verwandlung, sie spürte nichts weiter als feuchte Lippen, die sich allzu fest auf ihren Mund preßten, sowie ein zunehmendes Gefühl der Atemnot und Bedrängung.
Und dann war da plötzlich seine Zungenspitze, die sich zwischen ihre Lippen bohrte. Er wollte ihr die Zunge in den Mund stecken! Das war zuviel. Sie zog ihren Kopf zurück und befreite sich aus seiner Umarmung.
»Wie kannst du so etwas tun?« stieß sie verstört und entrüstet zugleich aus.
»Entschuldige, ich hätte dir wohl etwas mehr Zeit lassen müssen. Aber ich vermag seit Tagen an nichts anderes zu denken, als dich in meinen Armen zu halten und dich zu küssen und zu liebkosen«, sagte er mit schwerem Atem, der sie unwillkürlich an Onkel Rupert erinnerte, als dieser nachts in ihr Zimmer eingedrungen war und sie im Schlaf unsittlich berührt hatte.
Einen Moment starrte sie ihn verdutzt an. Daß sie nichts Berauschendes bei seinem Kuß empfunden hatte, brachte sie noch mehr durcheinander, und ohne jeden Zusammenhang platzte sie dann atemlos heraus: »Der Partner meines Vaters hat mir am Sonntag einen Heiratsantrag gemacht, und Dad wäre der glücklichste Mann auf Erden, wenn ich den Antrag annehmen würde. Ich habe mir eine Woche Bedenkzeit ausbedungen. Am Sonntag erwarten mein Vater und Lawrence meine Antwort.«
»Und deshalb bist du gekommen?« fragte Richard mit einem verstohlenen Lächeln. »Weil du dir die Antwort von mir erhoffst?«
»Ja ... ich meine ... nein ... ach, ich weiß es nicht. Ich weiß ja noch nicht einmal, warum ich dir das erzählt habe. Ich kenne

dich doch eigentlich gar nicht«, stammelte sie verzweifelt. »Ich dürfte noch nicht einmal mit dir hier in der Kutsche sitzen. Ich habe Pflichten gegenüber meinem Vater ... und mein gesellschaftlicher Ruf könnte ruiniert sein, wenn ...«

Er verschloß ihr den Mund mit seinem Zeigefinger. »Dein Herz kennt mich gut genug, um zu wissen, daß du das Richtige tust, indem du zu mir gekommen bist. Wir gehören zusammen, Rose. Wir sind füreinander geschaffen, und der Teufel soll die Gesellschaft und die Pflichten holen. Wir haben nur dieses eine Leben, und du hast ein Recht darauf, es ganz nach deinen Wünschen zu gestalten – und vor allem zu entscheiden, mit wem du es leben möchtest«, versicherte er ihr und begann sie wieder zu streicheln.

»Dad wird es mir nie erlauben, daß ich dich heirate, Richard«, murmelte Rosemarie.

»Dein Vater ist ein schwerkranker Mann, Rose, und er hat sein Leben so verbracht, wie es ihm gepaßt hat. Die Zukunft gehört ganz allein dir ... nein, uns!« erklärte er.

»Aber wie sollen wir beide ...« Sie vermochte den Satz noch nicht einmal in ihren Gedanken zu beenden, geschweige denn auszusprechen.

»Meine Geschäfte laufen blendend, Rose. Ich werde deshalb in Kürze ein zweites Theater in Kapstadt eröffnen. Komm mit mir. Kapstadt wird dir gefallen. Wir werden dort ein schönes Haus beziehen, die besten Dienstboten einstellen und von allen beneidet werden. Ich verspreche dir, daß ich dir jeden Wunsch erfüllen werde.«

Die Situation kam ihr mit jedem Augenblick unwirklicher vor. »Aber ohne Zustimmung meines Vaters kann ich nicht heiraten, Richard«, wandte sie ein und war aus einem unerfindlichen Grund recht froh über diesen Umstand.

»Wir brauchen doch nicht zu heiraten, mein Liebling. Die Fesseln der Ehe haben den wenigsten Glück gebracht«, erwiderte er unbeeindruckt. »Ist es nicht die Hauptsache, daß wir zusammen sind und einander lieben?«

Sie stutzte. »Du willst, daß wir ... daß wir ohne standesamtliche Urkunde und ohne den Segen der Kirche zusammenleben?« fragte sie ungläubig. »Du willst mich wie ... wie eine Geliebte aushalten?«

Er verzog das Gesicht. »Glück und Liebe hängen doch nicht von einem Stück Papier ab, Rose. Außerdem würde ich dich auf der Stelle heiraten, wenn ich könnte«, beteuerte er. »Aber leider geht das nicht, denn ...« Er zögerte kurz, bevor er mit einem entschuldigenden Grinsen fortfuhr: »... denn im Augenblick bin ich unglücklicherweise noch verheiratet.«

Sein Eingeständnis traf sie wie ein Schock. »Du bist bereits verheiratet?«

»Eigentlich bin schon lange nicht mehr verheiratet, höchstens noch auf dem Papier«, erklärte er. »Aber ich verspreche dir, daß ich die Scheidung im Handumdrehen habe, wenn wir erst in Kapstadt sind. Ich brauche ja bloß zu beweisen, daß Lucy mich betrogen hat, und das ist ein Kinderspiel.«

»Lucy?« Der Name klang billig und nach einem flatterhaften Revuemädchen. »Das ist deine Frau?« Rosemarie hatte das Gefühl, als hätte sich in ihrem Leib ein eisiger Knoten gebildet, dessen Kälte sich in ihrem Körper auszubreiten begann. Sie verstand auf einmal nicht mehr, wie es zu diesem Treffen überhaupt hatte kommen können, wie sie sich bloß zu solch einer Handlung hatte hinreißen lassen können. Und wo war der Richard Hamilton, den sie wiederzusehen gehofft hatte? Statt der Ehe hatte er ihr angetragen, seine Geliebte zu sein!

Er nickte und machte ein zerknirschtes Gesicht. »Lucy ist schon seit Jahren wieder in London, wo sie sich als Schauspielerin mehr schlecht als recht durchschlägt, wie ich gehört habe. Bis nach Kimberley ist sie nie gekommen. Sie hat mich bereits ein Jahr nach unserer Heirat in Kapstadt, als unsere damalige Schauspieltruppe auseinanderfiel, mit einem Dompteur vom Zirkus betrogen. Sie ist mit ihm durchgebrannt. Und das war das Ende unserer Ehe.«

Rosemarie streifte den schwarzen Umhang von den Schultern. »Laß mich aussteigen.«

Er versuchte sie zurückzuhalten. »Mein Gott, sei doch nicht so empfindlich, Rose. Lucy zählt doch gar nicht. Wie gesagt, sie ist nicht wirklich meine Frau, ich kann mich jederzeit von ihr scheiden lassen. Es kostet mich kaum mehr als ein Fingerschnippen, um dem Gericht ein paar Zeugen zu präsentieren, die beschwören, daß Lucy mich mehr als einmal betrogen hat. Ich werde sie schneller los als ein junger Hengst seinen ersten Reiter!«

Sie schaute ihn an, und ihr war, als blickte sie in das Gesicht eines völlig Fremden. Und dieser Eindruck entsprach den beschämend ernüchternden Tatsachen. Denn Richard Hamilton war ihr so fremd, wie sich Tag und Nacht voneinander unterschieden. Das Bild, das sie sich in langen Stunden der Tagträumerei von ihm gemacht hatte, deckte sich nicht einmal ungefähr mit dem wirklichen Richard Hamilton. Sie hatte sich von ihrem Wunschdenken buchstäblich dazu verführen lassen, in ihm Tugenden zu sehen, die er überhaupt nicht besaß.

»Lassen Sie mich gehen, Mister Hamilton«, sagte sie mit zitternder Stimme und wäre vor Scham über ihr Verhalten am liebsten im Boden versunken. »Sie haben sich so sehr in mir getäuscht wie ich mich in Ihnen. Und es ist allein meine Schuld. Ich weiß nicht, was in mich gefahren ist ... Ich ... Ich ... muß nicht klar bei Verstand gewesen sein, als ich vorhin in diese Kutsche gestiegen bin.«

»Rose, geh nicht!« beschwor er sie. »Ich werde dir jeden Wunsch von den Augen ablesen. Du wirst bei mir den Himmel auf Erden haben. Ich weiß, wie man eine Frau glücklich macht.«

Fast hätte sie aufgelacht und ihn gefragt, ob sie sich vielleicht bei Lucy danach erkundigen sollte. Doch sie ersparte sich diese

Erwiderung. Jedes weitere Wort war sinnlos und würde ihre Beschämung nur noch größer machen. Sie wollte so schnell wie möglich aus dieser Kutsche heraus, weg von Richard Hamilton, weg vom Ort ihrer Schande.

»Einen guten Tag, Mister Hamilton!« murmelte sie mit abgewandtem Gesicht, stieß den Schlag auf und stieg mit wenig damenhafter Hast aus. Sie raffte ihre Röcke, bog eiligst um die Hausecke und lief, so schnell sie konnte, die Gasse zur Hauptstraße hinauf. Erst als sie wieder in das geschäftige Leben und Treiben der meilenlangen Dutoitspan Road kam, wurde sie langsamer und paßte sich dem allgemeinen Tempo der Fußgänger an.

Benommen ging sie die Straße hinunter, ohne bewußt zu registrieren, wohin sie ihre Schritte lenkte. Sie sah weder die Gesichter der Passanten, die ihr entgegenkamen, noch die Kutschen und Tramwagen auf der Straße. Alles zog verschwommen an ihr vorbei, wie hinter einem Schleier. Auch die Geräusche drangen scheinbar nur gedämpft an ihr Ohr. Wie in Trance folgte sie dem krummen Bogen, den die Dutoitspan Road um den Victoria Square machte.

Ihr Unterbewußtsein führte sie zur Kathedrale. Als sie nach kurzem Zögern die Kirche betrat, empfand sie das vertraute Dämmerlicht, das sie sogleich umfing, wie eine stumme, tröstliche Umarmung. Sie begab sich vor den Marienaltar, kniete sich im tiefen Schatten einer Säule in eine der hintersten Bankreihen, schloß die Augen und preßte die gefalteten Hände gegen ihre heiße Stirn. Sie befand sich nicht in der Verfassung, ein Gebet zu sprechen. Dafür war sie viel zu aufgewühlt, beschämt und von Schuldgefühlen gepeinigt.

Was hatte sie bloß getan? Jetzt im nachhinein erschien es ihr unverständlich, ja geradezu grotesk, daß sie sich tatsächlich auf dieses unselige Abenteuer eingelassen hatte. Welcher Teufel hatte sie bloß geritten, daß sie einer solch entwürdigenden Aufforderung gefolgt war? Und was hatte sie überhaupt erwartet? Daß

Richard Hamilton sie wie ein Märchenprinz von all ihren Sorgen und Ängsten befreien und sie in sein verwunschenes Reich entführen würde, weg von den harschen Realitäten des Lebens? Wie hatte sie nur so naiv, nein, so einfältig und blind sein können zu glauben, daß er die Lösung all ihrer Probleme darstellte? Ein Mann, der ihr eine Kutsche mit billigem Tand zur Verkleidung schickte!

Das Blut der Scham stieg ihr wieder heiß ins Gesicht, als sie sich seines Angebots erinnerte, ihr in Kapstadt ein Haus mit Dienstpersonal einzurichten und mit ihr in wilder Ehe zu leben. Wie hatte er auch nur eine Sekunde lang annehmen können, daß sie wie eine käufliche Mätresse auf eine derart schamlose Offerte eingehen würde? Hatte sie tatsächlich den Eindruck auf ihn gemacht, als wäre sie eine solche Person, die nichts auf ihren anständigen Namen gab? Wenn ja, dann hatte sie sich einer noch größeren Verfehlung vor ihrem Gewissen schuldig gemacht, als bisher angenommen.

Und dafür hatte sie Lawrence um Bedenkzeit gebeten! Für ein kindisches, selbst geschaffenes Trugbild hatte sie die Liebe und ehrlichen Absichten eines Gentlemans wie Lawrence Farrington aufs Spiel gesetzt und einen gesellschaftlichen Skandal riskiert. Denn sie machte sich nichts vor, im stillen hatte sie sehr wohl die Hoffnung genährt, daß Richard Hamilton sich als ihr strahlender Ritter entpuppen und sie mit einer Art Handstreich, über den sie sich wohl aus guten Gründen nie näher Gedanken gemacht hatte, vor einer arrangierten Ehe bewahren würde.

Tränen sammelten sich in ihren Augen und rannen ihr über Gesicht und Hände, während ihre Seele nun bei vertrauten Gebeten Zuflucht und Trost suchte, bei Bitten um Barmherzigkeit und Vergebung von Schuld.

Die Verstörung und Bestürzung ging in der verschwiegenen Stille der halbdunklen Kirche langsam in ein Gefühl seelischer Ermattung über. Ihr war, als wiche eine Kraft aus ihrem Körper, die sie wie ein Fieber bis zu dieser Stunde gegen ihren Willen beherrscht hatte. Sie fühlte sich schrecklich ausgelaugt und erschöpft, wie nach einer langen aufreibenden Krankheit, deren schlimmstes Stadium sie jedoch überwunden hatte.

Als sie die Kirche verließ, wußte sie, was sie zu tun hatte. Sie würde noch an diesem Vormittag Lawrence in seinem Büro in der Currey Street aufsuchen und ihm mitteilen, daß sie keine weitere Bedenkzeit mehr benötige, um zu wissen, ob sie seinen Antrag annehmen wolle oder nicht. Ja, sie wollte seine Frau werden. Und weil sie sich der Umstände ihrer Entscheidung zutiefst schämte, würde sie sich zwingen, ihm zu sagen, daß sie seine Großzügigkeit eigentlich nicht verdiene und es verstehen würde, wenn sein Antrag nicht länger Gültigkeit besitze. Zumindest das war sie ihm schuldig. Sie wußte schon jetzt, daß sie innerlich darum bangen und zittern würde, ob er nicht ihrer Meinung und nicht länger an einer Ehe mit ihr interessiert war.

In der Kirche brannte vor dem Marienaltar eine Kerze, die sie mit einer besonders inständig flehentlichen Bitte angezündet hatte. Aber so stark ihr Glaube auch war, so erwartete sie doch keine Wunder. Denn sollte Lawrence sie noch immer vor den Traualtar führen wollen, konnte sie das nach allem, was sie auf sich geladen hatte, wirklich nur als ein Wunder bezeichnen.

23

Das Wunder geschah. Lawrence zeigte sich nicht einmal überrascht, als sie ihm schon gut zwei Tage vor Ablauf der Bedenkzeit ihr Jawort brachte. Überrascht war er nur, als er ihr einen flüchtigen Kuß auf die Wange gab und sie daraufhin in Tränen ausbrach.

»Warum weinst du?« wollte er wissen und musterte sie mit einer Verwunderung, in der sie eine Spur von Verärgerung zu erkennen glaubte. »Eigentlich solltest du vor Glück strahlen. Also warum die Tränen?«

»Weil ich dich nicht verdiene«, antwortete sie, und obwohl dieses Eingeständnis aus ehrlichem Herzen kam, schämte sie sich, denn sie wußte, daß sie ihm nie beichten würde, was sie getan hatte – und wozu sie möglicherweise in der Lage gewesen wäre, wenn Richard nicht schon verheiratet gewesen wäre und den rechten Ton gefunden hätte. Daß viele Ehen aus Vernunftgründen geschlossen wurden, war ihr bekannt, aber sie hatte sich schon als kleines Mädchen geschworen, nur aus Liebe zu heiraten. Und nun verriet sie sich selbst und heiratete einen Mann, für den sie zwar aufrichtige Zuneigung empfand, nicht jedoch die berauschende Liebe, von der sie geträumt hatte. Sie hatte allen Grund, sich schäbig zu fühlen, daß sie sich in eine Ehe flüchtete, auf die nicht einmal ein ferner Glanz ihrer eigenen Träume vom Glück fiel.

»Wer von uns weiß schon, was er wirklich verdient und was nicht, Rosemarie«, lautete die merkwürdige Antwort ihres zukünftigen Mannes.

Noch bevor Rosemarie fragen konnte, was er damit meine,

klopfte es, und ein Angestellter überbrachte ihm ein Telegramm, das gerade eingetroffen und dessen Inhalt offenbar von großer Wichtigkeit war. Augenblicke später führte der Angestellte sie auf Anweisung von Lawrence aus dem Büro und sorgte dafür, daß eine Mietdroschke sie zurück ins Haus der Thorndikes brachte. Fast hätte sie Emily vergessen, die noch immer in der Bibliothek auf sie wartete.

Emily drückte sie noch in der Kutsche mit überschwenglicher Freude an ihre Brust, als sie von der Neuigkeit erfuhr, und beglückwünschte sie zu ihrer »vernünftigen« Entscheidung. Daß Rosemarie in Zusammenhang mit ihrer Eheschließung die Worte »vernünftige Entscheidung« als beschämende Kapitulation empfand, entging ihr in ihrer Aufregung.

Rosemaries Vater reagierte auf die Nachricht, daß sie Lawrence ihr Jawort gegeben hatte, mit großer Emotion. Er schloß im ersten Moment die Augen, legte den Kopf in den Nacken und gab einen seltsamen, langgezogenen Laut unendlicher Erleichterung von sich.

»Mein Gott, mein Herr, ich danke Dir, daß Du mich erhört hast!« stieß er dann erlöst aus, wie ein zum Tode Verurteilter, der soeben von seiner Begnadigung erfahren hatte. »Ich weiß, ich bin Deiner Barmherzigkeit nicht wert. Um so größer ist Deine Gnade, die Du mir gewährst. Ich danke Dir für den Frieden, den Du mir schenkst!«

Daß ihr Vater darum gebetet hatte, daß sie den Heiratsantrag seines Partners annehmen möge, verwunderte Rosemarie nicht, seine Reaktion auf ihre Mitteilung, daß sie es getan hatte, dagegen schon. Sie machte sie sogar ein wenig zornig. »Bitte entschuldige, Dad, aber ich möchte doch nicht so weit gehen, meine Entscheidung, Lawrence zu heiraten, auf göttliche Eingebung zurückzuführen«, sagte sie verstimmt.

Er lachte sie an. »Natürlich ist es ganz deine Entscheidung gewesen – unter Gottes schützender Hand. Und jetzt komm her und laß dich beglückwünschen, meine Prinzessin!« rief er mit Tränen der Freude in den Augen und zog sie mit seinem gesunden Arm an sich. »Du weißt ja gar nicht, welch eine schwere Last du von meiner Seele nimmst. Du hast mir das schönste Geschenk gemacht, das ich mir nur wünschen konnte. Gottes Segen sei mit dir und Lawrence, mein Kind!«

Tante Bess drückte sie wenig später mit ähnlich großer Begeisterung an ihren mächtigen Busen, um danach sofort zu Stift und Papier zu greifen. Es gab jetzt tausend Dinge zu bedenken und vorzubereiten, denn auf ausdrücklichen Wunsch von Rosemaries Vater sollte die Verlobung schon in wenigen Wochen gefeiert werden und die Hochzeit nicht später als im September stattfinden. Mit der ihr eigenen Tatkraft und Übersicht stürzte sich Tante Bess von der ersten Stunde an in diese Arbeit.

Onkel Ruperts Glückwünsche fielen weniger herzlich aus. »Das hast du ja ganz geschickt gemacht!« zischte er ihr mißgünstig zu, als sie für einen Moment allein im Salon waren. »Erst die prüde Fromme mimen, die sich Bedenkzeit ausbedingt, weil sie sich für was Besseres hält, und dann sich gnädig herablassen und die Angel mit der fetten Beute einziehen, die schon die ganze Zeit hilflos am Haken zappelt. Berechnendes Biest! Du und dieser feine Gentleman ...« er spuckte das Wort voller Verachtung aus, »... Lawrence Farrington, ihr habt einander wirklich verdient!«

Rosemarie fühlte sich von seinen bösartigen Worten verletzt, unterdrückte jedoch das Verlangen, es ihm mit einer ähnlich gehässigen Erwiderung heimzuzahlen. Sie begnügte sich damit, ihm mit Nichtachtung zu strafen. Bald würde sie diesem Haus, in dem ihr einerseits so große Gastfreundschaft, andererseits aber auch so viel Bitteres und Abstoßendes widerfahren war, den Rücken kehren. Ein Grund mehr, der Eheschließung mit Lawrence voller Dankbarkeit entgegenzusehen.

Dankbar war Rosemarie auch für die vielfältigen Arbeiten und Termine, die ihre Tage in den folgenden Wochen und Monaten mehr als reichlich ausfüllten. Vivian und Grace, die Brautjungfern sein würden und der Hochzeit mit mehr freudiger Erregung entgegensahen als Rosemarie, standen ihr wie Tante Bess hilfreich und tatkräftig zur Seite. Und was gab es nicht alles zu bedenken und zu organisieren. Gewöhnlich lag zwischen Verlobung und Hochzeit mindestens ein Jahr, was beiden Parteien Zeit ließ, sich auf das große Ereignis ohne allzuviel Hast vorbereiten zu können. Doch Rosemaries Vater hatte energisch darauf bestanden, daß seine Tochter spätestens zu Beginn des Frühlings den Ehering am Finger trug. Das machte die Vorbereitungen für zwei so kurz hintereinander liegende Feste zu einer Art Wettrennen gegen die Zeit. Allein das Aufstellen der beiden Gästelisten kostete endlose Stunden, ganz zu schweigen von der Sitzordnung. Zu entscheiden, wer bei der Hochzeitsfeier, für die Lawrence das feudale Royal Diamond Hotel gebucht hatte, an welcher Stelle der Tafel neben wem sitzen sollte, kam einer Sisyphusarbeit gleich. Dann mußten Einladungskarten gedruckt, adressiert und verschickt werden. Dazu kamen unzählige Anproben bei der Schneiderin, Absprachen mit dem Hotelpersonal, die Auswahl von Porzellan, Besteck und Kristallgläsern, auf die Tante Bess diskret verweisen konnte, wenn sie von den eingeladenen Hochzeitsgästen nach einem passenden Geschenk gefragt wurde, Gespräche mit Father O'Leary, der sie trauen würde, eilige Telegramme nach Bath, damit ihre dortige Haushälterin Rosemaries Aussteuer auf den langen Seeweg nach Südafrika schickte, Einladungen zum Tee bei den Eltern ihrer Brautjungfern und vieles andere mehr. Es verging kaum ein Tag, an dem Rosemarie nachts einmal nicht erschöpft von den Verpflichtungen des Tages auf ihr Bett sank.

In diesen ersten Wochen war sie häufig mit Lawrence zusammen, doch selten mit ihm allein. Fast immer waren noch Tante Bess, die sich um jede Kleinigkeit kümmerte und der kein Detail entging, und ihre treue Emily zugegen.

Daß sie wenig Zeit allein mit Lawrence verbringen konnte,

empfand Rosemarie nicht als Kümmernis, sondern eher als eine Erleichterung. Denn der Gedanke, schon bald mit ihm vor den Traualtar zu treten und von einer Stunde auf die andere seine Frau zu sein, war ihr noch immer fremd und hatte in manchen Stunden sogar etwas Bedrückendes. Die Gegenwart anderer half ihr, sich langsam darauf einzustellen. Zudem unternahm auch Lawrence von sich aus keinen Versuch, sie etwa ins Theater zu führen oder zu einer längeren Ausfahrt einzuladen, bei der sie unter sich gewesen wären.

Als Tante Bess einmal bedauerte, daß dem Brautpaar bei all den Vorbereitungen und Verpflichtungen gar keine Zeit mehr für gemeinsame Stunden blieb, da sagte Lawrence mit einem Lächeln, das Rosemarie nicht zu deuten vermochte: »Was sind schon vier Monate Wartezeit, wenn danach ein ganzes Leben in Gemeinsamkeit folgt, Missis Thorndike?«

Damit ihre Verlobung nicht mit den zahlreichen Festivitäten zu Königin Viktorias diamantenem Krönungsjubiläum kollidierte, die Kimberleys Gesellschaft im Juni gut zwei Wochen mit Paraden, Umzügen, Pferderennen, Zirkusvorstellungen, Picknicks und großartigen Bällen in Atem halten würde, fand die Feier schon Ende Mai im Haus der Thorndikes statt. Es waren nur etwa zwei Dutzend Gäste aus dem nächsten Freundes- und Bekanntenkreis geladen, gegen den heftigen Widerstand von Onkel Rupert, der mit einem aufwendigen Fest und mindestens sechzig Gästen in seinem Haus hatte glänzen wollen.

Rosemarie kam sich an diesem Nachmittag zum erstenmal wie eine Braut vor, so wie an diesem Tag auch zum erstenmal freudige Erregung das bange Gefühl in ihr überwog. Der Schneiderin war es gelungen, in der kurzen Zeit ein wunderschönes Kleid aus pfirsichfarbener, reich bestickter Seide anzufertigen. Und als Lawrence ihr den Verlobungsring mit einem bewundernden Lächeln an den Finger steckte und ihr unter dem Jubel und Beifall der Versammelten einen sanften Kuß auf den Mund gab, da wich viel von jener dumpfen Angst und Ungewißheit von ihr, was die Ehe mit Lawrence ihr wohl bringen mochte. Sein Lächeln und die Behutsamkeit, mit der er sie küßte, nahm sie als ein stummes Versprechen, daß alles gut sein würde.

Ihr Vater strahlte vor Glück und legte an diesem letzten Samstag im Monat eine Ausdauer und Lebendigkeit an den Tag, die einen vorübergehend vergessen lassen konnten, wie schlecht es ihm eigentlich ging. Es war, als hätte die Freude darüber, seine Tochter nun offiziell verlobt zu sehen und sie schon in wenigen Monaten mit Lawrence verheiratet zu wissen, seinem Körper neue Kraftreserven zugeführt. Immer wieder suchte er Rosemaries Nähe, um ihre Hand zu ergreifen, sie voll Liebe und Freude gegen seine Lippen zu pressen und ihr aufs neue mitzuteilen, welch ein wunderbarer Tag dies für ihn sei und mit welchem Glück und inneren Frieden es ihn erfülle, daß sie nun bald Missis Rosemarie Farrington heißen und eine eigene Familie gründen werde.

»Ich weiß, wie sehr du gezögert hast, meinem väterlichen Rat zu folgen und dich dem Werben meines jungen Partners, der längst zum Meister seines eigenen Lehrers geworden ist, nicht trotzköpfig zu widersetzen«, sagte er am späten Abend, als Rosemarie ihn in seinem Zimmer aufsuchte, um ihm eine gute Nacht zu wünschen. »Aber es war der richtige Ratschlag, mein Kind. Und eines Tages wirst du mir dankbar sein, daß ich dich damals beim Andenken deiner seligen Mutter und beim Namen unserer gebenedeiten Jungfrau Maria habe schwören lassen, dein Herz nicht zu verschließen, sondern es für Lawrence Farrington zu öffnen. Er wird dir ein guter Ehemann sein.«

»Ja, das wird er wohl, Dad«, erwiderte Rosemarie, denn an nichts wollte sie fester glauben als daran. »Und nun schlaf. Es war ein langer und viel zu anstrengender Tag für dich. Du hättest dich schon eher zu Bett begeben sollen.«

Er lächelte. »Ich hätte mich am Tag, an dem mein innigster Wunsch in Erfüllung geht und meine Tochter ihre Verlobung feiert, schon früh ins Bett verkriechen sollen? O nein, nicht einmal ein Dutzend Schwestern von der resoluten Art einer Schwester Teresa hätte mich dazu bewegen können.«

Zwei Wochen später, an einem frostigen Junivormittag, erlitt er einen zweiten, schweren Schlaganfall. Daß er nicht noch am selben Tag starb, war dem glücklichen Umstand zu verdanken, daß Doktor Talbot sich gerade auf dem Weg zu ihnen befand und sofort eingreifen konnte.

Er machte ihnen jedoch keine Hoffnung, daß er sich von diesem zweiten Anfall noch einmal erholen würde. »Sie sollten nach Father O'Leary schicken, damit er Ihrem Vater die Sterbesakramente erteilt«, riet er Rosemarie. »Es kann zwar noch etwas dauern, aber ebensogut auch sehr schnell zu Ende gehen, denn viel Kraft ist nicht mehr in ihm, wie Sie ja selbst wissen.«

Ihr Vater lebte noch zwei Tage. Rosemarie wich in dieser Zeit nur von seinem Bett, wenn Doktor Talbot und die Schwestern sie hinausschickten, weil sie den Kranken waschen und umbetten wollten.

Jetzt, da die Todesstunde ihres Vaters keine Frage von Wochen oder gar Monaten war, akzeptierte Rosemarie das Unausweichliche. Was sie schon am Tag ihrer Ankunft in Kimberley vor einem halben Jahr in ihrem Innersten gewußt und verdrängt hatte, als sie am Bett ihres Vater stand, nämlich daß er von diesem schweren Anfall nicht mehr genesen würde, nahm sie nun ohne verzweifeltes Aufbegehren an. Ihr Vater starb, und das einzige, was sie jetzt noch für ihn tun konnte, war, in seinen letzten Stunden bei ihm zu sein und für ihn zu beten.

In der zweiten Nacht nach dem erneuten Schlaganfall kam er noch einmal kurz zu Bewußtsein. Sein Blick wurde klar. Er erkannte sie und gab ihr zu verstehen, daß sie sich zu ihm herunterbeugen sollte, da er ihr etwas zu sagen habe.

Rosemarie brachte ihr Ohr ganz nahe an den Mund ihres Vaters. Dennoch hatte sie große Mühe zu verstehen, was er ihr sagen wollte, denn der zweite Schlaganfall hatte sein Sprachvermögen noch mehr geschädigt. Er wiederholte die unverständlichen Worte immer wieder.

Endlich verstand sie zumindest einen Satz und zwei Fragmente: »... du mir verzeihen ...« sowie »... nur aus Liebe ...« und »Vergiß mich nicht in deinen Gebeten.«

Ihr schossen die Tränen in die Augen. »O Dad, sag nicht so etwas! Ich habe dir nichts zu verzeihen. Ich habe dir im Gegenteil so viel zu verdanken. Ich weiß, wie sehr du mich liebst – so wie ich dich. Und du wirst immer in meinen Gedanken und meinen Gebeten sein, Dad, bis ans Ende meiner Tage, das verspreche ich dir hoch und heilig.«

Er schaute sie an, und was sein gelähmtes Gesicht nicht zeigen konnte, das las sie in seinen Augen: Dankbarkeit, Liebe und Frieden.

Eine ganze Weile sah er sie so ruhig an, als wollte er auf diese wortlose Weise Abschied von ihr nehmen. Dann schloß er die Augen und versank in einen merkwürdigen Dämmerzustand, in dem er auf Impulse aus seiner Außenwelt nicht mehr reagierte und aus dem er auch nicht mehr erwachte. Fünf Stunden später, als der neue Tag anbrach und die Sonne schon ihre ersten Strahlen vom wolkenlos klaren Himmel warf, entwich das Leben mit einem letzten Atemzug aus seinem eingefallenen Körper.

24

Daß Rosemarie die Trauerzeit, die üblicherweise ein Jahr betrug, nicht einhielt und am Hochzeitstermin Anfang September festhielt, geschah auf ausdrücklichen Wunsch ihres verstorbenen Vaters. In seinem Testament hatte er am Tage nach ihrer Verlobung einen diesbezüglichen Absatz hinzugefügt. In geradezu beschwörendem Ton drängte er Rosemarie darin, ihren Hochzeitstermin nicht zu verschieben. Er wies darauf hin, wie viel es ihm bedeutete, sie schon bald mit Lawrence verheiratet zu wissen. In Kenntnis um die Konventionen ihrer Zeit unterstrich er zum Schluß noch einmal mit bewegenden Worten, daß es sein letzter und größter Wunsch sei, daß Rosemarie und Lawrence sich am ersten Sonntag im September in der Kathedrale von Kimberley das Jawort zum heiligen Sakrament der Ehe gaben.

»Wenn das der letzte Wunsch deines seligen Vaters und meines lieben Bruders ist, und daran besteht ja nun nicht der geringste Zweifel, dann solltest du sein Andenken auch so ehren, mein Kind«, sagte Tante Bess, als Rosemarie in ihrer Trauer von einer Hochzeit in schon knapp drei Monaten zuerst nichts wissen wollte.

Wankend machte sie das große Verständnis, das Father O'Leary für den nachdrücklichen Wunsch des Verstorbenen zeigte. »Schwarze Kleidung und die Beschränkungen, die sich die Hinterbliebenen nach dem Tod eines nahen Familienmitglieds in der Trauerzeit auferlegen, haben ihren tiefen Sinn. Aber letztlich sind dies rein äußerliche Zeichen der Trauer, die häufig nur gesellschaftlichen Gewohnheiten folgen und nicht wirklich Auskunft darüber geben, wie tief der Schmerz geht. Denn in Wirklichkeit kann doch keiner festlegen, wie lange ein Mensch um den Verlust eines anderen geliebten Menschen trauert. Wahre Trauer verläßt einen nie mehr. Wir ziehen nur vor, es später ›liebendes Gedenken‹ oder ähnlich zu nennen, wenn wir gelernt haben, mit dieser Lücke in unserem Dasein zu leben.«

Rosemarie verstand, was er damit sagen wollte. Ihr verstorbener Vater würde genauso in ihrem Herzen und ihren Gedanken weiterleben wie ihre Mutter, deren frühen Tod sie bis heute wie eine Wunde in ihrer Seele empfand.

»Das heißt aber nicht, daß sich Trauer und Glück ausschließen«, fuhr Father O'Leary fort. »Ich weiß aus meinen Gesprächen mit Ihrem Vater, wie glücklich es ihn gemacht hat, daß Mister Farrington und Sie einander die Ehe versprochen haben. Er hat in den letzten Wochen von nichts anderem mehr geredet. Und deshalb ist auch von meiner Seite nicht das Geringste dagegen einzuwenden, daß Sie seinen Wunsch erfüllen und Mister Farrington wie geplant im September vor Gott und allen Menschen Ihr Jawort geben. Sie haben dafür meinen Segen und den Ihres seligen Vaters. Wir sollen den Tod den Toten überlassen, während das Leben den Lebenden gehört. So steht es schon in der Heiligen Schrift.«

Den Ausschlag, daß Rosemarie schließlich doch nicht auf einer Verschiebung des Hochzeitstermins bestand, gab jedoch Lawrence. »Ehren wir den letzten Wunsch des Verstorbenen«, sagte er schlicht. »Möge er seinen Willen bekommen und in Frieden ruhen.«

Tante Bess und Father O'Leary sorgten diskret, aber höchst wirksam dafür, daß der exakte Inhalt des letzten testamentarischen Zusatzes bei allen bekannt wurde, die in der Gemeinde sowie in der Gesellschaft von Kimberley ganz allgemein entweder in hohem Ansehen standen oder dafür bekannt waren, Neuigkeiten mit besonderem Eifer unter die Leute zu bringen. Beide ließen nicht den geringsten Zweifel darüber aufkommen, daß Rosemarie und Lawrence ihre Eheschließung nur zu gern um ein Jahr aufgeschoben hätten, sich jedoch verpflichtet fühlten, dem nachdrücklichen letzten Willen des Verstorbenen Gehorsam und Respekt zu erweisen – und daß die Kirche dazu genauso ausdrücklich ihren Segen gab. Die Reaktion auf diese gezielte und doch geschickt ausgeführte Aktion war wie erwartet von überwältigendem Verständnis und Mitgefühl geprägt, zumal Eleanor Garland sowie die Familien von Vivian und Grace sofort ihre vorbehaltlose Sympathie für diese Entscheidung bekundeten.

Natürlich gab es einige wenige Ausnahmen, die mit Mißbilligung reagierten und kategorisch auf die Einhaltung der Trauerzeit pochten. Daß Onkel Rupert völliges Unverständnis für den ungewöhnlichen testamentarischen Wunsch seines verstorbenen Schwagers zeigte und polternd seine Empörung über solch ein angeblich geschmackloses Ansinnen zum Ausdruck brachte, daß er mit gehässigen Kommentaren nicht sparte und so tat, als gedächte sie auf dem Grab ihres Vaters den Hochzeitstanz aufzuführen, all das war für Rosemarie keine Überraschung. Sie spürte förmlich, mit welch tiefer Mißgunst und bösartiger Verdrießlichkeit, die fast schon an Haß grenzte, ihn ihre Verbindung mit Lawrence Farrington erfüllte. Insgeheim hoffte sie, er würde seine Ablehnung so weit treiben, daß er sich weigerte, sie am Tag ihrer Eheschließung zum Altar zu führen. Wie sehr sie es sich wünschte, daß jemand anders sie an Vaters Statt sie zu ihrem Bräutigam geleitete. Jeder Fremde wäre ihr lieber gewesen als Onkel Rupert, der ihr so schamlos nachgestellt und sich so oft hinter jener Kammertür an ihrer Nacktheit mit widerlicher Lüsternheit geweidet hatte.

Aber diesen Gefallen tat er ihr nicht. Im Gegenteil, er genoß die hämische Freude, sie immer wieder darauf hinzuweisen, daß er es sein würde, der sie am Tag ihrer Hochzeit weggeben würde.

»Na, denkst du jetzt schon darüber nach, wie es wohl in der

Hochzeitsnacht sein wird?« höhnte er einmal, als er sie bei einem Spaziergang im Garten überraschte.

Sie funkelte ihn an. »Geh mir aus dem Weg!«

Er dachte gar nicht daran, den schmalen, mit Kies bestreuten Pfad zwischen den mannshohen Bougainvilleasträuchern freizugeben. »Bestimmt versuchst du dir bereits vorzustellen, wie es ist, wenn du nackt vor ihm liegst und er mit deinem Körper tun und lassen kann, was ihm gefällt. Sehr gut möglich, daß du wenig Geschmack an deinen ehelichen Pflichten finden wirst«, fuhr er hämisch fort, während sein Blick dreist und mit unverhohlener Begierde über ihren Körper wanderte. »Er ist sicher ein lausiger Liebhaber. Alle jungen Männer sind im Bett Nieten und denken nur an ihr eigenes Vergnügen. Ich bin überzeugt davon, daß er dich wund reiben und aus dir ein frigides Ding machen wird. Dabei hattest du die Chance, von mir in die Kunst ...«

Er kam nicht mehr dazu, seinen Satz zu beenden, denn in dem Moment schlug Rosemarie mit aller Kraft zu, so wie sie ihn schon einmal geohrfeigt hatte. »Wage das noch mal, und ich verlasse dieses Haus auf der Stelle!« fauchte sie. »Wenn es dann zu einem Skandal kommt, weil ich dich von meiner Hochzeit ausgeschlossen sowie Tante Bess und Lawrence über alles unterrichtet habe, was du getan und gesagt hast, soll es mir egal sein! Dann hast du es dir zuzuschreiben. Ich bin es jedenfalls leid, mir deine unflätigen Bemerkungen und Beleidigungen anzuhören. Ich werde das nicht mehr tatenlos hinnehmen. Und schon gar nicht lasse ich es zu, daß du meinen zukünftigen Mann mit deiner Bösartigkeit und dreckigen Phantasie ungestraft in den Schmutz ziehst!«

Er hielt sich die brennende Wange. »Spiel dich bloß nicht so auf!« zischte er. »Du bist ein genauso berechnendes Biest wie dein Vater, der mehr Dreck auf seiner angeblich weißen Weste hat als ...«

»Noch ein Wort, und ich stelle dich an den Pranger!« fuhr sie ihn außer sich vor Wut an. »Und dann wird dir in Kimberley kein

halbwegs anständiger Mensch mehr die Hand reichen, geschweige denn dich in sein Haus lassen!«
Er biß sich auf die Lippe. Rote Flecken erschienen auf seinem verkniffenen Gesicht. Stumm und voller Ingrimm machte er schließlich einen Schritt zur Seite. Diesmal war er zu weit gegangen, und das wußte er.
Rosemarie trat an ihm vorbei, blieb aber nach ein paar Metern stehen und drehte sich zu ihm um. »Noch etwas, Onkel Rupert. Falls du glaubst, mich auch noch am Tag meiner Hochzeit beleidigen und verhöhnen zu können, irrst du dich«, erklärte sie mit schneidender, eisiger Stimme. »Wenn du mich in die Kirche und zum Altar führst, wirst du mucksmäuschenstill sein. Sagst du auch nur ein einziges Wort, werde ich mich von dir losmachen und dir vor allen Leuten eine Ohrfeige geben. Und rede dir ja nicht ein, daß ich nicht den Mut dazu aufbringe. Ich werde dich vor der ganzen Gemeinde und Hochzeitsgesellschaft bloßstellen, nein, entlarven werde ich dich. Das schwöre ich dir hoch und heilig, beim Tod meiner Eltern und bei der Jungfrau Maria!«
Seine Lippen bewegten sich. Doch wie immer seine haßerfüllte Entgegnung lauten mochte, er wagte nicht, sie laut auszusprechen. Er spürte, daß ihre Geduld mit ihm an ihre äußerste Grenze gestoßen war und sie ihre Drohung ernst meinte.
Voller Genugtuung und in dem Gefühl, in diesen monatelangen hinterhältigen Auseinandersetzungen mit ihrem Onkel endlich die Oberhand gewonnen und ihn zum Schweigen gebracht zu haben, kehrte Rosemarie ins Haus zurück. In ihrem Unterbewußtsein behaupteten sich jedoch starke Zweifel am dauerhaften Wert ihres Sieges und hielten die bange Frage lebendig, ob er sie auch wirklich von nun an in Frieden lassen würde.

25

Die kühlen Monate des kurzen südafrikanischen Winters flogen dahin. Die Nächte verloren rasch den frostigen Hauch, und die Sonne gewann schon Mitte August wieder spürbar an Kraft. Das karge Land begann sich zunehmend mit einem bunten Kleid üppig wachsender Wildblumen und mit frischem Blattgrün an den Akazien zu schmücken. In den Straßen von Kimberley entfalteten die Jakarandabäume früher als gewöhnlich ihre violett leuchtende Blütenpracht. Und dann, scheinbar über Nacht, war plötzlich der große Tag gekommen, an dem Rosemarie den Ehebund mit Lawrence in der Kathedrale von Kimberley eingehen würde.

Schon als junges Mädchen hatte sie sich fest vorgenommen, diesen ganz besonderen, einmaligen Tag in ihrem Leben von der ersten bis zur letzten Sekunde auszukosten. Nichts sollte das grandiose Erlebnis ihrer eigenen Hochzeit auch nur geringfügig beeinträchtigen und ihr etwas von dem Genuß rauben, im Mittelpunkt zu stehen und in ihrem weißen Brautkleid die Rolle einer zauberhaften Prinzessin zu spielen. Denn als solche waren ihr die Bräute bei den Hochzeiten, an denen sie mit ihren Eltern teilgenommen hatte, stets erschienen. Von ihren Freundinnen in Bath, die verheiratete Schwestern oder Cousinen besaßen, hatte sie viele Geschichten über deren Hochzeitstag zu hören bekommen. Und was sie diesen Geschichten entnommen hatte, hatte ihr überhaupt nicht gefallen. Ihre Freundinnen hatten nämlich kichernd berichtet, daß diese Schwester oder jene Cousine die eigene Hochzeit nur wie in einem verschwommenen und zerstückelten Traum erlebt habe, und manch eine Braut habe sich am Tag darauf sogar noch nicht einmal an die wichtigsten

Einzelheiten in der Kirche erinnern können, weil sie zu aufgeregt und benommen gewesen sei, fast wie in Trance, wie es hieß.
Rosemarie hatte die letzte Behauptung anfangs für eine maßlose Übertreibung der Mädchen gehalten, die sich mit ihren Geschichten nur wichtig machen wollten. In den vergangenen zwei, drei Jahren sowie insbesondere durch Berichte von Grace und Vivian war in ihr jedoch der Verdacht gewachsen, daß sich manche Bräute später offenbar tatsächlich nur noch in Bruchstücken an den Ablauf ihres Hochzeitstages erinnern konnten, so unglaublich dies auch klingen mochte.
Nun, ihr sollte das nicht passieren, das hatte sich Rosemarie geschworen. Ganz bewußt wollte sie die feierliche Zeremonie in der Kirche und das anschließende Fest im Royal Diamond Hotel erleben, um nicht hinterher ein ähnlich beschämendes Eingeständnis machen zu müssen.
Rosemaries fester Vorsatz vermochte am Tag ihrer Hochzeit jedoch nicht lange der verwirrenden Flut von Eindrücken und Gefühlen zu widerstehen. Es begann damit, daß sie schon einige Zeit vor Sonnenaufgang erwachte und nicht wieder einschlafen konnte. Tausend Gedanken und manch stille Ängste, die das Geheimnis der Hochzeitsnacht und der ehelichen Pflichten betrafen, beschäftigten sie unaufhörlich und versetzten sie in einen Zustand, der irgendwo zwischen quirliger Aufregung und banger, ja fast panikartiger Sorge lag.
Es wurde vorübergehend ein wenig besser, als sie Emily aus dem Schlaf geholt hatte und diese sie mit Geschichten von früher ablenkte. Beim Frühstück brachte sie jedoch nicht einen festen Bissen hinunter. Es kostete Emily und Tante Bess schon große Überredungskunst, daß sie wenigstens eine Tasse Tee trank und einen darin aufgeweichten Zwieback zu sich nahm.
Rosemarie hatte eisige Hände, als sie schließlich in ihrer feinsten Leibwäsche, die Tante Bess ihr für diesen besonderen Tag im besten Geschäft Kimberleys gekauft hatte, vor der Frisierkommo-

de saß und ihr Haar Emilys geschickten Händen überließ, während April auf dem Bett ihre Unterröcke ausbreitete und wenig später ganz vorsichtig den rollbaren Kleidertorso mit ihrem Brautkleid hereinschob.

»Ich glaube, ich werde zu einem Eiszapfen gefrieren und kein Wort herausbringen, wenn Father O'Leary mich fragt, ob ich Lawrence zum Mann nehmen will«, murmelte sie voll dunkler Ahnungen.

Emily lachte.

»Du hast gut lachen!« beklagte sich Rosemarie. »Du hast es ja schon hinter dir.« Kaum hatte sie das ausgesprochen, da wurde sie sich der Ungehörigkeit ihrer Bemerkung bewußt. Heiß schoß ihr das Blut ins Gesicht, und sie biß sich auf die Lippe. Wie hatte ihr nur solch eine Entgleisung passieren können? Und hastig versuchte sie, ihren Ausrutscher aus der Welt zu schaffen: »Entschuldige, Emily, ich habe das nicht so gemeint, wie es geklungen hat. Ich wollte sagen ...«

»Ich weiß, was du gemeint hast«, fiel Emily ihr beruhigend ins Wort, ohne daß ihre Hand mit der heißen Brennschere auch nur für eine Sekunde aus dem Rhythmus von Drehen und Öffnen kam. »Und ich weiß auch, was in dir vorgeht. Dir ist so flau im Magen wie noch nie zuvor in deinem Leben, und am liebsten würdest du dich ins Bett verkriechen und die Decke über den Kopf ziehen ...«

»O ja!« sagte Rosemarie mit einem Stoßseufzer.

»Zugleich kannst du es aber auch nicht erwarten, durch das Mittelschiff der Kirche zu schreiten und vor dem Altar deinen Platz an der Seite deines Bräutigams einzunehmen«, fuhr Emily mit einem wissenden Lächeln fort. »Und du fragst dich, was du wohl fühlen und denken wirst, wenn er dir den Ehering an den Finger steckt, deinen Schleier lüftet und dir dann den ersten Kuß als dein angetrauter Ehemann gibt, nicht wahr?«

»Ja, das stimmt«, Rosemarie seufzte erneut und verzog das Gesicht zu einem Ausdruck quälenden Selbstzweifels. »Und nennt man so etwas nicht einen kranken Zwiespalt der Seele?«

»Nein, das nennt man ganz gewöhnliches Hochzeitsfieber«, erwiderte Emily trocken. »Und wer nicht darunter leidet, ist gut beraten, wenn er seine Hochzeit so schnell wie möglich wieder abbläst.«
»Ach, Emily!« Diesen geplagten Stoßseufzer hörte Emily an diesem Morgen noch viele dutzendmal.
Und dann stieg Rosemarie in ihr Brautkleid mit der langen Schleppe. Es war aus edelster weißer Seide gearbeitet. Ein zauberhafter Einsatz aus feinster Spitze, dessen einzelne Teile in seiner Mitte eine halb geöffnete Rosenblüte ergaben, ließ das darunterliegende Dekolleté erahnen. Aufgestickte Rosenblüten, nicht viel größer als ihr Daumenglied und auf den ersten flüchtigen Blick kaum zu erkennen, bedeckten das Kleid und fanden sich ebenso auf dem zarten Schleier wieder wie auch auf ihren Handschuhen, den Seidenslippern und ihrer Schleppe.
»Heilige Maria!« entfuhr es Emily mit fast andächtiger Bewunderung, und sie erinnerte sich plötzlich, was Rosemarie ihr von ihrer ersten Begegnung mit Father O'Leary bei Missis Garland erzählt hatte. »Wie hat dich Father O'Leary noch mal genannt? Die Rose von Kimberley! Du bist in der Tat die zauberhafteste Rose, die Kimberley je zu Gesicht bekommen hat.«
»Sag nicht so etwas«, wehrte Rosemarie errötend ab, obwohl sie sich selbst in dem himmlischen Traum aus weißer Seide wie verzaubert vorkam.
Emily schüttelte lächelnd den Kopf. »Ach Rosemarie, ich könnte auf mein eigenes Kind nicht stolzer sein, als ich es auf dich bin. Du siehst zum Verlieben aus«, schwärmte sie mit feuchten Augen.
Kurz darauf drängte Tante Bess zum Aufbruch. Die mit Blumen geschmückte weiße Kutsche wartete schon vor dem Haus. Und von unten kam die polternde Stimme von Onkel Rupert.
Rosemarie lächelte, warf einen letzten Blick in den Spiegel und dachte: Wenn Dad mich doch jetzt bloß so sehen könnte. Aber vielleicht tut er es ja. Dad, in Gedanken wirst gleich du mich in die Kirche führen.

Die Kirche, festlich mit Sträußen aus Wildblumen sowie mit weißen Schleifen an den Bänken geschmückt, war bis auf den letzten Platz gefüllt. Als Rosemarie aus der Kutsche stieg, war sie sich noch aller Personen um sich herum bewußt. Doch als dann die Orgel zum Einzug erklang und sie ihre Hand auf Onkel Ruperts Arm legte, da geschah auf einmal irgend etwas mit ihr. Sie merkte, daß sie den Mittelgang hinunterschritt, und sah ein Meer lächelnder Gesichter auf sich gerichtet, aber irgendwie fühlte sie sich losgelöst von diesem Geschehen. Sie nahm ihren Onkel gar nicht mehr richtig wahr, sondern ging wie eine von unsichtbarer Hand geführte Puppe den Gang entlang, während der Orgelklang sie umbrauste wie die Brandung eines stürmischen Meeres. Zudem schien sich ihr Gesichtsfeld zu verengen. Sie sah auf einmal nur noch Lawrence, der in einem perfekt maßgeschneiderten Frack vor der mit rotem Samt gepolsterten kleinen Kniebank beim Altar stand und ihr mit einem Ausdruck auf dem Gesicht entgegenblickte, der reines andächtiges Staunen war. Und dieser Blick drang tief in ihr Herz und verursachte ihr eine Gänsehaut.
Das ist mehr als Bewunderung und Zuneigung. Er liebt mich! ging es ihr in diesem Moment durch den Kopf, so als wäre ihr noch nie der Gedanke gekommen, daß er diese Ehe aus Liebe eingehen könnte. Lawrence liebt mich vielleicht wirklich!
Später konnte sich Rosemarie nicht mehr daran erinnern, wann Lawrence ihr den Brautstrauß gereicht hatte und wann sie das erstemal gemeinsam niedergekniet waren.
Doch an den Moment, als sie sich das Jawort gaben und die Ringe tauschten, erinnerte sie sich mit absoluter Klarheit. Noch nie in ihrem Leben war sie sich ihrer selbst so bewußt gewesen wie in diesem Augenblick, als sie ihr Eheversprechen gab und Lawrence den Ring an den Finger steckte, ihrem Ehemann.
Und dann sagte Father O'Leary mit ausgebreiteten Armen und einem strahlenden Lächeln: »Nun ist es Ihnen unbenommen, Ihre Braut zu küssen, Mister Farrington.«

26

Mitternacht war schon vorbei und der neue Tag fast eine Stunde alt, als Rosemarie und Lawrence die Hochzeitsgesellschaft im großen Ballsaal sich selbst überließen und sich in ihre Hotelsuite zurückzogen.

»Es ist ein wunderschönes Fest gewesen«, sagte Rosemarie, während sie den mit weichen Teppichen ausgelegten Gang hinuntergingen.

»Ja, so sollte es auch sein.«

»Und wie reich wir beschenkt worden sind. Wenn ich nur an Missis Garlands exquisites silbernes Teeset denke. Es muß ein Vermögen gekostet haben.«

»Zweifellos. Gottlob wird es sie nicht gerade zur ärmsten Witwe von Kimberley machen.«

»Ihr Geschenk kam von Herzen. Gewöhnlich sind die Menschen um so geiziger, je reicher sie sind.«

»Darin kann ich dir nur zustimmen.«

Ihr Gespräch war merkwürdig steif und hölzern, so als mühte sich jeder, bloß kein Schweigen aufkommen zu lassen, jetzt, da sie zum erstenmal seit ihrer Trauung allein waren. Die festliche Freude und Unbekümmertheit der letzten Stunden im Kreis ihrer mehr als hundert Gäste an der Hochzeitstafel und auf dem Tanzparkett schien wie weggewischt.

Rosemarie wußte nur zu gut, was diese plötzliche Verkrampfung bewirkt hatte. Ihrer beider Gedanken standen nun, nachdem all die Zeremonien und Festlichkeiten vorüber waren, ganz im Bann der vor ihnen liegenden Hochzeitsnacht. Und je näher sie ihrem Zimmer kamen, desto stärker wurde bei ihr das Gefühl banger Unruhe.

Schweigend schloß Lawrence die Tür zu ihrer Suite auf, die aus einem Schlafzimmer, einem einladenden Wohnraum mit Sesseln, Couch und kleinem Sekretär sowie einem geräumigen Waschkabinett bestand. Die schweren Vorhänge aus mitternachtsblauem Samt mit goldener Borte waren zugezogen. Und in jedem der Räume, die mit Blumen reich geschmückt waren, brannte eine Lampe mit diskretem schwachem Schein.
Lawrence zögerte kurz. »Dies ist zwar nicht unser Haus, aber es ist dennoch die erste Schwelle, die wir als Ehepaar überqueren«, sagte er dann, hob sie hoch und trug sie in die Suite, wo er sie wieder absetzte.
Hilflos und mit wild jagendem Herzen stand Rosemarie im Zimmer, während er zur Tür zurückging und sie schloß. Natürlich fiel ihr Blick sofort auf das breite, aufgeschlagene Bett, über dem sich ein jungfräulich weißer Baldachin aus Brüsseler Spitze spannte. Und auf dem Bett, von Emily liebevoll drapiert, lag das fein gewebte Nachthemd für ihre Hochzeitsnacht mit den blaßrosa Satinschleifen vor der Brust.
Lawrence räusperte sich. »Möchtest du, daß ich nach Emily schicke, damit sie dir zur Hand geht?« fragte er, obwohl er wußte, daß sie zu dieser Stunde niemanden sonst in diesen Räumen sehen wollte, nicht einmal, um ihr beim Ausziehen zu helfen.
»Nein, ich ... es ist gut so«, murmelte Rosemarie, ohne ihn anzuschauen.
»Du wirst etwas Zeit brauchen.«
Sie nickte stumm.
»Ich werde mich an den Sekretär setzen und einige von den Dingen notieren, die ich im Bauplan unseres Hauses geändert haben möchte. Gib mir Bescheid, wenn ich mich ins Waschkabinett begeben kann.«
»Natürlich«, sagte Rosemarie und wußte, daß Lawrence nichts zu notieren hatte und ihr unter diesem Vorwand nur Zeit lassen wollte, sich ohne Hast für ihre erste gemeinsame Nacht zurecht-

zumachen. An den Plänen für das Haus, daß er für sie beide auf der Park Road bauen ließ, war nicht das Geringste auszusetzen, wie er selbst vor noch nicht einmal einer Woche betont hatte, als sie zusammen mit dem Architekten James Wilberforce den Grundstein zu ihrem künftigen Heim gelegt hatten.

Rosemarie ging hinüber ins Schlafzimmer und zog sich mit nervösen, zitternden Händen hinter dem vierteiligen Paravent aus, dessen kunstvolle Stickereien Adam und Eva sowie eine bunte Schar von Vögeln und Tieren im Paradies zeigten. Emily hatte mit der ihr eigenen Vorausschau für alles Sorge getragen. Auf dem Kleiderständer mit den gepolsterten Bügeln hing ihr cremefarbener Morgenmantel, der so neu war wie alles, was sie an diesem Tag und dieser Nacht am Leib trug.

Sie war versucht, sich im Waschkabinett, in dem es den Luxus fließenden Wassers und einer fest eingebauten Badewanne gab, länger als nötig aufzuhalten.

Es ist sinnlos, den Moment hinausschieben zu wollen! sagte sie sich schließlich und kämpfte tapfer gegen ihr banges Herz. Ich kann meiner ehelichen Pflicht nicht ausweichen. Und ich will es auch nicht. Ich will ihm die Frau sein, wie ich es bei der Trauung geschworen habe.

Sie entledigte sich ihrer Leibwäsche, schlüpfte rasch in das Nachthemd, das ihr auf einmal erschreckend zart, ja beinahe durchsichtig erschien, und wagte sich mit klopfendem Herzen zurück ins Schlafzimmer. Rasch löschte sie dort die einzig brennende Lampe und kniete vor dem Bett nieder – wegen ihres Nachtgebetes, aber auch, weil sie sich in dieser Haltung weniger entblößt vorkam.

»Lawrence?« Ihre Stimme zitterte, und sie mußte erst schlucken, bevor sie fortfahren konnte: »Ich ... ich bin fertig.« Und plötzlich erinnerte sie sich wieder seines Kusses in der Kirche. Er war sanft und zugleich doch auch besitzergreifend gewesen.

Gleich würde ihm ihr ganzer Leib gehören.

Lawrence erschien im Durchgang. Auch er hatte sich mittlerweile

schon ausgezogen, wie die nackte Haut verriet, die im Ausschnitt seines Hausmantels zu sehen war.
Kaum hatte er die Tür des Waschkabinetts hinter sich zugezogen, als sie sich rasch bekreuzigte und ihr Nachtgebet sprach. Es fiel etwas hastig aus, und sie schloß es mit der flehentlichen Bitte: »Herr, stehe mir bei! Schenk mir die Liebe und Behutsamkeit meines Mannes, und gib, daß ich das Richtige tue, was immer das sein mag, und daß ich Lawrence nicht enttäusche. Ich möchte ihm die Frau sein, die er sich wünscht. Herr, erhöre mich!« Sie bekreuzigte sich und schlüpfte dann schnell unter die Decke, die sie bis zum Kinn hochzog.
Wenige Minuten später kam Lawrence aus dem Waschkabinett und löschte dessen Licht. Jetzt fiel nur noch der warme Schein der Stehlampe neben dem Sekretär aus dem kleinen Salon ins Schlafzimmer. Sie wollte ihn gerade bitten, auch dieses Licht auszuschalten, als er schon hinüberging und genau das tat, so als hätte er ihre Gedanken erraten.
Im Dunkel des Zimmers ahnte sie seine Gestalt mehr, als daß sie seine Silhouette erkennen konnte. Voller Anspannung lag sie im Bett und vernahm das unverkennbare Geräusch fließender Seide, als er seinen Hausmantel ablegte. Danach hörte sie für ein, zwei Minuten nichts mehr. Ihre Augen, nun schon besser an die Dunkelheit gewöhnt, erkannten, daß er, wie sie vorhin, vor dem Bett kniete und ein stummes Gebet sprach.
Dann sah sie, wie er sich aufrichtete, die Decke auf seiner Seite zurückschlug und zu ihr ins Bett kam. Ihr Herz raste nun.
Er wandte sich ihr zu, und seine Hand legte sich unter der Decke auf ihren Arm, suchte ihre Hand. »Du bist ja ganz kalt«, stellte er fest. »Frierst du?«
»Ja . . . nein . . . nicht wirklich.«
»Hast du Angst, Rosemarie?« fragte er leise.
»Nein . . . doch, ja . . . ein bißchen.« Ihre Stimme war kaum mehr als ein Flüstern, und ihr Körper schien ein einziger angespannter

Muskel zu sein, hart und steif wie ein Brett. »Bitte verzeih mir, ich ...«

»Psst«, machte er. »Du brauchst keine Angst zu haben. Ich werde so behutsam sein, wie ich nur kann. Doch komm erst einen Augenblick zu mir, um dich zu wärmen.« Er legte seinen Arm um sie und zog sie an sich.

Rosemarie zuckte zusammen, als ihre Körper sich berührten, dazwischen nur der dünnen Stoff ihres Nachthemdes. Ihr blieb im ersten Moment der Atem weg, als ihre Hand dabei unwillkürlich mit seiner Hüfte in Berührung kam – und sie feststellte, daß er splitternackt war. Und das andere, was sich da fest und heiß und beunruhigend pulsierend an ihren Oberschenkel schmiegte, jagte ihr einen Schauer durch den Körper. Es fühlte sich so stark und groß an, daß sie sich gar nicht vorstellen konnte ... Ja, ihre Vorstellungskraft ließ sie in der Tat im Stich. Aber gleich würde sich das große Geheimnis der Ehe auflösen und sie erfahren, wie es war, wenn Mann und Frau sich »erkannten«, wie es in der Bibel hieß, was wirklich geschah, wenn sie im Bett körperlich zusammenfanden.

Vorerst passierte jedoch nichts weiter, als daß er sie in seinen Armen hielt und ihr wortlos über Schulter und Arm strich, was schon nach wenigen Minuten eine beruhigende Wirkung ausübte. Ihr rasender Pulsschlag sank, und ihr Körper begann sich aus der ängstlichen Verkrampfung zu lösen.

Als seine Hand eine gute Weile später ihre Brust liebkoste, langsam ihr Nachthemd hochschob und über ihren Oberschenkel streichelte, zuckte sie nicht zurück. Aufgeregt, aber doch auch darauf vertrauend, daß er behutsam sein würde, überließ sie sich seiner Führung und sank in angespannter Erwartung zurück auf ihr Kissen. Sie schloß jedoch schamvoll die Augen, als Lawrence die Bettdecke zurückschlug und ihr dünnes Gewand so weit hochstreifte, daß sie bis zum Bauchnabel entblößt vor ihm lag. Nacheinander zog er nun die Satinschleifen auf. Ihr war, als jagte ein elektrischer Stromstoß durch ihren Körper, als er sich über sie beugte und ihre Brüste küßte. Auf den ersten Schock folgte ein wunderbares Gefühl der Wärme und Lust, das sich wie in heißen Wellen in ihr ausbreitete. Und mit jedem Kuß, jeder Berührung seiner feuchten Lippen auf ihrer nackten Haut wuchs die lustvolle Erregung. Wenn die ehelichen Pflichten derart schöne Gefühle in einem weckten, wie konnte man dann bloß mit so ernstem und leidvollem Ton davon sprechen, als wären sie eine schwere Plage und Bürde, die man mit großer Tapferkeit und Leidensfähigkeit zu ertragen habe? Welch düstere, irrige Vorstellungen hatten all die vagen Hinweise und geflüsterten Andeutungen bloß in ihr geweckt?

Rosemarie erschauerte. War das wirklich seine Zunge, die sie da auf ihrer Brust spürte? Durfte ein Mann so etwas Gewagtes und Wollüstiges überhaupt tun, auch wenn es der eigene Ehemann war? Ihr Leib bog sich ihm unwillkürlich entgegen, und ein lustvoller Seufzer entwich ihrem Mund. Es war so wunderbar, daß sie wünschte, er würde nicht aufhören, sie zu liebkosen. Und es war ihr ganz egal, ob sich so etwas in der Ehe zwischen Mann und Frau schickte. Sie hatte das Gefühl, als entfachte Lawrence in ihr ein sinnliches Feuer, das alle Sorgen und Ängste verzehrte, wie ein loderndes Buschfeuer über trockenes Gras hinwegfegte.

Sein Mund senkte sich auf ihren Mund, und als ihre Lippen verschmolzen, wagte sie es, ihre Arme um seinen nackten Körper zu legen.

Und dann kam er zwischen ihre Schenkel, die sich ihm bereitwillig öffneten. »Ganz ohne Schmerz wird es nicht gehen«, murmelte er zwischen zwei Küssen, und sie hörte seiner belegten Stimme an, wie erregt er war. »Nicht beim erstenmal ... später dann ...«

»Ja«, flüsterte sie nur und legte ihre Hände auf seine Hüften. Es sollte endlich geschehen. Ihr Körper verlangte förmlich danach. Wonach genau, wußte sie nicht zu sagen. Aber irgend etwas in ihrem Innern sagte ihr, daß sie erst an der Schwelle zu einer

großartigen, unbeschreiblichen Entdeckung stand. Und sie wollte, daß sie einander endlich »erkannten« und wahrhaftig Mann und Frau wurden.
Der Schmerz kam, und er war heiß und heftig wie ein scharfer Messerstich. Doch dieser Schmerz wurde sehr schnell von einem anderen Gefühl überlagert, nämlich von einer Mischung aus Lust und erlöstem Staunen. Nie hätte sie es für möglich gehalten, daß sie in der Lage sein würde, ihn so tief in sich aufzunehmen und ihn so intensiv in ihrem Innersten zu spüren. Und es war nichts, was sie geduldig hätte über sich ergehen lassen müssen, sondern es war beglückend und weckte ein noch tieferes Verlangen.
Ein leises Bedauern regte sich in Rosemarie, als Lawrence schon wenig später aufstöhnte, sein Gesicht an ihren Hals preßte und sich nach einem Moment der Ruhe schwer atmend aus ihr zurückzog.
»O Rosemarie, es tut mir leid«, keuchte er.
Sie schüttelte den Kopf. »Danke, daß du so lieb zu mir gewesen bist. Ich glaube nicht, daß ich mir eine schönere Hochzeitsnacht hätte wünschen können, Lawrence«, erwiderte sie und errötete dabei. Sie wußte auch nicht, was ihm hätte leid tun müssen. Er hatte sie zur Frau gemacht, und sie hatte es nicht als eine unerfreuliche eheliche Pflicht empfunden, sondern als wunderbares, sinnenbetörendes Geschenk.
»Die Nacht ist noch lange nicht vorbei«, sagte er und küßte sie aufs Haar.
Sie lachte leise, kuschelte sich an ihn und ließ sich dann bereitwillig von der Müdigkeit in den Schlaf ziehen.
Als sie wieder erwachte, dämmerte der neue Tag schon über Kimberley herauf. Im ersten Moment war ihr nicht klar, was sie geweckt hatte. Doch dann wurde sie sich der Hände bewußt, die ihren Körper zärtlich streichelten.
Sie räkelte sich wohlig.
»Sag, wenn ich zuviel von dir erwarte«, flüsterte Lawrence.

»Nein, es ... es ist schön so«, raunte sie zurück, und es kostete sie große Überwindung, ein solches Eingeständnis auszusprechen. Aber war er nicht ihr Mann, dem sie so etwas sagen durfte?
Diesmal entkleidete er sie völlig, was sie im ersten Moment mit großer Verlegenheit und Scham erfüllte, denn nicht länger umgab sie die tiefe Dunkelheit der Nacht. Es war mittlerweile hell genug, um mehr als nur vage Umrisse voneinander erkennen zu können.
Ihre Scham löste sich jedoch rasch in Verzückung auf, als er sie küßte und ihren Leib mit Händen und Lippen zärtlich erkundete. Ihr Körper reagierte diesmal noch schneller auf seine Liebkosungen, und als er schließlich mit ihr verschmolz, da war sie längst bereit für ihn und spürte auch keinen Schmerz, sondern nur noch anschwellende Lust.
Und dann geschah etwas mit ihr, das all ihre Vorstellungen von sinnlicher Seligkeit sprengte. Ihr war, als triebe Lawrence sie in einen Taumel der Lust, der eine fast unerträgliche Spannung in ihr erzeugte, die nach Befreiung, Erlösung schrie. Fast wollte sie ihn schon bitten, aufzuhören, weil sie meinte, diese wollüstige Anspannung nicht länger aushalten zu können, als es geschah. Als hätte eine mächtige Flut einen Damm gesprengt, brach irgend etwas in ihr auf und schleuderte sie in einen ungeahnten Kosmos lustvoller Verzückung. Sie hörte sich schreien und bäumte sich unter ihm auf, während sie ihre Arme mit aller Kraft um ihn schlang und sich ganz dem unfaßbaren Gefühl hingab, das sie in einen Zustand rauschhaften Glücks versetzte.
Noch während diese Entrückung anhielt, verlor Lawrence die Kontrolle über seinen Körper. Lustvoll stöhnte er auf. »O Gott, ich liebe dich!« stieß er aus. »Ich liebe dich, Rosemarie!« Es klang beinahe wie eine Kapitulation, wie ein verzweifeltes Aufbegehren gegen eine innere Macht, die sich diesem Eingeständnis entgegenstemmte.
Ich liebe dich, Rosemarie!

Ein Schauer durchlief sie, und Tränen stiegen ihr in die Augen, während er schwer und nach Atem ringend auf ihr lag und sie über seinen muskulösen Rücken strich. Ich liebe dich! Noch nie hatte er etwas Ähnliches zu ihr gesagt, etwas auch nur annähernd so Bedingungsloses, geschweige denn das Wort Liebe in den Mund genommen. Sein Aufschrei hallte lange in ihr nach.

»Was hast du nur mit mir gemacht?« fragte sie schließlich leise, voller Zärtlichkeit und Dankbarkeit.

»Dich so geliebt, wie ein Mann seine Frau lieben soll«, antwortete er ebenso leise.

»O Lawrence«, seufzte sie, und weitere Worte waren nach dem, was sie miteinander empfunden hatten, überflüssig. Sie hätten den Zauber nur zerstört.

Sie lag noch eine Weile in seinem Arm und wunderte sich über die seltsamen Wege, die das Schicksal ging. Und bevor sie noch einmal in den tiefen Schlaf seliger Ermattung sank, kam ihr die Frage in den Sinn, ob sie wohl jemals in der Lage sein würde, seiner Liebe gerecht zu werden. Dieser Gedanke erfüllte sie jedoch nicht länger mit banger Besorgnis, sondern mit Zuversicht.

Fünf Stunden später, nach einem merkwürdig stillen Frühstück, bei dem Lawrence mit seinen Gedanken die meiste Zeit weit weg von ihrem Tisch weilte, eröffnete er ihr, daß er noch am selben Tag in einer dringenden geschäftlichen Angelegenheit nach Johannesburg reisen mußte.

»Ich werde in sechs Tagen zurück sein, und dann reisen wir nach Kapstadt, um das nächste Schiff nach England zu nehmen«, teilte er ihr mir. »Der Nachlaß deines Vaters muß umgehend geregelt werden.«

Rosemarie wurde blaß und sah ihn bestürzt an. Was war bloß so plötzlich in ihn gefahren? Erst hatte er ihr in ihrer Hochzeitsnacht den Himmel auf Erden bereitet und sie in das ungeahnte Wunder der körperlichen Liebe eingeführt, und nun war er fast abweisend

zu ihr und ließ sie schon am ersten Tag ihrer Ehe allein, ohne sie vorher darauf vorbereitet zu haben. Was war nur geschehen, was war der Grund für sein unerklärliches Verhalten? Hatte sie irgend etwas falsch gemacht? Hatte sie ihn vielleicht damit schockiert, daß sie im Bett mit ihm große Lust und Befriedigung empfunden und dies auch offen gezeigt hatte?
Sie wollte ihn danach fragen, fand in ihrer Betroffenheit jedoch nicht den Mut dazu. Und so nickte sie nur mit zugeschnürter Kehle und mühte sich, die Tränen zurückzuhalten. Zumindest dies gelang ihr – bis sie allein war.

27

Neun Tage später trafen Rosemarie und Lawrence in Begleitung von Emily an einem warmen Nachmittag in Kapstadt ein. Sie konnten vom Bahnhof mit der Kutsche direkt zum Hafen fahren und umgehend an Bord des eleganten Passagierschiffes HMS Prince of Wales gehen, das noch in derselben Nacht mit der Flut auslaufen sollte. Eine geräumige, lichte Suite auf dem Promenadendeck der ersten Klasse, die Lawrence von Johannesburg aus telegrafisch hatte reservieren lassen, war schon für sie hergerichtet. Emily bezog eine der kleinen fensterlosen Kabinen bei den Niedergängen und Versorgungsschächten, die den gehobenen Bediensteten der Erste-Klasse-Passagieren wie Butlern und Gesellschafterinnen vorbehalten waren.

Kurz vor dem Abendessen wurden die Leinen losgeworfen, und die Prince of Wales dampfte gemächlich aus dem Hafen. Lawrence, schon in eleganter Abendkleidung, wollte sich dieses Schauspiel nicht entgehen lassen und gesellte sich zu den vielen anderen Passagieren, die das Auslaufen vom Deck aus verfolgten. Rosemarie beschäftigten wichtigere Dinge, und sie täuschte Kopfschmerzen vor, weshalb sie vor dem Essen lieber noch eine Weile in der Kabine bleiben und sich von dem Gerüttel der Zugfahrt etwas erholen wolle.

»Magst du nicht doch mitkommen?« fragte er noch einmal, als er schon in der Tür stand, und fügte mit einem hoffnungsvollen Ausdruck hinzu: »Die frische Luft wird dir vielleicht ganz guttun.«

»Nein danke, Lawrence«, wehrte sie freundlich ab. »Geh du nur allein. Wir treffen uns dann in einer halben Stunde zum Essen.«

Für einen kurzen Moment zeigte sich Enttäuschung auf seinem Gesicht. Dann aber lächelte er gefällig, nickte und sagte verständnisvoll: »Ganz wie du möchtest, Rosemarie.« Sanft zog er die Tür hinter sich ins Schloß.

Rosemarie starrte lange mit leerem Blick auf diese Tür. Wie gern sie eigentlich doch mit ihm an Deck gegangen wäre, bei ihm eingehakt an der Reling gestanden und auf das nächtliche Kapstadt geschaut hätte. Aber seit dem Morgen vor neun Tagen stand irgend etwas zwischen ihnen, das es ihnen verwehrte, sich wieder so nahe zu fühlen wie in ihrer Hochzeitsnacht.

Nicht, daß Lawrence abweisend oder gar verletzend zu ihr gewesen wäre. Nach seiner Rückkehr aus Johannesburg hatte er sich sogar für seine regelrecht überstürzte Abreise entschuldigt und es nicht an Liebenswürdigkeit und Aufmerksamkeit ihr gegenüber mangeln lassen. Aber sie spürte doch ganz deutlich, daß diese Freundlichkeit, mit der sie einander behandelten, Welten entfernt war von der betörend sinnlichen Verbundenheit, die sie in ihrer Hochzeitsnacht erfahren hatten. Sein Verlangen nach ihr war alles andere als erloschen, wie die Bahnfahrt erwiesen hatte, und sie empfand das körperliche Zusammensein mit ihm im Bett noch als genauso überwältigend wie beim erstenmal, wenn sie auch den seligen Zustand völliger Verzückung nicht wieder erreichte. Aber wenn er nachts zu ihr kam und sich mit ihr vereinigte, dann tat er es mit einer merkwürdig gezügelten und irgendwie grimmigen Leidenschaft, als hätte er sich den Zwang auferlegt, die Kontrolle über seine eigenen Gefühle nicht allzusehr zu verlieren – und sie nicht zu sehr zu lieben.

Warum nur?

Die Antwort auf diese Frage, die sie seit neun Tagen und Nächten bedrückte und ihr das Herz so schwer machte, erhielt Rosemarie unerwartet beim Abendessen im prachtvollen Speisesaal, während die Südspitze Afrikas im Kielwasser der Prince of Wales zurückblieb.

Rosemarie wußte später nicht mehr zu sagen, worüber sie gesprochen hatten. Irgendwie kamen sie in ihrer Unterhaltung, die bis dahin mit freundlicher Unverbindlichkeit dahingeplätschert war, auf England und den Nachlaß ihres verstorbenen Vaters zu sprechen.

»Es wird merkwürdig sein, in das Haus zurückzukehren, in dem ich bis zu meiner Reise nach Kimberley gelebt habe«, sagte Rosemarie versonnen. »Besonders, da nun auch noch Dad tot ist. Was machen wir übrigens mit dem Anwesen in Bath? Hast du schon irgendwelche Pläne?« Daß ihr Platz an der Seite ihres Mannes und damit in Kimberley war, hatte sie am Tag ihres Eheversprechens als selbstverständliche Bedingung akzeptiert. Sie hegte jedoch die stille Hoffnung, daß sie ihr Elternhaus behalten und dort vielleicht einige Monate im Jahr verbringen konnten, wenn es seine Geschäfte erlaubten.

Lawrence ließ die Gabel sinken und sah sie irritiert an. »Pläne?« fragte er, und seine Stimme bekam auf einmal einen ungehaltenen Klang. »Was für Pläne? Das Haus in Bath ist doch schon längst zwangsversteigert worden! Also was soll diese ... unsinnige Frage?«

Rosemarie fuhr wie unter einer Ohrfeige zusammen. Ungläubiges Entsetzen trat in ihre Augen. »Was sagst du da? ... Unser Haus ist zwangsversteigert worden?« stieß sie aus. »Das kann nicht sein! Unmöglich!«

»Die finanzielle Lage deines Vaters ist eben noch desolater gewesen als befürchtet«, erwiderte er grimmig. »Auch mich hat er die ganze Zeit in dem Glauben gelassen, daß nur seine Firma vor dem Bankrott steht. Aber so, wie die neuesten Nachrichten lauten, die wegen der Entfernung eben oftmals schon viele Wochen, wenn nicht gar Monate alt sind, hat er bei seinen unseligen Spekulationen an der Börse sogar Haus und Hof verloren. Und ich muß jetzt die Scherben aufsammeln, die er mir in England hinterlassen hat!«

»Bankrott?« Rosemarie schüttelte verständnislos den Kopf. »Wovon redest du überhaupt? Dad soll spekuliert und dabei alles verloren haben?«

Er verzog das Gesicht. »Mein Gott, das kann doch nicht so überraschend kommen, Rosemarie. Du hast doch gewußt, wie sehr deinem Vater das Wasser bis zum Hals stand.«

In diesem Moment begriff Rosemarie. Die Erkenntnis traf sie wie ein Blitz und erschütterte sie bis in ihr Innerstes. Jedes Wort, das Lawrence gesagt hatte, entsprach der Wahrheit. Ihr Vater hatte spekuliert und schon bei seinem Aufenthalt in Kimberley gewußt, daß er unrettbar vor dem Ruin stand. Vielleicht hatte dieses Wissen und die Angst um ihrer beider Zukunft sogar den Schlaganfall bei ihm ausgelöst. Und dann war er, in Sorge um ihre Zukunft, auf die Idee verfallen, sie um jeden Preis mit seinem jungen Partner zu verheiraten, dessen geschäftliche Weitsicht und Erfolge ihn längst überflügelt hatten. Vermutlich hatte er ähnlich Druck auf Lawrence ausgeübt, wie er auch sie immer und immer wieder bedrängt hatte, sich mit dem Gedanken an eine Ehe mit Lawrence anzufreunden ...

Jetzt verstand Rosemarie alles. Kein Wunder, daß Lawrence sie schon am Tag ihrer Ankunft in Kapstadt mit grimmigem Ressentiment empfangen hatte. Die Geschichte ihres Vaters, daß Lawrence ihr Bild gesehen hatte und es nicht erwarten konnte, sie kennenzulernen, war eine Lüge gewesen – wie so vieles andere.

Lawrence bemerkte erst mit Verwunderung und dann mit wachsender Bestürzung, wie ihr das Blut aus dem Gesicht wich. Sie wurde kalkweiß, und in ihren Augen standen Schmerz und fassungsloses Entsetzen.

»Du hast nichts davon gewußt?« stieß er betroffen aus, obgleich ihm schon vorher klar war, daß seine Frage überflüssig war. Ihre ganze Reaktion ließ keinen Zweifel daran, daß sie bis zu dieser Stunde ahnungslos gewesen war.

Rosemarie blickte ihn mit weit aufgerissenen Augen an, in denen ein Ausdruck unendlicher Hilflosigkeit und Betroffenheit stand. »Wann hast du von der Zwangsversteigerung unseres Anwesens erfahren?«

»Am Morgen ...« Er führte den Satz nicht zu Ende, sondern schluckte schwer.

Rosemarie verstand auch so, welcher Morgen gemeint war. »Und du hast vom ersten Tag an geglaubt, ich hätte mich mit Dad abgesprochen und dich nur heiraten wollen, um dem Ruin meines Vaters zu entfliehen und gut versorgt zu sein, nicht wahr?«

Er schwieg betreten, und das war Antwort genug.

»O Gott!« Sie schlug die Hände vors Gesicht.

»Rosemarie, ich ... ich hatte ja keine Ahnung, daß du ... ich meine ... um Gottes willen ...«, stammelte er leise und wußte offenbar nicht, wie er seine Bestürzung und seinen inneren Aufruhr in Worte fassen sollte.

Rosemarie spürte seine Hand auf ihrem Arm. »Bitte nicht!« sagte sie. Sie hielt es nicht länger im Speisesaal aus. Das Klappern von Geschirr und Besteck, das Stimmengemurmel und das leise Lachen zehrten an ihr, als wäre sie von einem Chor höhnischer Beobachter umgeben. Sie hatte das entsetzliche Gefühl, keine Luft zu bekommen. Mit einem Ruck, bei dem ihr Weinglas auf dem Tisch umfiel, sprang sie vom Stuhl auf und stürzte aus dem Saal. Die verwunderten Blicke der anderen Passagiere, an deren Tischen sie vorbeihastete, blieben ihr verborgen, war sie doch halb blind vor Tränen.

Lawrence fand sie auf dem Achterdeck. Sie stand fern der hellen Lichter an einer Stelle an der Reling, wo die abgedeckten Rettungsboote tiefe Schatten warfen. Die PRINCE OF WALES zog einen weißen Schleier aus schäumenden Heckseen hinter sich her, während sie unter einem sternklaren afrikanischen Nachthimmel auf nordwestlichem Kurs immer weiter auf die offene See hinausdampfte.

Er machte Anstalten, seinen Arm um ihre zarte Schulter zu legen,

folgte dann jedoch einer inneren Eingebung, die ihm davon abriet. Er trat neben sie und schaute in die Richtung auf das nächtliche Meer, in der die Küste liegen mußte.
»Ich bin in Kapstadt geboren und aufgewachsen«, brach er unvermittelt das Schweigen und scheinbar ohne jeden Zusammenhang mit ihren Problemen. »Mein Vater war ein erfolgreicher Kaufmann, der nicht nur über seine Angestellten und Bediensteten im Kontor mit tyrannischer Hand herrschte, sondern auch in der Familie. In seinen Adern floß ein Gutteil burisches Blut, auch wenn er katholischen Glaubens war. Aber anders als meine Mutter, die für einen Mann wie meinen Vater von viel zu sanftmütiger Natur war und das lebte und glaubte, was sie in der Bibel las und was ihre Lippen beim Gebet sprachen, besaß er eigentlich nur einen wahren Glauben – den an die eigene Stärke und die Rechtmäßigkeit dessen, was immer er tat und zu tun befahl. Mit vielen Buren und vermutlich nicht wenigen Weißen teilte er zudem die Überzeugung, daß Gott einzig und allein die weiße Rasse zum Herrschen auserwählt hatte und alle andersfarbigen Menschen zum gehorsamen Dienst. Wobei er besonders bei den Kaffern unter ›Dienst‹ ein Leben in härtester Arbeit und äußerster Bedürftigkeit verstand. Dementsprechend behandelte er unser schwarzes Personal, auch Celina, ein bildhübsches Khoikhoimädchen, das mit zwölf Jahren als zusätzliches Zimmermädchen in unseren Haushalt kam.«
Rosemarie sagte kein Wort. Aber spätestens jetzt besaß er ihre ungeteilte Aufmerksamkeit. Sie hatte nicht die geringste Ahnung, wohin seine Geschichte führte und welche Bedeutung sie für sie beide haben mochte. Sie wußte jedoch, daß sie wichtig war, wenn Lawrence ausgerechnet jetzt das Dunkel über seine Herkunft und Vergangenheit lüftete.
»Ich war das einzige Kind meiner Eltern, etwas, was mein Vater meiner Mutter stets voll Bitterkeit zum Vorwurf gemacht hat, als ob sie schuldhaft dafür verantwortlich gewesen wäre«, fuhr Law-

rence fort. »Sie hat diese Last so klaglos getragen wie vieles andere auch. Mir nun war es vorbestimmt, in die Fußstapfen meines Vaters zu treten. Aber das Schicksal ging andere Wege, indem es Celina in unser Haus führte. Ich hatte die Hartherzigkeit meines Vaters gegenüber den Schwarzen nie verstanden und in meinem Innern erst recht nicht geteilt, auch wenn ich mich als Kind in seiner Gegenwart hütete, es allzu deutlich erkennen zu lassen. Der Ledergurt, mit dem mein Vater so gut umgehen konnte, hatte mich nachdrücklich gelehrt, vorsichtig zu sein und ihm den Gehorsam zu zollen, den er von mir verlangte – zumindest nach außen hin. Was er jedoch nicht verhindern konnte, war, daß ich sein Verhalten immer mehr verabscheute, je älter ich wurde und je klarer ich denken konnte.«

Rosemarie wartete, daß er wieder auf dieses schwarze Zimmermädchen zu sprechen kam. Sie ahnte, daß sich etwas Besonderes mit dieser Celina verband.

Es war, als hätte er ihre Gedanken erraten. »Celina war hübsch und scheu und konnte nur wenige Brocken Englisch, als sie bei uns anfing. Wie dankbar war sie, als sie feststellte, daß ich, der junge Baas, fließend ihre Sprache beherrschte und zudem auch Freude daran hatte, ihr zu helfen, sich bei uns zurechtzufinden und Dinge zu vermeiden, die meinem Vater mißfallen und zu einer Bestrafung führen konnten. Ich war damals dreizehneinhalb, und meine Gedanken waren unschuldiger Natur, wenn ich Celinas Gesellschaft suchte, denn außer ihr gab es sonst niemanden bei uns im Haus, der auch nur in etwa in meinem Alter gewesen wäre. Doch dann, zwei Jahre später, wurde alles anders, als ich sie auf einmal mit den Augen eines jungen Mannes sah . . .«

Er machte eine Pause, zog sein silbernes Etui hervor und steckte sich ein Zigarillo an.

»Du hast dich in das Mädchen verliebt«, brach Rosemarie nun ihr aufmerksames Schweigen.

Lawrence nickte und gab einen schweren Seufzer von sich. »Heu-

te, als erwachsener Mann, könnte ich darüber lächeln, wenn es nicht so tragisch wäre. Denn natürlich war diese Liebe, die wir im Alter von fünfzehn, sechzehn Jahren füreinander empfanden, stark davon beeinflußt, daß wir beide unter den harschen Bedingungen im Haus meines Vaters litten, daß wir zur Aussprache und zum Trost nur einander hatten ... und daß ich die verwirrende Entdeckung der menschlichen Triebhaftigkeit machte ...« Seine Stimme bekam einen verlegenen Klang. »Und die tagtägliche Nähe eines hübschen jungen Mädchens, das mir innig zugeneigt war, war bestimmt nicht dazu geeignet, meine schwache jugendliche Selbstbeherrschung angesichts heftiger Versuchungen zu stärken, das genaue Gegenteil war der Fall. Ich will mich nicht von meiner Schuld freisprechen, aber damit du nicht einen noch schlechteren Eindruck von meinem Charakter bekommst, möchte ich doch anmerken, daß ich Celina nicht verführt habe. Wir haben der Versuchung beide nicht widerstehen können, und so ist es dann passiert. Wir ... gaben einander hin, und Celina wurde schwanger.«
Die größte Überraschung für Rosemarie war, daß sein Geständnis, mit einem schwarzen Mädchen ein Kind gezeugt zu haben, sie weder kränkte noch schockierte. Wie hätte sie auch über die Tat eines gerade sechzehnjährigen Jungen urteilen können, selbst wenn dieser Junge nun, siebzehn Jahre später, ihr Ehemann war? Es stand ihr nicht zu, den ersten Stein zu werfen. Zu frisch lebte in ihr die Erinnerung an jenen Freitagvormittag im Juni, als sie zu Richard Hamilton gefahren und zu allem bereit gewesen wäre, hätte er nur die richtigen, scheinbar magischen Worte gesagt. Das einzige, was sein Geständnis bewirkte, war angespannte Erwartung auf das Ende seiner Geschichte – sofern es eines gab.
»Und dann?«
Lawrence lachte bitter auf. »Wir hatten natürlich panische Angst vor dem Zorn und der Strafe meines Vaters, und wir wußten, daß er Himmel und Hölle in Bewegung setzen würde, um uns für

immer voneinander zu trennen. Wir waren so blind für die Realitäten des Lebens und so töricht, daß wir doch wahrlich glaubten, allem entfliehen zu können und irgendwo gemeinsam unser Glück zu machen.«

»Ihr seid also durchgebrannt«, folgerte sie.

»Ja, und es gelang uns auch, den Männern, die mein Vater auf unsere Spur setzte, fast fünf Monate zu entkommen«, berichtete Lawrence. »Doch dann stellten sie uns in einem Dorf im Bechuanaland. Sie stürmten eines Nachts in unsere Hütte und rissen uns buchstäblich voneinander los. Sie gaben mir noch nicht einmal Gelegenheit, mich von Celina zu verabschieden. Noch in derselben Nacht brachten sie mich über die Grenze, und ich sollte Celina nie wiedersehen.« Er fiel in ein langes Schweigen.

»Was ist aus ihr und ... dem Kind geworden?« wagte Rosemarie schließlich zu fragen.

»Sie haben Celina hinaus aufs Veld geschleppt, sie bis aufs Blut ausgepeitscht und sie im Busch liegenlassen.«

»O Gott!«

»Es gelang ihr noch, ins Dorf zurückzukriechen und unser Kind zur Welt zu bringen. Zwei Tage nach der Geburt starb sie«, berichtete er mit zitternder Stimme. »Ich erfuhr davon erst viele Jahre später, als ich aus England zurückkehrte. Denn dorthin hatte mich mein Vater geschickt, besser gesagt verbannt, nachdem er mir eigenhändig den Rücken blutig geschlagen hatte. Ich sollte auf einem strengen College ein für allemal von meiner abscheulichen Schwäche für das schwarze Kaffernvolk kuriert werden.«

»Hast du versucht, auf eigene Faust nach Afrika zurückzukehren und nach ihr zu suchen?«

Er schüttelte den Kopf. »Weshalb hätte ich es tun sollen? Ich war in jener Zeit für jede Meile dankbar, die zwischen mir und meinem verhaßten Vater lag, und er hatte es sich nicht nehmen lassen, mir am Tag meiner Einschiffung noch mitzuteilen, daß

Celina und das Baby tot seien. ›Sie hat ihre gerechte Strafe für ihre Blutschande erhalten.‹ Das sind seine Worte gewesen. Erst nach meiner Rückkehr fünf Jahre später, anläßlich des Todes meiner Mutter, erfuhr ich von Josh, der damals noch bei meinen Eltern in Diensten stand, die Wahrheit. Er hatte heimlich Verbindung zu einem der schwarzen Führer unserer Verfolger aufgenommen und nach vielen ergebnislosen Bemühungen schließlich Nachricht erhalten, daß mein Kind lebte und daß Celina ihm den Namen Yolanda gegeben hatte, wie wir es einst abgesprochen hatten.«

Ihr Mann hatte eine Tochter, die nun schon siebzehn Jahre alt war, gerade drei Jahre jünger als sie! Bei diesem Gedanken verspürte sie nun doch einen Stich. »Hast du nach ihr gesucht und sie getroffen?« wollte sie wissen.

»Ja und nein«, antwortete Lawrence. »Ich habe nach ihr gesucht und sie getroffen, aber ich habe mich nicht als ihr Vater zu erkennen gegeben. Ich hatte nicht den Mut, zumal ich zu dieser Zeit die Wirklichkeit besser einzuschätzen vermochte als fünf Jahre zuvor, und wußte, daß ich damit weder ihr noch mir einen Gefallen tun würde. Doch ich verlor sie von da an nicht mehr aus den Augen. Ich sorgte durch Josh dafür, der sich als ihr Onkel ausgab, daß es ihr gutging, und als ich dann nach Kimberley kam und mit meinen Unternehmungen immer mehr Erfolg hatte, da holte ich sie durch Josh in die Stadt, ließ sie die Perseverance School for Coloured Children besuchen, Kimberleys erste Schule für Farbige, und gab sie dann später bei einer Schneiderin in die Ausbildung, als sie Josh gegenüber diesen besonderen Wunsch zum Ausdruck brachte. Vor einem halben Jahr hat Yolanda zusammen mit einer anderen, etwas älteren Khoikhoi, deren Bruder sie im Frühjahr heiraten wird, ein eigenes kleines Geschäft eröffnet.«

»Und ihr großzügiger Onkel Josh hat ihr dabei geholfen, nicht wahr?«

Lawrence nickte.
Einen Moment lang blickten sie schweigend und ihren eigenen Gedanken nachhängend hinaus in die sternklare Nacht. Kraftvoll schnitt die PRINCE OF WALES durch die dunklen Fluten. Aus einem der Salons drang gedämpftes Klavierspiel zu ihnen an Deck, das kurz vom Schrei einer Möwe übertönt wurde, die über das Heck des Passagierdampfers hinwegflog und in Richtung Küste entschwand.
Schließlich stellte Rosemarie die entscheidende Frage: »Weshalb hast du mir all das anvertraut, Lawrence? Und warum ausgerechnet heute? Nicht, daß ich dich verurteilen würde, das stünde mir auch gar nicht zu, und außerdem bist du damals viel zu jung gewesen, um die Folgen deiner Entscheidungen richtig einschätzen zu können. Aber jeder andere Mann, den ich kenne, hätte diese Geschichte für sich behalten und mit ins Grab genommen.«
Lawrence lachte trocken auf und schleuderte das Zigarilloende in hohem Bogen in die See. Die Glut leuchtete kurz auf, wie ein Funke, der rasch in der Nacht erlosch. »Auch ich hätte es so gehalten«, gestand er ein. »Niemand außer Josh wußte davon, und niemand sonst hätte auch davon erfahren, wenn ich nicht den Fehler begangen hätte, all das meinem Tagebuch anzuvertrauen. Seit mein Vater mich nach England geschickt hat, ist keine Woche vergangen, in der ich nicht schriftlich festgehalten habe, was mich bewegt und was mir privat wie beruflich widerfahren ist.«
Plötzlich von einem schrecklichen Verdacht befallen, fragte Rosemarie: »Jemand hat diese Tagebucheintragungen über Celina und Yolanda gelesen?«
»Er hat die Eintragungen nicht nur gelesen, sondern auch die beiden Tagebücher mit den inkriminierendsten Passagen heimlich an sich genommen.«
»Du meinst gestohlen.«

Er zögerte und zuckte mit den Schultern. »Er sah es wohl anders, mehr als Unterpfand.«
Rosemarie umklammerte den polierten Handlauf der Reling. »Es war mein Vater, nicht wahr?« Nur mit Mühe brachte sie die Frage über die Lippen.
»Ja«, lautete seine ebenso schlichte wie niederschmetternde Antwort.
»O Gott, nein!« stöhnte sie entsetzt auf. Denn nun fügte sich für sie alles, was ihr bisher noch unverständlich erschienen war, logisch und nahtlos ineinander. »Dad hat dich damit erpreßt und gezwungen, mich zu heiraten. Und dabei wolltest du nicht mich, sondern Sarah Stevenson zur Frau.« Ein eiskalter Schauer lief ihr den Rücken hinunter. Wie hatte ihr Vater nur so etwas Verwerfliches tun können? Jetzt verstand sie, warum er sie kurz vor seinem Tod noch angefleht hatte, ihm zu verzeihen. Ein Gefühl entsetzlicher Ausweglosigkeit ergriff von ihr Besitz.
»Sarah hat sich in der Tat Hoffnungen gemacht. Aber ihr Interesse an einer Ehe mit mir war entschieden größer als meine Bereitschaft«, wehrte er ab.
»Das ändert doch nichts an dem schändlichen Tun meines Vaters!« stieß Rosemarie erregt und mit tränenerstickter Stimme aus, voller Unverständnis, daß er so gelassen darüber reden konnte, daß ihre Ehe das Ergebnis einer abscheulichen Erpressung war.
»Dein Vater war am Ende und verzweifelt, Rosemarie«, entgegnete er ruhig, fast nachsichtig. »Ihm war klar, daß sein Ruin nicht mehr abzuwenden war, und ich weiß, daß er halb wahnsinnig vor Sorge um deine Zukunft gewesen ist. In diesem fürchterlichen Zustand muß ihm bei einem Besuch bei mir mein Tagebuch in die Hand gefallen sein. Vermutlich hatte ich es aufgeschlagen liegenlassen. Wie es genau passiert ist, tut ja auch nichts mehr zur Sache. Auf jeden Fall las er wohl die Eintragungen und sah plötzlich eine Möglichkeit, dich gut unter die Haube zu bringen

und deine Zukunft auch ohne stattliche Mitgift finanziell abgesichert zu wissen. Er hat es aus Liebe zu dir getan.«
»Sprich nicht von Liebe. Er hat dir vermutlich gedroht, deinen guten Namen zu ruinieren, und dich damit gezwungen, mich zu heiraten. Dabei hast du mich nie als deine Ehefrau gewollt. Ich bin nur ...« Ihre Stimme versagte ihr den Dienst.
»Das ist richtig ...« begann er.
Ein verzweifelter, halb erstickter Aufschrei entrang sich ihrer Kehle. Sie wandte sich abrupt um und wollte davonlaufen, nein, lieber noch über Bord springen und damit der Schande ein schnelles, gnädiges Ende bereiten. Denn wie sollte sie mit diesem vernichtenden Wissen zukünftig leben, ohne täglich von Scham und Abscheu gequält zu werden, ganz zu schweigen davon, weiterhin seine Frau zu bleiben?
»Warte!« rief Lawrence, packte sie am Arm und hielt sie zurück. »Meine Geschichte ist noch nicht zu Ende, Rosemarie. Du hast noch nicht alles gehört, was ich dir sagen muß – und sagen möchte.«
»Was gibt es nach alldem noch zu sagen?« stieß sie schluchzend aus. »Nichts kann das Entsetzliche aus der Welt schaffen, was mein Vater uns angetan hat.«
»Auch nicht die Tatsache, daß ich dich liebe?« fragte er eindringlich.
Verstört blickte sie zu ihm auf. »Was ... was ... redest ... du da?« stammelte sie.
»Die Wahrheit, die ich so lange und so erbittert bekämpft habe«, antwortete er. »Es stimmt, daß ich dich anfangs nicht ausstehen konnte. Ich lehnte dich schon ab, noch bevor ich dich zu Gesicht bekommen hatte, und gab mir in Kapstadt und auf der Zugfahrt alle Mühe, deine Abneigung zu wecken und zu schüren. Denn ich hoffte, daß dann du deinen Vater sehr schnell dazu bringen würdest, von seinen Plänen, uns zu verkuppeln, abzulassen, und daß er sich mit einer hohen, einmaligen Geldzahlung zufrieden-

geben würde. Aber je öfter ich mit dir zusammen war, desto unsicherer wurde ich mir, ob ich mir das überhaupt noch wünschte. Sarah Stevenson wurde schnell zu einer flüchtigen Erinnerung. Du hattest etwas an dir, das meinen Zorn auf deinen Vater wie auch auf dich besänftigte, das mich verzauberte und dazu brachte, mich in dich zu verlieben und mich immer stärker nach dir zu sehnen – und das geschah ganz gegen meinen Willen und erbitterten Widerstand.«

Rosemarie stand reglos da und wagte keinen Ton von sich zu geben, aus Angst, sie könnte etwas Falsches sagen und zu früh hoffen.

»Ja, ich verliebte mich in dich, und ich wollte dich unbedingt zur Frau«, fuhr er nach einer kurzen Pause fort. »Doch ich wurde immer wieder von Rückfällen geplagt, wenn ich daran dachte, daß du mich in erster Linie wohl nur wegen meines Geldes heiraten würdest. Und wenn mir dieser quälende Gedanke kam, zwang ich mich aus vermeintlichem Selbstschutz, dir meine Liebe nicht zu sehr zu zeigen. Ja, ich zwang mich regelrecht, dich nicht so zu lieben, wie ich es mir eigentlich wünschte, weil ich fürchtete, dann zu verwundbar zu sein und verletzt zu werden«, gestand er mit leiser Stimme.

»O Lawrence«, flüsterte Rosemarie.

»Denn aus einem mir jetzt unerfindlichen Grund hegte ich die feste Überzeugung, daß du über die katastrophale finanzielle Lage deines Vaters informiert warst.«

»Ich hatte keine Ahnung davon.«

»Ja, ich weiß. Und ich habe es leider zu spät begriffen, denn sonst wäre ich nicht am Morgen nach unserer Hochzeitsnacht so herzlos zu dir gewesen. Es tut mir leid, Rosemarie. Ich war einfach so verstört von meinen überwältigenden Gefühlen für dich, die ich dir in der Nacht offenbart hatte, daß ich glaubte, einige Tage allein sein zu müssen, um mich wieder zu fangen und mein Schutzschild erneut aufzubauen. Dein Vater hat aus Liebe

zu dir schwere Fehler begangen, doch ich habe ihm längst verziehen. Kannst du auch mir meine Fehler verzeihen?« fragte er voller Liebe und berührte zärtlich ihre Wange.
Rosemarie sah ihn mit tränenfeuchten Augen an. »Wie könnte ich dir nicht verzeihen, gibt es doch nichts, was ich dir vorzuwerfen hätte, Lawrence! Nicht ich bin das Opfer, sondern du bist es. Und an nichts möchte ich lieber glauben, als daran daß du mich liebst.«
»Du sollst es nicht nur glauben, sondern auch jenseits aller Zweifel wissen«, sagte er und nahm mit festem, hoffnungsvollem Griff ihre Hand. »Komm, laß uns in unsere Kabine gehen. Ich möchte dir etwas zeigen.«
Wenige Minuten später befanden sie sich in ihrer geräumigen Kabine. Lawrence trat zu seinem Reiseschreibpult, klappte die mit grünem Leder bespannte Schreibplatte aus Eibenholz hoch und entnahm dem darunterliegenden Fach ein in teures Kalbsleder eingebundenes Buch mit Goldschnittseiten. Er legte es Rosemarie in die Hand.
»Das ist mein Tagebuch, das ich drei Wochen vor unserer Verlobung begonnen habe«, sagte er feierlich. »Darin findest du alles aufgezeichnet, was ich während der letzten vier Monate erlebt, ersehnt und gefürchtet habe. Auf diesen Seiten wirst du die Wahrheit finden – und lesen, wie viel du mir bedeutest und wie sehr ich dich liebe.«
Rosemarie setzte sich mit dem Tagebuch in der Hand auf das kleine Kanapee, das im Vorraum ihres Schlafzimmers stand. Sie schlug es jedoch nicht auf, sondern saß still da und schaute auf das Buch, in dem er seine intimsten Gedanken und Gefühle niedergeschrieben hatte.
»Willst du es nicht lesen?« fragte Lawrence mit banger Sorge in Stimme und Blick.
Rosemarie schüttelte den Kopf und legte es zur Seite. »Nein, nicht ein Wort will ich davon lesen. Es ist schlimm genug, daß

mein Vater dein Vertrauen mißbraucht und dein Tagebuch gelesen hat, das weder für seine Augen bestimmt gewesen ist noch für meine«, sagte sie, erhob sich nun und trat zu ihm, um mit erröteten Wangen und belegter Stimme fortzufahren: »Und ich möchte auch nicht durch deine intimen Aufzeichnungen erfahren, daß du mich liebst, Lawrence ...«

»Sondern?«

»Ich möchte es spüren, mit meinem ganzen Körper«, sagte sie verschämt, zugleich doch auch von einem erhebenden Gefühl der Erlösung und Zuversicht erfüllt. »Nimm mich in deine Arme, und liebe mich. Laß mich meine Zweifel und Ängste vergessen, indem du mir zeigst, wie sehr du mich liebst ... und daß wir, der Schande und der Untat meines Vaters zum Trotz, doch zusammengehören. Dann ist alles andere überflüssig.«

Lawrence lächelte. »Ja, ich werde dir zeigen, wie sehr ich dich liebe, Rosemarie«, versprach er, nahm ihr Gesicht in seine Hände und küßte sie. Dann führte er sie in den Schlafraum der Suite, um sein Versprechen mit leidenschaftlicher Hingabe einzulösen. Rosemarie sollte nie wieder an seiner Liebe zu ihr zweifeln. Und als sie drei Monate später, nach einer zauberhaften Reise durch England im goldenen Herbst, nach Kimberley zurückkehrten und noch rechtzeitig zum Weihnachtsfest in ihr Haus in der Park Road einzogen, da brachte auch Rosemarie ein Tagebuch mit zurück. Es war gefüllt mit ihren Aufzeichnungen, wie sich bei ihr im Laufe dieser Reise herzliche Zuneigung und Leidenschaft in das Wunder der Liebe verwandelt hatten. Sie hatte sich in der Tat in ihren eigenen Ehemann verliebt, indem sie sich seiner Liebe mit Leib und Seele geöffnet hatte, so wie sich eine Rosenknospe der Sonne zuwendet und unter ihren lebensspendenden Strahlen ihre betörende Blütenpracht entfaltet.

Ihr Vater hatte eine große Verfehlung begangen und das Falsche getan, als er Lawrence erpreßt und sie zur Heirat mit ihm gedrängt hatte. Daran würde sich nie etwas ändern. Wie sich auch nichts an ihrer Überzeugung ändern würde, daß jede Frau das Recht haben sollte, sich genauso frei entscheiden zu können wie Männer – egal, ob es nun um die Eheschließung, den Beruf oder andere Belange ging. Ein gütiges Schicksal hatte es jedoch gefügt, daß aus dem falschen Tun ihres Vaters etwas Wunderbares hervorgegangen war.

Aber war nicht überhaupt alles, was im Leben von wirklich großer Bedeutung war, weniger eigenes Vermögen und Verdienst, als vielmehr Gnade und Geschenk? Das Leben, das einem geschenkt wurde, die besonderen Fähigkeiten, Gesundheit und Freunde, die Wunder der Natur – und natürlich die Liebe. Nichts davon ließ sich erkaufen, erarbeiten oder gar erkämpfen.

Alles war Geschenk. Ganz besonders die Liebe, und die ging ihre eigenen, wundersamen Wege.

Nachwort und Danksagung

Die Niederschrift eines solch umfangreichen historischen Romans bedeutet für den Autor eine scheinbar endlose monatelange und insbesondere einsame Reise durch ein fremdes Land. Da heißt es tiefe Täler der Selbstzweifel und der Erschöpfung durchzustehen und auf den gelegentlichen Gipfeln der Euphorie die Balance nicht zu verlieren. Und wie in den wunderbaren, faszinierenden Ländern des südlichen Afrika selbst, so erstreckt sich, kaum daß man eine Ebene von unermeßlicher Weite durchquert und eine Bergkette erklommen hat, vor einem eine neue Ebene bis an den fernen Horizont, leer und weit und ebenso verlockend wie erschreckend.

Doch keine Reise, auch nicht die am Schreibtisch eines Schriftstellers historischer Romane, hat ohne gründliche Vorbereitung und Hilfe von Experten Aussicht auf Erfolg. Daß ich auf diesem langen Treck des Schreibens nicht ohne Orientierung blieb und mich in die bewegte Kolonialgeschichte sowie die Gefühle und Gedankenwelt der damaligen Siedler und Farmer hineinversetzen konnte, verdanke ich der intensiven Unterstützung von einer Vielzahl von schwarzen wie weißen Afrikanern aus den verschiedensten sozialen Schichten. Archivare, Professoren, Farmer und Safariführer haben mir auf meinen Recherchenreisen durch Südafrika, Zimbabwe (das frühere Rhodesien) und Botswana bereitwillig viele Stunden und manchmal auch viele Tage geopfert, um meine unzähligen Fragen zu beantworten sowie Bücher und Karten aus Archiven herauszusuchen oder mir ihre Familiengeschichte zu erzählen.

Alle zu nennen, die zum Gelingen meiner Arbeit beigetragen haben, würde den mir zur Verfügung stehenden Platz bei weitem sprengen. Einigen bin ich jedoch zu sehr zu Dank verpflichtet, als daß ich ihre Namen ungenannt lassen könnte.

Mich auf langen, unvergeßlichen Pirschgängen in der Waldsavanne am Okavango-Delta und am Rand der Kalahari mit der afrikanischen Wildnis und ihrem Tierreichtum vertraut gemacht zu haben ist das Verdienst des Safariführers Willy Zingg (Botswana).

Ian Milne vom Krüger National Park vertiefte als Zoologe meine Kenntnisse über afrikanische Wildnis, Ökosystem und Tierverhalten.

Margaret und Douglas McMaster in Ladysmith (Natal) ließen uns an der bewegten Geschichte ihrer Vorfahren teilnehmen, die vor hundertsiebzig Jahren nach Südafrika kamen und mir in Bruchstücken Modell für manche meiner Romanfiguren gestanden haben.

Mary und Peter Terry von HIGHGROVE HOUSE bei Whitriver (Eastern Transvaal) machten mir nicht nur das Geschenk ihrer unvergleichlichen Gastfreundschaft, sondern gaben mir großzügig Einblick in ihr Leben als Kleinhoteliers, Farmer und weiße Südafrikaner, die auf einen gewaltlosen Machtwechsel und ein friedliches Miteinander von Schwarz und Weiß hoffen.

Als Schriftsteller historischer Romane, der auf umfangreiches Hintergrundmaterial angewiesen ist, gilt mein Dank insbesondere den Archivaren und Bibliothekarinnen, deren Geduld und hilfreiche Anteilnahme unerschöpflich waren und die mich mit vielen tausend Fotokopien von alten Aufzeichnungen, Tagebüchern, Abhandlungen und Karten versorgt haben.

Strange Library of Africana/Johannesburg: Irene Brendle, Ian Grinkler, Moses Baloyi, Eric Itzkin

Siege Museum/Ladysmith: Elizabeth Spiret

Albany Museum/Grahamstown: Direktor B. Wilmot, Marijke Cosser, Fleur Way-Jones, Gerard Corsane

South African Library/Kapstadt: Arlene Fanarof, Tom Behnisch
McGregor Museum/Kimberley: Fiona Barbour
Africana Library/Kimberley: Mary Brits
De Beers Archiv/Kimberley: Dr. Moonyean Buys, Brenda Feder

Großzügige Hilfe und wertvolle Informationen verdanke ich auch dem Minen- und Diamantenexperten Dennis Knox in Kimberley wie auch Thys und Alminda Grobler sowie Johann und Ingrid Swanepoel in Ladysmith. Ein besonderer Dank gilt dem südafrikanischen Gesandten Johan Paul Schutte für seine Unterstützung.
Sie alle und viele andere haben es möglich gemacht, daß ich schreibend zu dieser langen Reise aufbrechen konnte, die mit dem Abschluß von KÜSTE DER VERHEISSUNG, VERLOCKENDES LAND, BLUT UND DIAMANTEN, FLAMMENDE STEPPE und DIE ROSE VON KIMBERLEY noch längst nicht ihr Ende gefunden hat. Der Treck durch die Kolonialgeschichte Südafrikas geht weiter.

ASHLEY CARRINGTON
Juni 1996
Palm Coast, Florida